Für Chris

KATELYN DOYLE

Just Some Stupid LOVE STORY

DIE WETTE MIT DEM EX

Roman

Deutsch von Juliane Zaubitzer

blanvalet

Die Originalausgabe erschien 2024 unter dem Titel
»Just Some Stupid Love Story« bei Flatiron Books, New York.

MIX
Papier | Fördert
gute Waldnutzung
FSC® C014496
FSC
www.fsc.org

Penguin Random House Verlagsgruppe FSC® N001967

1. Auflage 2024

Dieses Werk wurde vermittelt durch die Literarische Agentur
Thomas Schlück GmbH, 30161 Hannover.

Redaktion: Alexandra Kranefeld
Umschlaggestaltung und -motive: © www.buerosued.de
BSt · Herstellung: CS
Satz: Buch-Werkstatt GmbH, Bad Aibling
Druck und Bindung: GGP Media GmbH, Pößneck
Printed in Germany
ISBN 978-3-7341-1360-4
www.blanvalet.de

1. TEIL

Palm Bay Preparatory School
15. Klassentreffen
November 2018

1. KAPITEL

Molly

Sollte es je dazu kommen, dass Sie eine Veranstaltung mit einem weißen Partyzelt ausrichten, können Sie sicher sein, dass ich, Molly Marks, mit Bedauern absagen werde.

Wenn Ihr Zelt mit exotischen Blumen geschmückt ist, mit Tausenden von Lichterketten und geprägten Tischkarten aus Leinen, wenn es eine Tanzfläche gibt, eine Hochzeitskapelle und ein Podium für Trinksprüche, seien Sie versichert, dass ich durch Abwesenheit glänzen werde, um Ihnen, liebe Freundin, aus Hunderten von Meilen Entfernung zuzuprosten.

Das ist nicht persönlich gemeint. Ich bin sicher, Sie sind eine ganz wundervolle Gastgeberin.

Aber das weiße Partyzelt als Symbol der öffentlichen Zurschaustellung von Gefühlen und Sentimentalität ist mir zuwider. Wenn ich schon Gefühle bekunden muss – igitt –, dann zu Hause im Dunkeln bei heruntergelassenen Jalousien, in einem mit Krümeln und Sauvignon Blanc bekleckerten Bademantel.

Sie werden also verstehen, warum ich in dieser schwülen Nacht auf dieser sternenschimmernden Insel, die für ihre champagnerfarbenen Strände berühmt ist, den Enthusiasmus einer Frau verspüre, die auf Stöckelschuhen zum Schafott humpelt.

Denn im perlmuttfarbenen Schein des Florida-Vollmonds nähert sich uns der hungrige Schlund eines weißen Zeltes von der Größe eines Kreuzfahrtschiffes.

Ein Banner, geschmückt mit künstlicher Bougainvillea und

violett und rosa blinkenden Lichtern, verkündet in jubelnder Schrift:

WILLKOMMEN zu Eurem 15. Klassentreffen,
Palm Bay Jahrgang 2003!!!

Drei Ausrufezeichen. Krank.

Ich gebe zu, dass man die Atmosphäre, die mich unter dem wogenden Zeltdach empfängt, unter den richtigen Umständen – wenn ich zum Beispiel ein anderer Mensch wäre – als verträumt bezeichnen könnte.

Immerhin riecht die Luft nach Jasmin, Orangenblüten und der salzigen Brise, die vom Golf von Mexiko herüberweht. Petroleumfackeln tauchen die Tanzfläche in flackerndes Licht. Es gibt eine Champagnerbar und ein Hummerbüfett. Sorgfältig gekleidete Männer und Frauen umarmen sich mit aufrichtiger Freude. Auf ein paar Gesichtern entdecke ich sogar Tränen.

Ich lege eine Hand an den Hals, um meinen flatternden Puls zu fühlen. Es war ein Fehler, im Hotel keine Xanax zu nehmen. Vielleicht kann ich mich in einem Rettungsschwimmerhäuschen verstecken.

»Ich kann das nicht«, flüstere ich meiner besten Freundin Dezzie zu, die mich heute Abend zusammen mit ihrem Mann Rob begleitet.

Sie drückt meine Hand, viel zu fest – eine Geste, die mich entweder beruhigen soll oder zur Räson bringen.

»Du *schaffst* das«, flüstert sie zurück.

»Da sieht man, dass meine Frau auf einer ekligen Privatschule in Florida war«, bemerkt Rob, ungerührt davon, dass meine Nerven blank liegen. »Ihr fünfzehnjähriges Klassentreffen sieht aus wie eine Hochzeit am Strand.«

»Ehrlich gesagt ist das hier zehnmal schöner als unsere Hochzeit«, sagt Dezzie und zieht mich an einem Tisch mit Goodie Bags vorbei, aus denen glitzernde Flip-Flops und Insektenspray quellen. Wir halten inne, um die Tischdekoration aus Ananas, Orchideen und Strasspalmen auf uns wirken zu lassen.

»So ist das eben, wenn man einen verarmten Sozialarbeiter heiratet«, sagt Rob. »Vielleicht können wir das Klassentreffen nutzen, um unser Eheversprechen zu erneuern.«

»Wenn es etwas Schlimmeres gibt als ein Klassentreffen«, sage ich grimmig, »dann ein Klassentreffen mit Eheversprechen. Außerdem ist es ungeschriebenes Gesetz, dass sich jedes Paar, das seine Gelübde erneuert, innerhalb eines Jahres trennt. Ihr passt zu gut zusammen, um alles für ein paar Coconut Shrimps wegzuwerfen.«

»Wie ich sehe, sind wir heute Abend gut gelaunt«, sagt Rob und klopft mir auf die Schulter.

Rob hat Glück, dass ich mich zu elend fühle, um Kontra zu geben. Er und Dezzie sind schon so lange zusammen, dass Rob und ich fast wie Geschwister sind. Die Art von Geschwistern, die sich heiß und innig lieben und dies durch Zankereien und einen Hang zu körperlicher Gewalt ausdrücken.

»Übellaunigkeit war damals Mollys Markenzeichen«, behauptet Dezzie. »In der zwölften Klasse wurde sie zur Pessimistin des Jahres gewählt.«

Ich werfe mein Haar zurück. »Eine Leistung, auf die ich übrigens immer noch stolz bin. Ich habe mir diese Auszeichnung hart erarbeitet.«

Die Kehrseite der Medaille war meine Neigung zu Panikattacken. Aber keine Sorge. Als ich erwachsen war, bin ich zum Psychiater gegangen, und jetzt bin ich eine starke, selbstbewusste Frau mit einem rezeptpflichtigen Cocktail aus angsthemmenden Antidepressiva und der gelegentlichen Benzo.

»Ich kann mir nur vorstellen, wie Molly als Teenager war«,

sagt Rob und nimmt ein winziges, mit Kaviar besprenkeltes Krabbenküchlein von einem Kellner entgegen. »Wenn man bedenkt, wie unerträglich sie jetzt ist …« Er grinst mich boshaft an und ich schubse ihn weg.

»O Gott, sie war unausstehlich«, sagt Dezzie und legt liebevoll den Arm um mich. »Nur schwermütige Gedichte und schwarzer Kaffee und im Debattierclub feministische Tiraden. Sie war die menschliche Verkörperung eines Sylvia-Plath-Tattoos.«

»Es hat sich also buchstäblich nichts geändert«, sagt Rob.

»Stimmt nicht«, widerspreche ich. »Ich bin der Mittelpunkt jeder Party. Nur nicht dieser.«

Bitte glauben Sie mir: Das ist wahr. Ich lebe in Los Angeles, und meine Karriere basiert auf der Fähigkeit, an den Pools absurd großer Häuser in den Hollywood Hills spritzige Gespräche zu führen, während ich genau die richtige Menge Champagner trinke. Ich lasse meinen Charme spielen, plappere unbedarft daher und knüpfe so mühelos Kontakte, dass es fast so aussieht, als würde ich mich amüsieren.

Aber das ist das echte Leben.

Dies ist ein Klassentreffen.

»Nun, heute Abend«, verkündet Rob, »werden wir dich so in Fahrt bringen, dass deine alten Freunde dich nicht wiedererkennen. Stimmt's, Dez?«

Dezzie hört schon gar nicht mehr zu. »Wo sollen wir sitzen?«

»Ganz hinten, wo uns niemand sieht«, sage ich.

Sie schlägt mir mit ihrer Clutch auf den Arm. Es ist eine sehr gute Clutch. Dezzie hat einen ausgezeichneten Geschmack. Heute Abend trägt sie ein kurzes, drapiertes Kleid, das aussieht wie Comme des Garçons, in Wahrheit aber – wie sie mir versichert hat, als ich bei ihrem Anblick neidisch aufstöhnte – eine kreativ gewickelte Tunika von Amazon ist. Ihr glänzendes schwarzes Haar trägt sie als strengen, schulterlangen Bob, und ihre Lippen sind ein roter Farbtupfer, der perfekt zu ihrem blassen Teint passt. Rob kann von Glück reden, dass er gut aussieht und ein markantes Kinn hat, denn sein Modestil kann wohlwollend bestenfalls als luschig bezeichnet werden. Er trägt wie immer eine zerknitterte hellbraune Hose, die er heute Abend mit einem für das Wetter viel zu warmen Tweedblazer und abgewetzten schwarzen Halbschuhen aufgepeppt hat, die nicht zu seinem Gürtel passen. Sie sind ein seltsames Paar, wie Karen O. und Jim aus *The Office*. Aber sie haben eine beneidenswerte Chemie.

»O mein Gott, Molly, du musst aufhören, dich zu beschweren«, sagt Dezzie. »Du hast die meisten dieser Leute seit fünfzehn Jahren nicht mehr gesehen. Du bist den ganzen Weg von Los Angeles nach Florida geflogen, obwohl du es hasst. Ich lasse nicht zu, dass du dich den ganzen Abend hinter deinem Weinglas versteckst und mir und Alyssa unterm Tisch sarkastische Nachrichten schreibst.«

»Wenn du glaubst, dass ich heute Abend so etwas Niedrigprozentiges wie Wein trinke, kennst du mich schlecht«, sage ich. »Außerdem habe ich gesehen, dass es einen eigens kreierten Cocktail gibt. Wie könnte ich einem Palm Bay Preptini widerstehen?«

»Oooh, wie schmeckt die Nostalgie nach einer Privatschule, die vierzigtausend Dollar pro Jahr gekostet hat?«, fragt Rob.

Ich schnappe mir eine Sektschale von einem vorbeigehenden Kellner und kippe die Hälfte der blassorangenen Flüssigkeit runter. »Nach Frauen, die ihre Diane-von-Fürstenberg-Kleider durchschwitzen, in die Jahre gekommenen, betrunkenen Typen, die zu Hip-Hop tanzen … und, ähm, Rum oder so.«

Dezzie verschwindet plötzlich und kommt mit drei Tischkarten in der Hand zurück.

»Ich habe uns gefunden«, sagt sie und gibt mir eine.

Molly Marks, Tisch 8.

Mir dreht sich der Magen um. »Warte. Wir haben *feste* Plätze?«

Dezzie zuckt die Schultern. »Marian Hart hat das Treffen organisiert. Wahrscheinlich will sie, dass die Leute sich mischen. Du weißt ja, wie sie ist.«

Marian Hart war Klassensprecherin und Ballkönigin. Sie hat die erbarmungslos fröhliche Energie einer Animateurin.

»Bitte sag mir, dass wir am selben Tisch sitzen«, sage ich und schnappe mir Dezzies Tischkarte.

Desdemona Chan, Tisch 17.

»Verdammte Scheiße«, murmle ich. »Hoffentlich sitzt Alyssa wenigstens an meinem Tisch.« Alyssa ist unsere andere beste Freundin, die Dritte im unzertrennlichen Trio, das wir seit der zweiten Klasse bilden.

»Nö. Ich habe ihre Karte gesehen. Sie sitzt an Tisch elf. Außerdem hat ihr Flug Verspätung und sie wird frühestens in einer Stunde hier sein. Sie kann dich nicht retten. Du wirst dich einfach unter die Leute mischen müssen.«

»Ich kann mich gut unter die Leute mischen«, kontere ich. »Nur zu falscher Nostalgie und aufgesetzter Fröhlichkeit bin ich nicht fähig.«

Die weiße Steeldrum-Band, die Jimmy-Buffett-Cover spielt, beendet *The Weather Is Here, Wish You Were Beautiful*, und keine Geringere als Marian Hart betritt die Bühne.

Wie erwartet, sieht sie makellos aus. Ihr perfekt gesträhntes blondes Haar ist zu einem eleganten Dutt frisiert, der trotz der Luftfeuchtigkeit Floridas nicht in sich zusammenfällt, und ihre Arme sehen aus, als wären sie von Goop gesponsert.

»Leute!«, kreischt sie ins Mikrofon. »Es ist so toll, euch alle zu sehen. Von hundertsiebenundsechzig Schülern sind heute Abend hundertachtundfünfzig hier, könnt ihr das glauben? Und wir werden *so. viel. SPASS. haben.*«

Zur Betonung verdreht sie ihre blauen Augen.

Ich vergrabe meinen Kopf an Dezzies Schulter. »Ich hasse es jetzt schon. Warum bin ich hier?«

»Du *wolltest* doch kommen, du Heuchlerin. Reiß dich zusammen. Vielleicht amüsierst du dich ja.«

Sie irrt sich. Ich *wollte* ganz sicher nicht kommen. Ich bin hier, weil ich unter Druck gesetzt wurde. Ich bin die Einzige aus unserem kleinen Kreis, die an der Westküste lebt, und wir sehen uns immer seltener, seit Alyssa Kinder hat. Aber ich bin gerade dabei, ein Projekt zu beenden, und ich reise nicht gern, wenn ich im Schreibmodus bin.

»Ich sollte zu Hause sein und arbeiten«, sage ich.

»Du kannst dir mal vier Tage freinehmen«, sagt Rob. »Du bist doch kein Onkologe.«

Ich bin sehr weit davon entfernt, lebensrettende Medizin zu praktizieren. Ich schreibe Drehbücher für romantische Komödien, um meinen Lebensunterhalt zu verdienen. Schicksalhafte Begegnungen, Situationskomik, ein Herzensbrecher, der mit den Tränen ringt, während er einer Frau mit Föhnfrisur, die im Zweifelsfall bei einer Zeitschrift arbeitet, seine unerwartete, unsterbliche Liebe erklärt.

Lachen Sie nur.

Zugegeben, mein Beruf passt nicht so recht zu den misanthropischen Anwandlungen, für die ich bekannt bin. Dennoch möchte ich betonen, dass ich erstaunlich gut darin bin. Nach dem Studium hatte ich hintereinander zwei Indie-Hits. Das ist zwar schon acht Jahre her, aber mein Produzent ist im Gespräch mit einem Hollywoodstar, der die Hauptrolle in dem Drehbuch übernehmen soll, das ich gerade fertigstelle, und ich glaube, es könnte wieder ein Hit werden.

Ein großer sogar.

Was ich dringend gebrauchen könnte. Ich bin gut im Geschäft, aber nach meinem ersten Erfolg war ich so eitel zu glauben, dass ich die nächste Nora Ephron oder Nancy Meyers werde und mir mit absoluten Klassikern eine goldene Nase verdiene. Bisher hat es mit den Millionen und der »Stimme einer Generation« noch nicht so ganz geklappt.

»Gleich werden die Vorspeisen serviert«, fährt Marian auf der Bühne fort. »Wenn ihr euch also jetzt an eure Plätze begeben könntet, wäre das perfekt. Wir werden fantastisch speisen und dann feiern, als wären wir sechzehn! Um das Eis zu brechen, gibt es an jedem Tisch ein paar Fragen. Diskutiert darüber, während ihr euch die Jakobsmuscheln schmecken lasst. Und jetzt viel Spaß!«

Ich ergreife Dezzies Hand. »Ich kann nicht glauben, dass ich das alleine durchstehen muss.«

»Du wirst das toll machen, Prinzessin«, sagt sie und löst sich aus meinem Griff. »Du wirst sie umhauen. Wenn nicht mit Charme, dann mit deinem berühmten finsteren Blick.«

»Ich bereue es jetzt schon.«

»Sieh mal, hier ist unser Tisch«, sagt Dez zu Rob und zeigt auf einen Achtertisch, an dem bereits dieser stille Typ sitzt, der einen Hedgefonds gegründet hat, und Chaz Logan, der Witzigste aus unserem Jahrgang.

»O Mann, du hast Chaz *und* den Milliardär?«, jammere ich, obwohl ich schon dreiunddreißig bin. »Ich bin voll neidisch.«

Dez sieht sich um. »Oh, dein Tisch sieht interessant aus.«

Ich folge ihrem Blick zu einem kleineren Tisch am Rand, in Strandnähe. Auf einem Schild in Möwenform steht: Tisch 8.

Und dort sitzt Seth Rubenstein, allein.

Mir schnürt sich die Kehle zu.

»Ach du Scheiße«, zische ich.

2. KAPITEL

Seth

Ich amüsiere mich blendend. Ich *liebe* solche Veranstaltungen.

Ich bin gerade mal eine Stunde auf meinem fünfzehnjährigen Klassentreffen und habe mit meiner alten Chemiepartnerin Gloria und ihrer Frau Emily bereits die letzten zehn Jahre rekapituliert (sie arbeiten als Filmausstatter in Hollywood und haben sich gerade einen Hund angeschafft), mir zwanzig Bilder von Mike Wilsons Baby angesehen (süßer kleiner Kerl), gedroht, Marian ins Meer zu werfen (ich liebe Marian und sie sieht toll aus), zwei Cocktails getrunken, die nach unserer Schule benannt sind (total lecker), und einen Ausschnitt vom Lightning-Spiel auf Loren Heymans Handy gesehen (ich bin kein Eishockeyfan, aber ich glaube, Loren verwechselt mich, und das mag ich an ihm).

Jetzt sitze ich an Tisch acht, allein, denn im Gegensatz zum Rest meiner ehemaligen Klassenkameraden respektiere ich Marians ausgefeilte Choreographie. Außerdem kann man, wenn man der Erste am Tisch ist, die Reaktionen der anderen beobachten, wenn ihnen klar wird, dass sie den ganzen Abend mit einem reden müssen.

Ein Heidenspaß.

Ich strecke die Beine aus, mit dem Rücken zum schönen Golf von Mexiko, nippe an meinem Palm Bay Preptini und wippe mit dem Fuß zu den ersten Takten von *Margaritaville*, während ich auf meine Tischnachbarn warte.

Aus dem Brotkorb ragen diese süchtig machenden knusprigen Parmesanstangen – mmmh – und ich nehme eine und beiße hinein. Eine etwas peinliche Menge an Käsekrümeln regnet auf meine Brust. Während ich mir noch den Dreck von der Jacke klopfe, schaue ich wieder auf. Und prompt dreht sich mir der Magen um.

Molly Marks steht im Schatten einer Topfpalme und sieht mich entsetzt an.

Ich habe sie seit fünfzehn Jahren nicht mehr gesehen.

Seit der Nacht, in der wir Schluss gemacht haben.

Oder besser gesagt, sie mit mir, völlig überraschend und ohne Vorwarnung, sodass ich erst im College darüber hinweggekommen bin – oder vielleicht auch erst im Jurastudium, je nachdem, wie viel ich getrunken hatte.

Hastig stopfe ich mir den Rest der Stange in den Mund und stehe mit einem breiten Grinsen auf, immer noch kauend, weil Molly es nicht besser verdient hat.

»Molly Marks!«, rufe ich und öffne meine Arme, als gäbe es nicht den geringsten Grund, warum sie mich nicht freundschaftlich umarmen sollte. Ich bin Seth Rubenstein, Rechtsanwalt, und ich werde sie in meinem berühmten Charisma *ertränken.*

Sie steht da, den Kopf geneigt, als wäre ich bekloppt.

Sehen Sie, ich *bin* bekloppt, das gebe ich zu. Aber *nett* bekloppt, was für Molly zweifelsohne schwer nachvollziehbar ist, da sie selbst grausam und unterkühlt ist.

»Hey, lass mich nicht hängen«, rufe ich. »Komm schon her, Marksman!«

Widerstrebend kommt sie in meine Arme und klopft mir zaghaft auf die Schulter – als ob sie sich bei einer Berührung mit mehr als einem Finger eine Geschlechtskrankheit zuziehen könnte.

Die ich nicht habe. Ich habe mich testen lassen, bevor ich hergeflogen bin. Nur für den Fall.

Ich ziehe sie näher an mich heran. »Hey, ein bisschen mehr

Zuneigung, bitte, Marky Marks. Ich bin's, dein alter Freund Seth Rubes.«

»Wer?«, fragt sie trocken.

Ich lache, denn ich bin fest entschlossen, die entspannte Leutseligkeit eines sehr coolen Typen auszustrahlen, den ihre Gegenwart nicht im Geringsten aus dem Konzept bringt. Und Molly war immer lustig, für die wenigen Leute, zu denen sie sich herabließ.

»Ich kann nicht glauben, dass du hier auftauchst«, sage ich und trete einen Schritt zurück, um sie anzuschauen. Zu unseren fünf- und zehnjährigen Klassentreffen ist sie nicht erschienen, was niemanden überrascht hat.

»Ich auch nicht.« Sie seufzt in dieser der Welt überdrüssigen Art, die mich einst um den Verstand gebracht hat.

»Du siehst umwerfend aus«, sage ich.

So was sagt man auf einem Klassentreffen natürlich zu jedem, aber in ihrem Fall stimmt es. Sie hat immer noch dieses lange, dichte dunkelbraune Haar, das ihr bis zum Hintern reicht und sich von den Bobs und Hochsteckfrisuren der anderen Palm-Bay-Flamingos abhebt. Sie ist sogar noch größer, als ich sie in Erinnerung habe, und ihre tollen Beine kommen durch das kurze, hauchdünne schwarze Kleid, das sie mit einer Lederjacke kombiniert hat, besonders gut zur Geltung – ein bewusster Verstoß gegen Marians sommerlichen Dresscode. Sie trägt zwischen zehn und zwanzig zierliche Goldketten in verschiedenen Längen, die bis zum Spalt zwischen ihren Brüsten reichen, mit winzigen Anhängern wie einer Distel oder dem Umriss von Kalifornien. Ich bin enttäuscht über mich selbst, denn ich muss gestehen, ihr die Ketten am liebsten einzeln abnehmen zu wollen.

Sie mustert mich von oben bis unten. »Du siehst auch gut aus. Ich hätte gedacht, du würdest älter aussehen.«

Hm.

Ich versuche, nicht geknickt zu wirken.

Offenbar gelingt es mir nicht, denn sie schlägt eine manikürte Hand vor den Mund.

»Tut mir leid. Das kam falsch rüber. Ich meinte …«

»Du hast erwartet, dass ich so reif wirke, wie es meiner angeborenen Gravitas entspricht?«, sage ich, um sie zu retten, denn sie sieht aus, als würde sie am liebsten wegrennen und den Kopf in den Sand stecken.

Ich konnte es noch nie lassen, sie vor sich selbst zu retten.

Nicht, dass es jemals geklappt hätte.

»Nein, nur … Ich meine, ähm, du bist nicht gealtert. Oder, natürlich bist du gealtert, aber nicht so wie die anderen hier? Du siehst gut aus, irgendwie männlich? Gott, tut mir leid, entschuldige.«

Sie redet sich um Kopf und Kragen und ich habe Mitleid mit ihr.

»Das liegt am Botox«, scherze ich, »und ich habe einen tollen Chirurgen.« Es überrascht mich nicht, dass sie nicht lacht. Sie war schon immer sehr geizig mit ihrem Lachen. Wer sie zum Lachen bringen will, muss es sich verdienen.

Aber es ist extrem befriedigend, wenn man es schafft.

»Bitte, setz dich doch«, sage ich und deute mit ausladender, weltmännischer Geste auf den leeren Stuhl neben mir.

Er ist leer, weil ich niemanden mitgebracht habe. Genauer gesagt, hat meine Begleitung, mit der ich seit fast vier Monaten zusammen war, in letzter Minute abgesagt, indem sie am Abend vor unserem Flug per SMS mit mir Schluss gemacht hat.

Sie meinte – genau wie die letzten fünf oder sechs Frauen davor –, dass ihr alles zu schnell ginge. Dass ich mehr wolle, als sie zu geben bereit sei.

Vielleicht hat sie recht. Ich neige dazu, mich zu sehr in eine Beziehung hineinzustürzen, immer in der Hoffnung, dass wir uns ineinander verlieben. Warum soll man sich zurückhalten, wenn jede Frau die Richtige sein könnte? Ich suche nach der Frau fürs Leben, nach meiner Seelenverwandten, meiner Ehefrau.

Und ich bin sicher – absolut sicher –, dass ich ihr bald begegnen werde.

All das erwähne ich Molly gegenüber nicht.

»Wer sitzt noch hier?«, fragt sie und sieht sich am Tisch um.

»Marian«, sage ich mit heimlichem Vergnügen. Molly hat Marian immer verabscheut.

»Gott, sie sieht immer noch genauso aus«, sagt Molly. »Was macht sie so?«

Natürlich ist Molly über niemanden aus unserer Klasse auf dem Laufenden.

»Sie ist in der Werbung«, sage ich. »Spezialisiert auf Damenhygienemarken.«

Molly schnaubt. »Marian verkauft Tampons und so Scheiß?«

Ich schüttle den Kopf. »Keinen Scheiß. Nur Tampons.«

Diesmal lacht sie tatsächlich.

»Und wie geht es dir? Was machst du so?«, frage ich, obwohl ich genau weiß, was sie macht, denn sie ist, zumindest in unserem alten Freundeskreis, berühmt.

Sie schnappt sich eine der Parmesanstangen und bricht sie müßig in zwei Hälften.

Wenn ich mich nicht täusche, ist sie nervös.

Ich mache sie nervös.

Entzückend.

»Ich schreibe«, sagt sie vage.

»Oh, das ist ja toll. Was schreibst du denn?«

»Filme. Romantische Komödien.«

Sie sagt es höflich, wie jemand, der alle weiteren Fragen abblocken will. Das ist meine Chance, sie ein wenig zu quälen.

»Miss Molly McMarks«, sage ich, »du machst wohl Witze. Ausgerechnet *du* schreibst Schnulzen?«

»Schnulzen spielen am Eröffnungswochenende mehr als fünfzig Millionen Dollar ein«, sagt sie. »Oder jedenfalls taten sie das, bevor Superhelden die Herrschaft über die Kinokassen übernommen haben.«

»Ich liebe Superhelden«, sage ich. »Ohne dir zu nahe treten zu wollen.«

»Natürlich tust du das. Du hattest schon immer eine Schwäche für den simplen Kampf zwischen Gut und Böse.«

Das ist gemein, aber wahr, und ihre Gehässigkeit gefällt mir. Es erinnert mich an unsere Romanze. Wahre Liebe mit sechzehn prägt. Bis heute fühle ich mich hoffnungslos zu feindseligen Frauen hingezogen.

»Ich wusste, dass du im Grunde deines Herzens sentimental bist«, sage ich und das stimmt auch. Sie hat sich immer geweigert, mit mir ins Kino zu gehen, weil sie dabei weinen musste, und sie hat eine Phobie davor, in der Öffentlichkeit zu weinen.

»Es ist ein Job«, sagt sie und kippt die Hälfte eines Palm Bay Preptini runter.

»Vorsicht«, sage ich. »Da sind fünf Sorten Rum drin.«

Sie winkt einen Kellner heran und lässt sich zwei neue geben.

»Prost«, sagt sie und bietet mir einen an.

Ich nehme ihn und nippe daran. »Lecker.«

»Und was machst du so?«, fragt sie.

»Ich bin Anwalt. Partner in einer Kanzlei in Chicago.«

Ich gebe zu, dass ich das mit Stolz sage. Mit dreiundzwanzig habe ich mein Jurastudium abgeschlossen und bin mit achtundzwanzig Partner geworden, was in meiner Kanzlei noch nie vorgekommen ist.

»Anwalt für was?«, fragt sie.

Dieses Detail würde ich lieber für mich behalten. Ich weiß, es wird ihr nicht gefallen.

»Familienrecht«, sage ich, so vage wie möglich.

Molly starrt mich ungläubig an und es wirkt nicht gespielt. »Du bist *Scheidungsanwalt?*«

Sie hat eine tiefe Abscheu vor Scheidungsanwälten. Verständlicherweise.

Aber ich versuche, nicht wie diejenigen zu sein, die das Leben ihrer Mutter ruiniert haben, als wir noch Kinder waren. Ich bin stolz darauf, Paaren dabei zu helfen, sich auf menschenwürdige Weise zu trennen – oder besser noch, zu heilen.

»Nicht ganz«, sage ich schnell, »ich mache auch Eheverträge, Mediation …«

Ihre Lippen verziehen sich zu einem bedrohlichen Lächeln.

»Das ist lustig«, sagt sie, ohne jede Heiterkeit. »Du warst in der Schule immer so ein hoffnungsloser Romantiker.«

»Du musst es ja wissen«, sage ich.

Die Farbe weicht aus ihrem Gesicht.

Huch. Ich wollte ihr nicht direkt an die Gurgel gehen.

Ich wollte es genüsslich in die Länge ziehen.

Nichtsdestotrotz genieße ich ihr Unbehagen.

Bevor ich sie in weitere Erinnerungen daran verwickeln kann, was sie mir in unserer Jugend angetan hat, kommt Marian an den Tisch, flankiert von ihrem Ex-Freund Marcus, unserer französischen Austauschschülerin Georgette und Georgettes Begleitung, einem einschüchternd gut aussehenden Mann, der so gelangweilt dreinblickt, wie es nur ein Pariser auf einem Klassentreffen in Florida kann.

»Oh, seht euch zwei nur an!«, ruft Marian und mustert mich und Molly. »Als ob kein Tag vergangen wäre.« Sie dreht sich um und wendet sich an den Franzosen. »Die beiden waren mal so *amoureux.*«

Ich lege einen Arm um Mollys Schultern und drücke sie ganz fest an mich. »Sind sie immer noch.«

Molly schaudert unmerklich, was entweder Ekel sein könnte

oder die kühle Meeresbrise auf ihren nackten Schultern oder eine Welle nostalgischer Lust auf mich.

Okay, wahrscheinlich nicht Letzteres.

»Ja, nein«, murmelt sie.

Der Franzose streckt Molly die Hand entgegen. »Ich bin Jean-Henri. Georgettes Mann.«

»Ich bin Molly«, erwidert sie und schüttelt ihm die Hand. »Das Klassenbiest.«

3. KAPITEL

Molly

Es ist schwer, so zu tun, als würde es einem nichts ausmachen, jemanden wiederzusehen, den man zutiefst verletzt und bei dem man sich nie entschuldigt hat, wenn einem dabei die Hände zittern.

Ich halte sie unter den Tisch und hoffe, dass Seth es nicht bemerkt.

Dezzie hat mir versprochen, dass er nicht hier sein würde. Im Nachhinein betrachtet, ist Dezzie die Art von Mensch, die kein Problem damit hat, zu lügen, um dich dazu zu bringen, das zu tun, was ihrer Meinung nach gut für dich ist. Und sie glaubt, dass es gut für mich ist, mich meinen Ängsten zu stellen.

Aber Dezzie ist Konditorin, keine Therapeutin. Ihre psychologischen Interventionen sind selten von Erfolg gekrönt.

Seth tut inzwischen wieder so, als ob absolut nichts wäre. Als hätte ich nicht am Abend unserer Abschlussfeier nach vier Jahren Beziehung kaltherzig mit ihm Schluss gemacht. Als wäre es nicht die Nacht gewesen, in der wir unsere Unschuld verlieren wollten, in einer Hotelsuite, die er bereits mit Rosenblättern und vier verschiedenen Kondomsorten bestückt hatte, nur damit ich reinkomme, ihm das Herz breche und wieder gehe.

Als hätte sich das alles nicht in weniger als fünf Minuten abgespielt.

Wie ich ihn kenne – aber wer weiß, denn ich habe ihn vor

fünfzehn Jahren geghostet und seitdem nicht mehr mit ihm gesprochen –, spielt er mit mir.

Aber das ist okay, sage ich mir und versuche, normal zu atmen. Er hat es sich verdient.

Ich bin erleichtert, als Seth mit Marian und Marcus in ein Gespräch über Chicago verfällt, wo Seth lebt. Dann kommen sie auf Marians Haus in Miami und Marcus' in Atlanta zu sprechen, und auf ihre Jobs in der Werbung und im Sportmanagement.

Ich übe mein Französisch an Georgette, die jetzt in Paris lebt, Stylistin ist und Jakobsmuscheln genauso verabscheut wie ich.

»*Tu es avec Seth?*«, fragt sie mit leiser Stimme und nickt in seine Richtung.

»*Non!*«, stottere ich. »Ich bin mit Dezzie und ihrem Mann hier.«

»Ah«, haucht Georgette sehr französisch. »*Tant pis.*«

Es klingt fast ein bisschen enttäuscht.

Ich schüttle den Kopf. Georgette war nur in der elften Klasse an unserer Schule. Zweifellos weiß sie nichts von unserer schmutzigen Trennung.

»Erzähl mir«, sage ich zu ihrem Mann, »wie ihr euch kennengelernt habt.«

Bei einer Vernissage in einer Bar auf dem Dach des Centre Pompidou, *bien sûr*.

Gebannt lausche ich der glamourösen Geschichte ihrer Verlobung. In Wahrheit heuchle ich Interesse, damit ich mich von Seth wegdrehen kann – als wären Georgettes Worte ein Kraftfeld, das mich davor schützt, den Rest des Abends mit ihm reden zu müssen.

Doch dann steht Marian auf und greift nach einem Stapel Karten in der Mitte des Tisches.

»Zeit für unseren Eisbrecher!«, zwitschert sie.

»Fun!«, schwärmt Seth und macht daraus irgendwie ein zweisilbiges Wort.

Er scheint es ernst zu meinen.

Ich kann nicht glauben, dass wir mal zusammen waren.

Zugegeben, er war schon damals schön und sieht jetzt irgendwie noch besser aus – groß und schlaksig, mit glänzendem schwarzem Haar, dunklen Augen, die übermütig funkeln, und einer gekrümmten Nase, die ich nur als erotisch beschreiben kann.

Und dann war er damals noch in mich verknallt, statt befremdet oder verstört wie alle anderen Jungs an unserer Schule. Und ich war Wachs in seinen Händen, in den kostbaren Momenten, die wir allein waren.

Er ist immer noch der einzige Mensch, in den ich je verliebt war.

Ich hätte mich nicht neben ihn setzen sollen.

Die Pheromone des gegenseitigen Begrapschens auf dem Rücksitz durchdringen den Panzer meiner Angst und meine verzweifelten Versuche, mich auf Georgettes Anekdoten über Marion Cotillard zu konzentrieren. Seths Nähe lenkt mich ab, und ich bin hin- und hergerissen zwischen dem Drang, auf die Toilette zu gehen, um mich zu sammeln, und dem Drang, ihn zu packen und mit ihm unter dem Landungssteg zu verschwinden, wo wir immer rumgemacht haben.

Sex ist ein ausgezeichnetes Mittel gegen Panikattacken. Er holt dich in deinen Körper zurück, und es ist praktisch unmöglich, in eine Angstspirale zu geraten, solange jemand deine Brüste berührt. Dieses Phänomen ist verantwortlich für mindestens 70 Prozent meiner ansonsten unerklärlichen Ex-Freunde.

Seths Arm streift meinen, als er nach seinem Getränk greift, und ich spüre, wie seine Berührung irgendwo in der Nähe meiner Eierstöcke nachhallt. Zum ersten Mal an diesem Abend entspannen sich meine Schultern.

Ich werfe ihm einen flüchtigen Blick zu, um zu sehen, ob er ebenfalls einen Anflug von Lust verspürt.

Stattdessen ist er ganz auf Marian konzentriert.

»Erste Frage!«, sagt Marian und winkt mit der Karte. »Was ist deine schönste Erinnerung an die Highschool?«

O Gott!

Marcus hebt die Hand. »Das ist einfach. Ich war Ballkönig neben diesem wunderschönen Mädchen.«

Marian errötet und nimmt Marcus' Hand. Er sieht ihr in die Augen, Staunen im Blick, und man kann die Hitze zwischen ihnen *spüren.*

»Das war auch mein Lieblingsabend«, schnurrt Marian.

Ich fange zufällig Seths Blick auf. Ich frage mich, ob er sich auch gerade daran erinnert, wie ich ihn überredet habe, den Abschlussball ausfallen zu lassen und stattdessen einen Strandspaziergang zu machen. Dass die Nacht genauso war wie diese – warm und fast ein bisschen klebrig, erleuchtet vom Vollmond. Dass wir in unseren Klamotten ins Meer gesprungen und völlig überdreht auf der Party danach aufgetaucht sind, ich in klatschnassen Pailletten, er im triefenden Smoking.

Wir schauen beide weg.

Georgette ergreift das Wort und erinnert sich, wie wir auf einer Klassenfahrt nach Costa Rica tauchen waren, und dann bin ich dran.

Ich schweige.

Die Wahrheit ist, dass meine schönsten Erinnerungen an die Highschool alle mit Seth zu tun haben. Aber das werde ich bestimmt nicht zugeben. Also krame ich die erste harmlose Sache hervor, die mir in den Sinn kommt.

»Ich werde mich immer erinnern, wie Dezzie, Alyssa und ich

uns nachts weggeschlichen haben, um in eine echte Country-Western-Bar zu fahren, von der wir gehört hatten, irgendwo im Osten auf dem Land. Wir haben das Cabrio von Dezzies Mutter geklaut und sind etwa eine Stunde lang über dunkle, staubige Straßen gefahren, mit Patsy Cline bei voller Lautstärke. Niemand wollte unseren Ausweis sehen, und wir haben bis zwei Uhr morgens mit irgendwelchen alten Cowboys getanzt. Es war unglaublich.«

Was ich nicht erwähne, ist, dass ich mir die ganze Nacht gewünscht habe, Seth wäre da. Dass Dezzie und Alyssa total genervt waren, weil ich ihn ständig anrief, damit er sich übers Handy die Band anhören kann.

»Das ist so süß«, sagt Marian und strahlt mich an.

»Das ist es wirklich«, sagt Seth. »Ich wünschte, ich wäre dabei gewesen.«

Seth hatte sich wirklich gewünscht, er wäre dabei gewesen. Er war traurig, dass ich ihn nicht eingeladen hatte mitzukommen. Er liebt – beziehungsweise liebte – Country-Musik. Und Tanzen. Er ist einer von *denen*.

Als ich ein paar Monate später anlässlich seines Geburtstags mit ihm hinfahren wollte, um es wiedergutzumachen, hatte die Bar dichtgemacht.

Das könnte eine Metapher für unsere damalige Dynamik sein: Er, voller Sehnsucht nach mehr. Ich, immer nur eine Geste entfernt von der Hingabe, mit der er mich überschüttete. Er hatte unbegrenzte Kapazitäten für Zuneigung. Und ich hatte bereits den Abwehrmechanismus entwickelt, der mich instinktiv zurückschrecken lässt, wenn sich jemand nach meiner Liebe sehnt.

»Du bist dran, Rubes«, sagt Marcus.

Seth lehnt sich zurück und legt lässig den Arm um meine Schultern.

»Es war der Tag, an dem sie hier sich herabgelassen hat, mit mir auszugehen«, sagt er.

Er spielt eindeutig mit mir.

»In der neunten Klasse waren wir bei einem Debattierwettbewerb in Raleigh«, fährt er fort und mustert mich mit spöttischer Zärtlichkeit. »Marks hat natürlich gewonnen. Danach landeten ein paar von uns im Hotelzimmer von Chaz Logan, und wir sprachen über den Obersten Gerichtshof, denn wir waren eingebildete kleine Arschlöcher. Molly schwang sich zu einer sehr eloquenten Rede auf, in der sie die Auslegung der Verfassung gegenüber dem strengen Konstruktivismus verteidigte, und sie war so klug und sah so hübsch aus – ich dachte, mir schmilzt das Herz aus der Brust. Als Chaz uns rausgeschmissen hat, weil er schlafen wollte, habe ich sie gefragt, ob sie mit mir am Pool noch weiterreden will. Wir ließen unsere Füße ins Wasser hängen, und ich sagte ihr, dass ich während ihrer perfekten Rede nur daran gedacht hatte, wie sehr ich sie küssen wollte.«

Alle am Tisch sehen uns an, als wären wir in einem kitschigen Liebesfilm. Am liebsten würde ich aufspringen und ins Meer rennen, denn von einem Hai gefressen zu werden, wäre immer noch besser als die Kombination aus Scham und Verlegenheit, an der ich gerade ersticke.

Seth kichert, als würde er diese Geschichte beim Probeessen für unsere Hochzeit erzählen. »Und weißt du noch, was du gesagt hast, Molls?«, fragt er und sieht mir demonstrativ in die Augen.

Alle warten, lächelnd.

Ich räuspere mich und hoffe, dass ich die Worte herausbekomme.

»Ich habe dich gefragt, worauf du wartest.«

4. KAPITEL

Seth

Molly leidet.

Ich gebe zu, es war meine Absicht, sie leiden zu lassen, aber jetzt tut sie mir ein bisschen leid.

Ich nehme an, jeder am Tisch weiß, wie es zwischen uns zu Ende ging.

Dass sie mich blockiert und sich in der Skihütte ihres Vaters in Vail verkrochen hat, während ich sechs Wochen durchheulte und zwanzig Pfund abnahm.

Dass sie nicht auf meine E-Mails antwortete.

Dass sie in den Semesterferien all unsere alten Treffpunkte mied.

Dass sie mir im Grunde das Herz gebrochen und es dann zur Sicherheit in einen Mülleimer in irgendeinem Park gestopft hat.

Mit dreiunddreißig sollte ich darüber hinweg sein.

Und das bin ich auch!

Zumindest dachte ich, ich wäre es. Aber ich hatte nicht damit gerechnet, Molly jemals wiederzusehen. Sie kommt nie zu diesen Veranstaltungen.

Marian, die ein Schatz ist, weint: »Das ist so süß! Ihr zwei wart hinreißend.«

»Nicht so hinreißend wie ihr beide«, erwidere ich lächelnd.

Marcus schlingt einen seiner muskulösen Ex-Quarterback-Arme um Marian. »Wollen wir vor der Vorspeise noch ein Tänzchen wagen, schöne Frau?«, fragt er.

Ich frage mich, ob sie ihre Liebe heute Abend wieder aufleben lassen.

Ich hoffe es.

Sie sind beide Single. Keiner von ihnen kann die Finger vom anderen lassen. Wenn ich wetten müsste, wer aus unserer Klasse eines Tages zusammenkommt, dann wären es diese beiden.

Georgette und der Franzose entschuldigen sich ebenfalls und lassen Molly und mich allein, sodass wir in unseren Jakobsmuscheln stochern, auf der Suche nach einem neutralen Gesprächsthema.

Ich würde sie ja zum Tanzen auffordern, aber ich besitze noch einen Rest Würde, und die Stimmung ist ein bisschen angespannt, seit ich das Unaussprechliche ausgesprochen habe. Vor allem, weil ich nicht aufhören kann, ihr Haar anzustarren, das ihr über die Schultern fällt.

Ich muss weg von ihr.

»Ich geh mal Jon Hallo sagen«, sage ich und stehe auf. Jon ist einer meiner besten Freunde von damals und wir haben die ganze letzte Nacht mit seinem Freund Alastair und unserem anderen besten Freund Kevin abgehangen. Es gibt also keinen dringenden Grund, ihn zu begrüßen, außer den, Molly nicht merken zu lassen, dass ich immer noch, wider besseres Wissen, in sie verknallt zu sein scheine.

Ich dachte, sie wäre erleichtert, dass ich mich verziehe, stattdessen packt sie mich am Ärmel.

»Hey«, sagt sie. »Bevor du gehst, wollte ich noch … Ich wollte dir noch sagen, dass es mir leidtut.«

Jegliche Erregung verlässt meinen Körper. Ich fühle mich unbehaglich. Freundlichkeit heucheln, während ich innerlich koche, verleiht mir ein Gefühl der Macht. Nach ihrer Entschuldigung fühle ich mich wie ein Opfer. Wie der armselige Junge, dem das Herz gebrochen wurde.

»Was denn?«, frage ich und bemühe mich, nicht verletzlich zu wirken.

»Du weißt schon, wie es geendet hat. Dass ich einfach verschwunden bin.«

Das gefällt mir *gar* nicht. Ich wollte kein Mitleid. Ich wollte sie blamieren. Das ist nicht dasselbe.

Und wie sie das sagt, sieht sie genauso aus wie damals, wenn wir allein waren und sie ihre coole Masche ablegte.

Es nervt mich, wie sehr mich das immer noch berührt.

Ich zucke die Schultern. »Das ist fünfzehn Jahre her, Süße. Mach dir keine Sorgen.«

Sie schüttelt den Kopf. »Das war scheiße von mir. Ich fühle mich immer noch schrecklich deswegen. Und ich habe gehört, dass es dir … eine Weile nicht gut ging.«

Ich lehne mich zurück und strecke die Beine aus. Ich schätze, wir reden darüber.

»Ich war kurz ziemlich fertig deswegen.« Ich erspare ihr die Einzelheiten.

Sie nickt und weicht meinem Blick aus. »Du glaubst mir vielleicht nicht, aber ich auch.«

Sie hat recht. Ich glaube ihr nicht.

»Ich habe irgendwie angenommen, dass du wenigstens mal anrufst«, kann ich mir nicht verkneifen zu sagen, wahrscheinlich weil ich schon vier Drinks intus habe. »Oder schreibst. Oder zumindest eine Brieftaube schickst, damit ich weiß, dass du noch lebst.«

Sie nimmt ihre Parmesanstange und beginnt, sie in Viertel zu brechen. Es schmerzt mich. Sie verschwendet gute gesättigte Fettsäuren.

»Ja«, sagt sie. »Das hätte ein normaler Mensch getan. Ich kann es nicht wirklich erklären. Ich war ein Arschloch.«

Ich glaube nicht, dass sie keine bessere Erklärung hat als diese.

Die Wahrheit ist, dass sie trotz ihres Benehmens nie ein Arschloch war. Sie war sensibel und hat es mit Zynismus überspielt. Wenn sie ihre Deckung fallen ließ, war sie so unglaublich liebenswert.

»Ich glaube, das ist nicht wahr«, sage ich.

Ich erwarte, dass sie protestiert, aber sie denkt kurz darüber nach.

»Ich glaube, ich hatte Angst. Unsere Unis waren zwei Flugstunden voneinander entfernt, und ich dachte, du würdest am Ende mit mir Schluss machen, und damit konnte ich nicht umgehen. Also hab ich's einfach beendet, bevor es noch intensiver werden konnte.«

Das ist eine vernünftige Erklärung. Besser als dass ich ihr irgendetwas Schreckliches angetan habe, von dem ich nichts weiß, oder dass sie mich nicht wirklich geliebt hat, oder eines der anderen schmerzhaften Szenarien, über die ich im Laufe der Jahre nachgegrübelt habe.

Aber es scheint auch etwas zu sein, das sie mir damals einfach hätte sagen können. Eine Sorge, die ich hätte wegküssen können, wie so viele andere ihrer Ängste.

Egal. Ich bin nicht hier, um eine rückwirkende Paartherapie mit Molly Marks zu machen.

Ich bin hier, um mich zu betrinken und vielleicht mit einem süßen Mädchen aus dem Tennisteam rumzumachen.

Ich muss das Thema wechseln.

»Hör zu, Molls, mach dir keine Sorgen, okay? Das ist Schnee von gestern. Sieh dir lieber Marian und Marcus an. Ich glaube, sie sind verliebt.«

»Wow«, sagt sie und starrt auf die Tanzfläche, wo die beiden so eng tanzen, als wären sie zu einer Person verschmolzen.

In meiner Eigenschaft als Beziehungsexperte kann ich mit Bestimmtheit sagen, dass man nur so zu *Cheeseburger in Paradise* tanzt, wenn man seelenverwandt ist.

»Ich habe immer gedacht, dass sie zusammenkommen«, sage ich.

»Heute Abend sieht es jedenfalls danach aus. Hoffentlich schaffen sie es noch aufs Hotelzimmer.«

»Nein, ich meine, ich dachte, sie würden am Ende heiraten oder so. Sieh sie dir an. Glaubst du wirklich nicht, dass sie seelenverwandt sind?«

»Ich glaube nicht an Seelenverwandtschaft.«

Das verwirrt mich. Ihre Filme sind romantisch und lebensbejahend, und immer findet irgendein komischer Kauz jemanden, der genauso kauzig ist und perfekt zu ihm passt. Ich liebe ihre Filme. Sie sind witzig, süß und optimistisch, aber mit einem gewissen Unterton, der die verschrobene Sensibilität der Person erahnen lässt, die sie geschrieben hat.

(Nicht, dass es etwas zu bedeuten hätte, dass ich beide mindestens dreimal gesehen habe.)

Ich möchte nicht durchblicken lassen, wie vertraut ich mit ihrer IMDb-Seite bin, also sage ich nur:

»Was? Du schreibst Liebeskomödien und glaubst nicht an Seelenverwandtschaft? Gibt's ja nicht.«

»Gibt's nicht.« Sie lehnt sich zurück. »Genau. Romantik gehört ins Reich der Fantasie. Das hier« – sie deutet auf Marian und Marcus – »ist leider das echte Leben. Und im echten Leben gibt es nur selten Happy Ends.«

Ich verkneife mir den Hinweis, dass sie nur so denkt, weil sie unseres in einem prägenden Alter zerstört hat.

»Das ist ziemlich zynisch, Süße«, sage ich.

»Ich halte mich nur an die Fakten. Ich bin schließlich Expertin, oder? Romanzen sind ein Genre. Sie haben einen gewissen Rhythmus, so wie Thriller oder Krimis. Es beginnt mit der ersten Begegnung und endet, wenn die beiden zusammenkommen. Und als Autor drückst du an der Stelle für immer auf Pause, lässt die

Geschichte in der Schwebe. Man sieht nicht, wie er sie betrügt oder sie sich entliebt oder ihre Kinder ihr Sexleben zerstören oder wie sie bei einem Schnorchelunfall in den Flitterwochen sterben. Verstehst du? Es ist eine Fantasie. Nur eine blöde Liebesgeschichte.«

»Gott, ist das deprimierend.«

»Sagt der Typ, der beruflich Beziehungen zerstört.«

»Äh, Verzeihung. Ich habe zwar viele Scheidungen, aber auch viele Versöhnungen in letzter Minute erlebt, und dass eine Beziehung zerbricht, bedeutet nicht, dass die Liebe dahinter nicht echt war. Manchmal funktioniert es einfach nicht. Inzwischen kann ich erkennen, wer sich versöhnen wird und wer die wahre Liebe erst noch suchen muss. Jeder ist dazu bestimmt, seinen Menschen zu finden. Jeder sollte eine Liebe seines Lebens haben.«

»Das ist süß«, sagt Molly auf freundliche Weise verächtlich und setzt der alles verzehrenden Intensität unserer Unterhaltung ein Ende, statt auf mein brillantes Argument einzugehen. Ich nehme es ihr nicht übel, denn wenn ich mich so mit ihr unterhalte – als wären wir allein und unsere beiden Gehirne das Einzige, was auf dieser Welt existiert –, werde ich ganz wehmütig nach der Zeit, als wir sechzehn und voneinander besessen waren.

Ich verdrehe die Augen. »Sei nicht so herablassend, Marks.«

»Bin ich nicht. Es ist schön, dass du so denkst. Ich weiß nur, dass du dich irrst.«

»Wer hat dich so verletzt?«, frage ich. Ich scherze nur, aber sie zuckt zusammen.

Weil es jemand getan hat.

Ich hätte das nicht sagen sollen.

»Sagen wir einfach, ich bin nicht dafür gemacht, jemandes Seelenverwandte zu sein«, sagt sie.

Diese Worte machen mich traurig.

Ich weiß nicht, was ich sagen soll.

Jedenfalls war sie nicht dafür geschaffen, meine zu sein.

5. KAPITEL

Molly

Verdammt noch mal, Molly.

Es ist eine Sache, mir selbst meine Schwächen brutal ehrlich einzugestehen. Aber ich versuche, nicht damit hausieren zu gehen.

Auf Klassentreffen.

Vor einem Ex-Freund, der mich hasst.

Noch dazu weiß Seth, dass ich recht habe. Er bemitleidet mich deshalb. Ich kann es ihm ansehen.

»Klingt, als wärst du ziemlich hart zu dir selbst, Molls«, sagt er leise.

Aber ich bin nicht hart zu mir selbst. Ich bin hart zu den Menschen, die den Fehler machen, mich lieben zu wollen. Denn ich weiß leider, wie das endet.

»Marks!«, schreit jemand vom anderen Ende des Raumes.

Es ist Alyssa. Dem Universum sei Dank.

»Ich geh nur mal schnell Hallo sagen«, sage ich zu Seth, aber er winkt schon ab, als wären wir nicht gerade ineinander vertieft gewesen. Als würde es nicht gerade um etwas sehr viel Persönlicheres gehen als den Quatsch, der in Liebesfilmen verzapft wird.

»Jon, Kevin und ich haben eine Verabredung mit teuren Schalentieren«, sagt er und deutet auf seine beiden besten Freunde aus Kindertagen, die für Hummerbrötchen anstehen.

Er winkt ihnen zu. Kevin verdreht die Augen, als er mich neben Seth sieht.

Ich kann gar nicht schnell genug aufstehen.

Ich bahne mir einen Weg durch die Menge zur Bar, wo Alyssa bereits ein San Pellegrino auf Eis mit fünf Limetten bestellt. Ihre Dreads stapeln sich auf ihrem Kopf und fügen ihren eins achtundsiebzig weitere fünfzehn Zentimeter hinzu. Sie trägt ein bodenlanges ringelblumengelbes Wickelkleid, das die goldenen Untertöne ihrer dunkelbraunen Haut betont und ihren Babybauch zur Geltung bringt.

»Sieh dich an«, kreische ich. Ich habe sie, seit sie wieder schwanger ist, nicht mehr gesehen.

Sie legt sich eine Hand auf den Bauch. »Ich weiß. Egal was passiert, lass nicht zu, dass es auf der Tanzfläche zur Welt kommt.«

»Ich weiß nicht. Ich könnte die Szene für ein Drehbuch verwenden.«

»Wie geht's dir?«, fragt sie mit leiser Stimme.

Ein Typ, mit dem sie in der zehnten Klasse zehn Minuten zusammen war, kommt vorbei und gibt ihr Fünf. »Los, Flamingos!«, schreit er.

Alyssa war unser Leichtathletikstar. Der ganze Stolz unseres Jahrgangs.

»Ich verliere noch den Verstand«, sage ich. »Hast du gesehen, wer neben mir sitzt?«

Sie grinst. »Ja.«

»Ich sterbe.«

»Für mich siehst du noch ganz munter aus.«

»Tja, rate mal, was ich tun werde?«, sage ich und winke dem Barkeeper. »Ich werde mich besinnungslos betrinken.«

Es fällt mir nicht schwer, dieses Versprechen einzulösen. Es wimmelt von Kellnern, die Champagner herumreichen und im Laufe des Abends auch Tabletts mit Espresso-Martinis namens – wie sollte es anders sein – Flamingo.

Den Hauptgang überspringe ich praktischerweise, damit in

meinem Bauch mehr Platz für Alkohol ist, und vor allem, um Seth aus dem Weg zu gehen. Ich beobachte ihn aus dem Augenwinkel, wie er in der Menge badet, fast jeden umarmt, der ihm über den Weg läuft, Nummern in sein Telefon eingibt und Leute auf die Tanzfläche zieht.

Er ist so offensichtlich glücklich, dass er scheinbar im Alleingang bei allen im Zelt den Serotoninspiegel anhebt.

Außer bei mir.

»Hey!«, sagt Dezzie und kommt zu mir und Alyssa rüber, die sich zu meiner Anstandsdame für den Abend ernannt hat.

Eigentlich bin ich gar nicht so betrunken, dass ich die Aufsicht eines Erwachsenen brauche. Mein nervöses Adrenalin ist stärker als der Alkohol. Ich fühle mich, als wäre ich auf illegalen Aufputschmitteln, oder zumindest verschreibungspflichtigen Betäubungsmitteln.

»Kommt und tanzt mit mir, Mädels«, sagt Dezzie und streckt jeder von uns eine Hand entgegen.

»Ich bin zu schwanger zum Tanzen«, protestiert Alyssa. »Meine Knöchel sind wie Wassermelonen. Und ich muss Ryland anrufen.«

Alyssas Mann schwänzt das Klassentreffen, um auf die beiden Kinder aufzupassen.

Der glückliche Ryland.

»Ich kann nicht tanzen«, sage ich. »Ich kann einfach nicht. Sieh doch hin« – ich zeige auf die Tanzfläche – »da ist *Seth*.«

»Sie haben ein paar Worte gewechselt, und jetzt ist sie ein Wrack«, fasst Alyssa in meinem Namen zusammen.

»Ein *Wrack*«, wiederhole ich mit Nachdruck, denn ich habe so viel Alkohol getrunken, dass ich jedes Gefühl für Verhältnismäßigkeit verloren habe.

»Tanzen hilft, Schatz«, sagt Dez und packt mich am Arm.

Der DJ spielt Hits aus unserer Jugend, und es fällt mir schwer, bei *Baby Got Back* nicht auf die Tanzfläche zu stürmen, obwohl der Song inzwischen vermutlich gecancelt ist. Dez wirft die Arme in die Luft, und ehe ich michs versehe, tanze ich. Und wenn ich wild genug tanze und die Augen fest genug schließe, kann ich Seth Rubenstein ausblenden.

Ein langsames Lied ertönt und Rob taucht auf. »Darf ich sie dir wegnehmen?«, fragt er Dezzie und nimmt meine Hand.

Dezzie schubst mich in die Arme ihres Mannes und schnappt sich Alyssa.

»Komm schon«, drängelt sie. »Für Stehblues bist du nicht zu schwanger.«

Ich lege meine Hände auf Robs Schultern.

»Amüsierst du dich?«, frage ich über Céline Dion hinweg.

»Blendend«, sagt Rob. Er ist schon betrunken, taumelt ständig und bringt mich aus dem Gleichgewicht, aber er ist ein ansteckend fröhlicher Betrunkener.

»Echt jetzt?«, frage ich über die Musik hinweg.

»Ja! Ich liebe deine Freunde. Wusstest du, dass Chaz ein professioneller Comedian ist? Er will mir Freikarten besorgen, wenn er das nächste Mal in Chicago auftritt.«

»Du Glückspilz.«

»Und dieser Hedgefonds-Typ an unserem Tisch hat mir erzählt, dass er früher heimlich in Dezzie verliebt war und nur zu schüchtern, sie anzusprechen. Ist das nicht süß?«

»Ja! Sie sollte dich für ihn verlassen. Er könnte ihr eine Insel kaufen.«

»Ich weiß! Das habe ich auch gesagt. Oh, und ich habe diese Lesben kennengelernt, die in der Nähe von dir in L. A. leben.«

»Gloria und Emily?«

»Ja. Und weißt du was? Sie entwerfen Filmsets.«

»Äh, ja. Ich weiß? Weil wir Nachbarn sind? Wie du gerade gesagt hast?«

»Und ich *liebe* Seth«, schreit er, als das Lied abrupt endet.

»Halt die Klappe«, zische ich.

»Wieso?«, fragt er mit gespielter Unschuld. »Er wohnt in Chicago. Wir gehen ein Bier trinken, wenn wir zurück sind.«

»Du weißt, dass er mein Ex ist.«

»Jo. Umso besser.«

»Verräter.«

Der DJ tippt aufs Mikro. »Und jetzt ein Wunsch, gewidmet der bezaubernden Molly Marks«, sagt er mit dieser albernen Stimme, die alle DJs zu haben scheinen.

»Oooh«, raunt die Menge, dabei weiß jeder hier, dass ich jede Art von Aufmerksamkeit hasse, besonders wenn sie mit Tanzen zu tun hat.

»Molls«, lallt Rob. »Du musst einen Verehrer haben.«

Die eingängige Anfangssequenz von *It's Gonna Be Me* von NSYNC dröhnt aus den Lautsprechern.

Ich sehe zu Dez und Alyssa, die sich kaputtlachen.

»Seid ihr das gewesen?«, rufe ich über die Musik hinweg.

Sie schütteln unschuldig den Kopf. Alyssa bedeutet mir, mich umzudrehen.

Hinter mir steht Seth und singt tonlos mit.

Er geht auf ein Knie. »Darf ich um diesen Tanz bitten, Mylady?«

»Das hast du nicht getan.«

Er lächelt selbstzufrieden. »Ich musste es tun. Ich *musste.*«

Es war das Gegenteil von *unserem* Lied. Ich hasste es so sehr, dass Seth es im Auto laut aufdrehte, um mich zu ärgern, wenn ich zickig war. Ich hasste es so sehr, dass er mich dazu tanzen ließ, wenn ich traurig war, um meine Traurigkeit in Wut zu verwandeln. Ich hasste es so sehr, dass er es mir jedes Mal beim Karaoke als Ständchen brachte, eine Art perverses Paarungsritual.

Sie wissen schon. Was ein Freund so macht.

Seth nimmt meine Hand. »Komm schon, Marks. Du musst mit mir tanzen. Das ist Tradition.«

Mir bleibt keine Wahl.

Er fasst mich um die Taille und zieht mich an sich.

»*It's Gonna Be Me*«, brüllt er mir ins Ohr.

6. KAPITEL

Seth

Ich bin endlich, *endlich* drüber weg.

Nach fünfzehn Jahren unterschwelligen Grolls gegen Molly Marks habe ich meinen Frieden gefunden. Ich fühle mich leicht wie eine Feder, auch wenn ich mir ein wenig töricht vorkomme, weil ich so lange verbittert war. Aber ich vergebe mir.

Immerhin war Molly meine erste große Liebe, und sie hat sich entschuldigt, wenn auch mehr schlecht als recht, und ich werde sie nach heute Abend wahrscheinlich nie wiedersehen, und ich möchte mit ihr tanzen, um der alten Zeiten willen. Zu ihrem Lieblingslied.

Okay, vielleicht will ich sie auch ein kleines bisschen quälen.

Chronisch mürrische Menschen *muss* man manchmal quälen. Man sollte es nicht meinen, aber es muntert sie auf.

Außerdem hatte ich *sehr* viele Flamingos und bin voll auf Koffein.

»Das ist grausam«, schreit Molly mir ins Ohr.

»Nee«, kontere ich. »Das ist lustig.«

Ich packe ihre Hüften – unschuldig genug, was den Abstand angeht, aber mit der rhythmischen Bewegung eines notgeilen Teenagers.

Hauptsächlich, um sie zu ärgern, aber auch, weil, nun ja. Sie ist verdammt heiß.

»Komm schon, Süße, schwing die Hüften!«, schreie ich und rüttle rhythmisch an ihren Schultern.

»Ekelhaft«, schreit sie zurück. Aber sie gehorcht.

Unsere Körper berühren sich.

»Tu es für Justin«, flüstere ich ihr ins Ohr, lege meine Hand an ihren Rücken und wirble uns herum.

»Welcher Justin?«

»Timberlake, Baby.«

Sie kichert, und ich weiß, dass ich gewonnen habe.

Sie ist immer noch dieselbe wie damals. Und ich habe sie schon damals intuitiv verstanden. Wir waren auf derselben Wellenlänge – nicht nur sexuell, sondern auch auf freundschaftlicher Ebene, und oft haben wir uns stundenlang verquatscht.

Trotz meiner langen Reihe von Freundinnen hatte ich schon lange keine solche Verbindung mehr zu jemandem.

In gewisser Weise vermisse ich sie immer noch. Meine Molls. Meine Miss Molly. Meine Marky Marks.

»Molls«, sage ich und ziehe sie ein wenig näher.

»Bla?« (Vielleicht hat sie auch Ja gesagt, aber NSYNC ist *sehr* laut.)

»Tut mir leid, wenn ich vorhin anstrengend war. Ich hoffe, ich habe dir nicht den Abend versaut.«

Sie schüttelt den Kopf. »Ich habe es verdient«, schreit sie.

Ich widerspreche nicht.

»Es ist schön, dich zu sehen«, rufe ich zurück.

»Ja, oder?«, lese ich von ihren Lippen. Ich kann sie nicht hören. Aber das ist egal.

Jetzt, wo wir reinen Tisch gemacht haben, will ich tanzen.

Ich singe Molly leidenschaftlich an, während sie sich lachend wegdreht. Ich wirble sie ein paar Mal herum, asynchron zur Musik – nur so zum Spaß.

Am Ende des Songs singt sie mit. Wir sehen uns in die Augen und unsere Hüften – darf ich das sagen? – reiben sich aneinander.

Als *Shake Ya Ass* ertönt, versucht sie nicht einmal zu fliehen. Stattdessen fängt sie an, mit dem Hintern zu wackeln.

Passiert das gerade wirklich? Reibt sie ihren Arsch an meinem Schritt und wirft mir ihre extrem langen, erotischen Haare ins *Gesicht*?

Das tut sie, Euer Ehren. Das tut sie!

Als das Lied endet, sind wir erschöpft, also lege ich meinen Arm um ihre Schultern und führe sie von der Tanzfläche. »Lass uns was trinken«, sage ich. »Mein letzter Flamingo ist mindestens zwanzig Minuten her.«

Wir halten einen Kellner an und besorgen uns eine weitere Runde tödlichen, koffeinhaltigen Alkohol.

»Lass uns am Strand spazieren gehen«, schlage ich vor.

Keine Frage, ich fordere mein Glück heraus. Ich mache mich darauf gefasst, dass sie das Weite sucht und sich bei Alyssa ausheult, weil sie meine Gesellschaft aus Versehen genossen hat.

Aber sie nickt. »Gute Idee«, sagt sie. »Es ist so eine laue Nacht.«

Kevin sieht mich von der anderen Seite des Raumes an und kneift missbilligend die Augen zusammen wie ein englisches Kindermädchen, das ihren Zögling beim Kuchenessen erwischt. Er ist mit Molly befreundet – sie waren in New York zusammen auf dem College –, aber er macht sich Sorgen um mich.

Das ist nett von ihm, aber ich will jetzt keinen Helden; ich will diese Frau küssen, die meine Hand nimmt und mich in Richtung Ozean zieht. »Komm schon. Ich brauche Luft«, flüstert sie.

Ich hoffe, sie meint damit: »Ich brauche *dich.*«

Wir schlendern Hand in Hand den Strand hinunter bis zum Landungssteg.

»Weißt du noch, wie wir hier immer rumgemacht haben?«, fragt Molly.

Ich bleibe cool.

»Ja, klar. Leider haben die Touristen den Strand entdeckt. Heutzutage braucht man aus der Stadt anderthalb Stunden hierher, bei dem Verkehr.«

»Ich weiß. Meine Mutter will immer herkommen, wenn ich zu Besuch bin, aber das nervt.«

»Kommst du oft her?«, frage ich.

Ich ja, aber ich habe Molly noch nie getroffen.

»Nach Möglichkeit nur einmal im Jahr«, sagt sie. »Ich bin Weihnachten hier und am 4. Juli kommt meine Mutter nach L. A.«

Ich erinnere mich, dass sie sich früher immer sehr auf den 4. Juli gefreut hat. Egal, wie verzweifelt die Lage zu Hause war, ihre Mutter gab immer eine Strandparty für die ganze Verwandtschaft. Molly bewegte sich auf diesen Partys mit so viel Freude und Zuversicht, dass sie kaum wiederzuerkennen war. Ich liebte es, sie so zu sehen – fröhlich, unkompliziert.

»Also keine Strandpartys mehr?«, frage ich. Irgendwie macht es mich traurig, dass es diese Tradition nicht mehr gibt.

»Man darf kein Lagerfeuer mehr machen«, sagt sie schulterzuckend. »Und meine Mutter ist vielbeschäftigt und in den nobleren Teil der Insel gezogen und meine Tanten und Onkel werden auch älter. Und dann noch der Verkehr.«

Die Bewohner Floridas hassen den Verkehr mit inbrünstiger Leidenschaft – unter anderem, weil unsere Städte während der Hochsaison von Touristen und Rentnern überlaufen sind, deren Fahrkünste zu wünschen übrig lassen.

Ich bin froh, dass ich jetzt in Chicago lebe.

Aber ich komme trotzdem gerne zurück.

»Wie ist L. A. am 4. Juli?«, frage ich.

»O mein *Gott*, Seth«, sagt sie und ihre Stimme klingt ganz untypisch, fast aufgeregt.

Ich bin auch ganz aufgeregt, denn sie hat mich seit fünfzehn Jahren nicht mehr mit meinem Vornamen angesprochen. Es läuft mir buchstäblich kalt den Rücken runter. *Seth.* Es klingt wie *Sex*, mit einem Lispeln.

»Es ist so schön«, fährt sie fort. »Es ist der allerbeste Feiertag in der Stadt – alle überbieten sich gegenseitig mit Feuerwerk und das ganze Tal explodiert in bunten Lichtern. Es ist unbeschreiblich. Und natürlich ein bisschen beängstigend, wegen der Brandgefahr und der Knallerei, die von den Bergen widerhallt, sodass man sich wie im Blitzkrieg fühlt, aber auch grandios.«

Offenbar macht es mich immer noch an, wenn Molly ernst ist, was selten vorkommt.

»Bist du etwa eine Jüngerin des 4. Juli in Los Angeles, Molly Marks?«

»Ich schätze, das bin ich. Es ist magisch, du solltest mal kommen.«

Sie scheint die Bedeutung dessen, was sie gesagt hat, im selben Moment zu erfassen wie ich – woraufhin sie schwer schluckt und ich ins Schwitzen gerate.

»Ich meine«, sagt sie schnell, »du solltest am 4. Juli mal nach L. A. kommen, nicht …«

»Ja, schon kapiert«, versichere ich ihr.

»Ich will nicht unhöflich sein, aber es wäre einfach komisch, wenn …«

»Molls.« Ich fasse sie an den Schultern und senke die Stimme. »Ich hab's kapiert. Du lädst mich nicht ein, am 4. Juli bei dir vorbeizukommen. Das ist okay. Ich bin nicht beleidigt. Ich würde dich sowieso lieber über Thanksgiving besuchen. Ich mache ausgezeichneten Kürbiskuchen.«

Sie entspannt sich.

Und dann stehen wir im Mondlicht an einem wunderschönen Strand und ich halte sie im Arm und sie sieht mir in die Augen und sie ist wunderschön.

Ich weiß, was ich zu tun habe.

So ist das Gesetz und ich bin ein Organ der Rechtspflege.

7. KAPITEL

Molly

Langsam beugt sich Seth vor.

Langsam mache ich einen Schritt auf ihn zu und berühre seine Lippen mit meinen.

Und dann ergreift 2002 Besitz von unseren Körpern.

Seth weiß genau, wie er mich küssen muss. Vielleicht hat er das Modell auch nur erfunden, und jetzt ist es der Maßstab, an dem ich alle anderen Küsse messe.

Jedenfalls zieht er mich an sich, greift mit den Fäusten in mein Haar und packt mich – das ist mein Ende.

Für einen so sensiblen Kerl war er im Bett immer erstaunlich dominant – oder besser gesagt unter Landungsstegen, auf den Rücksitzen von Autos und in leeren Gästezimmern auf irgendwelchen Hauspartys.

Ich liebe es, hart angepackt zu werden. Es zwingt mich, wie meine Therapeutin sagt, *präsent* zu sein.

Bis heute trage ich mein Haar lang, damit die Männer daran ziehen können, so wie Seth es früher getan hat.

Ich küsse ihn hungrig und wir lassen uns in den Sand fallen. Der knochenweiße zuckerfeine Sand bildet sofort einen Film auf unserer nackten Haut und durchdringt unsere Kleidung.

Uns ist das egal. Wir verzehren uns nacheinander.

»Warte«, keuche ich. Er unterbricht sofort das vergnügliche – extrem vergnügliche – Spiel seiner Finger in meinem Höschen.

»Was wir hier tun, ist illegal. Du bist Anwalt. Das könnte dich die Zulassung kosten.«

»Das könnte es wert sein«, sagt er heiser.

Ich setze mich auf. »Hotel«, sage ich. »Wir müssen ins Hotel.«

»Molly Marks« – ich höre die Flamingos in seiner Stimme –, »lädst du mich auf dein Zimmer ein?«

»Jetzt oder nie, Rubes.«

Er springt auf die Beine (beeindruckende Körperspannung) und reicht mir eine Hand, um mir aufzuhelfen.

»Sehe ich aus, als hätte ich gerade am Strand rumgefummelt?«, frage ich und versuche, den Sand aus meinen Haaren zu schütteln, die sich durch das köstliche Ziehen verknotet haben.

»Ja«, sagt er. »Aber keine Sorge. Es ist schon spät. Alle sind zu betrunken, um es zu bemerken.«

Wir schleichen zurück zum Zelt und im Schatten daran vorbei, um ein Uber zu rufen.

»Ich halte es nicht mehr aus«, schreibe ich Dezzie und Alyssa, als wir wegfahren. Und das ist irgendwie eine Lüge, aber irgendwie auch die Wahrheit.

Ich halte die erotische Spannung nicht mehr aus.

Wir knutschen den ganzen Weg zurück in die Stadt.

8. KAPITEL

Seth

Es wird Sie nicht überraschen, dass ich gerne *Liebe mache.*

Gebt mir ein paar zärtliche Blicke, etwas Sade im Hintergrund, etwas Massageöl, und ich bin ein glücklicher und sexuell erregter Mann. (Das mit Sade war nur ein Scherz. Ehrlich gesagt bevorzuge ich den intimeren Soundtrack des Atems.)

Ich bin sentimental, ich weiß, aber diese Vorliebe hat auch einen praktischen Hintergrund. Die Fähigkeit, mit jemandem langsamen, intensiven Sex zu haben, ohne in Gelächter auszubrechen, ist ein guter Lackmustest dafür, ob man sich verlieben könnte.

Mit Molly Marks will ich jedoch keine *Liebe machen.*

Heute Abend spüre ich eher den Vibe eines notgeilen Teenagers.

Ich spüre den Vibe zweier verzweifelter Jungfrauen, die es endlich *tun* wollen.

Genau wie vor fünfzehn Jahren, kurz bevor sie mit mir Schluss gemacht hat.

Aber daran sollten wir nicht denken. Herzschmerz ist nicht gut für die Potenz.

Also nein.

Ich will keine Kerzen anzünden.

Ich will mich keinem genussvollen Vorspiel hingeben. Mein Schwanz, der während der endlosen Uber-Fahrt zu unserem Hotel gegen meine Hose drückt, muss als Vorspiel genügen.

Jetzt will ich dieses Mädchen besinnungslos ficken.

Ich schiebe ihr Kleid hoch und ziehe das Höschen runter. Sie ist so verdammt feucht.

»Alles okay?«, frage ich, denn Einverständnis ist sexy, auch wenn man die verzweifelte Lust eines Sechzehnjährigen auslebt.

»Steck ihn rein«, antwortet sie und zaubert ein Kondom hervor.

Lieber Leser, ich stecke ihn rein.

Und es ist gut.

Mehr als gut.

Es ist dreimal mehr als gut, bevor wir erschöpft einschlafen.

Ich wache in Molly Marks' Hotelzimmer auf, das nach ihrem Parfüm riecht und dem unglaublichen Duft dessen, was sie in ihr Haar tut.

Molly schnarcht leise, was ich bezaubernd finde.

Das Ganze wäre idyllisch, wäre da nicht mein wahnsinniger, *phantasmagorischer* Kater.

Ich steige aus Mollys Bett (Mollys Bett!), rufe den Zimmerservice an, bestelle dies und das und lasse es auf mein Zimmer schreiben. Ich stöbere in der Minibar und finde eine dieser 18-Dollar-Packungen mit vier Paracetamol. Ich nehme zwei und lege die anderen zwei für Molly neben ein Glas kaltes Wasser.

Sie rührt sich nicht.

Ich öffne die Glasschiebetüren und mache es mir auf ihrem Balkon mit Blick auf die Bucht bequem, während ich auf unser Festmahl warte.

Es ist noch nicht heiß und es weht eine angenehme Brise und ich schließe die Augen für meine Morgenmeditation. (Das mache ich jeden Tag, keine Ausreden. Disziplin ist der erste Schritt zur Selbstfürsorge).

Ich höre das Klopfen an der Tür, und Molly wacht auf, als ich die Tür öffnen gehe. Sie versteckt alles, außer ihren schlaftrunkenen Augen, unter der Decke, während der Kellner unser

Frühstück aus Eiern, Pfannkuchen, grünem Saft, Orangensaft, Speck und Croissants aufdeckt und die dampfende Cafetiere runterdrückt.

Ich gebe ihm ein großzügiges Trinkgeld und er geht mit einem Lächeln auf den Lippen.

Ich sehe Molly an, ebenfalls lächelnd.

Sie zieht die Decke runter, um ihren Mund zu enthüllen.

Sie lächelt nicht.

»Du bist immer noch hier«, sagt sie nüchtern.

Die gute Laune entweicht meinem Körper.

»Oh …«, sage ich und fürchte, dass ich die Situation falsch eingeschätzt habe.

Sollte das hier ein One-Night-Stand sein?

Konnte es das sein, wenn man fünfzehn Jahre darauf gewartet hat?

Sollte ich mich im Schutz der Dunkelheit davonschleichen, obwohl wir uns kennen, seit wir vierzehn waren?

»Tut mir leid«, sage ich so lässig wie möglich. »Ich werde nicht lange bleiben. Ich dachte nur, du brauchst vielleicht ein Katerfrühstück.«

Sie schließt die Augen und reibt sich die Schläfen. »Tut mir leid, tut mir leid«, sagt sie. Ihre Stimme ist belegt, als hätte sie letzte Nacht eine Schachtel Zigaretten geraucht. Ich würde ja sagen, sie ist verführerisch, aber ich habe das Gefühl, die Zeit der Verführung ist vorbei.

»Nein, ist schon gut«, sage ich. »Ich lass dich in Ruhe. Ich klaue mir nur schnell eine Tasse Kaffee, weil mein Kopf gegen die zwölf Flamingos protestiert, die ich gestern Abend gekippt habe. Es war schön, dich zu sehen … und so.«

Sie setzt sich auf. »Nein … Hey, Seth, es tut mir leid. Das kam falsch rüber. Du musst nicht gehen. Hilf mir mit diesen Pfannkuchen.«

Ich entspanne mich ein wenig, aber nicht ganz, weil es sich anfühlt, als hätte sie Mitleid mit mir.

»Schon gut, Molls. Ich wollte sowieso noch schwimmen, bevor ich packe. Ich geh dann mal.«

Sie springt aus dem Bett und holt einen langen, hippiehaften Bademantel aus dem Schrank, der so sehr nach Los Angeles aussieht, dass er sie als die Erwachsene verortet, die sie jetzt ist, statt das Mädchen in meiner Vorstellung.

Moment, das klingt befremdlich.

Ich meine damit nur, dass ich sie durch die Linse meiner Erinnerungen kenne. Ich habe nicht die geringste Ahnung, wer sie geworden ist.

Ich würde sie gern kennenlernen.

So forsch wie sie ihren Bademantel zubindet, bezweifle ich, dass das auf Gegenseitigkeit beruht.

Ich sollte wirklich gehen. Ich habe meinen Stolz und sie hat ihn für dieses Leben genug verletzt.

Ich stehe auf und nehme meine Brieftasche von der Kommode.

»Setz dich, Rubenstein«, befiehlt sie. »Ich kann keine fünfhundert Dollar Zimmerservice allein essen.«

»Keine Sorge, das geht auf mich«, sage ich.

»Ich bin nicht besorgt. Ich bin eine vielgepriesene und gut bezahlte Drehbuchautorin. Setz dich.«

Ich setze mich ohne weiteren Protest, denn ich bin so verdammt hungrig, dass ich lieber etwas esse, als mir meine Würde zu bewahren.

»Wie kommt es überhaupt, dass du Drehbuchautorin geworden bist?«, frage ich. »Ich dachte immer, du wirst Lobbyistin oder Professorin oder so was.«

In der Schule war sie so *ernst*.

»Ich stecke voller Geheimnisse«, sagt sie und füllt sich Rührei auf.

Offenbar hat sie nicht vor, weiter darauf einzugehen.

»Im Ernst«, hake ich nach.

»Na ja, ich habe Kommunikation studiert, weil ich Pressesprecherin des Weißen Hauses werden wollte. Was man sich als achtzehnjähriges Mädchen so vorstellt.« Sie lacht über sich selbst. »Jedenfalls musste ich ein paar Kurse in kreativem Schreiben belegen und ich war wirklich gut darin. Also beschloss ich, Drehbuch zu studieren.«

»Warum Drehbuch?«

Sie kippt einen großen Klecks Ketchup auf ihre Eier.

»Weil es lukrativer ist, Drehbücher zu schreiben, als sich mit literarischen Meisterwerken rumzuquälen. Und ich mag Geld.«

»Vorausschauend«, sage ich. »Aber warum romantische Komödien?«

In der Schule konnte sie nicht mal den Hauch von Romantik ertragen. Nicht einmal Meisterwerke wie *Titanic* wollte sie sich ansehen. Sie machte es sich lieber mit Popcorn auf dem Sofa gemütlich und sah sich einen Kriegsfilm an.

»Als ich anfing, waren sie noch populärer, und als Frau hatte man es in dem Genre leichter«, sagt sie. »Außerdem wollte ich etwas schreiben, das sich verkauft. Sie gehen leicht von der Hand, weil sie alle nach dem gleichen Muster funktionieren und ähnliche Klischees verwenden. Es war einfach naheliegend.«

»Du klingst deinem eigenen Genre gegenüber etwas abwertend.«

Und ganz anders als das Mädchen, das sie einmal war. Mollys Interessen waren nie *naheliegend*. Sie hörte Rufus Wainwright, diskutierte über die Existenz der Trickle-down-Ökonomie und las schmale Bände von Edna St. Vincent Millay.

»Ganz und gar nicht. Ich denke, romantische Komödien sind als Spiegelbild unserer Kultur unterschätzt. Die erzählerischen Konventionen spiegeln Fantasien und Ängste wider, die dem ursprünglichen biologischen Bedürfnis nach einem Partner zugrunde liegen.«

»Oh, du meinst nach einem *Seelenverwandten*?«

Sie stöhnt. »Nicht schon wieder diese Scheiße. Ich meine den Drang, sich fortzupflanzen.«

»Das ist keine Scheiße, sondern wahre Liebe. Und das ist es, was du verkaufst, oder? Das Konzept der Seelenverwandtschaft? Du musst diese Vorstellung doch irgendwie reizvoll finden, wenn du ihr deine ganze Karriere widmest.«

»Was ich reizvoll finde, ist, Profit aus diesem menschlichen Urbedürfnis zu schlagen. Es ist ein Job. Ich bin gut darin. Ende der Geschichte.«

Das kaufe ich ihr nicht ab.

»Du bist so krank, Molls. Gott, ich kann nicht glauben, was du da redest.«

»Wie bitte?«

Sie sieht sauer aus.

Wir sind uns wohl doch noch nicht wieder so nah, dass ich sie kritisieren darf.

Offenbar hält sie an ihrer alten Masche fest, so zu tun, als würde sie Liebe kitschig finden.

Ich weiß zufällig, dass sie das nicht tut.

Darauf würde ich mein Leben verwetten.

Aber erst mal wette ich auf etwas anderes.

9. KAPITEL

Molly

Seth sieht sehr heiß aus, wenn er mich provoziert. Ich bin hin- und hergerissen zwischen dem Wunsch, ihn rauszuwerfen und dem Wunsch, seine Hand zu packen und unter meinen Bademantel zu schieben.

Aber das geht nicht, weil ich mich bereits dafür schäme, mit ihm geschlafen zu haben.

Nicht weil der Sex schlecht war – er war, ähm, fantastisch –, sondern weil ich das Gefühl habe, dass er ein bisschen mehr will als ich.

Das wollte er schon immer.

»Wenn du wirklich glaubst, dass ich so falschliege«, sagt er mit Anwaltsstimme, »und es wahre Liebe nicht gibt und Seelenverwandtschaft nur Hollywood-Schwachsinn ist, dann beweise es.«

Er sitzt kerzengerade da und klopft mit seinem Messer auf den Tisch, als würde es sich um eine sehr ernste Angelegenheit handeln und nicht um die gezwungene Konversation zweier Menschen, die die Nacht zusammen verbracht haben und einander nie wiedersehen werden.

»Wie soll ich das denn beweisen?«

»Lass uns wetten. Mal sehen, wer mehr über Beziehungen weiß: die Liebesfilmautorin oder der Scheidungsanwalt.«

»Und wie soll das gehen?«

»Mit Beweisen. Fünf Paare, fünf Jahre. Wir sagen beide voraus, wer zusammenbleibt und wer sich trennt. Beim zwanzigjährigen Klassentreffen sehen wir dann, wer von uns näher dran war. Wenn du gewinnst, gebe ich zu, dass wahre Liebe ein Hirngespinst ist. Wenn ich gewinne, gibst du zu, dass Seelenverwandtschaft existiert.«

»Du willst mich nur dazu bringen, zum nächsten Klassentreffen zu kommen.«

Er denkt nach.

»Nun, ich habe es genossen, dich zu ficken.«

Gütiger Gott.

»Was?«, fragt er und beobachtet, wie ich mich winde. »Hat dir der Sex nicht gefallen?«

»Doch«, gestehe ich kleinlaut. »So sehr, dass es nervt. *Du* nervst. Warst du in der Schule auch so nervig?«

»Ja!« Er grinst mich an. »Komm schon, Marks. Du lässt dich doch sonst nicht so leicht einschüchtern.«

Ich bin nicht eingeschüchtert. Nur verwirrt, dass mir mein Ex-Freund aus der Schulzeit gegenübersitzt, jetzt das Abbild eines erfolgreichen, gut gebauten, selbstbewussten Mannes, ohne Hemd (mit dichtem, männlichem Brusthaar, das er noch nicht hatte, als ich ihn das letzte Mal so sah), und mit mir redet, als wären wir Erwachsene, die gerade Sex hatten. Wirklich *guten* Sex.

Keine Ahnung, warum mich das überrascht. Die Chemie zwischen uns hat immer gestimmt. Aber es gibt die Art von Chemie, die man hat, wenn man auf einer wilden Party im Gästehaus rummacht – wenn man sich nur heimlich treffen kann, und jede Stunde, die man die Haut des anderen nicht spürt, eine verzweifelte Qual ist –, und dann gibt es das hier.

Reif. Erwachsen. Verspielt. Erfahren.

Wie in einer romantischen Komödie.

Nur dass ich nicht an romantische Komödien glaube.

Ich habe früh gelernt, was mit sogenannten Happy Ends passiert.

Aber ich glaube an meine Fähigkeit, Menschen zu lesen. Wenn man die immer wiederkehrenden Muster von Liebesgeschichten beherrscht, erkennt man, wie die Leute sie im wirklichen Leben nachahmen. Sie können nicht anders. Sie atmen das Narrativ mit der Luft ein.

Aber Menschen sind keine Figuren, die in einem Labor erschaffen wurden, um perfekt füreinander zu sein.

Als jemand, der sich beruflich mit diesen Dingen befasst, muss ich ein Paar nur sehen, um die jeweiligen Bedürfnisse zu erkennen, die der andere unmöglich erfüllen kann. Die unüberbrückbaren Wunden, die sie auseinandertreiben werden.

Ich weiß, wie es enden wird.

Ich sage nicht, dass ich es *gern* weiß. Ich sage nur, wenn ich die Beziehungen meiner Freunde für sie schreiben könnte, würde ich es tun.

Soll ich seine Wette also annehmen?

Kein Problem.

Die gewinne ich im Schlaf.

»Na gut. Fünf Paare, fünf Jahre. Wir bekommen einen Punkt für jedes Paar, bei dem wir richtigliegen.«

»Abgemacht«, sagt er.

»Da ich klar im Vorteil bin, darfst du das erste Paar aussuchen.«

Er tippt sich auf die Lippe und denkt nach.

»Marian und Marcus.«

»Wie lautet deine Prognose?«

Er lacht. »Machst du Witze? Sie sind offensichtlich verliebt. Das sind sie schon, seit wir Teenager waren, und so wie sie gestern Abend getanzt haben – ich glaube, sie haben es endlich begriffen. Ich glaube, wenn wir sie in fünf Jahren wiedersehen, sind sie verheiratet und haben Kinder.«

Das sehe ich anders. Nostalgie für eine Highschool-Romanze ist nicht dasselbe wie Kompatibilität. Siehe: wir. Seth verwechselt das Motiv der Zweiten Chance mit einer echten Beziehung.

»Nee«, sage ich. »Bestenfalls führen sie für kurze Zeit eine Fernbeziehung. Marian braucht jemanden mit mehr Selbstbewusstsein. Außerdem ist sie eine Planerin. Wenn es Teil ihres Plans wäre, Marcus zu heiraten, dann hätte sie es längst getan.«

Seth holt sein Handy heraus und beginnt zu tippen. »Marcus und Marian«, murmelt er. »Rubenstein dafür, Marks dagegen.« Er sieht mich an. »Du bist dran.«

Ich entscheide mich für ein Paar, bei dem ich ganz sicher bin. »Dezzie und Rob. Die bleiben zusammen. Die zwei werden mit neunundneunzig kurz hintereinander im selben Bett sterben, nachdem sie leidenschaftlichen Sex hatten und sich hinterher gezankt haben.«

Ein dunkler Schatten huscht über sein Gesicht. »Da bin ich mir nicht so sicher.«

»Was? *Du* glaubst doch an die wahre Liebe. Wenn es sie gibt, dann zwischen ihnen.«

Er verzieht das Gesicht. »Versteh mich nicht falsch – sie sind beide bezaubernd. Ich hatte nur ein komisches Gefühl bei Rob. Er hat gestern Abend mit jedem geflirtet. Und sie auch, wenn ich so drüber nachdenke.«

»So sind sie eben«, protestiere ich. »Es ist ein Spiel für sie.«

Er zuckt die Schultern. »Manchmal wird aus Spiel Ernst. Gegensätze ziehen sich an, und die beiden scheinen sich so ähnlich zu sein, dass es knallen könnte.«

Ich bin stellvertretend für meine Freunde beleidigt.

»Das wird es ganz sicher nicht. Dass Gegensätze sich anziehen, ist ein romantisches Klischee. In Wahrheit fühlen wir uns zu Menschen hingezogen, die so sind wie wir. Ist dir schon mal aufgefallen, dass sich Paare mit der Zeit immer ähnlicher sehen?«

Er lacht schallend. »Ja. Und Dezzie und Rob sehen sich überhaupt nicht ähnlich. Hast du gesehen, was sie anhatten? Mein Gott.«

Bevor ich ihn darauf hinweisen kann, dass sie erst Anfang dreißig sind und noch genug Zeit haben, zu Klonen zu altern, tippt er in sein Handy.

»Das sind also zwei«, sagt er. »Ich bin dran. Ich wähle Alyssa und Ryland.«

Das erscheint mir ebenfalls leicht. »Die bleiben zusammen«, sage ich. Es wäre unsportlich von mir zu prophezeien, dass die Beziehung meiner Freundin in die Brüche geht, aber in diesem Fall glaube ich wirklich, dass Alyssa und Ryland uns alle überdauern werden.

Seth zieht die Augenbrauen hoch. »Du bist furchtbar optimistisch für jemanden, der die Liebe angeblich für Massenwahn hält.«

Ich zucke die Schultern. »Ich habe nie gesagt, dass es sie nicht gibt. Ich glaube nur nicht, dass sie Schicksal ist. Und meistens hält sie auch nicht.«

Er nippt an seinem grünen Saft. »Ich glaube, du bist weniger zynisch, als du denkst.«

»Ich glaube, du weißt nicht viel über mich.«

»Ich glaube, ich weiß *eine Menge* über dich.«

»Weil wir vor fünfzehn Jahren mal zusammen waren?«

»Ja. Du trägst immer noch dieselbe der Welt überdrüssige Attitüde vor dir her, um deine verletzliche Seele zu schützen.«

»Nein«, sage ich und schnappe mir ein Stück Speck von seinem Teller. »Meine Seele ist tot. Alyssa und Ryland also. Wie lautet deine Prognose?«

»Die bleiben zusammen. Keine Frage.«

»Zählt es denn, wenn wir beide dasselbe voraussagen?«, frage ich.

»Nein«, sagt er. »Wer sind die Nächsten?«

Ich kenne die meisten Leute aus unserer Klasse nicht gut genug, um Prognosen über ihre Beziehungen abzugeben, deshalb entscheide ich mich für Gloria und Emily.

»Sie werden sich trennen«, verkünde ich. »Wahrscheinlich schon bald.«

Er sieht mich an, als hätte ich jemanden umgebracht.

»O mein Gott. Das gibt's doch nicht. Die passen so perfekt zusammen. Und wie sie sich gegenseitig ansehen, mit diesem Strahlen! Wenn doch alle so glücklich wären.«

Ich schüttele den Kopf. »Du kennst sie nicht so gut wie ich. Emily will ein Baby. Gloria zieht mit, aber die Vorstellung macht ihr offensichtlich Angst. Ihr ist es schon zu viel, einen Hund zu haben. Ich glaube nicht, dass sie es schaffen.«

Seth sieht mich an, als würde ich unter Wahnvorstellungen leiden. »Gloria scheint alles für Emily zu tun – daher der Hund. Und es ist nicht ungewöhnlich, in Bezug auf Kinder gemischte Gefühle zu haben. Die beiden kriegen das schon hin. Du bist schon wieder zynisch. Und gemein. Bist du nicht mit den beiden befreundet?«

»Ich bin nicht gemein. Ich versuche, eine Wette zu gewinnen. Und du irrst dich.«

»Nein, ich irre mich *nicht*. Ich kann so etwas sehen, das habe ich dir doch gesagt. Ich fange einfach Schwingungen auf und weiß: seelenverwandt oder nicht seelenverwandt.«

Nun, wenn er sich auf Magie verlässt, gewinne ich definitiv. Und ich gewinne gern.

»Na gut. Dann tipp das in dein Handy.«

Er tippt, tipp, tippt.

»Ich suche die Nächsten aus«, sagt er. »Jon und Alastair.«

Ich würde ja protestieren, dass das unfair ist, denn Jon ist einer von Seths ältesten Freunden, aber ich habe dieselbe Nummer mit Dezzie abgezogen. Und außerdem weiß ich, in wen Jon verliebt ist, und es ist nicht Alastair.

»Keine Chance«, sage ich.

Überrascht blickt er von seinem Handy auf. »Keine Chance?«

»Ja. Jon ist in Kevin verliebt, seit wir sechzehn sind. Ich weiß nicht, ob die beiden zusammenkommen, aber so wie er Kevin gestern Abend angeschaut hat, wird das mit Alastair nicht halten.«

Seth wirkt verblüfft. »Das ist eigentlich eine ziemlich romantische Ansicht. Beleidigend, aber romantisch.«

»Was soll daran beleidigend sein?«

»Dass du denkst, nur weil sie Freunde sind und schwul, müssen sie verliebt sein.«

»Ähm, nein. Das ist nicht im Entferntesten das, was ich sage. Ich habe immer noch Kontakt zu Kevin. Und er hat Jon ungefähr achtmal erwähnt, als ich sagte, dass ich herkomme.«

»Wenn du darauf bestehst, Marks«, sagt Seth. »Aber du irrst dich. Jon denkt darüber nach, Alastair einen Antrag zu machen.«

»Nun, ich würde ja sagen, es ist unredlich, Insiderinformationen zu benutzen, aber in fünf Jahren kann viel passieren, und ich bin mir absolut sicher, dass ich am Ende recht behalten werde.«

Er tippt unsere Prognosen in sein Handy.

»Willst du die Letzten aussuchen?«, fragt er.

Ich will, aber mir fällt niemand ein, dem ich genug Aufmerksamkeit geschenkt habe, um ihn einschätzen zu können.

»Mach du«, sage ich.

Er lächelt hinterhältig.

»Du und ich.«

10. KAPITEL

Seth

Wenn noch nie eine wunderschöne, halb nackte Frau eine große Gabel Rührei mit Ketchup nach Ihnen geworfen hat, dann haben Sie etwas verpasst.

Der einzige Nachteil ist, dass man sich die Ei-Brocken aus dem Brusthaar zupfen muss.

Ich versuche, ernst zu bleiben, während ich dieses elegante Manöver durchführe, aber das ist schwierig, denn Molly ist so zufrieden mit sich selbst, dass sie buchstäblich vor Lachen weint.

Ich schätze, das ist meine karmische Strafe für zu viel NSYNC.

»Sie halten sich wohl für sehr witzig, Miss Marks«, sage ich und tunke meine Serviette in mein Wasserglas.

»Das hast du davon, wenn du mich aufziehst.«

Ich schüttle ernsthaft den Kopf, während ich das Ketchup zwischen meinen Brustwarzen abtupfe.

»Ich zieh dich nicht auf. Was wettest du?«

Sie verdreht die Augen. »Seth, ich hasse es, dir schon wieder eins reinzuwürgen, aber das war das erste und letzte Mal, dass wir Sex hatten. Genieße das Nachglühen.«

»Da wäre ich mir nicht so sicher, Molls. Ich habe noch reichlich Kond … ditorwaren.« Spar-Witzbold, der ich bin, wedele ich mit dem Brotkorb vor ihrer Nase rum.

»Zwing mich nicht, noch mehr Eier nach dir zu werfen. Es ist kaum noch was übrig.«

Ich schiebe meinen Teller über den Tisch. »Du kannst meine haben.«

»Okay!« Sie lädt sich sofort den Teller voll und kippt noch mehr Ketchup drüber. »Jedenfalls wird es nie wieder vorkommen. Tut mir leid.«

»Und warum das?«, frage ich, den Mund voll Croissant.

»Weil du mich irgendwie hasst und ich es irgendwie verdient habe.«

Sie hat eventuell ein bisschen recht. Aber es zuzugeben, ist nicht der Sinn dieser Übung.

Sie zu provozieren schon.

»Ich hasse dich nicht!«, protestiere ich. »Und du verdienst auch keinen Hass. Na ja, möglicherweise doch. Bist du nebenbei Serienkiller oder für diese winzigen Flugzeugsitze verantwortlich oder so was in der Art?«

Sie lächelt mich an. »Beides.«

»Ich verzeihe dir. Zumindest für die Morde.«

Sie lehnt sich zurück und schlägt die Beine übereinander, sodass ein Oberschenkel hervorblitzt.

»Genau das ist das Problem mit uns, Seth.«

Ich lehne mich ebenfalls zurück, ahme ihre Haltung nach und verschränke die Arme. »Was ist das Problem?«

»Ich habe dir zu jung das Herz gebrochen. Ich werde immer die sein, die gegangen ist. Du wirst nie richtig über mich hinwegkommen. Wir könnten also nicht zusammen sein, selbst wenn ich es wollte, was ich nicht tue. Das Machtverhältnis wäre zu unausgeglichen. Du würdest mich immer mehr lieben.«

Ich kann echt nicht sagen, ob sie scherzt.

»Was für ein ergreifender Monolog. Ich könnte heulen.«

Sie nickt feierlich und leckt Ketchup von ihrer Gabel. »Mmh.«

»Du bist so eklig.«

»Das gefällt dir doch.«

(Es gefällt mir.)

»Egal, sei nicht traurig«, sagt sie. »Ich bin sicher, irgendwann findest du eine arme Frau, die dich heiratet. Reichst du mir mal das Salz?«

»Du bist heute Morgen erstaunlich gut gelaunt«, stelle ich fest. »Und ich glaube, ich weiß auch warum.«

»Weil ich das Klassentreffen hinter mir habe.«

»Nein. Du bist glücklich, weil ich dich besinnungslos gefickt habe.«

Sie wirft lachend den Kopf zurück. »Du hast eine sehr hohe Meinung von deinen sexuellen Fähigkeiten.«

»Du auch, wenn ich mich an letzte Nacht erinnere.«

»Charmant.«

»Jedenfalls werden wir beim zwanzigjährigen Klassentreffen garantiert wieder miteinander schlafen. Darauf wette ich.«

»Du denkst, ich kann dir nicht widerstehen?«

»Ich glaube, du wirst meine Begleitung sein.«

Sie lächelt mich übertrieben mitleidig an. »Nein, ich bringe wahrscheinlich meinen heißen Typen mit.«

»Wahrscheinlich *bin* ich dein heißer Typ.«

Sie lacht. »Du bist witzig.«

»Finde ich auch, aber in diesem Fall ist es kein Scherz. Weißt du, ich bin erstklassiges Beziehungsmaterial. Ich bin emotional verfügbar, ausgeglichen und bereit, mich zu binden. Aber du bist innerlich kaputt. Weil du nie über *mich* hinweggekommen bist.«

Das glaube ich nicht wirklich, ich spiele nur unser Spiel. Bei Diskussionen übernimmt sie den ablehnenden und ich den affirmativen Part, und wir erhitzen unsere Gemüter über Dinge, die uns eigentlich herzlich egal sind.

»Und was führt dich zu dieser Annahme?«, sagt sie. »Dass ich seit fünfzehn Jahren nicht mehr mit dir gesprochen habe?«

Ich kichere. Das ist so herrlich gemein.

»Du bist grausam«, sage ich. »Und du genießt es.«

»Ich weiß. Willst du wirklich mit so einer zusammen sein?«

»Ach, Molly. Du armes Ding. Ich habe nicht gesagt, dass ich mit dir zusammen sein *will*. Es wäre ein Akt der Nächstenliebe. Reine Gnade.«

Sie schlürft ihren Kaffee, in den sie so viel Milch und Zucker getan hat, dass es im Grunde Tiramisu ist.

»Und woher rührt deine Großherzigkeit?«

»Tja, Schätzchen, ich bin eben nett. Unsere magische gemeinsame Nacht wird deine Gefühle für mich neu entfachen. Du wirst dich daran erinnern, wie es ist, etwas zu fühlen. Du wirst nach Hause fahren und dich nach mir verzehren. Du wirst deine Jahrbücher hervorholen und meine Briefe von damals lesen. Deine Mutter anflehen, dir Bilder von unserem Abschlussball zu schicken. Irgendwann wirst du verzweifelt vor meiner Tür auftauchen und mich anflehen, dich zurückzunehmen. Und da ich eine großzügige Seele bin und dir etwas Würde lassen will, werde ich nachgeben. Bis zu unserem nächsten Klassentreffen.«

»Und was dann?«

Lächelnd nehme ich ihre Hand und küsse sie. »Dann werde ich dir das Herz brechen.«

Sie verdreht die Augen, steht auf, hebt mein Hemd vom Boden auf und lässt es mit zwei Fingern in meinen Schoß fallen. »Okay. Das Frühstück ist vorbei. Wir sehen uns in fünf Jahren.«

Ich ziehe mich an, küsse sie auf die Wange, lasse mir ihre Kontaktdaten geben und gehe summend zurück zu meinem Zimmer.

Dort angekommen, kann ich der Versuchung nicht widerstehen, ihr sofort eine E-Mail zu schreiben.

Von: sethrubes@mail.me
An: mollymarks@netmail.co
Datum: So, 11. Nov. 2018, 9:54
Betreff: Gern geschehen

Hey, Marks.
Schön, dich gestern Abend gesehen und im biblischen Sinne kennengelernt zu haben. Da ich weiß, dass du kein besonders integrer Mensch bist, hier noch mal die Bedingungen für unsere Wette. Keine faulen Ausreden, du durchtriebenes Biest.
Übrigens, ich habe immer noch Sand zwischen den Zähnen.

Seth

Ich füge die Liste unserer Wetten an, drücke auf Senden und beginne zu packen. Erst als ich schon bei meinen Eltern bin, erhalte ich eine Antwort.

Von: mollymarks@netmail.co
An: sethrubes@mail.me
Datum: So, 11. Nov. 2018, 12:56
Aw: Betreff: Gern geschehen

Wow, Seth, du konntest es wirklich nicht erwarten, mir zu schreiben. Du weißt, dass E-Mails mit einem Zeitstempel versehen sind, oder? Jedenfalls bin ich froh, dass du den Sand nur zwischen den Zähnen hast und nicht noch in der Harnröhre.
Wir sehen uns in fünf Jahren!

xo
Molls

2. TEIL

Dezember 2018

11. KAPITEL

Molly

»Wir sind da!«, ruft Dezzie, als sie durch die Küchentür der großen, geschmacklosen Villa meiner Mutter tritt.

»Desdemona!«, sagt meine Mutter und eilt in einer Wolke aus Jasminparfüm herbei, um sie zu umarmen, gefolgt von der wabernden Seide ihres Flamingo-Kaftans. »Du siehst umwerfend aus, wie immer.«

Dezzie trägt einen tief ausgeschnittenen schwarzen Badeanzug unter einem durchsichtigen cremefarbenen Leinenkleid. Ihr einziges Zugeständnis an Weihnachten sind die Schuhe – turmhohe karminrote Espadrilles. Rob hingegen trägt eine Rentier-Badehose und über der Wampe einen Weihnachtsmann-Mantel.

»Frohe Weihnachten, Ms. Marks.« Er stellt eine Schachtel mit Dezzies kunstvollen Weihnachtsplätzchen und eine große Tüte mit alkoholischen Getränken auf der Kücheninsel ab. »Ich habe die Zutaten für meinen berühmten Polarpunsch mitgebracht.«

Meine Mutter gibt ihm einen Kuss auf die Wange und reicht ihm einen Kristallkrug. »Mach schnell. Alyssa hat Molly gerade geschrieben, dass sie fast da sind.«

Jedes Jahr an Heiligabend kommen Dezzie, Rob, Alyssa, Ryland und ihre Kinder zum Essen zu meiner Mutter. Ryland grillt Steaks und Veggieburger, Dezzie bringt raffinierte Desserts mit, meine Mutter kauft den Kindern ekelhaft viele Geschenke und Rob verteilt sie in einem tropischen Weihnachtsmannkostüm. Bei Sonnenuntergang steigen wir in das fünf

Meter lange Schnellboot meiner Mutter, und sie fährt uns über die Bucht zum Yachthafen, damit die Kinder die weihnachtlich geschmückten Segelboote bewundern können – ein wahr gewordener kapitalistischer Traum und eine der größten Freuden meiner Mutter. Da ich ihr einziges Kind bin, sie unglücklich geschieden ist und ich ihr keine Enkelkinder geschenkt habe, verwöhnt sie meine Freunde mit ihrem großen Vorrat an Zuneigung und materiellem Wohlstand.

»Punsch?«, fragt Rob und hält mir den Krug hin. Ich lehne ab, denn ich weiß, dass dieses Gebräu hauptsächlich aus Captain Morgan mit einem Spritzer Sprite und vielleicht einem Fingerhut Cranberrysaft besteht. Ich habe nicht vor, mich auf einer Kinderfeier zu besaufen und am Ende über Bord zu gehen.

Rob zuckt die Schultern und ext ein Glas.

»O Gott, halt dich bitte zurück. Es ist elf Uhr vormittags«, sagt Dezzie und nimmt ihm das Glas ab.

»Der Weihnachtsmann muss sich am Nordpol warmhalten«, sagt Rob und wackelt mit den Augenbrauen.

Draußen ertönt ein markerschütternder Schrei.

»Die Kinder sind da!«, sagt meine Mutter.

Sie reißt die Tür auf, und Frankie und Amelia stürmen herein, an uns allen vorbei, um sich auf Rob zu stürzen. »Onkel Weihnachtsmann!«, rufen sie.

Ryland ist dicht hinter ihnen und jongliert einen Stapel Geschenke. »Langsam, Leute«, sagt er. »Worüber haben wir gesprochen? Macht Tante Kathys Haus nicht kaputt.«

Meine Mutter winkt ab. »Ach, lass sie. Wie geht es dir, mein Schatz?«

»Fantastisch, jetzt, wo ich dich sehe.« Er schenkt ihr sein Killer-Lächeln – charmant und aufrichtig zugleich, als entspränge es direkt seinem Herzen. Sie ist hin und weg. Nicht einmal Kathy Marks kann seinem auffallend guten Aussehen widerstehen –

olivfarbene Haut, ausdrucksstarke Augenbrauen und genau die richtige Menge an Bartstoppeln.

Er blickt über die Schulter. »Alles klar, Lyss?«

Alyssa kommt sehr, sehr langsam auf das Haus zu, eine Hand auf dem Bauch, der noch dicker ist als der von Rob.

»Keine Sorge. Ich bin in zwanzig Minuten da«, ruft sie.

Dezzie und ich eilen ihr entgegen. Sie sieht umwerfend aus, ihre Haut glänzt von den Hormonen, der Luftfeuchtigkeit in Florida oder der Anstrengung, die sie jeder Schritt kostet.

»Sieh dich an!«, ruft Dez.

»Ja. Im vierzehnten Monat schwanger.«

»Mama, *mach* schon«, schreit Amelia und streckt ungehalten den Kopf aus der Tür. »Der Weihnachtsmann ist da.«

Die nächsten sechs Stunden sind ein einziges weihnachtlich duftendes Chaos. Erst als wir vom Yachthafen zurück und die Kinder im Gästezimmer eingeschlafen sind, haben die Erwachsenen Gelegenheit, sich in Ruhe zu unterhalten.

»Also, es gibt Neuigkeiten«, sagt Rob. Er hat sich stetig durch den Polarpunsch gearbeitet und wirkt ein wenig beschwipst.

Dezzie wirft ihm einen Seitenblick zu. »Hey. Lass das …«

»Ach, komm schon. Hier gehören doch alle zur Familie.« Er erhebt sein Glas. »Miss Chan hier und ich versuchen offiziell, schwanger zu werden.«

»Och, ihr beiden!«, sage ich. »Das ist wundervoll.«

Dezzie und Rob haben sich schon immer Kinder gewünscht, aber sie wollten warten, bis er sein Diplom hat.

»Du solltest ihrem Beispiel folgen, Molly«, sagt meine Mutter. »Manche von uns werden nicht jünger.«

»Ähm, ich bin Single?«

»Daran sollten wir arbeiten«, sagt sie. »Kennt ihr irgendwelche netten Männer?«

Die Frage überrascht mich. Meine Mutter hat sich noch nie

beschwert, dass ich niemanden habe. Angesichts ihrer Vergangenheit dachte ich eher, sie sei darüber erleichtert.

Aber eigentlich verhält sie sich schon die ganze Woche komisch. Ständig zieht sie sich zurück, um mysteriöse Anrufe entgegenzunehmen, und ist danach ganz abgelenkt. Und als ein riesiger Strauß Rosen kam, schnappte sie sich die Karte, bevor ich sie lesen konnte, und meinte nur, er sei von »einem Kunden«.

Entweder hat sie eine Krankheit, von der sie mir nichts erzählt – unwahrscheinlich, da sie sehr gut gelaunt ist –, oder sie hat das Undenkbare: einen Schwarm.

»Wir kennen keine Singles mehr«, sagt Alyssa. »Irgendwie sind wir zu Leuten geworden, die nur Eltern als Freunde haben.«

»Nun, Seth lässt grüßen«, sagt Rob hinterlistig.

»Seth?«, fragt meine Mutter.

»Rubenstein«, sagt Dezzie.

»Seth *Rubenstein*?«, wiederholt meine Mutter, als hätte sie etwas Grässliches gesagt. »Das ist ein Name, den ich schon lange nicht mehr gehört habe. Was ist aus ihm geworden?«

Sie hat sich nie für Seth erwärmen können. Wir waren in den schlimmsten Jahren nach ihrer Scheidung zusammen, und sie fand uns dafür zu jung. Fürchtete, dass er mich entweder schwängern oder mir das Herz brechen würde.

Sie war erleichtert, als ich mit ihm Schluss gemacht habe, bevor er dazu Gelegenheit hatte.

»Er lebt in Chicago«, sagt Dezzie. »Hat Molls nicht erwähnt, dass er beim Klassentreffen war?«

Mom wirft mir einen Blick zu. »Hat sie nicht.«

»Sie haben sehr nett *geplaudert*«, sagt Alyssa. »Nicht wahr, Molly?«

»Das hast du nicht!«, kreischt meine Mutter, denn Alyssa ist böse, und meine Mutter ist nicht dumm.

»Nein!«, lüge ich. »Wir haben uns nur unterhalten. Und weißt du was? Er ist Scheidungsanwalt.«

Sie verengt ihre Augen zu Schlitzen. »Ist er nicht.«

»Doch. Partner in einer großen Kanzlei.«

»Siehst du, ich wusste doch, dass man ihm nicht trauen kann«, sagt sie. »Dass er das tun kann, nachdem er miterlebt hat, was du durchgemacht hast.«

Ich widerspreche ihr nicht darin, dass es eine seltsame Lebensentscheidung ist, denn ich war vier Jahre lang ein wandelndes Scheidungstrauma. Aber egal. Seths Beruf geht mich nichts an. Auch wenn ich seit unserer Begegnung erschreckend oft an ihn gedacht habe.

Ich war ein klitzekleines bisschen versucht, ihn zu fragen, ob er diesen Monat hier ist. Aber ich möchte nicht, dass er sich falsche Hoffnungen macht. Wette hin oder her, seine Prognose, dass wir wieder miteinander schlafen werden, deutet darauf hin, dass er in diese eine Nacht mehr hineininterpretiert – dass er sie für eine elementare Szene in einer fortlaufenden Liebesgeschichte hält.

War's aber nicht.

Ich bandele nicht mit netten Menschen an. Dafür bin ich nicht geschaffen.

Und ich will ihn nicht noch mal verletzen.

Alyssa gähnt, entschuldigt sich fürs Gähnen und gähnt erneut. »Ich glaube, das ist unser Stichwort«, sagt Ryland. Alle stehen auf, und es beginnt eine halbe Stunde mit Umarmungen, letzten Zwischenbetrachtungen, Abschiedsworten, Insiderwitzen und weiteren Umarmungen. Als alle gegangen sind, gibt mir meine Mutter einen Gutenachtkuss und geht ins Bett.

Ich gehe in die Küche und schaue auf mein Handy, das ich zum Laden hiergelassen habe, während wir mit dem Boot draußen waren.

Ein verpasster Anruf und zwei Nachrichten von meinem Vater.

Dad: Hey, Tootsie.
(Er weiß, dass ich es hasse, wenn er mich so nennt.)
Dad: Wir müssen morgen verschieben. Ruf mich an.

Ich sollte um elf Uhr zum Brunch mit ihm und seiner (vierten) Frau Celeste kommen. Weihnachten absagen ist hart, selbst für ihn.

Nicht, dass es überraschend wäre. Er ist die Art Vater, der nie anruft (im Gegensatz zu meiner Mutter, die mich fünfmal am Tag anrufen würde, wenn ich ranginge), und die Art Mensch, der, ohne mit der Wimper zu zucken, langfristige Pläne oder gar Ehen platzen lässt. So war er schon in meiner Jugend und meistens nehme ich es nicht persönlich.

Aber dass er mich am Geburtstag unseres Herrn Jesus Christus versetzt, war noch nie da.

Ich rufe ihn nicht an, denn sonst würde er die Bestürzung in meiner Stimme hören. Stattdessen schicke ich ihm eine SMS.

Molly: Was ist los?

Sofort ploppt die Sprechblase mit drei Punkten auf, was wohl ein Kompliment ist. Normalerweise dauert es Tage, bis er antwortet.

Dad: Celeste ist krank und ich bin auch etwas angeschlagen – morgen wird nichts.
Dad: Stattdessen vielleicht am 26. auf einen Drink.

Vielleicht auf einen Drink? Ich bin das einzige Kind dieses Mannes.

Molly: Ich fahre am 26.

Molly: Mein Flug geht um 8.

Dad: Okay, ich bin nächsten Monat geschäftlich in L.A. Ich lade dich zum Essen ein.

Wie reizend.

Am liebsten würde ich ihn anrufen und anschreien, dass er zumindest so *tun* könnte, als täte es ihm leid. Aber wenn er merkt, dass ich wütend bin, wird er nur pampig, und das würde mich noch wütender machen und ich würde anfangen zu weinen und mich selbst dafür hassen, und er würde mir sagen, dass ich kindisch bin, und ich würde auflegen.

Rein hypothetisch, natürlich.

Also tippe ich einfach: Okay.

Dad: Frohe Weihnachten!

Ich antworte nicht. Plötzlich packt mich die Angst. Nichts triggert mich so wie die Zurückweisung meines Vaters.

Ich überlege, ob ich meine Mutter wecken soll, damit sie mir sagt, was für ein unverbesserliches Arschloch er ist, aber dann würde ich die ganze Nacht grübeln.

Ich will nicht an ihn denken. Ich will jemanden, in dessen Armen ich vergessen kann.

Scheiß drauf, denke ich.

Ich öffne meine E-Mails und suche nach Seths Adresse.

Von: mollymarks@netmail.co
An: sethrubes@mail.me
Datum: Mon, 24. Dez. 2018, 21:02
Betreff: Hey

Bist du in der Stadt?

12. KAPITEL

Seth

Ich bin nicht in der Stadt. Ich bin in Nashville, bei meinem Bruder, mit meiner Familie.

Aber ich bin sehr versucht, mich rauszuschleichen, ein Flugzeug zu chartern und nach Florida zu fliegen, nur um die E-Mail von Molly Marks zu bejahen.

Mein Bruder Dave betritt das Arbeitszimmer, in dem ich versuche, ein Dreirad für meinen Neffen zusammenzubauen.

»Brauchst du Hilfe?«, fragt Dave mit einem skeptischen Blick auf das Meer aus Bolzen und Schrauben und glänzenden roten Metallstangen um mich herum.

»Vielleicht werfe ich es einfach weg und schreibe ihm einen Scheck«, sage ich. »Was denkst du? Fünfhundert?«

»Er ist *drei.*«

»Na gut. Schau mal, ob du das Rad mit dem Metallding da drüben befestigen kannst.«

»Dem *Inbusschlüssel*?«

Dave ist Maschinenbauingenieur. Meine mangelhaften Werkzeugkenntnisse schmerzen ihn.

Innerhalb weniger Minuten und nach höchstens einem flüchtigen Blick auf das rätselhafte Diagramm, das die Anleitung sein soll, hat er das kleine rote Dreirad zusammengebaut, samt Lenkerquasten und allem Drum und Dran.

»Wir sollten etwas schlafen«, sagt er. »Die Jungs werden um fünf Uhr wach und wir können sie nicht ewig vertrösten.«

Ich kann es kaum erwarten. Ich liebe Weihnachten hier. Wir sind nicht religiös aufgewachsen – meine Mutter ist eine abtrünnige Katholikin und mein Vater säkularer Jude –, also drehten sich die Feiertage in unserer Kindheit hauptsächlich um Geschenke und Latkes. Aber Clara, meine Schwägerin, ist ein großer Weihnachtsfan. Sie hat drei Bäume mit unterschiedlicher thematischer Ausrichtung, bezahlt Fachleute, die ihr ganzes Haus mit Lichtern schmücken, und gibt ein Weihnachtsessen für zwanzig Personen.

Ich bin allerdings noch nicht bereit fürs Bett.

»Hey, rate mal«, sage ich.

»Was?«

»Molly Marks hat mir gemailt.«

Nach dem Klassentreffen meinte Dave, ich würde nie wieder von ihr hören.

Ich genieße es sehr, wenn er sich irrt. Vor allem, wenn es sich um Mädchen handelt, in die ich verknallt bin.

Sein Gesicht verfinstert sich sofort. *»Nein.«* Er schüttelt den Kopf so heftig, als wäre er vom Teufel besessen. »Lösch sie. Sie ist nicht gut für dich.«

Seine extreme Reaktion gibt mir zu denken. Objektiv gesehen hat er mit ziemlicher Sicherheit recht. Aber das reicht nicht, um meine Freude zu dämpfen. Molly denkt an mich. Das hat etwas zu bedeuten.

»Es ist fünfzehn Jahre her«, wende ich ein. »Du kannst nicht *wissen*, ob sie schlecht für mich ist.«

»Doch, das kann ich. Sie hat dich wie den letzten Dreck behandelt. Sie kriegt keine zweite Chance.«

Sein Beschützerinstinkt ist rührend, aber ich bin nicht überzeugt, dass er recht hat. Menschen können sich ändern.

»Damals waren wir noch Kinder. Wir hatten Spaß beim Klassentreffen.«

»Und dann hat sie dich abblitzen lassen. Eine nette kleine Erinnerung daran, dass sie immer noch dieselbe ist.«

»Sie hat mich nicht abblitzen lassen, sie hat nur gesagt, dass wir uns in fünf Jahren wiedersehen. Wäre es denn *so* schlimm, wenn …«

»Okay, ja, antworte ihr. Ach was, flieg zu ihr. Heirate sie am Weihnachtsmorgen vor einem Friedensrichter. Ich bin sicher, ihr beide werdet glücklich.«

Ich seufze. Ich finde, er bringt weder mir noch ihr genügend Vertrauen entgegen.

»Du verstehst das nicht«, sage ich. »Du hast eine Frau, Familie und *Liebe*, und ich habe … viele Freunde und eine Mitgliedschaft im Fitnessstudio und ein wirklich großes Büro in einer Anwaltskanzlei. Ich bin einsam. Warum soll ich es nicht drauf ankommen lassen?«

Er atmet tief ein, als hätten wir dieses Gespräch schon zweihundert Mal geführt.

Was wir natürlich auch haben.

»Dein Problem«, sagt er, »ist, dass du glaubst, eine Frau würde dich auf wundersame Weise glücklich machen. Du stürzt dich immer wieder in Beziehungen, redest dir ein, dass du verliebt bist, obwohl du es nicht bist. Ich habe es satt zuzusehen, wie du dir selbst wehtust.«

»Und was soll ich deiner Meinung nach tun? Allen Frauen abschwören?«

»Nein. Ich wünsche mir, dass du jemanden findest. Das wünschen wir uns alle. Aber du glaubst, die Liebe würde all deine Probleme lösen, deshalb triffst du schlechte Entscheidungen. Und Molly Marks? Ist ein Griff ins Klo.«

Ich hätte nichts sagen sollen.

Ich hebe kapitulierend die Hände. »Okay. Kapiert.«

Er nickt misstrauisch und sagt gute Nacht.

Ich warte, bis er die Tür geschlossen hat, und nehme dann sofort wieder mein Handy in die Hand, um mein angeblich so miserables Urteilsvermögen zu trainieren.

Von: sethrubes@mail.me
An: mollymarks@netmail.co
Datum: Mo, 24. Dez. 2018, 21:35
Aw: Betreff: Hey

Frohe Weihnachten, Sir Marksalot.
Ich bin bei Dave in Nashville. Ich nehme an, du bist in Florida und sehnst dich nach mir?

Ich kann nicht aufhören zu grinsen, während ich auf eine Antwort warte, die fast sofort kommt.

Von: mollymarks@netmail.co
An: sethrubes@mail.me
Datum: Mo, 24. Dez. 2018, 21:37
Aw: Aw: Betreff: Hey

Ja, verzehre mich nach dir. Will sagen, hatte gehofft, du wärst in der Nähe für eine schnelle Runde bedeutungslosen Sex. Tja, DEIN PECH. Frohe Weihnachten etc.

Ich bin sicher, sie wäre damit zufrieden, unseren Austausch hier enden zu lassen, aber der Gedanke, dass sie mit mir schlafen will – ihr *Booty Call* – verschafft mir ein solches Hochgefühl, dass ich es nicht lassen kann.

Von: sethrubes@mail.me
An: mollymarks@netmail.co

Datum: Mo, 24. Dez 2018, 21:39
Aw: Aw: Aw: Betreff: Hey

Da will jemand unbedingt unsere Wette verlieren. Und das wirst du übrigens auch. Sieh mal, was deine beste Freundin Marian in den sozialen Netzwerken gepostet hat:

Marian Hart ... ist mit Marcus Reis ... im Golf & Yacht Club ... Glücksgefühle!!!
Verbringe eine wundervolle Weihnachtszeit in meiner Heimatstadt mit Freunden und Familie. Ein Sonnenbad auf dem Katamaran mit dem unvergleichlichen Marcus – gibt es etwas Schöneres als einen Sonnenuntergang mit einem Lieblingsmenschen?

Will dich natürlich nicht in Panik versetzen.

Ich drücke auf Senden, da ich weiß, dass sie eine zu schlechte Verliererin ist, um mich zu ignorieren.

Von: mollymarks@netmail.co
An: sethrubes@mail.me
Datum: Mo, 24. Dez. 2018, 21:41
Aw: Aw: Aw: Aw: Betreff: Hey

Bild dir nur nichts ein. Vergiss nicht, ich habe nie ausgeschlossen, dass sie kurz zusammen sind, bevor sie schließlich getrennte Wege gehen. Ich habe fünf Jahre Zeit, um recht zu behalten. (Auch über uns.)
Genieß dein sexfreies Weihnachten.

Dave steckt den Kopf wieder ins Zimmer.

»Du tust es doch, oder?«

»Was?«

»Ihr schreiben.«

»Nun, wenn eine Frau ihr Verlangen nach einem nächtlichen Rendezvous gesteht, ist es nur höflich, ihr zu antworten.«

»Zwing mich nicht, dein Handy zu konfiszieren.«

»Bei allem Respekt, Dave, verpiss dich.«

Er verdreht die Augen und schließt die Tür.

Aber er hat recht.

Ich spüre bereits das Kribbeln des *Was wäre, wenn*. Diese zwanghafte Veranlagung, die mich dazu treibt, mir nach dem zweiten Treffen mit einer Frau Namen für unsere Kinder zu überlegen. Wenn ich mich auf einen ausgedehnten E-Mail-Flirt mit jemandem einlasse, mit dem mich so viel verbindet – und den ich immer noch sehr mag –, mache ich mir nur Hoffnungen. Trotz meines chronischen Optimismus weiß sogar ich, dass ich mich zu dieser Jahreszeit nicht emotional verletzlich machen sollte.

Die dunklen Zeiten nahen. Ich spreche von Silvester.

Man sollte meinen, dass jemand wie ich – der für seinen unerschöpflichen Elan bekannt ist – sich über den Beginn eines neuen Jahres freuen würde. Man könnte meinen, ich wäre ein Mann der Vorsätze. Der sich vornimmt, dieses Jahr werde ich einen Kilometer in unter fünf Minuten laufen und den Kilimandscharo besteigen.

Doch dem ist nicht so.

Grundsätzlich bin ich selten bedrückt, aber irgendetwas am Jahreswechsel zieht mich runter. Es beginnt um Weihnachten herum und wird schlimmer, je näher Silvester rückt, ein meiner Meinung nach überbewerteter und deprimierender Feiertag.

Vielleicht liegt es an dem Loch nach den Feiertagen. Weihnachten bei Dave ist wundervoll, abgesehen davon, dass er immer seinen Senf zu meinem Liebesleben abgeben muss. Ich tobe mit den Jungs, überhäufe sie mit Geschenken, albere mit der Familie rum und gewinne beim UNO. Und dann reise ich ab – immer am Siebenundzwanzigsten, um niemandem auf die Nerven zu fallen. Und fliege zurück nach Chicago, wo es ausnahmslos friert, starre auf den Kalender und warte darauf, dass die Traurigkeit einsetzt.

Nie fühle ich mich einsamer, als nachdem ich so glücklich war.

Oberflächlich betrachtet, ist mein Leben ausgefüllt. Ich habe einen interessanten Job, ein reges Sozialleben, keinen Mangel an Frauen und einen mit Sport und Kultur randvollen Kalender.

Aber es ist mit den falschen Dingen ausgefüllt.

Ich will das, was Dave hat. Ich will auch süße Kinder, eine lustige, kluge Frau und ein lautes, mit Erdnussbutter verschmiertes Haus in der Vorstadt.

Es gab etliche Jahre, in denen mich das nicht so gestört hat. In denen die Kanzlei mein Lebensinhalt war. Seit der siebten Klasse war Anwalt mein Traumberuf. Ich habe mir einen Ruf als einer der besten Scheidungsanwälte in Chicago aufgebaut.

Aber ich bin gelangweilt. Und schlimmer noch: unerfüllt.

Immer wieder frage ich mich, ob ich nicht etwas anderes tun sollte – Ehrenamt, Quereinstieg oder sogar was Eigenes –, aber dann hab ich zu viel zu tun und bin zu sehr von meiner Suche nach der wahren Liebe abgelenkt, um dem nachzugehen.

Wahrscheinlich bin ich einfach nur frustriert. Ich habe beruflich alles erreicht, was ich wollte. Und sobald ich eine Familie habe, wird die Arbeit an Bedeutung verlieren.

Außerdem verschwindet dieses Gefühl immer Mitte Januar, wenn wieder mehr zu tun ist (die Zeit nach den Feiertagen ist eine beliebte Zeit, um die Scheidung einzureichen) und die Weihnachtsbeleuchtung wegkommt und der Alltag zurückkehrt.

Schon bin ich wieder glücklich. Abrakadabra.

Aber dieses Loch ist brutal.

Dieses Jahr ist es nicht anders.

Das Dreirad ist ein voller Erfolg. Meine Mutter und ich bereiten einen achtzehn Pfund schweren Truthahn zu. Clara leitet ihre Gäste beim Abendessen zum Sternsingen an, samt gedruckten Noten und Klavierbegleitung von der Musikschule in Vanderbilt.

Ich schreibe Molly keine E-Mail, obwohl ich an sie denke.

Aber dann fliege ich nach Hause, zurück in die Tundra. In meiner makellosen Wohnung packe ich den Koffer aus. Ich mache den Kaminofen an, um ein bisschen von der Weihnachtsstimmung aufleben zu lassen, die ich gerade hinter mir gelassen habe, und er flackert wie eine Verhöhnung meiner leeren Wohnung.

Silvester bleibe ich unter Vorspiegelung von Erschöpfung zu Hause und streue am nächsten Morgen Salz in die Wunde, indem ich mir auf Facebook reinziehe, wie viel Spaß die anderen hatten.

Und da sehe ich es.

Ein seltener Social-Media-Post von Molly Marks. Zwar schon ein paar Tage alt, aber noch nicht so alt, dass ich ihn nicht als Aufhänger verwenden könnte.

Ich mache einen Screenshot und hänge ihn an eine E-Mail.

Von: sethrubes@mail.me
An: mollymarks@netmail.co
Datum: Mo, 1. Jan. 2019, 11:09
Betreff: Glückwunsch!

Hey, Mollson,
frohes neues Jahr! Habe gerade deine Neuigkeiten gesehen. Meinen Glückwunsch – fand sie in *Headlands* genial!

> BOXOFFICEGOSS.COM: **Golden Globe-Gewinnerin Margot Tess für Liebeskomödie der Produzenten 6FiftyX verpflichtet.**

> *Tess, die für ihre Darstellung der Rhathselda in dem mitreißenden Historienepos* Headlands *den Golden Globe als beste Schauspielerin in einer Dramaserie erhielt, wird die Hauptrolle in* Tochter der Braut *übernehmen. Die Liebeskomödie über eine Frau, die auf der Hochzeit ihrer Mutter nach Liebe sucht, stammt aus der Feder von Molly Marks. Die Regie wird Simon Larch übernehmen.*

An dieser Stelle sollte ich die E-Mail unbedingt beenden. Aber ich freue mich für sie, und sie soll wissen, dass sie stolz auf sich sein darf. Ich vermute, das ist kein Gefühl, dem sie allzu oft frönt. Also füge ich hinzu:

Ich muss dir etwas gestehen: Nach dem Klassentreffen habe ich mir deine Filme angesehen (okay, erwischt, ich habe sie mir *noch mal* angesehen). Ich kann mich dabei so herrlich entspannen, ohne die Angst, dass jemand auf tragische Weise stirbt und mir das Herz herausreißt. Und ich kann immer deine Stimme heraushören – diesen Sarkasmus, der den Stinkstiefel hinter all dem Glück auf dem Bildschirm verrät.
Gratuliere, du Heldin. Du verrichtest Gottes Werk.
Umarmungen.

Seth

Ich drücke auf Senden, dann erstarre ich.

Umarmungen? Warum habe ich das geschrieben?

Ich verbringe einige Minuten mit der Suche nach einer Art »Ich bereue es, das gesendet zu haben, bitte löschen, bevor der Empfänger es sieht«-Funktion, aber vergeblich.

Tja. Umarmungen!

13. KAPITEL

Molly

Am ersten Tag dieses gesegneten Jahres erwache ich um 13:00 Uhr mit Kater und akuter Post-Party-Panik. Ich habe das Jahr 2019 auf Margot Tess' jährlicher Sause in Los Feliz eingeläutet. Sie ist inzwischen ein Star, und die Gäste waren schillernder als die Leute aus der Branche, mit denen ich sonst zu tun habe. Folglich habe ich mir den Arsch aufgerissen, um Kontakte zu knüpfen, und bin jetzt ein emotionales Wrack.

Meine Beziehung zu Partys ist kompliziert. Mir graut vor ihnen, denn ich bin ein introvertierter Mensch, der seine Zeit lieber allein oder – wenn ich sozial ausgehungert bin – mit denselben vier bis sechs engen Freunden verbringt. Aber da ich auf Kontakte angewiesen bin und soziale und geschäftliche Beziehungen in L. A. so eng miteinander verwoben sind, muss ich mich zwingen, das Haus zu verlassen, sobald sich eine Gelegenheit ergibt.

Und dann bin ich wie der Typ aus *Die Maske*. Ich werfe mich in Schale, betrete den Raum, und mir fällt wieder ein, dass ich attraktiv und witzig bin. Ich verteile Komplimente, offeriere Gefälligkeiten, stelle Leute vor, hole Cocktails und sammle Nummern, bis ich, von Party-Energie berauscht, gar nicht mehr nach Hause will. Ich bin das Mädchen, das am Ende auf der After-Party Menthol-Zigaretten schnorrt und mit den Hartgesottenen Klatsch und Tratsch raushaut. Um 4:00 Uhr morgens habe ich acht neue beste Freunde.

Aber dann – *dann* – wache ich morgens (oder in diesem Fall

mittags) auf und hinterfrage jede einzelne Sache, die ich getan habe. War es unhöflich von mir, mich diesem Produzenten vorzustellen? Hat meine manische Energie den Eindruck erweckt, dass ich betrunken bin, oder verrückt? Und, o Gott, was mache ich mit all diesen Nummern, die ich gesammelt habe? Soll ich Einladungen auf einen Kaffee oder einen Drink folgen lassen? Und was, um Himmels willen, soll ich tun, wenn meine neuen Bekanntschaften zusagen?

Ich schleppe mich aus dem Bett, hole mir ein zuckerfreies Red Bull aus dem Kühlschrank (ein Katermittel sondergleichen) und lasse mich auf dem Sofa nieder, um meine SMS von gestern Abend zu lesen, in der Hoffnung, mich daran zu erinnern, wer sich in meinem Netz verfangen hat.

Sieben Leute. Schluchz.

Tapfer überprüfe ich, ob ich per E-Mail noch mehr Schaden angerichtet habe.

Seths Name steht ganz oben in meinem Posteingang.

Ich habe nicht damit gerechnet, nach meiner geistesgestörten Weihnachtsaktion noch mal von ihm zu hören. Ich öffne die E-Mail und es ist eine süße Nachricht zu meinem neuen Film.

Ich erwäge, nicht zu antworten. Als jemand, der von vornherein kein Recht hatte, ihn zu kontaktieren, möchte ich ihm wirklich keinen falschen Eindruck vermitteln. Aber die Geste ist so nett, dass ich ihm zumindest eine kurze Antwort schulde.

Von: mollymarks@netmail.co
An: sethrubes@mail.me
Datum: Mo, 1. Jan. 2019, 13:45
Aw: Betreff: Glückwunsch!

Danke, Seth – das ist schön zu hören. Meine letzten Drehbücher liegen seit Jahren auf Halde und die Produzenten scheuen vor

Original-Drehbüchern zurück und erwerben stattdessen Optionen auf Bücher, daher ist dies der erste große Auftrag seit einer Weile. Freue mich sehr.

Ich überlege, die Nachricht gleich wieder zu löschen – mein Kater macht mich ein bisschen zu aufrichtig –, aber es ist Seth, eine Dreizehn von Zehn auf der Aufrichtigkeitsskala. Also füge ich noch hinzu:

Geht's dir gut?

xo
Molls

Ich schließe die E-Mail-App und beginne, die verhassten Networking-Nachrichten an meine neuen Freunde und Geschäftspartner zu verfassen, während ich beruhigende Kohlenhydrate in mich reinstopfe.

Ich fühle mich gerade wieder einigermaßen normal, wenn auch müde, als ich eine SMS von meinem Vater bekomme.

Dad: HNY Toots
Dad: Hab deine Neuigkeiten über den Film gesehen. Nicht schlecht.

Nicht schlecht. Gegen meinen Willen muss ich lächeln. Das ist das Kompliment des Jahrhunderts, von ihm.

Niemand verachtet meinen Beruf so sehr wie mein Vater. Er findet, ich verschwende meine Zeit mit »Indie-Bullshit«, statt »groß« zu denken. Er hält sich für einen Experten auf diesem Gebiet, weil seine Bücher verfilmt worden sind. Genauer gesagt wurden sie zu einer Blockbuster-Reihe adaptiert, die pro Film Hunderte Millionen Dollar einspielt.

An dieser Stelle sollte ich wohl verraten, dass mein Vater Roger Marks ist. Ja. Der Typ, der diese billigen Schmöker über Mack Fontaine verzapft, den Privatdetektiv aus Florida, der Serienmörder jagt und heiße Blondinen mit gefährlicher Vergangenheit verführt. Dessen Bücher an jeder Supermarktkasse des Landes stehen.

In seiner Eigenschaft als Bestsellerautor von Romanen mit einseitigen Kapiteln und Storys über exotische Tierschmugglerringe schreibt er sich auch meinen Erfolg als Drehbuchautorin zu. Er erzählt mir gern, dass ich mein Talent von ihm habe, und unterstellt, dass der Name Marks mich dorthin gebracht hat, wo ich bin.

Hat er nicht. Ich würde lieber sterben, als den Namen Mack Fontaine zu erwähnen, und mein Vater ist ein Narzisst.

Aber manchmal frage ich mich, ob er nicht ein bisschen recht hat. Schon möglich, dass ich meine besten Eigenschaften – meine Kreativität, meine Wortgewandtheit, mein Party-Charisma – ihm verdanke. Und das beunruhigt mich. Denn wenn ich seine besten Eigenschaften geerbt habe, habe ich möglicherweise auch seine schlechtesten geerbt. Seinen krankhaften Sarkasmus. Seine zwischenmenschliche Kälte. Sein Talent, Menschen zu verletzen, ohne es überhaupt zu bemerken.

Ich antworte nicht. Ich bin ohnehin schon am Rande des Nervenzusammenbruchs, und wenn ich auf ihn eingehe, wird es nur noch schlimmer. Stattdessen checke ich meine E-Mails, um zu sehen, ob es etwas Neues von Seth gibt. Ein Schuss Optimismus würde mir guttun.

Und da ist tatsächlich eine neue Nachricht. Aber überraschenderweise mangelt es ihr ein wenig an Munterkeit.

Von: sethrubes@mail.me
An: mollymarks@netmail.co
Datum: Mo, 1. Jan 2019, 18:52
Aw: Aw: Betreff: Glückwunsch!

Ob es mir gut geht? Nun, mal sehen. Ich bin im Büro, obwohl es 21 Uhr an einem Feiertag ist.
Nicht aus freien Stücken. Ich war für heute Abend mit einem Freund zum Essen verabredet, aber er hat heute Nachmittag abgesagt und ich habe fast geweint. Na ja, nicht wirklich. Aber es hat mich härter getroffen als angemessen. Wahrscheinlich, weil ich im Moment niemanden habe, und meine Freunde Familien gründen, während ich Millionen von Dollar für die Ausarbeitung wasserdichter Eheverträge abrechne.
Ich brauche ein eigenes Leben, Molls. Ich habe gehört, dass es mehr gibt als Telefonkonferenzen über Sorgerechtsanhörungen und extrem teures Sushi zum Mitnehmen, das man an seinem Schreibtisch isst.

Das ist nicht der Seth Rubenstein, den ich kenne. Er klingt verzweifelt. Besorgniserregend sogar. Ich denke nicht einmal darüber nach. Ich schreibe ihm einfach zurück.

Von: mollymarks@netmail.co
An: sethrubes@mail.me
Datum: Mo, 1. Jan 2019, 18:55
Aw: Aw: Aw: Betreff: Glückwunsch!

Armer einsamer alter Mann. Weißt du, du kannst mich anrufen, wenn du eine Schulter zum Ausweinen brauchst. Hier ist es erst 19 Uhr und ich liebe unglückliche Menschen. 555-341-4532

Fast sofort klingelt mein Telefon. Ich zögere eine Sekunde. Werden wir wirklich telefonieren? Stundenlang, so wie damals in der Highschool?

Wahrscheinlich nicht. Ich will nur Hallo sagen und mich vergewissern, dass es ihm gut geht.

Beim zweiten Klingeln hebe ich ab.

»Wow«, sage ich. »Das ging aber schnell. Gut zu wissen, dass du immer noch nicht cool bist.«

»Molly Marks, wann habe ich jemals so getan, als wäre ich cool?« In seiner Stimme liegt ein Lächeln. Ein schiefes Grinsen, das ich vor mir sehe. Gut. Dann ist er wohl doch nicht so unglücklich, wie ich dachte.

»Du hast recht«, sage ich. »Du hast nie einen Hehl daraus gemacht, dass du ein seltsamer Vogel bist.«

»Danke.«

Es folgt unangenehmes Schweigen. Ich weiß nicht, was ich sagen soll. Also sage ich: »Tut mir leid, dass du noch im Büro sitzt.«

»Ach, schon okay. Ich bin lieber hier als zu Hause. Was machst du gerade?«

»Nicht viel. Ich erwäge, mir Nudeln zu machen.«

»Ich dachte, die Leute in L. A. essen keine Pasta.«

»Verkaterte Leute schon.«

Er lacht. »Rauschende Party?«

»Exzessiv.«

»War es wenigstens lustig?«

»Ja, aber nach so viel Geselligkeit bin ich am nächsten Tag immer ganz hibbelig. Außerdem wird meine Angststörung um Silvester herum immer schlimmer. Ich hasse diese Zeit des Jahres.«

»Ich auch«, sagt er. »Der ganze Druck des Neuanfangs und der Selbstoptimierung.«

Ich bin verblüfft, dass Seth kein Neujahrsmensch ist. Man würde denken, dass er es kaum erwarten kann, Achtsamkeit zu praktizieren, auf Zucker zu verzichten und sich für Marathonläufe anzumelden.

»Es überrascht mich, dass du nicht drauf stehst«, sage ich. »Aber ja. Leistungsfetischismus. Zum Kotzen.«

»Ich setze mir gerne Ziele, in anderen Zusammenhängen. Aber nur, weil Januar ist, das verhagelt mir irgendwie die Stimmung.«

Die Vorstellung, dass er mal nicht eitel Sonnenschein ist, fasziniert mich.

»Ich wette, du bist süß, so mürrisch«, sage ich.

Flirte ich?

Sollte ich flirten? Ist das klug?

Ich bin mir nicht sicher, was ich hier tue. Ich bin mir nicht sicher, was das hier ist.

»Nicht besonders, fürchte ich«, sagt er. »Ich hab Sojasauce auf meinem Hemd.«

»Da draußen gibt es bestimmt eine Frau, die das mag.«

»Gut, kannst du mir ihre Nummer geben?«, sagt er.

Äh, ja. Wir flirten definitiv. Ich muss mich neu aufstellen.

»Ich wette, du fasst trotzdem Vorsätze«, sage ich. »Gib's zu.«

Er seufzt. »Natürlich. Muss man ja. Sonst hat man im Büro kein Gesprächsthema.«

»Ich nicht. Mein Büro ist zu Hause und gerade ist es mit Pralinenpapier vollgemüllt.«

»Ich dachte, du magst keine Schokolade.«

Er erinnert sich.

»Tu ich auch nicht, aber Alyssa hat mir eine Schachtel geschickt, weil sie Mitleid mit mir hat. Und Kater macht hungrig. Wie auch immer, was sind deine Vorsätze?«

»Du wirst dich darüber lustig machen.«

Wahrscheinlich schon.

»Ich verspreche, es nicht zu tun.«

»Das glaube ich dir nicht. Aber deine Verachtung hat mich schon immer angezogen.«

Es verschafft mir eine nicht geringe Genugtuung zu hören, dass nicht nur ich eine Anziehung spüre.

»Wetten?«

»Weniger Zeit im Büro verbringen. Eine Frau finden. Heiraten. Mit spätestens sechsunddreißig ein Kind haben.«

Ich pfeife anerkennend. »Verdammt. Da hast du dir ja viel vorgenommen.«

»Ich weiß. Es ist lähmend«, sagt er.

»Wenn du dich nicht so sehr unter Druck setzen würdest, wäre es vielleicht leichter, einfach nur zu leben?«

»Aber ich will nicht nur leben, Molly Marks. Ich will das Mark aus den Knochen des Lebens saugen und mir all meine banalen heteronormativen Träume erfüllen.«

Es fühlt sich seltsam intim an, dass er mir das offenbart.

»Soll ich dir zeigen, wie Tinder funktioniert?«, frage ich, um die Stimmung aufzulockern.

»Oh, glaub mir, ich weiß, wie Tinder funktioniert. Ich habe das Gefühl, ich bin schon mit jeder Frau in Chicago ausgegangen. Aber sie machen immer Schluss mit mir.«

»Es fällt mir schwer, das zu glauben«, sage ich freundlich, weil er so traurig klingt.

»Es ist wahr. Dave behauptet, ich sei ein Serienmonogamist, der sich in todgeweihte Beziehungen stürzt, weil ich die Liebe als Allheilmittel romantisiere.«

»Hmm«, sage ich. Ich will seine Gefühle nicht verletzen, aber es passt irgendwie. »Tust du das?«

»Keine Ahnung. Jedes Mal, wenn ich ein nettes Mädchen kennenlerne, bin ich ganz aus dem Häuschen. Es fühlt sich immer echt an.«

Ich kann mir nicht vorstellen, dass sich dieses Problem nicht bald von selbst lösen wird. Er ist heiß, reich und gut im Bett. Er hat bisher einfach nur Pech gehabt.

»Keine Sorge«, sage ich. »Du bist ein begehrter Junggeselle. Das wird schon. Für Männer ist es leichter.«

»Ist es das?«

»In L. A. ja. Wir Frauen landen schon früh auf dem Abstellgleis.«

»Bist *du* mit jemandem zusammen?«

Ich zögere, bevor ich antworte. Ich habe Angst, dass dieses Gespräch zu persönlich wird.

»Nein. Ich habe mich vor ein paar Monaten, kurz vor dem Klassentreffen, von einem Typen getrennt.«

»Warum?«, fragt er.

»Äh, ich habe herausgefunden, dass er ein Schwert besitzt.«

»Im Ernst?«

»Nein. Er war ein langweiliger Streber. Ich hatte es satt, dass er immer nur über seinen Finanzjob redet.«

Im Nachhinein wird mir bewusst, dass Seth auch einen Streberjob hat und sich Sorgen machen könnte, ich könnte *ihn* langweilig finden. Was ich nicht tue.

»Tut mir leid, dass es nicht geklappt hat«, sagt er. »Falls du das wolltest.«

»Danke. Wollte ich nicht. Wir waren nur ein paar Monate zusammen. Keine große Sache.«

»Willst du denn jemanden finden? Heiraten und Kinder kriegen und so?«

Ich denke eigentlich nicht so viel darüber nach. Ich will meine Zukunft nicht von einer Beziehung abhängig machen. Aber wenn ein Wunder geschähe, hätte ich wohl auch nichts dagegen.

»Vielleicht. Wenn ich den Richtigen finde.«

Mir wird bewusst, dass wir gerade ein Gespräch über Heirat und Lebensentwürfe führen. Ich muss einen Gang zurückschalten.

»Ähm. Ist das seltsam?«, frage ich.

»Ist was seltsam?«

»Dass wir über unsere *Gefühle* reden?«

»Finde ich nicht. Ist doch nett.«

»Ich find's ein bisschen intensiv«, sage ich.

»Nun, du kannst jederzeit auflegen, wenn's dir zu viel wird, Marks«, sagt er mit einem spitzen Lachen. »Ich weiß, dass du manchmal Schwierigkeiten hast, etwas zu Ende zu bringen, das du angefangen hast.«

Wow.

Das war unnötig bissig von jemandem, zu dem ich eigentlich nett sein wollte – und dann noch von *Seth.*

»Nett von dir.« Ich kann meinen Ärger nicht verbergen. »Was soll das denn heißen?«

»Nur ein Scherz.«

Aber wir wissen beide, dass es das nicht ist.

»Wirklich? Es klang wie eine Anspielung.«

»Nein, das war nur darauf bezogen, was du beim Klassentreffen gesagt hast. Dass du Angst vor Nähe hast.«

»Falsch«, kontere ich. »Wenn ich mich recht erinnere, habe ich gesagt, dass ich damals Angst hatte, dich zu verlieren, und mit dir Schluss gemacht habe, um nicht verletzt zu werden. Das ist nicht das Gleiche.«

»Bist du sicher?«

Seth kann mich mal mit seiner sokratischen Methode. Hätte ich Lust auf Kritik, würde ich meinem Vater zurückschreiben.

»Seth, ich habe über mein Verhalten als Teenager gesprochen. Willst du wirklich von damals auf heute schließen, nachdem du in den letzten fünfzehn Jahren etwa zehn Stunden mit mir zu tun hattest?«

Bizarrerweise macht er keinen Rückzieher.

»Du erinnerst dich, dass ich Scheidungsanwalt bin? Und mich achtzehn Stunden täglich mit Trennungen beschäftige? Du bist ein Typus, Molly. Du bist ein Verlasser. Du hast Angst vor Gefühlen und deshalb läufst du weg.«

Ich sollte auflegen. Dies ist nicht das lockere Gespräch, das ich mit ihm führen wollte.

»Berechnen Sie dafür Ihren Stundensatz, Herr Anwalt?«, frage ich.

Es folgt eine sehr, sehr lange Pause.

»Ich mache das pro bono, weil ich dich mag«, sagt er schließlich, seine Stimme sanft. Fast zärtlich.

Ich bin verunsichert. Was soll ich damit anfangen?

»Du *magst* mich?«, wiederhole ich.

»So sehr, Molly.«

»Weißt du, ich bin nicht besonders sympathisch«, scherze ich, weil ich nicht zu glauben wage, worauf das hier hinausläuft. »Man könnte dir verzeihen, wenn du Nein sagst.«

»Siehst du, du tust es schon wieder«, sagt er. »Du lenkst ab. Sobald das Gespräch ernst wird, machst du einen Witz oder eine selbstironische Bemerkung.«

Ich weiß, dass er recht hat, aber ich will es nicht zugeben.

»Vielleicht mache ich das nur bei dir.«

»Das bezweifle ich stark. Das hast du schon damals gemacht. Und es korreliert mit einem Beziehungstyp. Du ziehst dich wahrscheinlich zurück, wenn du es mit der Angst bekommst. Nähe vergrault dich.«

Was soll ich darauf erwidern? Er mag mich *so sehr*, kritisiert mich aber dafür, wie ich mich in Beziehungen verhalte?

»Warum bist du so?«, frage ich. »Ich habe dir meine Gesellschaft angeboten. Ich bin nicht auf der Suche nach einer psychologischen Diagnose. Glaub mir, davon habe ich genug.«

»Tut mir leid«, sagt er schnell. »Das ist wohl der Anwalt in mir. Ich kann nicht aufhören zu argumentieren. Ich bin ein Arschloch.«

Aber das stimmt nicht. Nichts davon kommt gemein rüber. Höchstens zu ehrlich.

»Du bist kein Arschloch«, sage ich. »Nur furchtbar anmaßend mir gegenüber.«

»Du hast recht«, sagt er. »Ich möchte dich besser kennenlernen.«

Ja, es ist Zeit, das hier zu beenden.

»Hör zu, ich muss zu Abend essen und etwas schlafen«, sage ich.

Wieder folgt eine lange Pause. Dann sagt er: »Marks, du lässt mich in dieser Stunde der Not im Stich?« Sein Tonfall leichter. Offensichtlich spürt er, dass er mich verschreckt hat.

»Was hast du denn gedacht, was du bekommst?«, platze ich heraus, ohne nachzudenken. »Stundenlangen Telefonsex?«

Er lacht schockiert auf. »Man darf doch wohl noch träumen.«

Meine Wangen sind rot, und meine Augen so fest geschlossen, dass sie schmerzen. »Tut mir leid.«

»Gut, speicher meine Nummer, falls du es dir anders überlegst. Es war schön, mit dir zu reden, Molls.«

»Mmh. Süße Träume.«

Süße Träume?

Bin ich der peinlichste Mensch in ganz Los Angeles?

Ich lege auf, bevor er sich verabschieden kann.

Ich wünschte, es wäre nicht zu spät, Dezzie oder Alyssa anzurufen, um dieses Gespräch zu analysieren. Obwohl, wenn ich ihnen erzähle, was passiert ist, werden sie irgendetwas hineininterpretieren.

Oder … *sollten* sie etwas hineininterpretieren?

Was denke ich mir dabei, einem Mann, mit dem ich vor Kurzem Sex hatte, zu sagen, er soll mich spätabends anrufen, wenn da nichts zwischen uns ist?

Damit habe ich es stillschweigend zugegeben und dann panisch einen Rückzieher gemacht, als er es ausgesprochen hat. Weshalb sein Vorwurf, ich würde vor Nähe fliehen, mich vielleicht so getroffen hat.

Ich tröste mich mit Nudeln. Sehr viel Nudeln. Der ganzen Packung Nudeln.

Auf die Unmengen Wein, mit dem ich sie runterspüle, will ich gar nicht erst eingehen.

Es genügt wohl zu sagen, dass es gereicht hat, um ihm mitten in der Nacht eine SMS zu schicken.

Molly: Ich weiß, es war meine Idee, aber ich denke, wir sollten keinen Kontakt mehr haben

Ich zögere, dann tippe ich eine weitere Zeile.

Molly: Tut mir leid

So, damit sollte es erledigt sein.

Wenn ich eine Entscheidung treffe, vor allem, wenn es um einen Mann geht, ist sie normalerweise eindeutig. Ich beende Beziehungen wie ein Bodybuilder, der eine Brezel durchbricht, und dann stecke ich mir die Brezel in den Mund und lasse mir das Salz auf der Zunge zergehen, als wären es seine Tränen.

Dieses Mal ist es anders.

Ich liege wach, halte mein Handy umklammert, bis mir die Hand wehtut, und starre auf meine eigene Textblase.

Ich habe das Gefühl, ich habe das Falsche geschrieben.

Darf ich noch etwas schreiben, nachdem ich um die Beendigung des Kontakts gebeten habe? Und falls ja, was soll ich sagen? *Tut mir leid, Seth, du hast es selbst gesagt. Nähe macht mir Angst! Bitte nur oberflächliches Geplänkel, sonst gerate ich in Panik und …*

Und was?

Was dann?

Nun, genau das, was er gesagt hat.

Ich laufe weg.

Ich kann nicht anders. So bin ich eben.

Ich stehe auf und lege mein Handy ins andere Zimmer, wo ich es nicht anstarren kann oder schlimmer, Seth noch weiter schreiben. Ich nehme den achthundert Seiten langen norwegischen Roman, durch den ich mich gerade quäle, und schlafe dank der Götter sterbenslangweiliger skandinavischer Autofiktion innerhalb weniger Minuten ein.

Ich erwache im warmen kalifornischen Sonnenlicht, das durch die Fenster scheint, und fühle mich gut, bis mir wieder einfällt, was ich getan habe. Ich zwinge mich, aufzustehen und Kaffee zu kochen, bevor ich mein Handy vom Ladekabel ziehe.

Eine Nachricht von Seth, gesendet brutal früh am Morgen.

Seth: Hey, Molls. Es muss dir nicht leidtun – ich verstehe schon. Du hast nur versucht, nett zu sein, und ich habe mich total danebenbenommen. Ich hoffe, du denkst nicht, dass ich dich kritisieren wollte oder dass ich wegen damals etwas gegen dich habe. Ich schwöre, ich bin nicht sauer.

Seth: In Wahrheit schwärme ich heimlich für dich. Ich habe das Klassentreffen und den Kontakt mit dir sehr genossen. Ich habe viel an dich gedacht, seit wir uns gesehen haben, daran wie viel Spaß wir hatten und wie schön du bist, und wie heiß der Sex mit dir war.

Seth: Ich weiß, es ist Kindergartenniveau, ein Mädchen zu ärgern, das man mag, und wenn ich das gestern Abend getan habe, tut es mir leid. Falls du noch mit mir redest, verspreche ich, nur mit dir zu flirten und dir zu sagen, wie hübsch du bist. Aber ich verstehe dich, und ich werde dich nicht mehr belästigen, es sei denn, du sagst, es ist okay … Zumindest nicht, bis ich bei unserem 20-jährigen Klassen-

treffen meinen Gewinn einstreiche. Pass auf dich auf. –
Seth

Natürlich gehört Seth zu der Sorte Mensch, der seine SMS perfekt ausformuliert und mit Namen unterzeichnet, wie meine Mutter. Die Nerdigkeit seines Prosastils hält mich jedoch nicht davon ab, jedes seiner Worte einer gründlichen Textanalyse zu unterziehen.

Es ist das *heimliche Schwärmen*, das mich kriegt. Es klingt so schön – wie Minnesang, mit einem Hauch von Bedauern, als wäre es aus einem Lyle-Lovett-Song. Am liebsten würde ich ihm sagen, er soll mir weiterhin absatzlange Schmachtnachrichten schreiben.

Aber ich bin einfach nicht nett genug für ihn.

Für einen kurzen Moment wünschte ich, ich wäre es. Ich wünschte, ich würde an die Logik von Liebesfilmen glauben: dass Seth mir die Angst nehmen und meine Ecken und Kanten abschleifen könnte und ich ihm mit meinem Realismus Halt geben, bis wir einander perfekt ergänzen.

Aber so funktioniert es nicht.

Ich schicke Seth eine letzte Nachricht.

Molly: Du bist süß. Aber ich kann nicht.

3. TEIL

Oktober 2019

14. KAPITEL

Seth

Gibt es etwas Schöneres als ein kaltes Bier in einem Dreißig-Dollar-Becher bei einem Baseballspiel? Woran liegt es, dass Bier in durchsichtigem Hartplastik so viel besser schmeckt? So *erfrischend*. So *lecker*. So *amerikanisch*. Und nicht auf die schlechte, reaktionäre Art amerikanisch. Sondern auf die harmlose Vierter-Juli-, Erdnussschalen-auf-dem-Stadionboden-Art.

Nur dass es schwierig ist, zwei von diesen Bechern plus einen riesigen Eimer Popcorn und eine heiße Brezel mit extra Senf zur Tribüne zu tragen. Vor allem bei einem Playoff-Spiel, bei dem alle schreien und stampfen und sich jubelnd (oder verzweifelt) gegenseitig anrempeln.

Ich verabschiede mich von der fröhlichen Verkäuferin, balanciere die Brezel auf dem Popcorn, halte mit den Fingern der anderen Hand die zwei Becher am Rand und mache mich auf den beschwerlichen Weg zurück zu meinem Platz.

Ich habe Glück. Es ist ein sehr, sehr guter Platz. Auch wenn ich sozusagen für das falsche Team bin.

Ich bin im Dodger Stadium in Los Angeles und feuere die Chicago Cubs an, im siebten Spiel der National League Championship Series. Wer gewinnt, zieht in die World Series ein. Es ist das sechste Inning. Das Spiel steht unentschieden, 2:2. Ich verliere langsam den Verstand. Ich musste Snacks holen gehen, damit ich keinen Schlaganfall bekomme.

Zu meinem Sitzplatz muss ich ungefähr dreißig Stufen eine

schmale, steile Treppe hinunter, und ich frage mich, wie ich an den aufgebrachten Fans vorbeikommen soll. In bin stolz auf mein Cubs-Trikot, aber ich fühle mich exponiert. Ich weiß, dass die Dodger-Fans Popcorn oder Schlimmeres nach mir werfen werden, wenn ich die Treppe runtergehe. Ich muss mich körperlich und seelisch wappnen. Ich atme tief durch.

»Seth!«, ruft jemand hinter mir. Ich halte inne, drehe mich aber nicht um, weil mir sonst was überschwappt, und außerdem sitzen alle Leute, die ich bei diesem Spiel kenne, unten auf unseren Plätzen. Sicherlich bin nicht ich gemeint.

Ich mache ein paar unsichere Schritte, die Brezel gerät in leichte Schieflage.

Ein Finger tippt mir auf die Schulter.

Ich drehe mich langsam um und sehe meine Highschool-Freundin Gloria und ihre Frau Emily.

Irgendwie schaffe ich es, meine Ausbeute vom Imbissstand bei der Begrüßung nicht über irgendwelche Fans zu kippen.

»Ich *wusste*, dass du es bist«, sagt Gloria. »Diese Ohren würde ich überall erkennen.«

Meine großen Ohren haben in der Tat einen hohen Wiedererkennungswert. Und ich habe mir gerade die Haare schneiden lassen, sodass mein größter Makel noch mehr hervorsticht. Was egal ist, denn meine körperliche Attraktivität ist wohl kaum von Bedeutung für zwei verheiratete Lesben. Von denen eine ziemlich schwanger ist.

»Du bist schwanger!«, kreische ich. »Herzlichen Glückwunsch!«

Emily legt eine Hand auf ihren Bauch. »Zwillinge. Kannst du dir das vorstellen?«

Ja, das kann ich, denn sie werden wunderbare Eltern sein. Und ich kann nicht umhin, eine gewisse Genugtuung darüber zu verspüren, dass sie eine Familie gründen – denn es passt zu einer Wette, die ich mit einer gewissen Frau abgeschlossen habe, deren Name nicht genannt werden soll.

»Ihr zwei werdet Kindererziehung neu definieren«, sage ich.

»Ist das was Gutes?«, fragt Gloria.

»Absolut«, versichere ich ihr.

»Was führt dich her?«, fragt Emily.

»Die Cubs natürlich«, sagt Gloria und zeigt auf mein Trikot. »Diese Ratte besitzt die Frechheit, in unserem Revier den Feind anzufeuern und uns nicht mal Bescheid zu sagen, dass er in der Stadt ist.«

»Unverschämt«, stimmt Emily zu.

»Tut mir leid!«, sage ich. »Ich bin erst heute Nachmittag angekommen. Ich schwöre, ich wollte euch schreiben. Glaubt ihr, ich will nicht an eurem Pool mit Blick auf die Canyons abhängen?«

»Woher weißt du, dass wir einen Pool mit Blick auf die Canyons haben?«, fragt Gloria. »Stalkst du uns etwa?«

»Ja«, sage ich feierlich. »In Wahrheit wohne ich in einem Auto vor eurem Haus. Ich habe ein Teleobjektiv, mit dem ich euch in die Fenster sehen kann.«

»Gut«, sagt Gloria. »Ich habe auf einen Grund gehofft, dich ins Gefängnis zu werfen. Wo alle Cubs-Fans hingehören.«

Ich lache und das bringt mich aus dem Gleichgewicht. Ich umklammere das Plastik meiner Biere noch fester. Ich kann doch kein Coors Light auf eine Schwangere schütten.

»Mit wem bist du hier?«, fragt Emily.

»Da seid ihr ja«, sagt eine Stimme hinter mir. »Tut mir leid, die Toilettenschlange war elf Komma zwei Millionen Leute lang. Außerdem sind alle Waschbecken blau von Gesichtsfarbe.«

Beim Klang dieser Stimme drehe ich mich um.

Die Brezel plumpst auf meine Brust und bekleckert mein Hemd mit Senf. Als ich versuche, sie wieder auf den Eimer zu kriegen, fliegt das Popcorn durch die Luft und regnet wie essbares Konfetti auf mich und – wen sonst? – Molly Marks nieder.

»Scheiße!«, schreie ich. »Tut mir leid.«

Ein Becher rutscht mir aus der Hand, und ich versuche, ihn aufzufangen, doch stattdessen schleudere ich ihn in die Luft und versprühe den halben Liter über Schlüsselbein, Dekolleté und Dodgers-T-Shirt einer Frau, die mir gesagt hat, ich soll ihr nicht mehr schreiben, nachdem ich ihr meine Gefühle gestanden habe.

Entzückend.

Molly steht etwa fünfzehn Sekunden lang schockiert und sprachlos da. Dann schaut sie auf das Bier, das in ihren BH tropft, dippt den Finger hinein und kostet.

»Hmmm«, sagt sie. »Der Geschmack der Rockies?«

»O mein Gott«, stöhne ich, unschlüssig, was ich in dieser Situation tun kann, denn meine Hände sind voller Senf.

»Ich hätte dich eher für einen IPA-Typ gehalten«, sagt Molly, noch immer triefend.

»Das gibt's nicht im Plastikbecher«, sage ich, den Tränen nah.

»Ich hole dir ein paar Servietten«, sagt Gloria und verschwindet.

»Soll ich mit dir zur Toilette gehen?«, fragt Emily Molly.

Molly lacht. »Ich fürchte, die öffentlichen Toiletten im Dodger-Stadion sind nicht mit Duschen ausgestattet. Aber ist schon in Ordnung. Ich mag es, nach abgestandenem Bier zu riechen. Es erinnert mich an meine Jugend.«

»Molly, ich kann mich nicht oft genug entschuldigen«, sage ich. »Ich kaufe dir ein neues T-Shirt.«

»Ja, und dir selbst vielleicht auch«, sagt sie.

Ich schaue an meinem mit Senf bekleckerten Oberkörper hinunter. »Wieso werde ich immer mit Würzsoßen besudelt, wenn ich in deine Nähe komme?«

»Oh, ich meinte nicht den Senf, sondern dein Cubs-Trikot. Zur Strafe musst du es ausziehen.«

Gloria kommt mit Servietten zurück und reicht sie Molly, die beginnt, sich abzutupfen.

»Kümmert euch nicht um mich. Ihr verpasst sonst den Anfang vom siebten Inning«, sagt Molly. »Seth geht mit mir in den Fanshop. Wir treffen uns auf unseren Plätzen.«

»Seth, ich schreib dir«, sagt Gloria. »Wir machen Samstag eine Babyparty. Wenn du noch in der Stadt bist, musst du kommen.«

»Sehr gerne«, sage ich kläglich.

»Nicht weinen«, sagt Molly mit gespielter Ernsthaftigkeit. »Du schaffst das. Komm mit.«

Sie nimmt meine Hand und führt mich durch die Menge auf dem geschwungenen Gang hinter der Tribüne in Richtung Fanshop – jedenfalls nehme ich das an. Die Intimität dieser Geste verwirrt mich. Was nicht heißt, dass es mir nicht gefällt.

»Warum bist du eigentlich hier?«, fragt sie.

»Um zu sehen, wie die Cubs die Dodgers schlagen.«

»Keine Chance.«

»Willst du wetten?«

»Ich wette nicht.«

»Außer auf die Beziehungen deiner Freunde.«

Sie runzelt die Stirn. »Du musst sehr zufrieden mit dir sein. Zwei zu null. Vorläufig.«

Ich bin verwirrt. »Äh, was?«

»Nun, Emily und Gloria wirken glücklich und bekommen ein Kind. Und Marcus und Marian posten ständig verliebte Updates.«

Ich lächle, wie ein Mann lächelt, wenn eine Person, gegen die er eine leichte Feindseligkeit hegt, etwas nicht weiß, was er weiß.

»Molly, Marian ist in einer Beziehung, aber nicht mit Marcus.«

»Oh. Mit wem dann?«

Ich spähe mit zusammengekniffenen Augen auf den nächsten Bildschirm, der das Spiel zeigt, und sehe den Star-Outfielder der Cubs. Ein Ball kommt auf ihn zugeflogen, er springt und fängt ihn direkt vor der Stadionwand. Die Kamera zoomt auf sein hübsches, grinsendes Gesicht.

»Der Typ da«, sage ich und zeige auf ihn.

Molly neigt den Kopf wie ein verwirrter Papagei. »Javier Ruiz?«

»Ja«, sage ich.

»Du willst mich wohl verarschen. Ist der Typ nicht zweihundert Millionen Dollar schwer?«

»Ja«, sage ich wieder.

»Okay, warte. Woher *kennt* Marian überhaupt einen Baseballprofi?«

»Marcus hat sie einander vorgestellt. Er ist Javiers Agent.«

»Das gibt's nicht. Aber sie wohnt nicht mal in Chicago.«

»Sie führen eine Fernbeziehung.«

»Woher weißt du das alles?«

»Ich bin mit ihr hier. Sie hat mich eingeladen, weil sie weiß, dass ich großer Cubs-Fan bin.«

»Du bist mit *Marian Hart* hier?«

»Ja. Denn sie ist ein reizender, großzügiger, aufmerksamer Mensch und war so lieb, an mich zu denken. Es ist eine tolle Erfahrung, mit dem Team hier zu sein. Wusstest du, dass es eine ganze Suite für die Gastmannschaft mit kostenlosen Getränken und Catering gibt? Ich hatte vor dem Spiel Roastbeef und einen Manhattan.«

»Schön für dich. Und schön für Marian. Ich würde den Kerl in Grund und Boden ficken.«

Ich versuche, mich bei dem Gedanken daran nicht zu verschlucken.

»Ich dachte, du bist ein Dodgers-Fan«, sage ich.

»Ich bin käuflich.«

Wir erreichen den Fanshop, der von oben bis unten mit Dodgers-Merch vollgestopft ist.

»Such dir was aus, Marks«, sage ich. »Geht auf mich.«

Sie lässt sich viel Zeit, prüft die Preisschilder und sagt Dinge wie: »Nein, nein, nicht teuer genug.«

Ich stehe in meinem bekleckerten Cubs-Trikot belämmert daneben, während mich die Leute mit einer Mischung aus Feindseligkeit, Verwirrung und Belustigung anstarren.

Schließlich präsentiert sie mir ihre Auswahl: ein Kapuzenpulli (»könnte kalt werden später – wir sind hier in der Wüste!«), ein Trikot (»die Farbe steht mir super«), eine Baseballkappe (»es ist zu hell draußen«), vier Schlüsselanhänger (»für meine Cousins in Iowa«) und zwei T-Shirts, eins für Männer in Large und eins für Frauen in Small.

»Eins für dich, eins für mich.«

»Molly, ich trage kein Dodgers-Shirt.«

»Doch, tust du. Als Strafe dafür, dass du dein Bier über mir ausgekippt hast.«

»Versehentlich.«

»Es geht nicht um den Vorsatz, sondern um den Schaden.«

»Ich sitze buchstäblich bei den Familien des Teams. Als Gast des Star-Outfielders.«

»Dann erklär es ihnen.«

Ich seufze. Ich schätze, ich kann das Hemd verkehrt herum tragen.

Ich gehe zur Kasse und begleiche die 473,12 Dollar mit meiner Kreditkarte.

»Und?«, frage ich, als ich ihr die prall gefüllte Tüte überreiche. »Wie geht es dir?«

»Mir? Ganz gut. Du weißt schon. Das Schriftstellerleben. Tippen, tippen, tippen. Und dir?«

»Mir geht es *super*. Vielen Dank, dass du fragst.«

»Ist das sarkastisch gemeint?«

»Nein, enthusiastisch. Kennst du nicht.«

Ich versuche, locker zu bleiben, aber ich fühle mich unbehaglich. Was sagt man zu jemandem, der nicht mit einem sprechen möchte? Hat sie das vergessen?

»Tja, wir sollten uns wahrscheinlich umziehen gehen«, sage ich. »War schön, dich zu sehen.«

Sie zieht die Stirn in Falten. »Du willst mich nicht zu euren Plätzen einladen, um Marian Hallo zu sagen?«

Ich runzle ebenfalls die Stirn. »Du *magst* Marian nicht …«

»Aber ich mag *dich*«, sagt sie und sorgt bei mir für einen Herzstillstand.

Sie scheint selbst überrascht, dass sie das gesagt hat – als wäre es ihr rausgerutscht.

Es verschlägt mir immer noch den Atem.

»Also gut«, sage ich schließlich, »wir sitzen in Abschnitt H, Reihe einunddreißig, am Gang. Wir sind die in den Cubs-Shirts, die ausgepfiffen werden. Komm vorbei, wenn du willst.«

15. KAPITEL

Molly

Ich gebe Seths Plätze in mein Handy ein, damit ich sie nicht vergesse, und winke ihm zum Abschied.

Eine trockene Brise kühlt den Schweiß in meinem Haar, als die Dämmerung hereinbricht. Das Flutlicht wirft Schatten über die Tribüne, sodass die Leuchtstäbe in der Menge noch heller leuchten. Das Stadion scheint voller Möglichkeiten. Und ich auch.

Seth. Hier. Was für ein Zufall!

Das muss ich Alyssa und Dez erzählen. Ich öffne unseren Chat.

Molly: Heilige. Scheiße.

Alyssa: Was????

Molly: Ich bin bei den Dodgers und hab gerade Seth Rubenstein getroffen!

Molly: Er hat Bier über mich gekippt, und ich habe ihn gezwungen, mir Sweatshirts im Wert von 400 Dollar zu kaufen!

Dezzie: Was?

Molly: IDK!!!!! Bin in Panik geraten

Alyssa: Okay, also erstens, was macht Seth bei den Dodgers?

Molly: Die spielen gegen die Cubs

Molly: Und haltet euch fest: Er ist mit Marian Hart hier, die mit JAVIER RUIZ zusammen ist

Dezzie: Warte. Der Javier Ruiz, der mit diesem Supermodel verheiratet war?
Molly: Genau der Javier Ruiz!!!!
Alyssa: Was ist los?!?!
Alyssa: Chaos im Universum!
Molly: Muss mir das Bier aus dem Ausschnitt spülen gehen
Alyssa: Sei nett zu Seth
Dezzie: Aber nicht *zu* nett, Molly

Ich stecke mein Handy wieder in den durchsichtigen Plastikbeutel, bevor ich verraten kann, dass ich Seth bereits gesagt habe, dass ich ihn *mag.*

Wenn man den Kontakt zu jemandem abbricht, nachdem er einem gestanden hat, dass er verknallt ist, gehört es sich, aus seinem Dunstkreis zu verschwinden. Man kann niemanden zurückweisen und dann in seinem Luftraum rumdüsen und Komplimente in den Himmel schreiben.

Außerdem hätte ich zigtausend andere Dinge sagen können, als Seth sich gewundert hat, warum ich Marian Hallo sagen will. Wie zum Beispiel: »Ich will nicht unhöflich erscheinen.« Oder: »Ich will, dass sie mich mit einem millionenschweren Baseballspieler verkuppelt.« Oder: »Du hast recht, ich mag Marian nicht, also vergiss es, und viel Glück mit dem Senffleck.«

Mit mir stimmt was nicht, und zwar ganz gewaltig.

Das Problem ist, dass ich ihn *wirklich* mag. Als ich ihn sah, hat mein Magen genauso einen akrobatischen Flickflack gemacht wie seine Brezel.

Ich gehe zur Toilette, mache ein paar Papiertücher nass, um das warme Bier aus meinem Bauchnabel zu tupfen, ziehe mein neues T-Shirt über und lächle mein Spiegelbild an. Ich *liebe* Fan-Shirts. Ich bin ein echter Fan.

Meine Mutter hat schon als Kind mit meinem Großvater Baseball geschaut, und in der Gegend, wo ich aufgewachsen bin, befinden sich die Trainingsplätze mehrerer MLB-Teams. Die Tickets sind spottbillig. Nachdem mein Vater uns verlassen hatte, gingen wir, wann immer sich die Gelegenheit bot, schmuggelten eine Tüte Mikrowellen-Popcorn rein, kauften eine große Cola zum Teilen und verloren uns stundenlang im Rhythmus des Spiels.

Bis zum heutigen Tag liebe ich dieses Gefühl. Die Energie der Zuschauer ist ansteckend, ein ebenso zuverlässiger Serotoninschub wie eine halbe Cipralex extra. Ich liebe es, wenn die Fans die Lieder aus voller Kehle mitsingen – *We Will Rock You, Seven Nation Army, Sweet Caroline.* Und wenn die Dodgers gewinnen, gibt es überall in Echo Park Feuerwerk.

Ich gehe zu Emily und Gloria zurück. Unsere Plätze sind ganz oben – wir haben uns in letzter Minute entschlossen, und es gab keine besseren mehr. Sie spähen mit zusammengekniffenen Augen aufs Spielfeld, um etwas zu erkennen.

»Du siehst süß aus«, sagt Emily.

Ich werfe ihr eine Baseballkappe zu. »Bedank dich bei Mr. Rubenstein.«

»Räusper«, sagt Gloria. »Und was krieg ich?«

Ich krame in der Tasche. »Willst du ein Sweatshirt?«

Sie wirft mir einen Blick zu. »Es sind fast vierzig Grad.«

Ich zucke die Schultern. »Aber es ist eine trockene Hitze. Und es ist umsonst.«

Sie nimmt den Kapuzenpulli.

»Ratet mal, mit wem Seth hier ist«, sage ich.

»Mit wem?«, fragt Gloria.

»Marian Hart! Sie hat Karten, weil sie mit *Javier Ruiz* zusammen ist.«

Emily sieht mich ausdruckslos an, aber Gloria beugt sich vor.

»Der Typ von den Cubs?«, fragt sie.

»Mmh-hm!«

»Denkst du dir das aus?«, fragt Emily.

»Ich lüge nicht, Emily. Lügen ist langweilig.«

»Wenn Marian hier ist, warum hat sie mir nicht geschrieben?«, fragt Gloria. »*Niemand* schreibt mir?«

»Ich schreibe dir, Hase«, sagt Emily und küsst sie auf die Wange.

»Mir hat Marian auch nicht geschrieben«, sage ich.

Beide sehen mich mitleidig an.

»Vielleicht, weil sie merkt, dass du sie nicht magst?« meint Emily.

»Warum sagen das eigentlich immer alle?«

»Weil du sehr schlecht darin bist, deine Gefühle zu verbergen.«

Wie zum Beispiel, wenn mir *Ich mag dich* rausrutscht! Ist angekommen.

»Nun, ich hab Seth gesagt, wir kommen runter, um Hallo zu sagen.«

Gloria springt sofort auf. »Oh, und ob wir das tun. Javier Ruiz? Das will ich hören.«

Emily besteht darauf, dass wir warten, bis das Inning vorbei ist – leider hat niemand gepunktet –, bevor wir uns auf den Weg zu Seths und Marians glamourösen Plätzen machen. Marian trägt eine rote Glitzerjacke mit RUIZ auf dem Rücken. Sie und Seth sind von anderen Frauen in den gleichen Jacken mit den verschiedenen Spielernamen umgeben, alle wie Hochglanzmagazinen entsprungen, sodass ich am liebsten kehrtmachen würde, um stante pede einen Dermatologen, einen Friseur, einen Kosmetiker und einen Fettabsauger aufzusuchen.

»Marian Hart!«, schreit Gloria über den Lärm hinweg.

Marian dreht sich um und ihr Gesicht leuchtet auf. »Glor! Komm her!«

Gloria tänzelt auf ihren Plateau-Pantoletten die schwindelerregende Treppe hinunter, sodass ich um ihr Leben fürchte, und wirft sich Marian in die Arme.

Marian strahlt, wie immer. Sie lächelt und winkt mir über Glorias Schulter zu. Ich winke zurück und gebe mir alle Mühe, Herzlichkeit auszustrahlen.

Seth steht hinter Marian und lächelt mich an. »Braves Mädchen«, sagt er tonlos.

»Ich hätte dich ja angerufen, aber ich bin nur für einen Abend hier«, sagt Marian zu Gloria.

»Mit deinem *Macker*, hab ich gehört«, sagt Gloria und stößt sie in die Rippen. »Du musst uns alles erzählen.«

Marian kichert das Kichern einer verliebten Frau. »Marcus hat uns vor ein paar Monaten vorgestellt. Er ist Javiers Agent. Wir haben uns kennengelernt und es war wie ein Blitz aus heiterem Himmel. Wir hatten eines dieser Dates, die den ganzen Tag und« – sie errötet – »die ganze Nacht dauern. Und seitdem sind wir zusammen.«

»Ist das nicht schwierig, wenn du in Miami bist und er in Chicago?«, frage ich, weil ich von Natur aus das Bedürfnis habe, das Glück anderer infrage zu stellen.

Marian winkt ab. »Er ist so viel unterwegs, dass es eigentlich egal ist, wo er wohnt. Wir machen es möglich. Das ist es so was von wert.«

»Er hat nicht zufällig einen Freund für sie?«, sagt Emily und zeigt auf mich. »Sie könnte einen Mann mit starken Armen gebrauchen.«

»Erlaube mal!«, keife ich. »Ich habe viele Verehrer.«

Ich werfe Seth einen flüchtigen Blick zu. Sein Gesicht ist geflissentlich neutral.

»Nun, wir sollten zu unseren Plätzen zurück, bevor das Inning beginnt«, sagt Gloria. »Aber, Seth, wir sehen uns Samstag? Die Party beginnt um zwei.«

»Ich werde da sein«, sagt Seth. »Schick mir die Adresse.«

Wir kommen gerade rechtzeitig zu unseren Plätzen zurück, um zu sehen, wie Tom Beadelman einen Homerun schlägt und damit die Dodgers in Führung bringt. Gloria, Emily und ich schreien, bis wir heiser sind. Ich gebe dem sehr bärtigen Herrn zu meiner Rechten ein High Five und seiner kleinen Tochter ein Low Five. Sie schwingt eines dieser kleinen Handtücher, die man bei den Play-Offs als Andenken bekommt.

Ich bücke mich und schenke ihr einen der Dodgers-Schlüsselanhänger, die Seth mir gekauft hat. (In Wahrheit habe ich keine Cousins in Iowa; ich wollte nur den Preis in die Höhe treiben.) Sie lächelt schüchtern und murmelt Danke. Emily beäugt mich von der Seite, als würde sie mich nicht wiedererkennen.

Mir egal. Es läuft *Don't Stop Believin'*, das ganze Stadion (außer den schmollenden Cubs-Fans vermutlich) grölt mit, und ich bin ausnahmsweise mal glücklich.

Mein Handy vibriert in meiner abgeschnittenen Jeans.

Ich ziehe es heraus und sehe eine SMS von Seth.

Seth: Fuck.
Seth: Wir verlieren, oder?
Seth: Muss am Coors Light liegen.

Darüber sehe ich die letzte Nachricht unserer letzten Unterhaltung. …

2. Januar

Molly: Du bist süß. Aber ich kann nicht

Er muss *das* gelesen haben, bevor er mir eine SMS geschrieben hat, und er hat es trotzdem getan.

Ich hoffe, er schreibt mir, weil seit dem peinlichen Telefonat im Januar genug Zeit vergangen ist, und nicht, weil ich *Ich mag dich* gesagt habe. Wie dem auch sei, seinen Namen auf meinem Handy zu sehen, verstärkt dieses seltsame Glücksgefühl.

Molly: Keine Sorge. Ihr habt noch ein ganzes Inning, um euch demütigen zu lassen
Molly: Und liegt nicht am billigen Bier. Es liegt daran, dass wir das bessere Team sind
Molly: Außerdem bist du ein BESCHISSENER Fan! Du solltest mitfiebern, statt einfach AUFZUGEBEN, weil wir vorne liegen

Mein Handy vibriert wieder.

Seth: Ich kann nicht glauben, dass mir eine Frau, die einmal aus Langeweile bei einem Spiel der Tampa Bay Lightnings Hausaufgaben gemacht hat, meine Fan-Qualität abspricht.
Molly: Das liegt daran, dass Eishockey infantil und brutal ist

Ich lege mein Handy weg und versuche, mich auf das Spiel zu konzentrieren. In der zweiten Hälfte des achten Innings haben die Cubs die Chance zum Ausgleich. Emily ergreift meine Hand. »Sprich ein Gebet.«

Ich küsse einen meiner Dodgers-Schlüsselanhänger und strecke ihn wie eine Hexe gen Himmel. Die Fans um mich herum klatschen.

Ich erhalte eine SMS.

Seth: Jetzt sind WIR am Drücker. Friss Scheiße, Molly Marks.

Seth: O Gott, tut mir leid, wie ungalant. Ich tauge nicht zum Profisport-Macho. Ich nehme alles zurück. Bitte friss keine Scheiße.

Seth: Es sei denn, du hast Pica oder so.

Seth: Allerdings könntest du davon Ruhr bekommen, also lieber nicht.

Molly: STOP

Seth: Hast recht. Ich hör auf.

Molly: Konzentrier dich lieber darauf, das Spiel zu verlieren

In diesem Augenblick geht kein Geringerer als Javier Ruiz auf das Schlagmal zu und mein Handy verstummt.

»Strikeout, Strikeout, Strikeout«, murmelt Gloria. Der Pitcher wirft einen Ball. Geht so.

»Schon gut, schon gut, schon gut«, murmelt Emily wie eine Beschwörungsformel. »Wir schaffen das, wir schaffen das, wir schaffen das.«

Ruiz schwingt den Schläger und trifft daneben. Strike One!

Wir jubeln.

Noch ein Strike.

Wir jubeln noch lauter.

»Mach ihn fertig!«, rufe ich, nein, kreische ich, als der Pitcher ausholt.

Alle halten den Atem an.

Ruiz fetzt den Ball tief, tief in die Tribüne.

»Verdammt noch mal!«, schreie ich. Die Fans um mich herum stöhnen, in ähnlicher Gefühlslage.

Mein Handy vibriert.

Seth: Weißt du was? Ich war voreilig. Wir werden definitiv gewinnen.

Ich schaffe es nicht, frech zu antworten. Ich bin zu frustriert.

Die Cubs punkten wieder nicht, und dann sind die Dodgers erneut am Zug. Das ganze Stadion ist vor Spannung wie gelähmt.

Der erste Spieler holt aus.

Ich sterbe.

»Komm schon, Lanzinella«, schreit Emily. »Mach ihn fertig, Baby!«

Unsere neu gewonnenen Freunde stimmen ein. »Mach ihn fertig! Mach ihn fertig!«, skandieren wir alle.

Lanzi-fucking-nella macht den Wichser fertig und wir verlieren alle den Verstand.

Jedenfalls bis Woo an der Reihe ist.

Wir haben noch ein Out, um in Führung zu gehen, und dann werden sie das Spiel verlieren.

Dann kommt Madison zur Base. *We Will Rock You* dröhnt aus den Lautsprechern, und ich wünschte fast, sie würden es ausschalten, denn ich möchte, dass die Spieler sich konzentrieren und dieses Spiel gewinnen.

Als Nächstes Robinson, der nicht gerade für seine Schlagkraft bekannt ist.

Emily bricht in uncharakteristische Wut aus. »Wollt ihr mich verarschen? Kein Ersatzmann?«

Die Frau hinter ihr spuckt auf den Boden. »TROTTEL-SCHLAMPE«, schreit sie und meint vermutlich den Trainer.

Robinson schlägt sofort ein Foul.

Jeder Muskel meines Körpers krampft sich zusammen.

Robinson schlägt ein weiteres klägliches Foul.

Ich entspanne mich, weil ich sehe, wohin das führt. Und zwar nicht zur World Series.

Der Pitcher der Cubs stellt sich auf. Die Zeit bleibt stehen. Und dann zerreißt das schönste Geräusch der Welt die Stille im Stadion.

Das Klatschen des Schlägers.

Ich blinzle ins Flutlicht und sehe, wie der Ball gerade rechtzeitig auf Höhe des Foulpoles absinkt und in die Tribüne fliegt.

Es ist ein Homerun. Lanzinella läuft die Bases ab, Robinson direkt hinter ihm. Und wir gehen mit zwei Punkten Vorsprung ins neunte Inning.

Kreischend umarme ich Emily und Gloria.

Als wir damit fertig sind, auf und ab zu hüpfen, nehme ich mein Handy und schreibe Seth.

Molly: Kein guter Abend, um mit einem Cubs-Spieler abzuhängen

Seth: Nee. Das holen wir.

Sie holen es nicht.

Sie verlieren.

Das Stadion schwebt praktisch. Die Leute tanzen in den Gängen, umarmen sich, werfen Popcorn in die Luft. Der Himmel wird von den silbernen Kringeln und goldenen Spinnen eines Feuerwerks erhellt und alle halten inne und staunen.

In der Ferne sieht man kleinere Amateur-Feuerwerke – Funkenregen in Rot, Grün und Gold, die wie Donner krachen und von den Bergen widerhallen.

»Gott, es ist so schön«, sage ich zu niemand Bestimmtem.

Mein Handy vibriert.

Seth: Du hattest recht mit dem Feuerwerk in L.A. Magisch.

Ich lächle mein Display an.

»Sollen wir im Izzie's feiern gehen?«, fragt Gloria.

»Absolut«, sage ich. Das Izzie's ist eine süße kleine Bar nicht weit vom Stadion in Echo Park, nah genug, um zu Fuß zu gehen, und es ist unser Ritual, dort nach einem Spiel Cocktails zu trinken.

Langsam schwemmt uns die Menge aus dem Stadion auf den Parkplatz, wo die Leute feiern und tanzen. Am Himmel steigt noch immer das Feuerwerk. Die Luft riecht nach Würstchen und Paprika von den Jungs, die auf dem Bürgersteig grillen und Hot Dogs und kaltes Bier an die Fans verkaufen.

Ich frage mich, ob Seth den Zauber meiner Stadt in dieser warmen Herbstnacht begreift.

Ich hole mein Handy raus und antworte auf seine letzte Nachricht.

Molly: Wunderschön, oder? Ich bin froh, dass du es gesehen hast
Molly: Und mein Beileid :(

Er antwortet sofort.

Seth: Kann nicht sagen, dass es nicht wehtut. Aber dafür bin ich jetzt mit Javier Ruiz befreundet.

Ich lache über die Vorstellung, dass Seth mit einem A-Promi rumhängt. Aber das ist wohl nicht weniger absurd, als dass Marian mit einem zusammen ist.

Ich überlege kurz, dann denke ich, *scheiß drauf.*

Molly: Hey, Emily, Gloria und ich wollen in einer Bar in der Nähe was trinken, kommst du mit?
Molly: Und Marian natürlich auch, sollte sie geruhen, sich mit dem Feind zu verbrüdern
Seth: Oooh, danke für die Einladung! Kann leider nicht –

wir fahren mit dem Bus für Freunde und Familie zurück ins Hotel, um zu trauern.

Natürlich. Wie dumm von mir. Keiner will mit den jubelnden Fans der gegnerischen Mannschaft abhängen.

Aber irgendwie dachte ich, dass er vielleicht mit *mir* abhängen will?

»Was ist los?«, fragt Gloria.

Mir wird bewusst, dass ich mit düsterer Miene auf mein Handy starre.

»Ach, nichts!« Ich stecke mein Handy wieder ein und versuche, nicht enttäuscht zu sein.

Aber als wir vor der Bar ankommen, vibriert es in meiner Tasche.

Seth: Wir sehen uns aber bei der Babyparty, oder?

16. KAPITEL

Seth

Für Häuser wie das von Gloria und Emily ziehen die Leute nach L. A. – ein moderner Bau aus der Jahrhundertmitte am Silver Lake mit Blick auf Hollywood, Palmen, Pool und einer leichten Brise, die nach Orangenblüten duftet. Von innen ist es genau so, wie man es von zwei Set-Designern erwarten würde. Allein die Badezimmer sind schöner als jedes Zimmer in meiner Wohnung.

»Du hast es geschafft«, ruft Gloria, als ich den Garten betrete, wo sich inmitten von knallpinkfarbener Bougainvillea etwa zwanzig furchteinflößend elegante Leute um einen langen Tisch versammelt haben. Ich halte nach Molly Ausschau. Sie ist nicht da. Mir missfällt, wie sehr mich das enttäuscht.

Ich überreiche den werdenden Müttern zwei Glitzertüten – eine von mir, eine von Marian. »Für euch.«

»Wir haben doch gesagt, keine Geschenke!«, protestiert Emily. »Das Kinderkriegen ist so kommerzialisiert. Es ist ekelhaft. Alles, was die Zwillinge bekommen, sind Kinderbetten und ein paar Wickeltücher.«

»Keine Windeln?«, frage ich unschuldig.

»Nö.« Sie lacht. »Ich hoffe, die sind da drin.«

»Eine ist von mir und eine von Marian. Sie war so enttäuscht, dass sie es nicht schafft.«

»Ooooh, die von Marian zuerst!«, sagt Gloria.

Ich zeige auf die lila Tüte.

Emily greift hinein und bricht dann in Gelächter aus. »O mein Gott, dieses *Flittchen.*«

»Was ist es?«, fragt Gloria.

Emily hält zwei winzige Cubs-Trikots hoch, auf deren Rückseite RUIZ steht.

»Ach du liebe Zeit«, sagt Gloria kopfschüttelnd. »So etwas hätte ich ihr nie zugetraut.«

»Sie sind signiert«, sage ich verlegen.

»Was ist in deiner?«, fragt Emily und schnappt sich die andere Tüte. »Hoffentlich keine passenden Mützen.«

Sie fischt ein Exemplar von *Gute Nacht, lieber Mond* heraus.

»Oooooh, das ist schon besser«, sagt Gloria.

»Das war mein Lieblingsbuch als Kind«, sage ich. »Ich kann es kaum erwarten, es eines Tages meinen Kindern vorzulesen.«

Gloria küsst mich auf die Wange.

»Du bist süß, weißt du das?«

»Das ist meine einzige gute Eigenschaft.«

»Ich bin froh, dass du hier bist, Seth. Ich freue mich immer, dich zu sehen.«

»Ich bin auch froh, dass ich kommen konnte. Es ist toll, euer Haus in natura zu sehen. Auf Insta sah es schon fantastisch aus, aber wow. Dieser Pool. Wenn ich hier wohnen würde, würde ich mich den ganzen Tag auf einem aufblasbaren Schwan treiben lassen und Piña Coladas trinken.«

»Hast du deine Badehose dabei?«, fragt sie.

»Ich wusste nicht, dass die Babyparty eine Poolparty ist.«

»Das ist L. A.«, erwidert sie. »Jede Party ist eine Poolparty. Und keine Sorge, du kannst nackt baden. Lacroix?«

Ich nehme ein Sprudelwasser mit Kokos, das köstlich nach Sonnencreme schmeckt.

Glorias Schwester Eliana kommt aus dem Haus, mit Molly im Schlepptau.

Wow.

Molly sieht so schön aus, wenn die Sonne auf ihrem dunklen Haarvorhang glitzert, dass ich wegschauen muss. Die Zeiten, in denen ich Mollys Schönheit bewundert habe, sollten endgültig vorbei sein. Es ist nur ein Reflex.

»Elle!« Ich stehe auf, um sie zu umarmen. »Ich wusste nicht, dass du hier lebst.«

»O Gott, das tue ich auch nicht«, sagt sie mit einem übertriebenen Schaudern. »*Niemals.* Ich bin in New York bei den vernünftigen Leuten und nur hier, um diesen Schnickschnack auszurichten.«

»Und was für eine wundervolle Gastgeberin du bist. So positiv«, sagt Gloria. »Und nur vierzig Minuten zu spät.«

»Tut mir leid, ich habe verschlafen. Aber warte nur, bis du siehst, was ich vorbereitet habe. Du wirst dir wünschen, ich wäre weniger witzig.«

Molly schlingt einen Arm um Elles Schultern. »Miss Gutierrez hier ist immer witzig. Du hättest sie gestern Abend in der Bar sehen sollen. Sie hat ungefähr zehn Tequilas gekippt und einen vierundzwanzigjährigen australischen Surfer abgeschleppt.«

»Ähm, du hast genauso viel Tequila getrunken und die ganze Nacht mit einem Feuerwehrmann geflirtet«, erwidert Elle. »Hat er dir seine Nummer gegeben?«

»Wir haben uns den ganzen Morgen geschrieben«, zwitschert Molly. »Morgen gehen wir in dieser neuen Cocktailbar an der Figueroa Street was trinken.«

Ich versuche, bei der Vorstellung von Molly, nackt in den Armen eines heldenhaften Feuerwehrmanns, nicht zusammenzuzucken. Oder irgendjemandes Armen. Es geht mich nichts an, in wessen Armen Molly ihre Zeit verbringt.

»Gib nicht so an«, sagt Eliana. »Wie dem auch sei, sollen wir anfangen?«

»Müssen wir?«, fragt Gloria. »Können wir nicht einfach hier im Schatten sitzen, Cupcakes essen und uns zivilisiert unterhalten?«

»Schwesterherz, ich habe nicht zwanzig Minuten auf The-Bump.com Spiele für die Babyparty recherchiert, um zivilisiert zu sein.«

»Finde ich auch«, sagt Emily. »Mal sehen, welche Gräuel Elle sich ausgedacht hat.«

Eliana ist berüchtigt für ihren grimmigen Spott und hätte Molly in der Highschool vielleicht den Rang abgelaufen, wenn sie nicht drei Jahre jünger gewesen wäre. Jetzt ist sie A&R-Managerin bei einem Indie-Musiklabel. Sie hat Halstattoos. (Ich finde Halstattoos gleichermaßen abschreckend und erregend.) Dass ausgerechnet sie mit der Planung der Babyparty beauftragt wurde, ist geradezu unanständig.

»Einen Moment, bitte«, sagt Elle. Sie verschwindet an der Seite des Hauses und kommt mit einem riesigen Plastikeimer voller Luftballons zurück.

»O Gott«, ruft ein eleganter Mann in kurzen Shorts und einem durchsichtigen Kaftan. »Sind das Wasserbomben?«

»Genau«, sagt Elle. »Unser erstes Spiel heißt Baby-Scooter.«

»Ich trau mich gar nicht zu fragen«, stöhnt Gloria.

»Ich teile uns in zwei Teams auf, und jeder steckt sich einen Ballon unters Shirt.«

Elle macht es vor, schiebt sich eine Wasserbombe unters T-Shirt und wackelt damit herum. Der Ballon ist nicht besonders groß. Sie sieht nicht schwanger aus, sondern eher so, als hätte sie einen kleinen Unterleibstumor.

»Ekelhaft«, sagt der Kaftan-Typ.

Ich bin geneigt zuzustimmen.

»Und jetzt?«, fragt Gloria.

»Die Teams rennen aufeinander zu und klatschen die Bäuche

aneinander, um den Luftballon des jeweils anderen platzen zu lassen«, sagt Elle. »Wer die meisten Bäuche zum Platzen bringt, gewinnt.«

Emily klatscht in die Hände. »Ich *liebe* dieses Spiel.«

»Klar, du musst ja auch nicht mitspielen«, brummt Gloria. »Du bist schwanger.«

»Ganz genau.«

Elle teilt den Tisch in zwei Teams auf, dann werden die Ballons verteilt.

»Also gut«, sagt sie. »Team eins auf die linke Seite, Team zwei auf die rechte. Emily, du bist dafür verantwortlich, alles für die Nachwelt zu dokumentieren.«

Wir stellen uns mit einem Abstand von etwa sechs Metern in zwei Reihen auf.

Molly fängt meinen Blick auf und wackelt bedrohlich mit dem Bauch. »Dich und deinen kleinen Fötus kriege ich auch noch, Rubenstein!«

Ich lege schützend die Hände auf mein Wasserbaby. »Lass die Finger von Seth Junior«, rufe ich zurück. »Er ist alles, was ich habe.«

»Auf die Plätze, fertig, los!«, schreit Eliana.

Auf ihr Kommando stürmen zwanzig gepflegte Erwachsene um die dreißig aufeinander zu. Ich sprinte, so schnell ich kann, auf Molly zu, wobei ich meinen Bauch festhalte, damit er nicht unten rausflutscht. Ihr Bauch sitzt sicher unter ihrem knappen Badeanzug, was ihr einen Vorteil verschafft.

Sie kommt direkt auf mich zu, mit dem Bauch voran. Unsere Ballons kollidieren. Ich lege schützend die Hände um meinen, Verteidigung ist meine Strategie.

»Schummler«, kreischt sie. »Lass das.«

»Es gibt keine Regeln!«, rufe ich, während ich ihren Schlägen ausweiche.

»Also gut.« Sie streckt ihre pastell-geblümten, krallenartigen Nägel nach meinem Bauch aus.

Ich gehe in die Knie und drücke meine Handflächen von beiden Seiten an ihren Bauch. Er wölbt sich in Richtung ihrer Brüste, anstatt zu platzen.

Sie stürzt sich auf mich und reißt mein Hemd hoch. Mein Baby fällt ins Gras, bleibt aber unversehrt. Sie hebt den Fuß, um draufzutreten, doch ich packe ihre Schultern und ziehe sie fest an mich, um Druck auf ihren Ballon auszuüben. Der Ballon schiebt sich aus ihrem Dekolleté.

Ich weiß, was ich tun muss.

Ich beuge mich hinunter, nehme den Ballon zwischen die Zähne, beiße zu, und er platzt.

Molly lacht kreischend. »Ich kann nicht glauben, dass du mein Baby gerade mit den Zähnen zerfetzt hast.«

»Der Sieg schmeckt süß. Und ein bisschen nach Gummi.«

Ich wringe mein Hemd aus, das durchnässt ist und an meinem Oberkörper klebt.

»Ich hätte dich nie für einen Wet-T-Shirt-Contest-Typ gehalten, aber steht dir«, sagt Molly.

»Dann kann ich wohl doch noch baden«, bemerke ich und versuche, nicht auf den anzüglichen Spruch einzugehen – und die Art und Weise, wie sie mir unverhohlen auf die Brust starrt.

Um uns herum gehen die meisten unserer Mitstreiter immer noch aufeinander los. Aber ich nehme sie kaum wahr, denn plötzlich fühlt sich die Luft zwischen mir und Molly aufgeladen an.

Zu aufgeladen.

Ich weiche zurück, aber Molly nimmt meine Hand und reißt sie in die Höhe.

»Rubenstein hat mich besiegt«, schreit sie Eliana zu. Sie dreht sich wieder zu mir um. »Lass uns in den Pool gehen.«

Ohne eine Antwort abzuwarten, schlüpft sie aus ihrer Shorts, streift ihre Sandalen ab und rennt los. Ohne zu zögern, springt sie hinein und verpasst der Hälfte meiner Teamkollegen eine Dusche.

»Komm rein«, ruft sie. »Es ist herrlich!«

»Keine Badehose!«, rufe ich zurück.

»Wen kümmert's?«, wirft Emily ein, die aufsteht und sich auszieht, um einen Bikini und einen entzückenden Babybauch zu präsentieren. »Es gibt keine Kleiderordnung für den Pool.«

Ich würde mich ja nie auf einer Babyparty vor einem überwiegend aus Frauen bestehenden Publikum ausziehen, aber ich finde, Boxershorts kommen einer Badehose sehr nahe.

»Okay«, sage ich, »aber nur, weil siebenunddreißig Grad sind. Wie haltet ihr das aus?«

»Schneit es in Chicago nicht schon?«, erwidert Molly.

Ich ziehe mich aus und hänge meine Sachen zum Trocknen über eine Stuhllehne in die Sonne.

Ich springe nahe genug neben Molly hinein, um sie nass zu spritzen. Das Wasser ist warm von der Sonne, aber trotzdem erfrischend.

Ich will zu Emily ans flache Ende schwimmen, aber eine Hand packt mich am Knöchel und zieht mich mit dem Kopf unter Wasser. Ich höre gedämpftes Lachen und schaue nach unten, wo Mollys Meerjungfrauenhaar meine Füße umspielt.

Sie lässt mich los und schwimmt an die Oberfläche. Ich jage ihr nach, packe sie an den Schultern und tauche sie unter.

Sie taucht lachend und hustend auf und es erinnert mich an all die Pools unserer floridianischen Jugend. Als Molly und ich noch zusammen waren und nach den Hausaufgaben stundenlang im Pool meiner Eltern rumgealbert haben – eine bewährte Methode, um mit elterlicher Gutheißung halb nackt rumzumachen.

Molly packt meine Hüftknochen und will mich an sich ziehen, aber ich befreie mich und schwimme weg.

Ich versuche, diese Aufmerksamkeit nicht zu genießen, aber sie ist Balsam für mein Ego.

Sie kommt wieder auf mich zu und ich hebe sie aus dem Wasser und stemme sie über meine Schultern.

»Ich werfe dich rein, wenn du dich nicht benimmst«, drohe ich.

»Du traust dich ja doch nicht«, sagt sie.

Das lasse ich mir nicht zweimal sagen. Ich schleudere sie ins Tiefe und sie landet mit einem Platscher. »Oh, das kriegst du zurück«, schreit sie und schwimmt mit einem mörderischen Funkeln in den Augen zu mir zurück.

»Okay, Kinder«, ruft Eliana. »Das reicht.«

Ich blicke auf und stelle fest, dass alle uns anstarren.

Niemand sonst ist im Schwimmbecken, außer Emily, die auf den Stufen am flachen Ende sitzt und grinst.

»Lasst uns das nächste Spiel spielen, falls Molly und Seth fertig sind«, sagt Elle.

»Ich glaube, ich bin allein vom Zusehen schwanger«, sagt der Kaftan-Typ zu einer klatschnassen Frau neben ihm.

Meine Wangen werden heiß. Wir haben uns wie Teenager benommen.

Verknallte Teenager.

Total peinlich.

»Tut mir leid!«, rufe ich, schwimme sehr, sehr weit weg von Molly Marks und steige aus dem Becken.

Das ist unter meiner Würde.

Gloria wirft mir ein Handtuch zu. »Was kommt als Nächstes?«, fragt sie Elle.

»Die Baby Bucket List«, sagt Elle. »Wir setzen uns im Kreis, und jeder schreibt etwas auf, das ihr mit den Babys im ersten

Jahr machen solltet. Ich klebe die Karten in ein Album, und ihr könnt kleine Notizen dazuschreiben, um euch daran zu erinnern.«

»Oh, das ist so süß!«, sagt Emily.

»Ich weiß.« Eliana lacht. »Ekelerregend.«

Wir versammeln uns alle um den Tisch, und Elle verteilt Eddings und gelbe Karten, auf die die Worte *In eurem ersten Jahr als Moms …* geprägt sind.

»Okay«, sagt Elle, »ich stelle den Timer auf fünf Minuten. Los geht's.«

Alle beugen sich über ihre Karten. Ich versuche, kein Wasser auf meine zu tropfen. Das ist wichtig. Sie werden diese Karten wahrscheinlich für den Rest ihres Lebens aufbewahren. (Zumindest würde ich das.)

Ich zermartere mir das Hirn. Dann erinnere ich mich daran, wie mein Neffe Max geboren wurde. Er war ein quengeliges Baby, und wenn ich Dave und Clara besuchte, waren sie dankbar für jede Pause, die sie bekommen konnten. Also schnallte ich ihn mir in der Babytrage vor die Brust und ging mit ihm auf einem Wanderweg in der Nähe spazieren. An manchen Tagen stundenlang, nur er und ich. Ich liebte das Gefühl, wenn er sich an meine Brust schmiegte und seine winzigen Füßchen an den Seiten baumelten.

Ich bemühe mich, trotz meiner schrecklichen Handschrift leserlich zu schreiben.

Schnallt sie euch vor die Brust und geht an einem schönen Tag auf einem schönen Weg mit ihnen wandern.

Als alle fertig sind, lesen wir die Karten nacheinander laut vor.

Elle schlägt vor, die Babys mit Arroz con leche nach dem Rezept von ihrer und Glorias Mutter zu füttern. Eine Frau mit rosa Haaren und Leinenoverall schlägt vor, Kupferabdrücke von ihren Händen und Füßen zu machen und sie als Mobile übers

Bett zu hängen (sie bietet an, es selbst zu machen; natürlich ist sie Künstlerin).

Ich lese meins und schaffe es, mich nicht zu verschlucken, obwohl mich das Spiel sehr emotional macht.

Molly kommt als Letzte dran. Ich erwarte, dass sie etwas Schlagfertiges oder Sarkastisches sagt, da alles Rührselige sie abstößt. Vielleicht so etwas wie: »Macht Muttermilchkäse und bringt ihn zum Grillen bei den Nachbarn mit« oder »Denkt daran: Babys nicht (zu stark) schütteln«.

Sie räuspert sich und ihre Stimme klingt weicher als sonst. »Als Baby, und eigentlich fast bis ich erwachsen war, hat mir meine Mutter beim Einschlafen immer Schlaflieder vorgesungen. Das war so beruhigend, dass ich bis heute eine Playlist mit Schlafliedern habe, falls ich nicht schlafen kann. Ich schlage also vor, dass ihr die Babys gemeinsam in den Schlaf singt.« Sie verstummt und presst die Lippen zusammen. »Ja. Das ist also mein, ähm … Ja.«

Gloria legt eine Hand auf ihr Herz. »Molly! Das ist so süß.«

Und das ist es. Das ist es wirklich.

Ich kann nicht anders, als mir die toughe Molly mit dem Herz aus Stein vorzustellen, wie sie gemütlich mit Kopfhörern im Bett liegt und zu einem Schlaflied eindöst.

Oder besser noch, Molly, wie sie ihr eigenes Baby im Arm hält und in den Schlaf singt.

Es macht mich traurig, dass nicht ich es sein werde, mit dem sie zusammen singt.

17. KAPITEL

Molly

Eines der Probleme, wenn man in der Öffentlichkeit fast nie ernst ist, besteht darin, dass man keine Übung in Aufrichtigkeit hat.

Andere Menschen sind durchaus in der Lage, Gefühle der Rührung auszudrücken, ohne dass es peinlich wirkt. Sie können zum Beispiel sagen, dass ein Baby süß oder ein Musikstück ergreifend ist, ohne sich gleich von einer Klippe stürzen zu wollen. Aber Leute wie ich – die lieber so tun, als wäre alles im Leben eine leise Pointe – werden nervös, sobald sie gezwungen sind, menschliche Gefühle einzugestehen. Statt zur Normalität zurückzufinden, verharren wir in qualvoller Schutzlosigkeit.

So wie ich jetzt, nachdem ich meine Sucht nach Wiegenliedern zugegeben habe. Mein Herz rast, und meine Wangen sind so heiß, als hätte ich eine allergische Reaktion.

Glorias Freundin Mona legt eine Hand auf meinen Arm. »Was für eine schöne Geschichte. Da möchte man direkt seine Mutter anrufen und ihr sagen, wie sehr man sie liebt.«

Lieber Gott, mach, dass es aufhört.

»Ja«, stottere ich. »Danke.«

Niemand sagt etwas, aber alle sehen mich an.

Ich halte mir mein Handy vor das knallrote klägliche Gesicht. »Ich schicke dir meine Playlist, Glor«, sage ich.

Während ich mit der App beschäftigt bin, kommt eine SMS rein.

Seth: Kannst du mir auch die Playlist schicken?

Ich sehe über den Rand des Telefons auf, und er lächelt mich an, als wolle er mir mit Blicken emotionale Unterstützung senden.

Pfui, ich hasse es, wie gut er mich kennt.

Molly: Wieso, bist du schwanger?
Seth: Ja.

Ich kopiere den Link in den Chat.

Molly: Bitte sehr. Mazel tov

»Wer hat Lust auf Kuchen?«, fragt Elle.

Ich nicht. Ich bin durch. Ich wünschte, ich hätte eine Ausrede, um mich zu verdrücken.

Seth steht auf. »Ich kann leider nicht bleiben«, sagt er entschuldigend. »Ich muss zum Flughafen. Ich ziehe mich nur kurz um und ruf mir dann ein Taxi.«

Lass ihn nicht entkommen, jammert eine verzweifelte Stimme in meinem Kopf.

Ich springe auf. »Warte. Tu das nicht. Ich fahre dich.«

Wieder sehen mich alle an. Nur wenige Angelinos würden sich wohl spontan freiwillig in den Flughafenverkehr stürzen – noch dazu, wenn man sich auf der Eastside befindet, zu dieser Tageszeit eine Stunde entfernt.

Aber ein Teil von mir vermisst ihn jetzt schon. Ich bedaure, dass wir keine Gelegenheit hatten, uns zu treffen. Ich bedaure, dass ich ihn vor soundsovielen Monaten in einem Anfall von Panik habe abblitzen lassen.

»Ich treffe mich zum Essen mit Freunden in Venice, also muss ich sowieso in die Richtung«, lüge ich.

»Bist du sicher, dass es kein Umweg ist?«, fragt Seth.

»Nö. Geh dich umziehen. Wir treffen uns draußen.«

Ich gebe Gloria und Emily einen dicken Kuss und verabschiede mich von allen am Tisch.

Eliana packt mich am Arm, als ich die Tür zur Küche erreiche. »Warte«, flüstert sie. »Läuft da etwas zwischen dir und Seth?«

»Nein!«

Sie zieht eine Augenbraue hoch. »Wirklich? Im Pool sah es nämlich so aus, als hättest du das gern.«

»Ach komm«, sage ich. »Man darf doch wohl noch seinen Ex-Freund ärgern.«

»Ich hab nur darauf gewartet, dass du ihn ins Poolhaus zerrst, um ihn zu vergewaltigen.«

»Das mache ich dann im Auto.«

Sie grinst. »Hab ich mir gedacht. Der Typ kann den Blick immer noch nicht von dir lassen.«

Ich versuche, so zu tun, als würde diese Information an mir abperlen.

»Okay, ich muss los, wenn ich nicht im Stau stehen will. Lass uns was trinken gehen, bevor du wieder fährst.«

Sie zieht mich für einen Kuss auf die Wange an sich. »Hab dich lieb.«

»Ich dich auch.«

Als ich nach draußen komme, steht Seth mit einem kleinen Rollkoffer da.

»Wohin, Captain?«, fragt er.

»Ich bin der weiße Lexus.«

Er sucht die Straße ab, bis sein Blick an meinem Geländewagen hängen bleibt. Er lacht. »Hätte nicht erwartet, dass du ein Vorstadtmutti-Auto fährst.«

»Ich *liebe* mein Auto«, schnaube ich. »Vorstadtmutti-Autos sind geräumig und praktisch. Und wenn du das Privileg haben willst, in einem zu fahren, wirst du dich bei der lieben Laurel entschuldigen.«

»Dein Auto hat einen Namen?«

»Natürlich hat sie einen. Ich verbringe mehr Zeit mit ihr als mit jedem anderen.«

Ich öffne die Heckklappe, er hebt seinen Koffer ins Auto und steigt ein.

»Fertig?«, frage ich.

»Ja.«

Was offensichtlich ist, da er bei geschlossener Tür angeschnallt im Auto sitzt. Aber nachdem mir die Flucht von der Babyparty gelungen ist, wird mir bewusst, dass ich ein neues Problem geschaffen habe: Worüber sollen wir in der nächsten Stunde reden?

Ich wollte das hier. Aber jetzt herrscht in meinem Kopf eine unermessliche, beklommene Leere.

»Wie lange dauert die Fahrt?«, fragt Seth.

»Mal sehen.« Ich schließe mein Handy an und die Karten-App zeigt schlappe achtundfünfzig Minuten an.

»Uff«, sagt er. »Bist du sicher, dass es für dich kein Umweg ist?«

»Absolut.«

In Wahrheit liegt der Flughafen in der falschen Richtung, ich habe keine Freunde in Venice und die Rückfahrt wird noch länger dauern.

Aber das ist es wert. Aus irgendeinem Grund will ich es wirklich.

Außerdem werde ich ruhiger, sobald wir unterwegs sind. Ich liebe es, in L. A. Auto zu fahren – das musikalische Hin und Her des Verkehrs auf den zehnspurigen Freeways beschert mir eine Art Frieden. Die Leute hier sind nicht so aggressiv unterwegs wie in New York oder Florida, sondern flink, souverän und kompetent. Als hätte die ganze Stadt stillschweigend vereinbart, schnellstmöglich überall hinzukommen, ohne jemanden umzubringen. (In New York hat man das Gefühl, es würde ihnen überhaupt nichts ausmachen, jemanden umzubringen. In Florida hat man das Gefühl, sie legen es sogar darauf an.)

»Was hast du seit dem Spiel so getrieben?«, frage ich.

»Ich war in Malibu am Strand.«

»Ah, schön. Aber zu kalt, um reinzugehen.«

»Nicht für mich«, antwortet er. »Ich liebe es, in kaltem Wasser zu schwimmen. In Chicago gehe ich ständig an den Strand.«

»Chicago hat keine Strände.«

»Doch, natürlich.«

»Diese kleinen Sandflecken am Lake Michigan zählen nicht.«

»Doch, die zählen.«

»Gehst du im Winter wirklich im Lake Michigan schwimmen?«

»Nicht im Winter, aber um diese Jahreszeit ist es noch erträglich. Polarschwimmen quasi.«

»Du lebst so gesund.«

»Ich weiß.«

»Du hättest mich anrufen sollen. Ich hätte dir Tipps für Bars und Restaurants geben können. Dir die Stadt zeigen.«

Er lehnt sich zurück.

»Molly«, sagt er bedächtig. »Ich will nicht unhöflich sein. Aber ich hatte den deutlichen Eindruck, du *willst* nicht, dass ich dich anrufe. Also, nie wieder.«

Ich bin still. Ich weiß natürlich, dass ich inkonsequent bin und ihn das wahrscheinlich verwirrt. Aber um es ihm zu erklären, müsste ich mich mit meinen Gefühlen auseinandersetzen – und das ist mir zutiefst zuwider, wie meine leidgeprüfte Therapeutin bestätigen kann.

Ich trommele aufs Lenkrad und bin dankbar, dass der Verkehr mich davon befreit, ihn ansehen zu müssen.

»Ja«, sage ich schließlich. »Das bedaure ich.«

»Ist das wahr?«, fragt er. In seiner Stimme liegt eine Intensität, die mir verrät, wie wichtig ihm diese Information ist.

Dass er es *ernst* genommen hat, als ich ihn bat, sich nicht mehr zu melden.

Es entsteht eine lange Pause, während ich meinen Widerstand gegen jede noch so kleine Andeutung von Verletzlichkeit hinunterschlucke. Aber ich bin es ihm schuldig.

»Ja«, zwinge ich mich zu sagen. »Ich habe monatelang darüber nachgedacht, ob ich mich bei dir melden und mich entschuldigen soll. Dafür, dass ich an dem Abend überreagiert habe.«

Er starrt mich an.

»Das hätte mir gefallen«, sagt er. »Mir war nicht bewusst … dass du so empfindest. Offensichtlich.«

»Ja.« Ich schaue stur nach vorne. »Ich habe es vermisst, von dir zu hören.«

Er schüttelt den Kopf und lacht leise. »Wow.«

»Und als ich dich beim Spiel gesehen habe«, gestehe ich dem Rückspiegel, »ist mir bewusst geworden, wie dumm es war, mich nicht zu überwinden, denn ich hab mich so gefreut, dich zu sehen. Ich meine, wie oft in meinem Leben war ich Marian Hart schon dankbar?«

Er schnaubt, aber seine Stimme wird sanft. »Ich bin gerührt, Molly.«

Einen Moment lang schweigen wir beide. Ich fasse den Mut, ihm einen Blick zuzuwerfen, und er sieht mich traurig an.

»Aber weißt du«, sagt er, »mir ist durchaus bewusst, dass ich zu weit gegangen bin. Es war … zu viel. Ich habe verstanden, warum du so reagiert hast.«

In seinen Worten schwingt unausgesprochen mit, was er gesagt hat. *Ich schwärme heimlich für dich.* Ich frage mich, ob das immer noch so ist. Ob ich mich traue zu fragen.

Nein. So etwas fragt man nicht. So etwas muss man sich verdienen.

Stattdessen fummle ich an der Lüftung herum.

Die Wahrheit ist, ich habe keine Ahnung, was ich sagen soll.

Da er sozial kompetenter ist als ich, wechselt Seth das Thema.

»Wie geht es dir so?«, fragt er.

»Im Moment? Ich schwitze.«

»Ich meinte, allgemein.«

»Mir geht's gut.«

»Sehr konkret und vielsagend.«

Ich zucke die Schultern, denn ich werde ihm nicht auf die Nase binden, dass ich erschöpft bin vom ständigen sozialen Eiertanz, um Jobs zu ergattern, und gelangweilt von der drückenden Oktoberhitze, und einsam von meinen tristen Sex-Dates.

»Mir geht's gut«, sage ich erneut. »Es gibt nicht viel zu berichten.«

»Ach komm schon. Wie läuft dein Film mit Margot Tess? Lass mich an deinem glamourösen Leben teilhaben.«

Ich möchte wirklich nicht darüber reden. Siehe: sozialer Eiertanz. Aber ich werde ihn nicht anlügen. Also sage ich: »Daraus wird nichts. Zumindest nicht mit mir.«

Sein Blick spiegelt die Fassungslosigkeit eines Menschen mit normalem Job angesichts der Unwägbarkeiten der Filmindustrie. »Nein! Was ist passiert?«

»Margot hat entschieden, dass sie das Drehbuch eher in Richtung Mainstream biegen will. Sie fand meine Stimme zu spitz.«

Ich bin sicher, gerade er kann verstehen, was sie meint.

»Mein Gott, Molly. Das tut mir leid.«

Ich zucke mit den Schultern. »Ich werde trotzdem für meine Arbeit daran bezahlt, also alles gut. Aber es wäre schön gewesen, mal wieder etwas groß rauszubringen.«

»Allerdings!«

»Was macht dein Job?«, frage ich, denn ich möchte weder Seth Rubensteins Mitleid noch weiter über meine derzeitige Durststrecke nachdenken.

»Ehrlich gesagt langweilt er mich ein bisschen.«

»Ziehen dich die ganzen Scheidungen runter?«

Er zuckt zusammen. »Ich weiß, du hältst mich für einen Schurken, weil ich Familienrecht praktiziere, und ich verstehe das, aber du bist einer der Gründe dafür.«

Ich nehme den Blick kurz von der Straße, um Seth zu mustern.

»Mein Kindheitstrauma hat dich dazu inspiriert, deinen Lebensunterhalt damit zu verdienen, emotionale Verwüstung anzurichten und Menschen in den finanziellen Ruin zu treiben?«

»Nein, ich wollte Menschen helfen. Wirklich.«

»Das kann nicht dein Ernst sein.«

Wenn ich ehrlich bin, tut es weh, dass er diesen Beruf gewählt hat, nach dem, was mit mir und meiner Mutter passiert ist. Mein Vater hat sie verlassen, als ich in der achten Klasse war, und Seth hat die Folgen hautnah miterlebt. Er war dabei, als die Anwälte und der Geschäftsführer meines Vaters meine Mutter betrogen haben, indem sie sein Geld ins Ausland verschoben und sie dann jahrelang vor Gericht hingehalten haben, als sie das zu beweisen versuchte. Er hat gesehen, was das mit uns gemacht hat.

Um eins klarzustellen: Wir litten keinen Hunger. Mein Vater zahlte den gerichtlich angeordneten Unterhalt und mein Schulgeld. Meine Mutter fing an, sich eine Karriere als Immobilienmaklerin aufzubauen. Aber es dauerte Jahre, bis sie sich finanziell erholt hatte. Wir mussten zu zweit in eine schäbige Wohnung ziehen, und jedes Mal, wenn das Auto kaputtging, wussten wir nicht, ob wir uns die Reparatur leisten können. Von ihrer jahrelangen Depression und meinen ständigen Panikattacken ganz zu schweigen.

In der Zwischenzeit kaufte mein Vater das erste von vielen Segelbooten, zog in eine Eigentumswohnung am Meer, heiratete eine Person, die sieben Jahre älter war als ich, und hatte mich ein Wochenende pro Monat.

Also ja. Scheidungsanwälte. Kein Fan.

»Ich war der Meinung, dass es einen humaneren Weg geben muss, Ehen aufzulösen«, sagt Seth. »Als ich Partner wurde, stellte ich eine Familienpsychologin ein, die auf Scheidungen spezialisiert ist, und ermutige alle meine Klienten, mit ihr zu arbeiten. Außerdem rate ich ihnen zu einer Mediation. Das ist nicht immer angenehm, aber oft gelingt uns eine gütliche und außergerichtliche Einigung, selbst in anfangs unversöhnlichen Situationen.«

Ich bin nicht überzeugt.

»Schön für dich. Verzeih mir meine Skepsis.«

Er sieht mich von der Seite an. »Es tut mir leid, was du durchgemacht hast. Mit deiner Mutter. Ich habe es nie vergessen.«

Er spielt darauf an, dass meine Mutter während der Scheidung einen kompletten Nervenzusammenbruch erlitt und mein Vater mich als ihr emotionales Auffangbecken zurückließ. Sie hat sich dafür entschuldigt – wir haben sogar eine Familientherapie gemacht. Aber es war unglaublich hart.

»Danke«, sage ich. »Jetzt geht es ihr blendend. Seit letztem Jahr ist sie sogar mit jemandem zusammen. Sie wollte nicht sagen, wie ernst es ist, aber plötzlich erzählt sie mir, ich solle mich der Liebe endlich öffnen. Als wäre sie Oprah.«

Er lacht. »Schön zu hören.«

In Bezug auf mich selbst über romantische Beziehungen zu sprechen, ist mir immer unangenehm.

»Und warum langweilst du dich?«, frage ich.

»Nun, ich bin so ziemlich am Ende der Karriereleiter angekommen. Ich habe das Gefühl, dass ich stagniere.«

»Kannst du nicht etwas anderes machen? Zum Beispiel, keine Scheidungen?«

»Ich habe mit dem Gedanken gespielt, eine Rechtsberatung für Bedürftige zu gründen. Oder meine eigene Kanzlei. Aber ich will nicht so viel arbeiten und dann, falls ich Kinder bekomme, keine Zeit für sie haben.«

Ich spüre eine seltsame Sympathie für diesen Gedanken. Die Sorge um seine zukünftigen Kinder. Er ist so … *gut*.

»Verstehe«, sage ich, denn Seths Wunsch nach einer Familie gehört auch zu den unbehaglichen Themen.

Und an dieser Stelle versiegt der Gesprächsfluss.

Es gibt eine so lange Pause, dass ich fast überlege, das Radio einzuschalten. Es nagt an mir, dass ich nicht in der Lage bin, mit Seth zu plaudern – der Mensch, mit dem ich *immer* etwas zu reden hatte. Tatsächlich waren einige der besten Gespräche meines Lebens die mit Seth. Und das will viel heißen, wenn man bedenkt, dass wir da noch keine achtzehn Jahre alt waren.

Aber was seine Zukunft angeht, scheint er ebenso zugeknöpft wie ich.

»Wie geht es deiner Familie?«, frage ich schließlich, als würde ich eine Liste mit Gesprächsthemen abhaken. Als Nächstes erkundige ich mich noch nach seiner Fitnessroutine und seinem Schlafrhythmus.

Er lächelt. »Ausgezeichnet. Letzten Monat bin ich mit Dave und den Kindern nach Pigeon Forge gefahren und wir waren in Dollywood. Es war fantastisch.«

»Ist nicht wahr! Da will ich *unbedingt* mal hin.«

Er lächelt mich schief an. »Ich weiß nicht. Du hast ein ziemlich schwieriges Verhältnis zu Freizeitparks, wenn ich mich recht erinnere.«

»O Gott. Fang nicht damit an.«

Er bezieht sich auf ein »ironisches« Date in einem billigen, zweitklassigen Wasserpark in Zentralflorida, bei dem ich fast gestorben wäre.

»Niemand außer dir würde beim Betreten einer Wasserrutsche einen fast tödlichen Fehler begehen«, sagt er.

Ich habe mir beim Versuch, auf ein Floß zu steigen, den Knöchel verstaucht, bin ins Wasser gerutscht und wäre fast die steile Röhre der »Stromschnellen« hinuntergesaugt worden. Zum Glück hat Seth mich festgehalten, und ich wurde nicht verletzt, aber ich glaube, ich allein bin verantwortlich für zusätzliche Sicherheitsvorkehrungen in Millionenhöhe.

Ich werde immer noch ganz emotional, wenn ich an diesen Tag zurückdenke. Daran, wie Seth mich im Arm hielt, als wir ausstiegen, ich weinte und er mir das Wasser aus den Haaren drückte. Eine romantische Teenager-Trauma-Bindung vom Feinsten, wie in einem John-Green-Roman. Wir sind wirklich zwei wandelnde Liebesfilmklischees. Seth der sogenannte *Cinnamon Roll Boy*, sensibel, süß und zu gut für diese Welt, und ich das *Manic Pixie Dream Girl,* exzentrisch, schräg und – anders. (Oder eher ein *Manic Pixie Nightmare.*)

»Ich dachte wirklich, du würdest ertrinken«, sagt Seth. »Ich hab stundenlang keine Luft bekommen. Vielleicht sogar tagelang. Ehrlich gesagt bekomme ich auch jetzt kaum Luft, wenn ich daran denke.«

Er hält sein Gesicht vor die Klimaanlage und atmet übertrieben tief ein.

Ich klopfe ihm auf den Rücken. »Ganz ruhig. Kopf zwischen die Beine.«

Er lacht, versteift sich aber unter meiner Berührung.

Schnell nehme ich meine Hand wieder weg.

»Du warst danach so süß«, sage ich.

Er sieht mich an. »Ich war immer so süß.«

Touché.

»Das stimmt. Du hast mich verwöhnt. Ich glaube, ich habe mich dafür nie bei dir bedankt.«

Er schüttelt den Kopf. »Du musst niemandem danken, nur weil er nett zu dir ist.«

»Vielleicht schon, wenn man darin versagt, es zu erwidern.«

Ich spreche nicht nur von der Highschool. Ich spreche vom Leben. Aber vor allem von ihm.

»Du *warst* nett zu mir, Molly. Du hast nur eine andere Art, es zu zeigen.«

»Ja. Eine befremdliche.«

Er sieht mich forschend an. »Geht es dir gut?«

»Was meinst du? Ja. Ja, natürlich.«

»Du wirkst ein bisschen deprimiert oder so.«

»Eigentlich bin ich nicht deprimiert«, lüge ich. »Was selten genug vorkommt.«

»Gut.«

»Ich schätze, ich tue nur das, was du gesagt hast. Ich lenke von meinen Gefühlen ab.«

»Was sind das für Gefühle?«

Traurigkeit, weil ich ihn gehen ließ.

»Ach, keine Ahnung«, sage ich. »Sehnsucht nach der Vergangenheit vielleicht.«

Er nickt. »Geht mir genauso. Mit dir zu reden, ist, als würde ich mein Jahrbuch durchblättern und dabei Dashboard Confessional hören.«

»Das ist wohl kaum ein Kompliment.«

»Ach komm schon. Du mochtest Emo.«

»Mochte ich nicht! Das warst alles du, Rubenstein.«

»Ach ja. Du mochtest NSYNC.«

»Zwing mich nicht umzukehren.«

»Das würdest du nicht wagen. Dann hättest du mich am Hals.«

Gott, ich wünschte, es wäre so.

Ich bin so dumm. Er war tagelang hier, und statt mich zu melden, habe ich nur auf mein Handy gestarrt und mich gefragt, ob er mir wohl schreibt. Und jetzt fliegt er wieder, und die ganze Situation ist verkorkst, und am liebsten möchte ich ihm sagen, dass sich die Gefühle, die er mir vor all den Monaten gestanden hat, als gegenseitig herausgestellt haben.

Ich schwärme heimlich für ihn.

Wir passieren das erste Schild zum LAX.

Ich will diesen Mann nicht aus meinem Auto lassen.

»Weißt du, Seth«, sage ich schnell, bevor ich es mir anders überlegen kann. »Du bist noch nicht sehr lange hier, und es klingt, als könntest du eine längere Auszeit von der Arbeit gebrauchen. Du musst noch nicht fliegen. Ich habe ein Gästezimmer … Du könntest noch bleiben und ich zeige dir die Eastside. Oder, ooh, noch besser, wir fahren in den Joshua-Tree-Nationalpark, gehen wandern, essen deftiges Barfood und kaufen überteuerte Räucherkerzen. Meine Freundin Theresa hat da draußen ein wunderschönes Haus. Es sind nur zwei Stunden …«

»Molls«, unterbricht er mich und lacht ein wenig gezwungen. »Das ist supernett von dir, aber ich muss zurück.«

Am liebsten würde ich sterben, aber ich bin gerade in Fahrt, und ich weiß, dass ich es bereuen werde, wenn ich es nicht einfach sage, also nehme ich meinen Mut zusammen, hole tief Luft und fahre fort: »Ich fände es einfach schön, etwas Zeit mit dir zu verbringen. Weißt du, wir hatten so viel Spaß beim Klassentreffen, und dann ist es irgendwie gekippt, was vielleicht meine Schuld ist, weil ich, wie du ganz richtig gesagt hast, Dinge sabotiere und mir selbst im Weg stehe. Was ich damit sagen will, ist … Ich mag dich, und ich vermisse dich, und ich wünschte, du würdest bleiben.«

Ich kann ihn nicht ansehen. Ich bin wie gelähmt, während ich auf eine Antwort warte. Ich *bete*, dass ich mich nicht so sehr blamiert habe, wie es sich anfühlt.

Seth legt mir eine Hand auf die Schulter und das lässt meinen Cortisolspiegel wieder sinken. Seine Berührung hatte schon immer die wundersame Kraft, mich zu beruhigen.

Ich fasse den Mut, ihn anzuschauen, und in seinem Gesicht flackert etwas auf, und ich hoffe.

Ich *hoffe.*

Als er nicht sofort Ja sagt, stammle ich weiter: »Oder ich könnte einen Flug nach Chicago nehmen. Bei Dez wohnen. Wir könnten was unternehmen, und vielleicht …«

»Molls«, sagt er schließlich, so sanft, so freundlich, »ich habe jemanden kennengelernt.«

Alle Luft strömt aus meiner Lunge.

»Oh!«, sage ich. »Oh, okay, tut mir leid!«

»Kein Problem.« Er nimmt seine Hand von meiner Schulter. »Du bist süß.«

Süß. Ich erschieß mich.

Ich ordne mich in die Spur für Abflüge ein.

»Welche Fluggesellschaft?«, frage ich. Ich presse meine Lippen aufeinander und überprüfe im Rückspiegel, dass sie nicht zittern.

»American«, sagt er.

Ich nicke.

Es dauert fünfzehn quälende Minuten, sich durch den Verkehr zu seinem Terminal zu schlängeln, und keiner von uns beiden sagt ein weiteres Wort.

Ich halte an.

»Tja, da sind wir.«

Er beugt sich vor und küsst mich auf die Wange. Ich schließe die Augen.

»Mach's gut, Molls«, murmelt er in mein Ohr.

Ich schaffe es zu warten, bis er seine Tasche vom Rücksitz geholt hat, bevor ich anfange zu weinen.

4. TEIL

Februar 2020

18. KAPITEL

Seth

Ihr Name ist Sarah Louise Taylor und sie ist in jeder Hinsicht perfekt für mich.

Wir haben uns im August bei einer Spendenaktion für unentgeltliche Rechtsberatung kennengelernt. Sie ist Pflichtverteidigerin in Cook County, ein stressiger, schlecht bezahlter Job, den sie liebt, weil ihr Gerechtigkeit, Fairness und Gleichheit eine Herzensangelegenheit sind. Sie inspiriert mich. Dank ihr unternehme ich endlich die nötigen Schritte, um die gemeinnützige Rechtsberatungsstelle zu eröffnen, die mir schon seit Jahren im Kopf herumschwirrt.

Sie ist Langstreckenläuferin – dieses Jahr hat sie sich zum *vierten* Mal für den Boston Marathon qualifiziert – und wir stehen jeden Samstagmorgen früh auf und gehen gemeinsam joggen. (Mein Tempo ist für ihre Verhältnisse gemächlich, aber sie hilft mir, mich zu verbessern. Ich habe jetzt das Lungenvolumen eines Achtzehnjährigen.)

Sie ist auf der Farm ihrer Eltern in Kansas aufgewachsen und eine fantastische vegane Köchin, die sich regionalen Zutaten verschrieben hat. Das ist im langen Chicagoer Winter natürlich schwierig, aber Sie würden nicht glauben, was sie aus eingemachten Zitronen und gerösteter Roter Beete alles zaubern kann. Ich habe seit Monaten kein Fleisch mehr gegessen.

Sie ist Einzelkind und sehnt sich nach einer großen Familie mit Kindern, Hunden und Verwandten. Sie kann es kaum erwarten, schwanger zu werden – sie liebt die Vorstellung, dass in ihrem Körper Leben heranwächst. Wir sprechen oft darüber, wie wir unsere Kinder nennen wollen (derzeitige Favoriten sind Jane, nach Sarahs Mutter, und Sam, nach meinem Patenonkel).

Im Bett ist sie großzügig und intuitiv und sonntags bleiben wir zu Hause und machen Liebe. Sie mag es, sich in die Augen zu schauen, sich Zeit zu lassen, zu kommunizieren. Als wir das erste Mal Sex hatten, musste sie weinen, und ich dann auch.

Ihre Wohnung ist vom Boden bis zur Decke gepflastert mit Bildern der Menschen, die ihr nahestehen – teure Freunde und Verwandte, Rahmen an Rahmen. Denn wer könnte Sarah Louise Taylor begegnen, ohne sich Hals über Kopf in sie zu verlieben?

Ich ganz sicher nicht.

Zurzeit ist Sarah in Milwaukee auf einer Konferenz, was mir Gelegenheit für ein Männerwochenende in New York mit Jon und Kevin verschafft. Sarah denkt, ich sei hier, um mit alten Freunden Restaurants und Theater zu besuchen. In Wahrheit bin ich hier, um ihr einen Verlobungsring zu kaufen, unter Anleitung zweier Menschen, die einen wesentlich besseren Geschmack haben als ich.

Es sind zwar erst sechs Monate, aber wir sind beide bereit. Ich weiß, dass sie Ja sagen wird.

Jon und Kevin kommen zum Brunch in mein Hotel am Union Square und wir umarmen uns ungestüm. Jon und Kevin leben beide in Brooklyn, und obwohl es kein langer Flug von Chicago nach New York ist, sehen wir uns nur ein paar Mal im Jahr. Ich bin neidisch auf ihre Nähe zueinander. Ich habe viele Freunde in Chicago, aber aus irgendeinem Grund habe ich keinen *besten* Freund.

Sie sehen toll aus. Jons Silberfuchshaar ist modischer geschnitten als sonst und er scheint ein paar Pfund Muskeln auf seinen schlanken Körper draufgepackt zu haben. Bestimmt sind alle seine Schülerinnen in ihn verknallt. Kevin hat sich einen adretten Schnurrbart stehen lassen, der an den Ecken gewachst ist, und seine riesige Tom-Selleck-Figur steckt in einem seiner *Looks* – durch und durch Moderedakteur, trägt er immer *Looks*. Der heutige setzt sich zusammen aus einem ausgefransten asymmetrischen Pullover und einer Lederhose.

»Wie geht es der berühmten Sarah Louise?«, fragt Jon.

»Traum und Vision«, fügt Kevin salbungsvoll hinzu.

»Ich vermisse sie«, sagt Jon. »Dabei habe ich sie erst einmal getroffen.«

»Ich vermisse sie auch und ich bin ihr noch nie begegnet«, sagt Kevin.

Ich grinse. »Das sollten wir ändern. Vielleicht kommen wir auf unserer Verlobungsreise her.«

»O Gott, warum?«, stöhnt Jon naserümpfend. Jon hasst New York notorisch, obwohl er seit dem College hier lebt.

»Wohin gehen wir denn zuerst?«, frage ich.

»Zu Roman & Roman.« Kevin hat sich bereiterklärt, die Sache in die Hand zu nehmen, sobald ich erwähnt habe, dass ich ihr einen Antrag machen will. »Die sind auf antike Verlobungsringe spezialisiert. Wunderschöne, ungewöhnliche Stücke. Wird dir gefallen.«

»Klingt perfekt«, sage ich.

Nach dem Brunch schlendern wir über den Wochenmarkt auf dem Union Square. Ich liebe den Marktgeruch, frische Blumen und Erde. Ich muss unbedingt mal mit Sarah Louise herkommen. Sie meint immer, New York sei nichts für sie, aber ich wette, ich kann ihre Meinung ändern.

Eine Frau mit einem schicken blonden Pagenkopf begrüßt uns, als wir den Juwelierladen betreten. »Kevin!«, sagt sie und umarmt ihn.

»Seth, das ist Adair«, sagt er. »Wir kennen uns schon seit meiner Zeit bei *Iconic*. Ich habe sie eine kleine Vorauswahl für dich zusammenstellen lassen.«

»Für Sarah Louise, richtig?«, sagt sie mit einem warmen Lächeln. »Kevin hat mir alles über sie erzählt.«

Sie führt uns durch den holzgetäfelten, minimalistischen Raum in ein kleines Zimmer, wo auf einem Tisch ein Kasten mit schimmernden Ringen auf schwarzem Samt steht.

Sie nimmt einen Platinring mit einem großen, runden Stein. »Das ist ein Erbstück. Rosenschliff, zwei Karat. Wahnsinnig klassisch.«

Kevin macht ein Geräusch, als hätte er einen Orgasmus. »Haben wollen«, stöhnt er.

»Der ist schön«, sagt Jon.

»Ich weiß nicht«, wende ich ein. Irgendwie ist er *too much*. Er könnte an Sarahs Finger mehr Aufsehen erregen, als ihr vielleicht lieb ist. »Eventuell zu viel … Tamtam.«

Adair nickt, als wüsste sie, was ich meine. Sie legt ihn zurück und nimmt einen viel kleineren Ring mit Diamant, eingefasst in grün funkelnde Rechtecke.

»Art Déco«, sagt Adair. »Brillantschliff, flankiert von diesen vier exquisiten Smaragden. Ganz filigran.«

»Oh, der gefällt mir«, sagt Jon. »Erinnert mich ans Chrysler-Gebäude.«

»Genau!« Adair lacht. »Kunden mit dezenterem Geschmack schlage ich oft Art-Déco-Stücke vor – zart, aber markant.«

Der Ring ist cool und definitiv das Falsche für meine Freundin. Sarah Louise ist ein Mädchen aus dem Mittleren Westen. Sie steht für Prärie und Kornfelder und Naturblond. Sie will keinen grünen Verlobungsring, Art Déco hin oder her.

Adair zeigt mir einen Ring nach dem anderen. Ich erfahre etwas über Asscher-Schliff und Minen-Schliff und bekomme einen sogenannten Fancy-Yellow-Diamanten zu sehen, der 78 000 Dollar kostet.

»Ich glaube, sie hätte lieber etwas … nicht ganz so Gelbes«, stottere ich.

Ein neuer Kasten wird hereingebracht.

Wir sehen uns einen Halbkaräter an, der knauserig wirkt, und Infinity-Ringe, die eher wie Eheringe aussehen als nach Verlobungsring. Sie gefallen mir alle. Aber keiner fühlt sich richtig an.

Immer wieder kommt mir der Gedanke, dass diese Ringe zu speziell sind. Ich stelle sie mir an den Händen von jemandem wie Molly Marks vor – die vielleicht gar keinen Ring wollte, bevor sie die hier gesehen hat.

Ich sehe Sarah vor mir, wie sie in diesem Laden steht und denkt, dass sie nicht den Ring einer anderen tragen möchte. Ich kann sie förmlich sagen hören: »Oh, aber was, wenn sie Unglück bringen?«

»Ich weiß einfach nicht, ob sie einen Gebrauchten möchte«, sage ich entschuldigend zu Adair.

»Er meint *antik*«, sagt Kevin entsetzt.

»Verstehe«, sagt sie, »kein Problem. Geht am besten zu Trinket in Williamsburg. Da gibt es jede Menge superschicke Stücke. Die meisten etwas schlichter – das ist es wohl, was sie sich wünscht.«

Ich nicke, obwohl ich mir nicht sicher bin, ob sie etwas Schlichtes will. Sie ist Pflichtverteidigerin, aber sie weiß schöne Dinge zu schätzen. Ihre Freundinnen tragen sehr wohl teure Klunker. Und es macht mir nichts aus, ihr etwas Teures zu kaufen.

Doch Kevin scheint der Vorschlag zu gefallen. Wir steigen in den L-Train und fahren bis zur Bedford Avenue in Brooklyn. Die Leute hier sehen aus, als lebten sie in einer anderen Stadt als der, die wir gerade verlassen haben. Sie sind nicht nur modebewusst, sie tragen *Outfits*, bereit zu sehen und gesehen zu werden, und das an einem beliebigen Samstag um 12.30 Uhr.

»Hast du nicht früher hier gewohnt?«, frage ich Jon. »Trugen da nicht noch alle Typen Holzfällerbärte und knallenge Jeans?«

»Äh, ja, das war 2010, als man sich die Miete hier noch leisten konnte. Jetzt wohnen hier nur noch Finanzheinis und Models.«

Jon ist Lehrer. Mit Finanzheinis und Models hat er nichts am Hut.

»Ich habe ein schlechtes Gefühl dabei«, sage ich. »Sarah würde es hier hassen.«

Kevin beschwichtigt mich. »Wenn du nicht aufpasst, stehst du am Ende mit einem dieser langweiligen Tiffany-Klunker da.«

Tiffany.

Ja.

Ich habe das ungute Gefühl, dass das, was Kevin für langweilige Klunker hält, vielleicht genau das ist, was Sarah Louise wollen würde.

Wir zwängen uns in den Juwelierladen mit altmodischer goldener Schrift auf dem Fenster, der ungefähr so groß ist wie meine Diele in Chicago. Alles darin, einschließlich der Verkäuferinnen und der meist weiblichen Kundschaft, ist winzig. Jon ist schlank genug, um nicht aufzufallen, aber Kevin und ich füllen etwa 80 Prozent des Raumes aus.

Die Zwanzigjährigen, die hier arbeiten, ignorieren uns, also sehen wir uns einfach um. Adair hatte recht, die Sachen sind hübsch, aber fast schon aggressiv niedlich. Einige der Ringe wirken eher, als wären sie für Kinder. Manche sind geradezu bizarr, wie ein winziger Opal, der in das Maul von vier ineinandergreifenden Schlangen gefasst ist.

Ich kann mir vorstellen, dass Sarah verwirrt und enttäuscht wäre, wenn ich ihr so etwas kaufen würde.

Noch lebhafter kann ich mir vorstellen, wie Molly Marks darüber lachen würde.

Ich weiß nicht, warum ich immer wieder an Molly denke. Ich

habe nicht mehr mit ihr gesprochen, seit sie mich in L. A. am Flughafen abgesetzt hat.

Wahrscheinlich, weil es wehgetan hat. Ich bin ins Flugzeug gestiegen, habe mir einen juristischen Podcast angehört und die viereinhalb Stunden zurück nach Chicago damit verbracht, nicht daran zu denken, wie ihr Gesicht in sich zusammengefallen ist, als ich sagte, ich hätte jemanden kennengelernt.

Wie ich mir nur für einen kurzen Moment lang wünschte, es wäre nicht so.

»Willst du dir irgendetwas zeigen lassen?«, fragt Kevin mich.

»Ich weiß es nicht«, sage ich. »Es wirkt alles ein bisschen …«

»Niedlich?«, fragt er.

»Ja!«

»Stimmt – das passt nicht zu deiner Beschreibung von Sarah.«

Wir verlassen den Laden und ich bekomme wieder Luft.

»Hört mal«, sage ich. »Ich finde, wir sollten zu Tiffany gehen.«

Kevin sieht mich an, als hätte ich ihm ein Messer ins Herz gerammt.

»Viele ihrer Freundinnen haben Ringe von dort«, sage ich, bevor er Einspruch erheben kann, »und ich weiß, dass sie ihr gefallen, und ich möchte ihr einfach etwas schenken, das ihr gefällt.«

»Klingt vernünftig«, sagt Jon. Er wendet sich der Straße zu und hält ein Taxi an. »Tiffany, an der Fifth Avenue«, sagt er ohne Umschweife zum Fahrer.

»Vielleicht können wir danach im Plaza Tee trinken«, murrt Kevin und quetscht sich neben mich. »Und eine Kutschfahrt durch den Central Park machen.«

»Sarah würde Tee im Plaza lieben«, versuche ich zu erklären. »Und Kutschfahrten im Central Park. Und das Empire State Building. Sie ist nicht cool. Und das liebe ich an ihr.«

Jon tätschelt mein Knie. »Du brauchst dich nicht zu rechtfertigen.«

»Tiffany ist ein Klassiker«, brummt Kevin. »Ich bin ein Snob.«

Wir betreten den Laden und ich atme erleichtert auf. Sofort weiß ich, dass ich hier, umgeben vom kultigen Tiffany-Blau, richtig bin. Sarah Louise wird schon beim Anblick der Schachtel vor Freude kreischen.

Wir schnappen uns eine Verkäuferin, und ich entscheide mich zügig für einen mit Diamanten besetzten ovalen Halo-Ring in einer teuren, aber nicht aberwitzigen Preisklasse. Ich überreiche meine Kreditkarte und erhalte im Gegenzug eine Tüte.

Jon und Kevin klatschen, als ich sie hochhalte.

Ich lächle, aber ich fühle mich seltsam … leer.

Ich versuche, meine Gedanken in das passende Bild zu pferchen: eine beglückte Sarah Louise mit dem funkelnden Diamantring an ihrer manikürten Hand.

Aber stattdessen sehe ich immer wieder Molly Marks vor mir, die beim Anblick des Tiffany-Blaus die Augen verdreht. »Wie kreativ.«

Ich bin erleichtert, als Kevin sagt: »Ich bin am Verhungern. Ich will einen Burger.«

»Lass uns zu P. J. Clarke's gehen«, schlägt Jon vor. »Da ist jetzt noch nicht so viel los.«

Wir laufen die fünfzehn Minuten bis zur Third Avenue, und ich mache mir Sorgen, dass ich meine kleine blaue Tasche mit Diamanten im Wert von dreißigtausend Dollar verlieren könnte.

»Soll ich ihn in meine Unterwäsche stecken oder so?«, überlege ich laut. »Gibt es in New York noch Straßenräuber?«

»Gib ihn mir«, sagt Jon. »Ich stecke ihn ein.«

Ich gebe ihm den Ring und fühle mich von einer Last befreit.

Als wir das Restaurant erreichen, sorgen die Midtown-Typen an der Bar bereits für einen hohen Geräuschpegel. Es erinnert mich an die Happy Hour in den Lokalen in Chicago in der Nähe meines Büros und ich fühle mich wieder mehr wie ich selbst. Wir bestellen Bier, und ich kippe meins runter, während wir auf die Burger warten.

»Alles okay, Chef?«, fragt Jon mit Blick auf mein zweites Glas, das zügig kommt.

»Alles super!«, sage ich reflexartig.

Aber selbst mit Schwips fühle ich mich bedrückter, als es sich für jemanden gehört, der seiner Freundin gerade einen Verlobungsring gekauft hat.

»Wie geht es Alastair so?«, frage ich Jon, um das Thema zu wechseln.

Er und Kevin wechseln einen merkwürdigen Blick.

»Keine Ahnung«, sagt Jon. »Wir … haben uns getrennt.«

»Was? Wann?«

»Kurz vor Weihnachten.«

»Und das sagst du mir nicht?«

»Irgendwie musste ich es erst verarbeiten. Wir hatten schon so lange von Verlobung gesprochen, aber dann wollte er eine offene Beziehung, und ich fühlte mich unwohl dabei, also beschlossen wir, eine Pause einzulegen. Und dann …« Wieder wirft er Kevin einen Blick zu.

»Ehrlich gesagt, wir haben Neuigkeiten für dich«, sagt Kevin. Er greift über den Tisch hinweg nach Jons Hand. »Wir sind zusammen. *Zusammen* zusammen.«

Ich setze mein Bier ab.

»Leute! Was? Wie lange geht das schon so?«

»Seit Silvester«, sagt Kevin. »Wir wollten es dir nicht sagen, wenn nichts Ernstes daraus wird.«

»Es ist also was Ernstes?«

»Wir ziehen Ende des Monats zusammen«, sagt Jon mit einem schüchternen Lächeln. »Sobald mein Mietvertrag ausläuft.«

»O mein Gott, Leute. Wow. Ich freue mich so für euch.« Ich erhebe mein Glas. »Auf die Liebe! Und auf das Glück!«

Vielleicht liegt es auch am zweiten Bier auf nüchternen Magen, aber ich fühle mich jetzt besser. Als würde ich mich mehr darüber freuen, dass meine beiden besten Freunde die Liebe gefunden haben, als darauf, meiner Freundin einen Heiratsantrag zu machen.

»Weißt du, wer das vorausgesehen hat?«, sage ich. »Molly Marks.«

»Was?« Kevin lacht.

»Ja. Beim Klassentreffen. Sie hat gesagt, zwischen euch hätte es gefunkt.«

»Dann hat sie es wohl noch vor uns bemerkt«, sagt Jon.

»O bitte«, sagt Kevin. »Da war ich schon verknallt in dich. Das weißt du doch.«

Jon lächelt ihn an. »Ehrlich gesagt war ich schon immer in dich verknallt. Ich wusste nur nicht, dass meine Gefühle erwidert werden.«

»Sie werden *sehr wohl* erwidert.«

Sie beugen sich vor und küssen sich.

Es sieht richtig aus. Natürlich. Entspannt.

Ich frage mich, ob ich mit Sarah auch so aussehe.

Aber ich will nicht an Sarah denken, denn mir geht gerade wieder Molly durch den Kopf. Und wie ich die Wette verliere, eins zu zwei.

Und wie sehr sie sich über mich lustig machen wird, wenn sie es erfährt.

Und wie sehr ich mich darauf freue.

19. KAPITEL

Molly

Sein Name ist Sebastian Stone, geb. Tom Lovell, und er ist der heißeste Mann, mit dem ich je gesprochen, geschweige denn geschlafen habe.

Wir haben uns bei der Filmpremiere einer Freundin kennengelernt. Er kam auf mich zu und fragte, ob mir schon mal jemand gesagt hätte, dass ich wie Demi Moore aussehe, woraufhin ich sofort beschloss, mit ihm zu schlafen.

Er ist sechsundzwanzig. Schauspieler. Kein aufstrebender – er spielt in einer Serie über Teenager, die Verbrechen aufklären. Er will ins Actiongenre wechseln. Er kennt meine Filme nicht. Ich sehe seine Serie nicht.

Er trainiert zwei bis vier Stunden am Tag und isst Unmengen Hühnerbrust. Er bekommt Bräunungsduschen, Strähnchen und Gesichtsbehandlungen. Er lacht darüber, dass ich mich vor der Sonne verstecke und meine Haare nicht färbe. Er spielt im Bett gern mit meinen grauen Haaren, wickelt sie um seine manikürten Finger und nennt mich seine heiße alte Schachtel.

Er hat eine französische Bulldogge namens Milo, mit der er manchmal fotografiert wird. Die Fotos landen dann unter der Rubrik »Stars wie wir« in den Boulevardzeitungen an der Supermarktkasse. Er arrangiert diese Fototermine nicht, aber er meidet auch nicht die Promi-Cafés, vor denen die Paparazzi rumlungern. Einmal wurden wir zusammen in einer Zeitschrift abgebildet, Händchen haltend mit Zwölf-Dollar-Cold-Brews auf dem Sunset. Die Schlagzeile lautete SEBASTIAN STONES OLLE. Ich habe es eingerahmt.

Er lebt in West Hollywood, in einem der höheren Stockwerke eines teuren Wolkenkratzers. Er besitzt kein Auto. Zu ihm sind es mindestens fünfundvierzig Minuten. Er war schon dreimal bei mir zu Hause und kann nicht verstehen, warum ich in einem Haus ohne Fitnessstudio und Pool wohne. Er will, dass ich nach Beverly Hills ziehe. Er lacht, wenn ich sage, dass ich lieber aus seinem Hochhaus springen würde.

Mir ist bewusst, dass wir das Klischee der Gegensätze erfüllen, die sich anziehen, aber … Da ist der Sex.

Schreiben ist mein Metier, aber selbst mir fehlen die Worte, um auszudrücken, wozu er fähig ist. Ich denke, es hat etwas mit seiner Körperspannung, seinem jugendlichen Elan zu tun. Er liebt es, zwischen meinen Beinen zu sein. Er liebt es, in mir zu sein. Er liebt den Geschmack meiner Haut. Er liebt es, mich vor Spiegeln hochzuheben, mich an Kopfteile zu drücken und an Bäume zu klemmen. Ich habe in den letzten drei Monaten mehr Orgasmen gehabt als in den letzten drei Jahren.

Es ist der beste Anti-Angst-Sex, den ich je hatte. Mein Leben ist ein Scherbenhaufen, aber seit wir uns kennen, habe ich keine einzige Benzo eingeworfen.

Gerade bekommt Sebastian eine Massage in unserem Hotel in Cabo San Lucas, wo wir ein langes Wochenende verbringen. Sebastian lädt ein, also hat er das Hotel ausgesucht, und obwohl es luxuriös ist, dient es hauptsächlich Fotozwecken. Es ist fast unmöglich, sich durch die Flure zu bewegen, ohne auf spärlich bekleidete Influencer zu treffen, die posieren. Ich fühle mich in meinem weißen Boho-Kaftan schmuddelig und ungepflegt. Alle anderen tragen praktisch neonfarbene Zahnseide.

Ich winke den Kellner herbei und bestelle eine weitere Margarita an meinen Liegestuhl. Die Sonne ist mir zu intensiv, um in den Pool zu gehen, also hocke ich seit Stunden mit meinem riesigen Sonnenhut unter einem Schirm.

Ich genieße es, allein zu sein. Sebastian und ich sind vor anderthalb Tagen angekommen und haben seit unserer Abreise aus Los Angeles fast jede Minute zusammen verbracht. Es ist unser erstes Pärchenwochenende, und die langen Zeitabschnitte, wo wir weder eine Mahlzeit zu uns nehmen noch Sex haben, beginnen mich zu erschöpfen. Sebastian ist auf seine Art klug, aber wir haben nicht viel gemeinsam. In L. A. ist das kein Problem, da wir selten mehr als eine Nacht miteinander verbringen. Hier gehen uns langsam die Themen aus.

Auf meinem Handy geht eine Nachricht ein und ich lege mein Buch weg. Ich versuche, im Urlaub nicht ständig aufs Handy zu starren, aber ich bin es nicht mehr gewohnt, einen echten, physischen Roman zu lesen.

Alyssa: Molls, wie läuft der Urlaub?
Alyssa: Ich lebe für Sebastians Insta-Posts
Alyssa: Weißt du, wie viele Organe ich verkaufen würde, um in einem kinderfreien Hotel zu sein?
Molly: Genau genommen gibt es hier ein Kind. Ein Baby. Mit zwei Kindermädchen. Und die Mutter hat einen Hund, den sie mehr zu lieben scheint als das Baby
Alyssa: Traurig
Alyssa: (ABER ICH VERSTEH'S!)
Molly: Reiche Leute sind toll
Dezzie: Molly, hast du etwa Spaß? Das passt gar nicht zu dir!

Ich mache ein Selfie mit riesiger Sonnenbrille und Margarita in der Hand und teile es im Chat.

Molly: Am Pool, Baby
Dezzie: Wo ist dein Mann?
Molly: Kriegt eine Massage
Alyssa: Kommt ihr klar?
Molly: Essen hauptsächlich Guacamole und ficken
Alyssa: STOPP. ICH STERBE VOR EIFERSUCHT.
Molly: Aber er ist ein bisschen langweilig. Uns gehen die Themen aus
Dezzie: Sprecht über seine Bauchmuskeln
Alyssa: Oder über seinen Penis
Molly: ALYSSA! Seit wann bist du so pervers?
Alyssa: Du willst nicht wissen, wie lange es her ist, dass ich Sex hatte. Fünf Jahre oder so. Kein Witz
Dezzie: Ich glaube, du vergisst, dass du ein Baby hast, das nicht mal zwei ist, also ist das unmöglich
Alyssa: Unbefleckte Empfängnis
Dezzie: Ich wünschte, das würde bei mir auch funktionieren. Ich habe es so satt, nur zum Zweck der Fortpflanzung Sex mit Rob zu haben. Wenn es nicht bald klappt, kaufe ich eine Bratenspritze
Alyssa: Es wird schon klappen
Molly: Versuch's weiter!!! Ich will eine Mini-Dez
Alyssa: Oder einen Mini-Rob
Dezzie: LOL. Ein Kleinkind in Baumwollhose und Band-T-Shirt von 2006? Kann es kaum erwarten
Molly: Wenigstens HAST du einen Rob. Ehrlich, Leute, ich frag mich, warum meine besten Beziehungen sexuell sind
Molly: Ich meine, Seb ist nett, und ich genieße seine Gesellschaft, meistens jedenfalls, aber vor allem ist er heiß, und die Chemie zwischen uns stimmt einfach
Molly: Ich langweile mich

Dezzie: Das kann ich beantworten
Molly: Oh, gut
Dezzie: WEIL DU ES VERMEIDEST, DICH MIT JEMANDEM ZU TREFFEN, DEN DU WIRKLICH MAGST
Alyssa: Ganz zu schweigen davon, dass du sofort Schluss machst, wenn du jemanden versehentlich doch magst

Ich will mir gerade eine freche Antwort überlegen, als ein eingehender Anruf sich vor den Chat schiebt. Ausgerechnet von Seth Rubenstein.

Ich habe seit Los Angeles nicht mehr mit ihm gesprochen. Allerdings habe ich viel Zeit damit verbracht, ihn und seine hübsche Freundin auf Instagram zu stalken.

»Hallo?«, sage ich.

»Molly McMarks?«

»Am Apparat.«

Er lacht. Mein Mund verzieht sich unwillkürlich zu einem Lächeln. Ich liebe sein Lachen.

»Wie zum Teufel geht es dir?« Seine Stimme ist um die Konsonanten herum ganz weich. Als ob er beschwipst wäre.

»Sieben Komma fünf von zehn. Vielleicht sogar eine Acht.«

»Das ist wie eine Sechzehn für normale Menschen.«

»Wohl wahr.«

»Was machst du gerade?«

»Ehrlich gesagt bin ich in Mexiko. Ich trinke Margaritas an einem Infinity-Pool mit Meerblick.«

»Dein Ernst, Buddy?«

»Mein Ernst, Buddy.«

»Gott, bin ich neidisch.«

»Schlägt dir Chicago aufs Gemüt?«

»Eigentlich bin ich in New York.«

»Ach ja? Und was machst du da?«

Er lacht leise. »Das willst du nicht wissen.«

»Okidoki.«

»Du bist der einzige Mensch auf der Welt, der noch *okidoki* sagt.«

»Nö. Meine Mutter sagt es auch.«

»Wie geht es deiner Mutter?«

»Fantastisch. Hat gerade ein Zehn-Millionen-Dollar-Haus verkauft. Kümmert sich um mein Erbe.«

»Du wirst so was von reich sein. Dann kannst du deinen Job kündigen und in Saus und Braus leben.«

»Entschuldige bitte. Ich bin eine unabhängige, erfolgreiche Karrierefrau.«

Was nicht *ganz* der Wahrheit entspricht.

»Das war nur ein Scherz«, sagt er. »Woran arbeitest du gerade?«

Argh. Ich will es ihm nicht sagen, weil ich mir dann eingestehen muss, wie dämlich mein derzeitiges Projekt ist. Mein Vater hat mir letzte Woche dieselbe Frage gestellt, und ich habe tatsächlich gelogen, um mich nicht seinem Spott auszusetzen.

Aber was soll's. Es ist nur Seth. Er ist stolz auf mich, wie es nur jemand sein kann, der meinen Karriereknick nicht kapiert.

»Ich soll eine drittklassige Teenie-Schnulze adaptieren, die auf irgendeiner neuen Mini-Streaming-App Premiere haben wird und hauptsächlich von Sechstklässlern gesehen wird – und Leuten mit dem Geschmack von Sechstklässlern.«

»Wonach schmecken Sechstklässler?«

»Hühnchen.«

Er lacht herzhaft.

»So lustig war das nicht«, sage ich. »Bist du betrunken?«

»Mmmmm … vielleicht ein bisschen«, gibt er zu.

»Ist es bei euch nicht erst sieben Uhr?«

»Ich habe früh angefangen.«

»Ein besonderer Anlass? Oder bist du nur ein trauriger, einsamer Geschäftsmann in irgendeiner Hotelbar?«

»Ein besonderer Anlass.«

»Weihst du mich ein?«

»Nun, deshalb habe ich dich angerufen.«

»Oh, ich dachte, du hast mich angerufen, weil du betrunken bist und unglücklich in mich verliebt.«

Das ist mir einfach so rausgerutscht, wahrscheinlich wegen der zweiten Margarita.

Ich verziehe peinlich berührt das Gesicht, dankbar, dass er mich nicht sehen kann.

Er ist eine Sekunde lang still. Und dann lacht er.

»Träum weiter, Markity Markson.«

Uff, Erleichterung. Er lässt es durchgehen.

»Nenn mich nicht so.«

»Okay, Molly Malolly.«

»Bäh. So nennt mich meine Mutter. Was willst du mir denn nun erzählen?«

Ich habe ehrlich gesagt keine Ahnung, was er mir sagen will. Dass Marian ihren Cubs-Spieler geheiratet hat? Dass er eine Idee für ein Drehbuch hat? Dass er unheilbar krank ist und sich ein letztes Mal verabschieden will?

»Du hast gewonnen«, sagt er.

»Was hab ich gewonnen?«

»Die Wette.«

»Weil du dir endlich eingestanden hast, dass wir nicht gemeinsam auf unserem zwanzigsten Klassentreffen auftauchen werden?«

»Nein. Weil Jon und Kevin ein Paar sind.«

»Was?«, schreie ich so laut, dass die YouTuberin neben mir ihren Livestream unterbricht.

»Ich weiß.« Ich kann ein Lächeln in seiner Stimme hören.

»Ooh, das macht mich so glücklich!«

»Mich auch. Obwohl ich nicht fassen kann, dass du recht hattest.«

Ich schon. Sie sind eines dieser seltenen, füreinander bestimmten Paare.

»Ich habe dir doch gesagt, dass ich gut bin«, sage ich. Mit einem zufriedenen Grinsen lasse ich den Blick über den Infinity-Pool streifen. »Bist du gerade bei ihnen?«

»Wir haben den ganzen Tag zusammen verbracht, aber ich bin gegangen, um dich anzurufen – oh, *Scheiße.*« Ich höre scharrende Geräusche, dann weitere Flüche.

»Seth? Alles in Ordnung?«

Er stößt den Atem aus. »*Verdammt.* Ich habe was bei Jon vergessen.«

»Was Wichtiges?«

»Ja.« Seine Stimme klingt angespannt. »Ziemlich wichtig. Hör zu, ich muss Schluss machen.«

»Okidoki. Wir hören uns in sechs Monaten?«

Aber er hat das Gespräch bereits beendet.

Sofort öffne ich meine Nachrichten.

Molly: Leute
Molly: Wow
Dezzie: Was?
Molly: Seth Rubenstein hat mich gerade angerufen.
Dezzie: »Seth Rubenstein« lol. Als ob es einen anderen Seth gäbe.
Molly: Er hat angerufen, um zu sagen, dass Jon und Kevin jetzt zusammen sind!
Alyssa: !!!
Dezzie: Hab schon immer gedacht, dass die sich mögen
Molly: Ich auuuuuuch

Ich wünschte, Seth wäre hier, damit ich ihm meinen Triumph unter die Nase reiben könnte.

Aber er ist nicht da. Sebastian ist hier. Und er kommt in einem flauschigen weißen Bademantel auf mich zu.

Er lässt sich neben mich plumpsen. »Hey, Babe.«

»Hey. Wie war die Massage?«

»Irre.«

Er zieht seinen Bademantel aus und entblößt seine perfekte, von der Massage geölte Muskulatur. Dann holt er Sonnencreme, eine riesige Wasserflasche und ein Buch aus seinem Stoffbeutel. Soweit ich weiß, liest er nur Selbsthilfebücher, in denen es um so Quatsch wie Manifestation geht.

»Was willst du heute Abend essen?«, frage ich. »Wollen wir in die Stadt fahren? Ich habe gehört, das Dahlia soll gut sein.«

Er legt seine Hand auf meinen Oberschenkel. »Warum bleiben wir nicht hier und bestellen Zimmerservice?«

Er meint, hierbleiben und in unserer Suite Sex haben. Wie schon am Abend zuvor.

Ich hab nichts dagegen, aber man kann an einem Abend sowohl in einem Restaurant essen als auch Sex haben.

»Lass uns doch wenigstens eines der Restaurants hier im Hotel ausprobieren«, kontere ich. »Der Sushi-Laden hat Omakase.«

Sushi ist eine der wenigen Speisen, die Sebastian außer Hühnerbrust isst.

Er drückt meinen Oberschenkel. »Klar, Babe.«

»Ich geh rüber und reserviere einen Tisch.«

Es tut gut, sich die Beine zu vertreten, nachdem ich den ganzen Tag auf einer Liege in der Sonne verrottet bin. Ich denke immer, ich mag Urlaube, in denen man nichts anderes tut, als am Pool zu sitzen. Und dann, nach etwa einem Tag, fange ich an, den Verstand zu verlieren.

Ich reserviere an der Rezeption einen Tisch fürs Abendessen, dann frage ich ganz spontan: »Gibt es morgen irgendwelche Tagesausflüge, die Sie empfehlen können?«

»Wir sind gerade am Ende der Walsaison«, sagt die Frau. »Wir bieten eine zweistündige Tour an, die um zehn Uhr losgeht.«

Wale! Die Meeresbiologin, die ich in der vierten Klasse werden wollte, macht einen Rückwärtssalto.

»Fantastisch. Können Sie zwei Plätze für mich reservieren?«

»Natürlich, Madam.«

Ich gehe zurück zum Pool, verstört, weil die junge Frau mich *Madam* genannt hat, aber zufrieden mit mir.

»Wir haben einen Tisch für acht Uhr«, sage ich zu Seb. »Und weißt du was?«

Er blickt von seinem Buch über Kristalle oder was auch immer auf. »Was, Babe?«

»Ich habe uns eine Walbeobachtungstour gebucht!«

Er schiebt seine schöne Oberlippe in Falten. »Auf einem Boot?«

»Äh … ja.«

»Aber ich werde seekrank. Und ich dachte, du hasst Boote.«

Da hat er recht. Das hat uns verbunden, als ich noch versucht habe, Gemeinsamkeiten zu finden.

»Für *Wale* mache ich eine Ausnahme. Komm schon!«

Er lächelt freundlich. »Warum fährst du nicht allein und machst ganz viele Fotos?«

»Du willst *wirklich* nicht mitkommen?«

»Babe, ich würde die Wale vollkotzen.«

Er wendet sich wieder seinem Buch über Selbstverwirklichung oder was auch immer zu.

Ich bin sprachlos. Welcher Mann will nicht mit seiner Freundin Wale beobachten?

Ein Langweiler.

Seb, das muss ich mir endlich eingestehen, ist chronisch langweilig.

Ich entsperre mein Handy und rufe Seths Nummer auf.

Molly: Magst du Wale?
Seth: Ähm, ja, ich bin kein Monster.
Seth: Warum?
Molly: Ich führe nur eine informelle Umfrage durch
Seth: Um die Soziopathen in deinem Bekanntenkreis zu entlarven?
Molly: Ja. Bis jetzt habe ich nur einen gefunden
Seth: Bist das du selbst?
Molly: Ehrlich gesagt habe ich gerade einen Wal ermordet, also
Seth: Vermutlich ein vom Aussterben bedrohtes Exemplar.
Molly: Jep. Einen Babywal
Seth: Man soll sich selbst immer treu bleiben.
Molly: Ich bin eine Frau mit Prinzipien
Seth: Deshalb bewundere ich dich so.

Ich lache laut. Sebastian schaut von seinem Buch über Astronumerologie oder was auch immer auf. »Was ist so lustig?«

»Och, nur … nichts. Wale.«

Er lächelt mich nachsichtig an. »Du bist süß. Wollen wir zurück aufs Zimmer?«

Ich werfe einen sehnsüchtigen Blick auf mein Handy, aber Seb zieht mich schon hoch.

Der Rest des Abends vergeht wie erwartet. Wir haben Sex unter der Dusche. Wir essen Sushi. (Sashimi für ihn, ein Zwölf-Gänge-Omakase für mich, denn es ist wichtig zu *leben*, auch wenn dein Freund Todesangst vor Kohlenhydraten hat.) Wir gehen zurück aufs Zimmer und haben wieder Sex.

Ich hätte nie gedacht, dass fantastischer Sex so langweilig werden kann.

Ich stelle mir den Wecker und wache früh auf. Sebastian ist schon weg – zweifellos im Fitnessstudio. Ich hole mir im Frühstücksraum eine *Bacon Torta* und gehe in die Lobby.

Wir sind zu sechst: ich und eine fünfköpfige Familie aus Cincinnati. Die Eltern sind nett, aber den Kindern – drei Teenie-Mädchen – bin ich offenbar unheimlich, weil ich allein bin.

»Ich bin mit meinem Freund hier, aber er wird seekrank«, erkläre ich der Mutter, die nicht gefragt hat.

»Oh, das ist aber schade. Zu seekrank für Wale?«

»Ich weiß«, seufze ich. »Ich sollte wohl mit ihm Schluss machen.«

Sie sieht mich verwirrt an.

»War nur ein Scherz!«, sage ich.

Sie lacht höflich, während sie Sonnencreme auf ihren Kindern verteilt.

Wir werden zum Strand hinuntergeführt, wo ein Schnellboot auf uns wartet. Der Tourguide stellt sich vor und verteilt Schwimmwesten. Zwei Männer schieben uns in die Brandung und dann geht es los.

Ich setze mich mit dem Tourguide an den Bug des Bootes. »Sie sind heute nur ein paar Meilen vor der Küste«, erklärt er. »Es ist ein guter Tag. Ruhig. Sie sind auf Nahrungssuche.«

Ich nicke und lasse mir den Wind durch die Haare peitschen und das Salzwasser ins Gesicht spritzen. Eine Bootsfahrt auf dem Pazifik ist etwas anderes als der Golf von Mexiko und die scheußlichen Küstenabschnitte vor dem Haus meiner Mutter. Hier komme ich mir vor wie Tom Cruise in einem Michael-Bay-Film. Ich ertappe mich dabei, dass ich grinse. Dass ich es genieße.

Wie ungewohnt.

Der Tourguide springt auf. »Da drüben. Auf zehn Uhr.«

Wir drehen alle die Köpfe und sehen einen riesigen Blauwal

aus dem Wasser auftauchen. Er verschwindet und dann bricht sein Schwanz durch die Wasseroberfläche.

»Da sind noch zwei«, ruft eins der Mädchen.

Ich drehe mich um und sehe, wie sie sich hintereinander aus dem Wasser drücken – ein großer, ein kleiner.

»Eine Mama mit ihrem Baby!«, ruft ein anderes Mädchen.

Wir schnappen alle unsere Handys und knipsen wie wild Fotos.

Dann halte ich inne und beobachte sie einfach – lasse den Moment auf mich wirken.

Der Tourguide ergreift das Steuer und wendet das Boot und in der nächsten Stunde entdecken wir einen Wal nach dem anderen. Einige von ihnen kommen neugierig auf uns zu. Ein Baby machte einen Salto, während seine Mutter es beschützend umkreist.

Sie bespritzen uns. Sie schießen Wasser aus ihren Blaslöchern. Sie tun alles, was man sich von einem Wal nur wünschen kann.

Die Familie und ich lachen und machen Fotos, und als die Stunde um ist, scheinen mich sogar die Töchter zu mögen. Ich kann mich nicht erinnern, wann mich das letzte Mal etwas so beglückt hat.

Es hat auch allein Spaß gebracht, aber ich wünschte, es gäbe jemanden, mit dem ich es hätte teilen können, außer einer fremden Familie.

Ich gebe dem Tourguide ein großzügiges Trinkgeld, verabschiede mich von der Familie und gehe auf wackeligen Beinen zum Pool. Ich schnappe mir eine Liege, bestelle eine Margarita und lehne mich zurück, um mir die Fotos anzusehen.

Sie sind wunderschön, und ich öffne Instagram, um ein paar davon zu posten.

Der erste Post, den ich sehe, ist von @sethrubes.

Er sitzt neben seiner hinreißenden blonden Freundin in

einem Park. Sie halten Händchen und am Finger der Frau steckt ein riesiger, funkelnder Ring.

Die Bildunterschrift lautet *@Sarah_LT hat mich gerade zum glücklichsten Mann in Chicago gemacht. Nein, Quatsch, der Welt.*

Das Foto hat 563 Likes und der erste Kommentar darunter ist von besagter @Sarah_LT. *Kann es kaum erwarten, deine Frau zu werden.*

Betroffen schließe ich die App, lasse meine Margarita stehen und schleppe mich zurück in die Suite, auf der Suche nach Seb.

»Weinst du, Babe?«, fragt er, als er in seiner ganzen Pracht aus der Dusche steigt.

»Es ist nichts«, sage ich. »Ich glaube, ich kriege meine Tage.«

»Aww. Komm her und lass dich trösten«, sagt er.

Ich vergrabe mich an seiner Brust und lasse den Tränen für eine Minute freien Lauf.

Er wischt mir die Tränen weg und küsst mich auf beide Wangen.

Er ist wirklich nett.

Ich weiß, dass ich mit ihm Schluss machen werde, sobald wir wieder in L. A. sind.

Die Wale poste ich doch nicht.

5. TEIL

Juni 2020

20. KAPITEL

Seth

Ich bin ein Mensch, der sich gerne bewegt.

Ich liebe es, um fünf Uhr morgens aufzustehen, ins Fitnessstudio zu gehen und die zwei Meilen zu meinem Büro zu Fuß zurückzulegen, selbst im kalten Chicagoer Winter (außer bei Eis und Schnee). Ich treffe mich gerne mit Kollegen und Kunden zum Mittagessen in schicken neuen Restaurants (immer auf meine Rechnung) und nach der Arbeit mit Freunden auf einen Drink in der Brass-Bar, einem Pub der alten Schule, gleich um die Ecke. Ich gehe gern ins Theater, in die Oper, ins Konzert, ins Kino. Am Wochenende gehe ich mit Sarah Louise wandern, Rad fahren oder joggen. Ich spiele gern Golf, denn ich liebe Altherrensport. Ich liebe es auch, auf dem Markt einzukaufen, aufwendig zu kochen und danach die Küche zu putzen.

Ich putze generell gerne.

Und ich bin ein geselliger Mensch. Ein extrovertierter Mensch. Ich unterhalte mich in der Supermarktschlange und quatsche Fremde im Flugzeug an. (Ich weiß, aber ich kann nicht anders.) Ich liebe es, vor Gericht zu streiten. Ich bin der Mittelpunkt jeder Party, und wenn gerade keine Party stattfindet, schmeiße ich eine. Mein Terminkalender ist jeden Tag voll, und wenn sich eine Lücke auftut, fülle ich sie so schnell wie möglich.

Ich liebe mein Leben und gehe darin auf, auch wenn ich es kaum erwarten kann, all die Karaoke-Bars und juristischen Konferenzen durch Vätergruppen und Spielplatzverabredungen zu ersetzen. Aber um mit dem Chaos klarzukommen, brauche ich absolute Stille, wenn ich nicht in Bewegung bin. Schweigen, wenn ich nicht in Gesellschaft bin. Ein Refugium der Ruhe.

Meine Wohnung ist immer makellos – saubere Marmorarbeitsflächen, schlichte weiße Möbel, dunkler, gebohnerter Boden und Blick auf den See aus dem neunundzwanzigsten Stock. Mein Büro ist so aufgeräumt, dass meine Anwaltsgehilfinnen Angst haben, irgendetwas anzufassen, und das sollten sie auch, denn ein einziges verirrtes Schriftstück stört meine Konzentration und verdirbt mir die Laune. Meine E-Mails sind perfekt sortiert, ich halte meinen Posteingang auf null und meine Kontakte unermüdlich auf dem neuesten Stand. Wenn ich nicht in Meetings bin, arbeite ich still, allein.

Bewegung und Menschen, oder Stille und Einsamkeit. Das sind meine Aggregatzustände.

Ein Lockdown ist also wie geschaffen dafür, dass ich psychisch implodiere.

Ich weiß, dass ich mich glücklich schätzen kann. Ich habe noch niemanden durch Corona verloren. Mein Arbeitsplatz ist sicher und ich kann von zu Hause arbeiten. Ich lebe mit meiner Verlobten zusammen und nicht allein. Ich muss nicht gleichzeitig meine Kinder zu Hause unterrichten, während ich versuche zu arbeiten.

Aber es ist nicht ideal.

Sarah Louise hat ihre Wohnung untervermietet und ist bei mir eingezogen, sobald wir verlobt waren. Es wäre seltsam, vor der Heirat nicht zusammenzuwohnen, und ich habe mich gefreut.

Ich habe damit gerechnet, dass ich mich ans Zusammenleben gewöhnen muss, aber ich hätte nicht erwartet, dass ich Platzangst bekomme. Sarah hat eine raumfüllende Persönlichkeit – überschwänglich und gesprächig. Sie mag es gemütlich und füllt meine Wohnung mit Fotos, Nippes, Wolldecken und Kissen, die sie bestickt, während sie Podcasts hört, weil sie mindestens zwei Dinge gleichzeitig tun muss. Sie lässt den Fernseher laufen, während sie arbeitet, denn Hintergrundgeräusche helfen ihr, sich zu konzentrieren.

Brrrr.

Nichts von alledem ist verdammenswert. Unter anderen Umständen wäre es sogar liebenswert.

Aber nach der Hektik und dem Trubel unseres früheren Lebens hocken wir nun aufeinander. Jede Mahlzeit nehmen wir gemeinsam ein. Sie arbeitet im Gästezimmer, ich im Arbeitszimmer. Wir zoomen, zoomen, zoomen. Abends sehen wir gemeinsam fern. Wir wechseln uns auf dem Peloton ab. Wir reden, bis uns der Gesprächsstoff ausgeht.

Wir haben uns nichts mehr zu sagen.

Ich dachte immer, wir hätten so viele Gemeinsamkeiten. Das Gesetz. Werte. Sport.

Und das haben wir auch.

Aber ich dachte auch immer, dass uns mehr verbindet. Und ich weiß beim besten Willen nicht, was es war oder wo es geblieben ist.

Es ist nicht so, dass wir uns streiten. Wir sind nett zueinander. Aber wir reden nur noch über Covid-Statistiken. Wir hatten seit einem Monat keinen Sex. Wir bringen uns nicht mehr zum Lachen.

Und dann, gestern Abend, als wir beide im Bett unseren *New Yorker* lasen, drehte sie sich um und nahm mir sanft die Zeitung aus der Hand.

Zuerst dachte ich, sie will mit mir schlafen, und ich spürte, wie mich ein Gefühl des Grauens überkam, und dann ein Gefühl der Verzweiflung, weil ich bei dem Gedanken, meine schöne, zukünftige Frau zu berühren, so empfand.

»Schatz, ich bin müde«, begann ich.

»Ich muss dir etwas sagen«, sagte sie. »Rebecca zieht aus meiner Wohnung aus.«

Rebecca wohnt zur Untermiete in Sarahs alter Wohnung, bis der Mietvertrag ausläuft.

»Ach ja?«, fragte ich. »Warum?«

»Sie hat das Alleinsein in der Stadt satt und zieht zu ihrer Schwester nach Wisconsin. Um ihr mit den Kindern zu helfen.«

»Oh, wow. Klingt gut.«

Mir schwante, dass Sarah Louise vielleicht für eine Weile die Stadt verlassen wollte, und ich fragte mich, ob das die Situation zwischen uns verbessern oder verschlimmern würde.

»Deshalb habe ich gedacht, ich ziehe wieder in meine Wohnung«, sagte sie so leise, dass es fast ein Flüstern war.

»Was?«

Sie nahm meine Hand und drückte sie. »Ich weiß, es klingt verrückt, aber ich glaube, wir könnten beide mehr Platz gebrauchen. Und, ich meine, wir sind nur zwanzig Minuten voneinander entfernt – wir können also trotzdem Zeit miteinander verbringen.«

Zwanzig Minuten voneinander entfernt! Die Worte waren zugleich schockierend und … seltsam verlockend. Pervers verlockend. Verräterisch verlockend.

»Was ist damit, dass wir vor der Ehe zusammenwohnen wollten?«

»Es ist ja nicht so, als könnten wir in nächster Zeit eine Hochzeit feiern.« Sie lachte schwach und meine Hände begannen zu zittern.

»Tut mir leid, wenn ich da zu viel hineininterpretiere«, sagte ich. »Aber … Willst du Schluss machen?«

Sie war lange still. »Ich weiß es nicht, Seth. Irgendetwas hat sich verändert. Ich weiß, du fühlst es auch.«

Mein erster Impuls war, ihre Gefühle zu schonen, indem ich lüge und behaupte, alles sei super und ich unsterblich verliebt. Aber das wäre nicht fair gewesen.

Dieses schwierige Gespräch war lange überfällig.

Es war mutig von ihr, es zu beginnen. Ich bin nicht sicher, ob ich es jemals getan hätte.

»Stimmt«, gab ich leise zu. »Ich weiß nicht, ob es an der Pandemie liegt oder an uns.«

»Ich liebe dich«, sagte sie, jetzt in ihrer normalen Stimmlage. »Aber vielleicht haben wir alles überstürzt. Es ist erst zehn Monate her, dass wir uns kennengelernt haben.«

Sie hat recht. Ich war so froh, dass die Junggesellenphase meines Lebens vorbei war. Ich war so erpicht darauf, eine Familie zu gründen.

Ich will das alles immer noch. Eine Ehe, eine Familie. Aber ich werde das Gefühl nicht los, dass etwas nicht stimmt.

Dass Sarah nicht meine Seelenverwandte ist.

»Ich verstehe dich«, sagte ich und drückte ihre Hand. »Es ging alles so schnell und die Umstände haben sich geändert. Es war für uns beide schwer.«

»In gewisser Weise könnte die Pandemie ein Segen sein«, sagte sie. »Ohne Corona hätten wir uns vielleicht in die Hochzeitsplanung gestürzt, bevor wir richtig Zeit miteinander verbracht hätten.«

Es tut weh, dass unser Zusammensein ihre Gefühle für mich abgekühlt hat. Selbst wenn es auf Gegenseitigkeit beruht, ist es herzzerreißend.

»Gib uns Zeit«, sagte ich. »Vielleicht brauchen wir nur ein bisschen Abstand. Mal sehen, was passiert.«

Sie schwieg eine Weile, als würde sie ihre Gedanken sammeln. »Wird das die Trennung nicht nur hinauszögern?«

Ich seufzte. »Vielleicht.«

»Ich will nur … Gott, das ist so schwer. Ich wünschte, es wäre nicht so gekommen.« Sie wischte sich eine Träne weg.

Ich zog sie in meine Arme.

»Ich auch.«

Und dann haben wir uns geliebt – so zärtlich wie seit unserer Verlobung nicht mehr.

Ich glaube, wir wussten – wissen – beide, dass es das letzte Mal ist.

Das war letzte Nacht.

Ich bin immer noch dabei, das zu verarbeiten, als ich vom Duft ihrer veganen, glutenfreien Bananenmuffins aufwache. Sie steht in der Küche, in ihren Sportsachen, und macht grünen Saft.

»Hallo, Hübscher«, sagt sie.

Für einen kurzen Moment frage ich mich, ob ich mir letzte Nacht nur eingebildet habe. Ob mein Unterbewusstsein ein Problem verarbeitet hat, das mein Bewusstsein nicht wahrhaben will.

Dann bemerke ich die Koffer neben der Tür.

O Gott. Sie zieht *heute* aus?

»Ich habe für neun Uhr einen Transporter reserviert.« Sie hält mir einen Saft hin. Er riecht nach Gurke und Petersilie.

Ich starre sie an.

»Du hast *mitten in der Nacht* einen Transporter reserviert?«

»Gestern«, sagt sie, den Blick eher auf den Entsafter gerichtet als auf mich. »Bevor wir geredet haben.«

Was soll man dazu sagen?

»Ah«, ist alles, was mir einfällt.

»Bis heute Abend sollte ich alles zusammengepackt haben«, sagt sie. »Dann gehe ich dir nicht mehr auf die Nerven.«

Ich erstarre. »Du *gehst* mir nicht auf die Nerven, Sarah.«

»So habe ich das nicht gemeint. Tut mir leid, ich weiß einfach nicht, wie ich mich verhalten soll.« Sie stützt sich mit beiden Handflächen auf die Kücheninsel und lehnt sich vor. »Bist du sauer?«

»Nein. Das kommt nur alles sehr plötzlich.«

Sie nickt. »Kurz und schmerzlos.«

Ich nehme an, sie hat recht. Ein paar Tage mehr des Zusammenlebens werden nichts daran ändern, dass wieder eine Beziehung gescheitert ist.

»Okay«, sage ich, »das verstehe ich. Warum hole ich nicht den Transporter, während du anfängst zu packen. Ich helfe dir beim Umzug, und dann können wir uns bei Vinioso's Essen holen.«

Vinioso's ist ein fantastischer Italiener in der Nähe ihrer Wohnung. Als wir frisch zusammen waren, haben wir dort viele Abende mit Wein, guten Gesprächen und Spaghetti Pomodoro verbracht. Es scheint der passende Ort, um Abschied zu nehmen.

»Klingt perfekt«, sagt sie.

Nachdem ich den Transporter geholt habe, packen wir den ganzen Nachmittag. Seltsamerweise ist es einer unserer glücklichsten Tage seit Monaten. Wir lachen und scherzen, und als sie ein mit einem Golden Retriever besticktes Kissen einpacken will, bestehe ich darauf, es zu behalten.

»Du hasst es!«, protestiert sie.

»Stockholm-Syndrom. Ich kann ohne nicht leben.«

»Na, wenn das so ist, gehört es dir.«

Um fünf Uhr haben wir den Wagen beladen und fahren zu ihrer Wohnung. Es dauert keine zwanzig Minuten, ihre Taschen und eine Handvoll Kisten mit Sportkleidung, Fotos und Büchern hochzutragen.

Wir rufen im Vinioso's an, um unsere Bestellung aufzugeben, und ich setze meine Maske auf, um die paar Blocks zu Fuß zu gehen und sie abzuholen. Ich kaufe auch eine kleine Flasche Manhattan zum Mitnehmen.

Als ich in ihre Wohnung zurückkehre, läuft Frank Sinatra –

Frank lief auch immer im Vin's –, und der Tisch ist mit einer Tischdecke und Kerzen gedeckt.

Während des Essens tauschen wir unsere schönsten Erinnerungen an unsere gemeinsame Zeit aus. Wir spekulieren, wie unsere Freunde und Familien auf die Nachricht reagieren werden, und hoffen, dass sie nicht traurig sind, denn wir wissen, dass wir die richtige Entscheidung getroffen haben. Beim Dessert – ich Tiramisu und sie Limoncello-Sorbetto – nimmt sie den Ring vom Finger und schiebt ihn über den Tisch.

»Du solltest ihn zurückgeben«, sagt sie. »Ich habe noch die Schachtel.«

Die Vorstellung, bei Tiffany einen Verlobungsring zurückzugeben, ist genauso traurig wie die Vorstellung, ihn einer anderen Frau zu geben. Ich habe ihn gekauft, weil ich wusste, dass er sie – speziell sie, meine Sarah Louise – glücklich machen würde. Und das hat er.

Der Ring war nie das Problem.

»Bitte behalte ihn. Ich möchte, dass du ihn behältst.«

Sie lächelt traurig und streift ihn über ihren rechten Ringfinger. »Danke.«

Wir stehen beide auf, und ein peinlicher Moment des Schweigens vergeht.

»Sarah Louise Taylor«, sage ich schließlich, »ich wünsche dir das glücklichste Leben, das man sich vorstellen kann.«

Sie umarmt mich fest. »Ich dir auch, Seth.«

Als ich endlich zu Hause ankomme, ist es 22:00 Uhr und ich bin emotional erschöpft. Ich ziehe die Kaschmir-Jogginghose an, die Sarah mir gekauft hat, und klappe meinen Laptop auf. Ich sollte wohl eine E-Mail an meine Familie verfassen, in der ich erkläre, was passiert ist.

Ich weiß, wenn ich sie anrufe, breche ich zusammen, und sie machen sich Sorgen.

Ich weiß, dass mein Bruder denken wird: *Hab ich dir ja gesagt.* Er hat nie geglaubt, dass Sarah die Richtige für mich ist, und mich gewarnt, dass ich mich, wieder einmal, in eine Beziehung stürze, und zwar eher, weil ich mich so verzweifelt nach einer Partnerin sehne, als dass ich mich tatsächlich zu dieser bestimmten Person hingezogen fühlte. Wir hatten deshalb einen Riesenstreit und haben drei Wochen lang nicht miteinander gesprochen. Aber er hatte recht. Wie immer.

Statt diese traurige Mitteilung zu verfassen, scrolle ich durch meine E-Mails, obwohl ich emotional gar nicht in der Verfassung bin, sie zu beantworten, und entdecke eine Nachricht von meinem alten College-Freund Mike Anatolian.

Von: michael_c_anatolian@netmail.co
An: sethrubes@mail.me
Datum: So, 21. Juni 2020, 16:06
Betreff: Gefallen?

Hallo, Kumpel!
Wie kommst du mit der Pandemie klar? Ich hoffe bei Gott, dass es dir und Sarah und der Familie gut geht.
Ich habe mich gefragt, ob du mir einen Gefallen tun kannst … Meine kleine Schwester studiert nächstes Jahr an der NYU und dreht gerade wegen der Sommerpraktika durch. Sie studiert Film und hatte einen Praktikumsplatz bei einer Produktionsfirma, aber die haben wegen Corona dichtgemacht, und jetzt hat sie Panik. Es ist ein Schuss ins Blaue, aber hast du noch Kontakt zu dem Mädchen, mit dem du beim Klassentreffen rumgemacht hast? Becks sucht einen Job in der Filmbranche, und ich dachte, eine Drehbuchautorin hat vielleicht ein paar Aufgaben, die von New York aus erledigt werden können.
Falls es dir unangenehm ist, kein Problem, ich dachte nur, ich

frag mal, weil ich in meinem Job nicht so vielen Künstler begegne.
Wie dem auch sei, wie zum Teufel geht es Dir?

Bei dem Gedanken, Molly zu schreiben, geht es mir gleich viel besser.

21. KAPITEL

Molly

Ich bin eine eingefleischte Einzelgängerin. Total introvertiert. Stier durch und durch.

Eine Woche allein zu Hause sitzen und mit niemandem reden, außer per SMS, war viele Jahre lang mein größter Traum.

Das war, bevor mir die Isolationshaft aufgezwungen wurde.

Die sonst so kostbare Pause von sozialen Verpflichtungen entpuppt sich als eine Art Folter, wenn sie nicht durch ebenjene unterbrochen wird. Mein Haus, früher mein Zufluchtsort, hat begonnen, sich wie ein Gefängnis anzufühlen.

Der Reiz von Online-Verabredungen ist verblasst. Nein, ich will nicht mit sechs Leuten von der Uni virtuell pokern. Nein, ich will keinem weiteren Online-Filmclub beitreten. Nein, ich will kein Blind Date über Zoom.

Ich will Meetings, bei denen ich alles geben muss, um mein schriftstellerisches Talent an Produzenten zu verkaufen, die sich weder für meine Kunst noch für meine einzigartige Stimme interessieren. Ich will ein Date, bei dem ich mit einem Fremden bei selbstgemachten Cocktails rummachen kann. Ich will in ein Restaurant gehen, wo mich ein übertrieben freundlicher Mensch bedient, der mich ständig unterbricht, um zu fragen, wie es mir schmeckt. Ich möchte mit meinen Freundinnen in ein Spa gehen, wo wir nackt und ohne einen Gedanken an Krankheitserreger zu verschwenden, über gemeinsame Bekannte tratschen können.

Ich will meine Mutter sehen. Ich will aufhören, mir in einem Dämmerzustand zwischen Angst und Verzweiflung die Nachrichten anzusehen. Ich will weniger über Virologie und Positivitätsraten wissen. Ich will aufhören, mir Sorgen zu machen, dass die Menschen, die ich liebe, sterben könnten.

Ich will, dass mich ein anderer Mensch berührt.

Mein Psychiater hat meine Medikamente aufgestockt, aber gegen chronische Isolation und Massentraumata kann Cipralex letztlich nicht viel ausrichten.

Es hilft auch nicht, dass die Filmindustrie allmählich zum Stillstand gekommen ist. Es gibt keine neuen Projekte, niemand kauft etwas.

Was mich nicht davon abhält, den ganzen Tag auf meine E-Mails zu starren, in der Hoffnung auf etwas Vielversprechenderes als Rezepte von meiner Mutter, Benachrichtigungen von Facebook und Junk-Mails vom sterbenden Einzelhandel. Oder Rechnungen. Bitte, bloß keine Rechnungen mehr.

Es ist nicht so, dass ich pleite bin. Ich habe Ersparnisse, und ich bekomme immer noch Tantiemen für die Filme, die ich geschrieben habe, auch wenn diese schwinden. Aber ich bin nicht allzu optimistisch, was meine zukünftigen Verdienstmöglichkeiten angeht. Meine Karriere droht, den Bach runterzugehen.

Als ich mit Mitte zwanzig meinen »Durchbruch« als Drehbuchautorin hatte, dachte ich, dass mein Erfolg erst der Anfang ist. Dass meine Begabung für sich spricht und ich zu einer Marke werde, dass ich immer bessere Jobs bekomme und immer mehr Geld verdiene.

Aber es ist mir nie gelungen, an den Erfolg dieser ersten Filme anzuknüpfen. Mein Name ist nicht angesagt. Und da Hollywood völlig stillsteht, gibt es in nächster Zeit nicht viele Möglichkeiten, mich zu rehabilitieren.

Das bereitet mir schlaflose Nächte.

Heute ist es nicht anders. Ich wache auf, zwinge mich, mir einen Eiskaffee zu machen und einen kurzen Spaziergang um den Block, bevor ich meinen Laptop aufklappe und im Stillen mein tägliches Mantra wiederhole: *Bitte mach, dass ein Auftrag da ist. Nur ein winzig kleiner. Nur nicht noch mehr Schweigen und Ablehnung.*

Keine Chance.

Das bedeutet eine weitere Schicht in meinem neuen Job, bei dem ich auf der Couch sitze, Wiederholungen von Reality-Shows schaue und Cornflakes aus der Packung esse.

Gerade neunzig Minuten meines anstrengenden Arbeitstags sind vergangen, als mein Handy klingelt. Ich reiße meine Aufmerksamkeit von den Frauen los, die sich gegenseitig mit Wein überschütten, wische mir die Krümel von den Händen und gehe ran.

Es ist mein Vater.

Es ist sein Rückruf auf meinen Pflichtanruf vor drei Tagen. Ein vierteljährliches Ritual, bei dem er seine jüngsten Platzierungen auf den Bestsellerlisten bespricht, seine letzten Urlaube rekapituliert, sich nach meiner Karriere erkundigt, sie stillschweigend für erbärmlich hält und mir Geld anbietet.

Ein entzückendes Vater-Tochter-Ritual.

»Hi, Dad«, sage ich und lasse mich in die Kissen zurücksinken.

»Hey, Schätzchen«, sagt er.

Von seinem Ende der Leitung ertönt ein lautes Kreischen.

»Hast du das gehört?«, fragt er. »Ein Ara.«

»Ein Ara? Wo bist du?«

»Auf den Keys. Mein Freund Kimbo hat eine Privatinsel mit einem Vogelschutzgebiet. Celeste und ich sind für einen Monat hier.«

»Was, du bist geflogen? Ist das überhaupt erlaubt? Hast du keine Angst wegen Corona?«

»Gesegelt.«

Ich hätte nicht fragen sollen.

»Wie dem auch sei«, sagt er, »was geht bei dir?«

Ich schaue vom stummen Fernseher zu meiner Packung Kinder-Cornflakes.

»Ach, ich arbeite nur ein bisschen.«

»Woran?«

»Ein Drehbuch.«

»Rom-Com?«

»Jep.«

»Hört sich an, als hättest du Zeit.«

Ah. Wir sind früher als erwartet bei meinem verschwendeten Potenzial angekommen. Keine Ahnung, warum ich diese Anrufe initiiere, außer dass ich sonst vaterlos wäre. Schon seltsam, wie man sich ausgerechnet nach der Aufmerksamkeit der Menschen sehnt, die einem am meisten wehtun können.

»Nun ja, hier ist natürlich nicht viel los«, sage ich. »Fast alle Produktionen wurden gestoppt. Die Mack-Fontaine-Sachen liegen auch auf Eis, oder?«

»Sowieso. Aber kein Grund zur Sorge. Der Letzte ist schon in der Postproduktion.«

»Glück gehabt.«

Meinem Vater ist durchaus zuzutrauen, dass er von einem weltweiten Wirtschaftsstillstand verschont bleibt.

»Deshalb rufe ich auch an«, sagt er. »Wir stecken in der Entwicklungsphase von *Busted* und haben gerade die Autoren gefeuert.«

Busted ist einer der beliebtesten Romane meines Vaters. Darin geht es um ein Model, das Mack Fontaine anheuert, um einen korrupten Schönheitschirurgen zu entlarven, nachdem dieser ihre Brustvergrößerung verpfuscht hat. Da niemand Mack widerstehen kann, hat sie natürlich auch eine heiße Affäre mit ihm.

»Wie bedauerlich«, sage ich, unsicher, was das mit mir zu tun haben könnte.

»Sie haben Diane nicht getroffen«, sagt er und meint damit die Figur mit den undichten Implantaten. »Mein Produzent meint, wir brauchen eine Frau als Autorin. Damit es sexyer wird.«

Ich wünschte, ich könnte behaupten, dass mein Vater im Zusammenhang mit seiner Arbeit zum ersten Mal das Wort *sexy* benutzt.

»Macht Sinn«, sage ich. »Mal was anderes. Es gibt nicht viele Actionfilme, die von Frauen geschrieben sind.«

»Ja, ich dachte, du willst vielleicht deinen Hut in den Ring werfen, da du das Buch so liebst.«

Ich liebe das Buch nicht. Ich gebe zu, dass die Romane meines Vaters einen gewissen Reiz haben, aber sie sind definitiv nichts für mich. Natürlich würde ich ihm das nie sagen. Er denkt, dass ich ihn für ein Genie halte. Das denkt er von jedem.

Was nichts daran ändert, dass ich sprachlos bin. Er hat meinen Job immer runtergemacht. Ich dachte, er hält mich für unbegabt.

»Wow«, stottere ich. »Das ist … Danke, dass du an mich gedacht hast, Dad. Das könnte wirklich cool sein.«

»Tja, du bist nicht umsonst in meine Fußstapfen getreten.«

»Was bräuchtest du von mir, für den Pitch?«

»Ein Treatment, für den Anfang.«

»Ja. Okay, kein Problem. Wann brauchst du es?«

»Keine Eile. Mit dem Virus geht es nur langsam voran. Wir reden noch mit Regisseuren.«

»Okay. Dann fange ich sofort an. Ich freu mich.«

Seine Frau ruft seinen Namen und das Telefon wird für eine Sekunde stumm.

»Ich muss los, Kleines. Tennis.«

»Okay. Hab dich lieb, Dad.«

»Ja. Tschüss.«

Die Leitung ist tot.

Ich spüre eine seltsame Spannung in meinen Gesichtszügen.

Ein *Lächeln*, könnte man es nennen.

Mein Vater hat mich zum *Lächeln* gebracht.

Ich versuche, dieses Gefühl nicht zu groß werden zu lassen, denn es ist nie gut, sich Hoffnungen zu machen, wenn es um Roger Marks geht. Aber ich kann nicht anders. Ich fühle mich *geschmeichelt*.

Er denkt, ich kann einen verdammten Actionfilm schreiben. Vertraut mir seinen kostbaren Mack Fontaine an. Wenn man bedenkt, wie viel er selbst von seiner Arbeit hält, ist das ein Riesenkompliment.

Ich schnappe mir meinen Laptop und öffne schnell die E-Mail-App, um meinen Agenten und Manager über diese Entwicklung zu informieren.

Mir bleibt fast das Herz stehen, als ich den Namen in meinem Posteingang sehe.

Seth.

Ich habe nicht mehr mit ihm gesprochen, seit er sich verlobt hat.

Ich musste ihn auf Instagram stummschalten, denn jedes Mal, wenn er ein Bild von sich und seiner schönen, gesunden, scheinbar in jeder Hinsicht perfekten Verlobten postet, macht mich das traurig.

Und es gibt schon genug, was mich traurig macht.

Trotzdem klicke ich schneller auf seine E-Mail, als man »keine gute Idee« sagen kann.

Von: sethrubes@mail.me
An: mollymarks@netmail.co
Datum: Mo, 22. Juni 2020, 11:12
Betreff: Whale Hello

Hallihallo, Marks.
Wie geht es dir in diesen düsteren Zeiten? Ich hoffe wirklich, dass es dir und deiner Familie gut geht.
Ich habe mich gefragt, ob ich dich um einen Gefallen bitten kann. Die Schwester eines Freundes studiert Film an der NYU und ihr Sommerpraktikum wurde wegen Corona gestrichen. Sie sucht etwas, das sie von New York aus erledigen kann, und ich dachte, vielleicht kannst du ein schlaues Mädchen gebrauchen? Ich bin mir ziemlich sicher, dass sie alles machen würde, was du willst, selbst wenn es nur Korrekturlesen ist. Falls du nicht interessiert bist, kein Problem – dachte nur, ich frag einfach mal.
Lass mich wissen, wie es dir geht. Ich denke an dich.

Seth

Hmm. Der Ton ist eher nüchtern. Trotzdem schön, von ihm zu hören.

Ich habe absolut keinen Bedarf an Praktikanten, aber mir fällt schon was ein. Ich weiß noch, wie verzweifelt ich auf dem College versucht habe, in der Branche Fuß zu fassen. Wenn ausgerechnet ich dein Sprungbrett zur Filmkarriere bin, mache ich mir allerdings Sorgen um dich. Aber besser als nichts.

Ich klicke auf Antworten.

Von: mollymarks@netmail.co
An: sethrubes@mail.me
Datum: Mo, 22. Juni 2020, 11:20
Aw: Betreff: Whale Hello

Hallo!
Mir geht's gut! Es ist ein bisschen einsam hier draußen für eine alte Jungfer, aber ich bin dankbar, dass es meinen Lieben so weit gut geht. Und wer hätte gedacht, dass ich einmal mit einer so bunten und glamourösen Auswahl an Masken gesegnet sein würde.
Wie geht's deiner Familie? Ist deine Schwägerin nicht Ärztin in der Notaufnahme? Ich hoffe, es geht ihr gut. Ich kann mir nicht mal ansatzweise vorstellen, wie belastend das sein muss.
Die Schwester deines Freundes kann sich gerne an mich wenden. Im Moment ist es an der Filmfront ruhig, wie du dir vorstellen kannst, aber bestimmt fällt mir etwas ein, womit ich sie ein paar Stunden in der Woche beschäftigen kann. Gib ihr meine E-Mail-Adresse, wenn sie interessiert ist.
Übrigens, ich habe gesehen, dass du verlobt bist! Herzlichen Glückwunsch!

Bis dann,
Molls

Ich klicke auf Senden, bevor ich es mir anders überlegen kann, und schreibe die Nachricht an meinen Agenten.

Als ich sie abschicke, ertönt das Pling einer neuen E-Mail.

Von: sethrubes@mail.me
An: mollymarks@netmail.co
Datum: Mo, 22. Juni 2020, 11:51
Aw: Aw: Betreff: Whale Hello

Du siehst mit Maske sicher sehr glamourös aus. Ich sehe einfach wie ein Bankräuber aus.
Aber im Ernst: Es tut mir leid, dass du einsam bist. Ich hatte das gegenteilige Problem – ich habe mich auf so engem Raum gefan-

gen gefühlt. Ein Lockdown ist einfach in jeder Hinsicht schrecklich. Ich weiß, das ist nicht besonders originell, aber ich hasse es.
Danke, dass du dich nach Clara erkundigst. Sie arbeitet tatsächlich in der Notaufnahme. Seit zwei Monaten wohnt sie im Hotel, um die Kinder und Dave nicht zu gefährden. Eine belastende Situation – sie arbeitet wie verrückt, vermisst die Jungs, sieht tagein, tagaus schreckliche Dinge. Aber wenigstens ist sie gesund. Sie hofft, dass sie jetzt, wo es bessere Schutzausrüstung gibt, bald wieder nach Hause kann.
Was das Praktikum angeht, danke ich dir. Ihr Name ist Becky Anatolian, und sie wird begeistert sein, für so einen Rockstar zu arbeiten. Ich gebe ihr deine E-Mail-Adresse.
Und danke für die netten Worte über die Verlobung. Aber ehrlich gesagt ... Sarah Louise und ich haben uns gerade getrennt. (Sie ist gestern ausgezogen.) Ich bin also noch dabei, das zu verarbeiten ...
Jedenfalls bin ich froh, dass es dir gut geht, und danke nochmals!

O mein Gott!

Scheiße.

Ich hätte die Verlobung nicht erwähnen sollen. Es ist nicht hilfreich, das zu wissen. Ich fühle mich furchtbar, weil ich darüber Freude empfinde.

Schäm dich, Molly.

Aber so ist es. Ich empfinde Freude.

Nicht aus Schadenfreude. Niemals würde ich wollen, dass Seth ein gebrochenes Herz hat.

Sondern weil mein tiefstes Reptiliengehirn-Ich will, dass Seth … verfügbar ist. Dass er in Reserve gehalten wird, falls ich beschließe, ihn für mich selbst zu wollen.

Oder, vielleicht ist *eingestehen* das bessere Wort. Falls ich mir *eingestehe*, dass ich ihn will.

Nicht, dass es auf einmal mehr im Bereich des Möglichen läge als zuvor. Im Geiste zähle ich die Gründe auf, warum ich mir diesen Gedanken abschminken sollte: Uns trennt fast ein ganzer Kontinent und das in einer nicht enden wollenden Pandemie; er ist seit einem Tag getrennt; er ist gesund und nett und *ausgeglichen*, und ich bin ... die Art Mensch, die Freude empfindet, wenn er erfährt, dass eine Verlobung geplatzt ist.

Also antworte ich nicht.

Ich lasse den Computer stehen, fülle meine Wasserflasche auf, schnappe mir eine Maske und gehe spazieren.

Normalerweise hasse ich es, in meiner hügeligen Nachbarschaft spazieren zu gehen, weil meine Waden davon brennen, aber ich kann nicht zu Hause rumsitzen. Ich muss mich bewegen, um das Adrenalin abzubauen. Ich fühle mich, als hätte ich gerade drei Gramm Kokain genommen. (Ich habe noch nie Kokain genommen, weil ich überzeugt bin, dass ich sofort süchtig werde, aber soweit ich weiß, reichen drei Gramm aus, um einen Elefanten zu töten.)

Zum Glück ist es ein luftiger Junitag – um die dreiundzwanzig Grad. Die Art von perfektem Wetter, die uns in Südkalifornien versprochen wurde, bevor die globale Erwärmung es in einen unbewohnbaren Feuerball verwandelt hat. Ich marschiere im Eiltempo bergauf und bergab, weiche Kindergruppen und angeleinten Hunden aus und überlege, was ich Seth zurückschreiben soll.

Natürlich darf ich weder meiner Erleichterung Ausdruck verleihen noch romantisches Interesse bekunden. Abgesehen davon, dass es unsensibel und egoistisch wäre, will ich auch kein Lückenbüßer sein. Und außerdem will so etwas niemand unmittelbar nach einer gescheiterten Beziehung hören.

Stattdessen sollte ich Mitgefühl zeigen, ein offenes Ohr haben, falls er eines braucht.

Kurz gesagt, mich wie ein besserer Mensch verhalten.
Zu Hause setze ich mich sofort wieder an den Laptop.

Von: mollymarks@netmail.co
An: sethrubes@mail.me
Datum: Mo, 22. Juni 2020, 12:45
Aw: Aw: Aw: Betreff: Whale Hello

Gott, Seth, es tut mir so leid, von deiner Trennung zu hören. Ausgerechnet jetzt.
Geht's dir gut? Ich bin da, wenn du jemanden zum Reden brauchst.

In Liebe,
Molly

Ich halte kurz inne, komme zur Besinnung und streiche »In Liebe, Molly«. Ich überlege, ob ich stattdessen »xo« schreiben soll, aber es fühlt sich angesichts des Themas zu lapidar an. Da mir nichts Besseres einfällt, klicke ich auf Senden.

Und dann starre ich die nächste Stunde auf meinen Posteingang, während ich weiter Cornflakes in mich reinstopfe.

Von: sethrubes@mail.me
An: mollymarks@netmail.co
Datum: Mo, 22. Juni 2020, 14:06
Aw: Aw: Aw: Aw: Betreff: Whale Hello

Danke der Nachfrage, Molls. Ich stehe noch unter Schock.
Es war Sarahs Idee. Was nicht heißt, dass ich ihr einen Vorwurf mache – letztendlich denke ich, dass es die richtige Entscheidung war und mutig und vorausschauend von ihr. Ich bin erschüttert, dass es so abrupt zu Ende ging. (Sie hat es am Samstag zum ersten Mal erwähnt und ist am Sonntag ausgezogen.)

Die Sache ist, ich dachte, wir passen wirklich gut zusammen. Eigentlich *haben* wir gut zusammengepasst. Zumindest eine Zeit lang.
Sie ist Pflichtverteidigerin und hat mich dazu inspiriert, endlich die gemeinnützige Rechtsberatungsstelle zu gründen, die mir schon lange im Kopf herumspukt – Jurastudenten, die Opfern häuslicher Gewalt vor dem Familiengericht helfen. Sogar dein Freund Rob schickt Mandanten zu uns – ein netter Kerl.
Jedenfalls haben wir uns dann verlobt, und das Lustige war, dass ich den Ring an dem Tag, an dem ich ihn gekauft habe, sofort verloren habe. Ich hatte ihn versehentlich bei Jon und Kevin vergessen und musste mit dem Taxi nach Brooklyn fahren, um ihn zu holen. Ich kann mir nicht helfen, aber ich denke, das war ein Zeichen.
Und nachdem wir verlobt waren, sind wir zusammengezogen, und dann ging praktisch sofort Corona los, sodass wir monatelang aufeinandergehockt haben. Es fühlte sich immer enger an. Wenn wir mehr Platz gehabt hätten, wäre es vielleicht anders gelaufen … Keine Ahnung. Vielleicht haben wir einfach gemerkt, dass wir doch nicht so kompatibel sind, wie wir dachten. Auf jeden Fall hat es nicht funktioniert.
Tief im Herzen denke ich, dass es nicht sein sollte. Ich bin froh, dass es passiert ist, bevor wir geheiratet und Kinder in die Welt gesetzt haben.
Ich möchte die Liebe meines Lebens heiraten, weißt du?
Tut trotzdem verdammt weh.
So genau wolltest du es wahrscheinlich gar nicht wissen!
Danke, dass du dir mein Geschwafel angehört/gelesen hast.

Seth

Ich lese seine E-Mail viermal. An einer Zeile bleibe ich immer wieder hängen: *Ich möchte die Liebe meines Lebens heiraten.*

Er hätte es so sehr verdient.

Ich möchte für ihn da sein. Ich schreibe sofort zurück.

Von: mollymarks@netmail.co
An: sethrubes@mail.me
Datum: Mo, 22. Juni 2020, 14:20
Aw: Aw: Aw: Aw: Aw: Betreff: Whale Hello

Das muss sehr wehtun. Selbst wenn es nicht sein sollte, ist das Ende immer traurig. Und von heute auf morgen ist … hart.
In aller Ernsthaftigkeit: Du verdienst jemanden, der wirklich wundervoll ist. Du bist einer der besten Menschen, die ich kenne.
Du wirst die Liebe deines Lebens finden. Und du wirst sie sehr glücklich machen.
Deshalb wünsche ich mir von Zeit zu Zeit, dass ich es wäre.

Meine Finger tippen schneller als mein Gehirn, und so brauche ich eine Sekunde, um zu begreifen, was ich da geschrieben habe.

Nein, Molly.

Nein, nein und nochmals nein.

Mit blankem Entsetzen lösche ich die letzte Zeile und lese die ganze E-Mail noch einmal durch, um sicherzugehen, dass ich nichts anderes gesagt habe, was meine Sehnsucht nach ihm verraten könnte.

Ich klicke auf Senden.

Aber das ändert nichts an der Wahrheit.

Ich wünschte, ich *wäre* die Liebe von Seth Rubensteins Leben.

22. KAPITEL

Seth

Nachdem ich meine »Ich bedaure, euch mitteilen zu müssen, dass ich doch nicht heiraten werde«-E-Mail verschickt habe, erhalte ich den ganzen Tag Nachrichten und Anrufe von wohlmeinenden Freunden und Verwandten.

Meine Mutter fragt sich schluchzend, wie jemand ihren perfekten Jungen verlassen könne.

Mein Vater sagt, ich würde im Handumdrehen eine andere finden, weil ich so ein guter Fang sei.

Mein Bruder sagt, Sarah sei nicht die Richtige für mich gewesen, und ich müsse, wie er mir ständig predigt, dieses Muster der überstürzten Beziehungen durchbrechen.

Kevin sagt, er habe ein schlechtes Gefühl gehabt, seit ich den schlichten Ring gekauft habe.

Jon sagt, Kevin sei gefühllos und beklagt, dass sie mich nicht besuchen können, weil Fliegen zu gefährlich ist.

Aber die Person, deren Worte mich am meisten trösten, ist tatsächlich Molly Marks. »Du bist einer der besten Menschen, die ich kenne.«

Nicht, weil dieser Satz so wahr wäre. Sondern weil Molly nicht oft ernst gemeinte Komplimente macht. Als ich diese Worte von ihr lese, muss ich an das letzte Mal denken, als wir uns gesehen haben. Als sie mich einlud, bei ihr zu wohnen. Wie enttäuscht sie aussah, als ich ihr von Sarah erzählte, und wie peinlich es ihr dann war, dass ich ihre Enttäuschung bemerkte.

Und ich weiß, es ist keine vierundzwanzig Stunden her, dass meine Beziehung gescheitert ist. Aber ich frage mich, ob sie Single ist.

Ich kann sie das unmöglich fragen. Sie würde mich für verrückt erklären.

Aber als sie schrieb, sie wisse, dass ich die Liebe meines Lebens finden werde, durchzuckte mich ein wilder Gedanke: Was, wenn ich sie schon gefunden habe? Was, wenn du es bist?

Ich möchte auf ihre Nachricht antworten, um das Gespräch am Laufen zu halten, aber ich habe keine Ahnung, was ich sagen soll.

Stattdessen antworte ich Mike Anatolian.

Von: sethrubes@mail.me
An: michael_c_anatolian@netmail.co
Datum: Mo, 22. Juni 2020, 14:27
Aw: Betreff: Gefallen?

Hey, Kumpel! Schön, von dir zu hören. Mir und der Familie geht's gut – jedenfalls gesundheitlich. Im Job ist nicht viel los, aber die Beratungsstelle, von der ich dir erzählt habe, hält mich auf Trab. Was Sarah angeht ... lange Geschichte. Ruf mal an, dann können wir quatschen.
Molly wäre bereit, Becky ein Praktikum anzubieten. Sag ihr, sie soll mir eine E-Mail schicken, dann leite ich sie weiter.

Innerhalb weniger Minuten erhalte ich eine E-Mail von Becky.

Von: bma445@nyu.edu
An: sethrubes@mail.me
Datum: Mo, 22. Juni 2020, 14:35
Betreff: Praktikum

Sehr geehrter Herr Rubenstein,
vielen Dank, dass Sie den Kontakt zu Molly Marks hergestellt haben. Ich freue mich sehr darauf, sie kennenzulernen, und ich bin Ihnen unendlich dankbar für Ihre Hilfe.
Ich hoffe, das ist nicht zu aufdringlich, aber ich möchte Ihnen gern noch eine andere Idee vorschlagen. Ich habe während des Studiums ehrenamtlich in einem Frauenhaus in New York gearbeitet, aber wegen Corona ist es derzeit geschlossen. Wie Sie sich vorstellen können, ist das unglaublich herzzerreißend und sehr dramatisch für die Frauen in Missbrauchssituationen. Mike hat mir von Ihrer Rechtsberatungsstelle erzählt und das klingt unglaublich inspirierend. Falls es irgendetwas Ehrenamtliches gibt, das ich von hier aus tun kann, würde ich wirklich gerne helfen.

Nochmals vielen Dank und herzliche Grüße,
Becky Anatolian

Was für ein nettes Mädchen.

Und was für eine nette Ablenkung von meiner Besessenheit mit Mollys Beziehungsstatus.

Ich schreibe sofort zurück.

Von: sethrubes@mail.me
An: bma445@nyu.edu
Datum: Mo, 22. Juni 2020, 14:46
Aw: Betreff: Praktikum

Hallo, Becky!
Wow, was für ein nettes Angebot. Ich werde auf jeden Fall darauf zurückgreifen. Wir könnten Hilfe bei der Sichtung von Befragungen gebrauchen, die wir per Videochat führen. Es geht darum zu beurteilen, ob wir potenziellen Mandanten helfen können oder ob wir sie weitervermitteln müssen. Ich werde das Sekretariat bitten,

sich mit dir in Verbindung zu setzen. Und ich könnte bei ein paar Fällen Unterstützung bei der Recherche gebrauchen, falls du dich für den juristischen Aspekt interessierst.
Deine E-Mail leite ich gleich an Molly weiter.

Alles Gute,
Seth

Ich öffne ein neues Fenster und beginne zu tippen.

Von: sethrubes@mail.me
An: bma445@nyu.edu; mollymarks@netmail.co
Datum: Mo, 22. Juni 2020, 14:48
Betreff: Molly, das ist Becky

Hallo, Molly und Becky,
hier eine kurze Nachricht, damit ihr die Kontaktdaten der jeweils anderen habt. Den Rest überlasse ich euch.

Viel Spaß!

Puh.

Der Gifthauch des Scheiterns, der mich seit dem Aufwachen umgibt, verflüchtigt sich in diesem Meer von E-Mails.

Mein Posteingang macht ein freundliches kleines Pling und eine neue Nachricht von Molly ploppt auf. Mit Büroklammer-Symbol – sie hat etwas angehängt.

Ich öffne sie.

Es ist das Bild eines Walbabys, das mit einem Rückwärtssalto aus einem türkis glitzernden Meer auftaucht.

Von: mollymarks@netmail.co
An: sethrubes@mail.me
Datum: Mo, 22. Juni 2020, 14:53

Aw: Aw: Aw: Aw: Aw: Aw: Betreff: Whale Hello

Danke, dass du den Kontakt zu meiner jungen Gehilfin hergestellt hast.
Ich dachte, du könntest eine Aufheiterung gebrauchen.
(Hab das aufgenommen, kurz bevor ich mit meinem letzten Freund Schluss gemacht habe. Hat mich glücklicher gemacht als er.)

Ich schlage mit der Faust so fest auf den Marmor-Couchtisch, dass ich vor Schmerz aufheule. Aber wen interessiert das schon, denn Molly ist *Single*, und außerdem hat sie mir diese Information von sich aus gegeben. Liest sie meine Gedanken? Erzählt sie mir das, weil sie dasselbe spürt wie ich?

Ich gebe dem Gefühl der Dringlichkeit nach und hole mein Handy hervor. Mir egal, ob das übereifrig wirkt.

Seth: Danke für den Wal-Content!
Molly: Nichts lindert Trennungsschmerz besser als Babywale
Molly: Und ich habe NOCH VIEL MEHR davon

Ich hatte eigentlich nicht vor, sie nach ihrer Trennung zu fragen, aber ich habe das Gefühl, dass sie es vielleicht möchte? Oder zumindest nichts dagegen hat, da sie es immer wieder erwähnt?

Seth: War eure Trennung schlimm?
Molly: Nicht wirklich … Wir waren nicht verliebt oder so

Waren nicht verliebt! Sie redet mit mir über *Liebe*? Sie gibt zu, dass sie dazu *fähig* ist? Ich muss mich zurückhalten, um nicht wieder auf den Couchtisch zu schlagen.

Molly: Es war eher das Timing … Wir haben uns DIREKT vor Corona getrennt
Molly: Also bin ich seit vier Monaten allein
Molly: Und obwohl ich mich rühme, ein selbstgenügsamer, introvertierter Griesgram zu sein, hat sich herausgestellt, dass ich menschliche Gesellschaft mag
Molly: Und auch Sex. Ich hätte etwas Sex gebrauchen können, um mir die Zeit zu vertreiben

SEX? Ich will mich ja nicht wie ein Teenager aufführen, aber HAT SIE SEX GESAGT?

Seth: Es gibt doch Camboys.
Molly: Wer braucht Camboys, wenn Dickpics umsonst sind?

O mein Gott, *das* hat sie gesagt? Plötzlich habe ich das Gefühl, dass sie in Sachen Flirt in einer anderen Liga spielt. Aber ich versuche, ungeniert zu antworten.

Seth: Dickpics stehen offenbar hoch im Kurs
Seth: Damit kann ich mich in einsamen Nächten trösten
Molly: Mit Dickpics?
Seth: Mit dem Verschicken.
Molly: Ich glaube keine Sekunde, dass du jemals ein Dickpic verschickt hast
Seth: Hab ich
Seth: Nur mit Stil und auf Anfrage
Molly: Ich glaube dir null
Seth: Warum?
Molly: Weil du wie ein wohlerzogener, vornehmer Gentleman aus dem Jahr 1849 bist

Jetzt fühle ich mich nicht mehr wie ein pubertierender Teenager. Ich fühle mich wie ein erwachsener Mann mit einer absolut steinharten Erektion. Und wenn Molly denkt, ich wüsste nicht, wie man sextet, dann hat sie das Konzept von »Außen hui, innen pfui« nicht verstanden.

Also werde ich sie daran erinnern.

Seth: Das hast du nicht gesagt, als ich auf deinen Titten gekommen bin.

Es erscheint nicht sofort eine Antwortblase, und ich mache mir schon Sorgen, dass ich zu weit gegangen bin. Ich beiße mir auf die Lippe, als sie endlich anfängt zu tippen.

Molly: LOL
Molly: Das zählt nicht. Du warst betrunken und ich habe dein beeinträchtigtes Anstandsgefühl ausgenutzt

Okay, du hast es so gewollt.

Seth: Mein Schwanz hat das nicht so gesehen
Seth: Drei Mal
Molly: Du hast mitgezählt
Seth: Und ob ich gezählt habe
Seth: Ich denke immer noch an dich, wenn ich mir einen runterhole
Seth: Du bist schön feucht und wimmerst meinen Namen
Molly: Bringe ich dich zum Kommen?
Seth: So verdammt schnell.
Seth: Außer wenn ich es hinauszögere, damit ich länger an dich denken kann
Molly: Wie hart bist du jetzt gerade?

Seth: So. Verdammt. Hart.
Molly: Beweise es

Ich bin stocknüchtern, aber ich fühle mich betrunken. Ich öffne meine Jeans. Ziehe sie aus. Mein Schwanz ragt bereits aus meinen Boxershorts, feucht an der Spitze. Ich stelle mich so hin, dass sie außer meinem Schwanz auch ein wenig Bauchmuskeln zu sehen bekommt, denn ich bin ein großzügiger Mann.

Ich nehme mir einen Moment Zeit, um in den Schwarz-Weiß-Modus zu wechseln, bevor ich ein Foto schieße, denn ich habe nicht gelogen, als ich sagte, meine selbstgemachte Pornografie habe Stil.

Ich drücke auf Senden.

Molly: Fuck
Molly: Ich will sehen, wie du ihn anfasst

Meine Lenden pochen buchstäblich. O Gott.

Ich habe noch nie ein Video verschickt.

Aber ich will es tun.

Ich werde es tun.

Und ich will etwas im Gegenzug.

Seth: Ich zeige dir meins, wenn du mir deins zeigst.
Molly: Abgemacht

Ich lehne mein Handy an meinen Laptop, suche einen einigermaßen schmeichelhaften Winkel und dann lege ich los. Ich stelle mir vor, wie sie sich selbst berührt, während sie an mich denkt, und es dauert etwa eine Minute, bis ich komme.

Heftig.

Ausgiebig.

Es ist geradezu obszön. Ich habe noch nie jemandem so etwas geschickt, und mein Herz klopft bei dem Gedanken, dass sie es sieht.

Aber, ja. Genau das will ich.

Ich überprüfe dreimal, ob ich es an die richtige Person schicke, und drücke auf Senden.

Die Vorstellung, dass sie es sehen wird, erregt mich so sehr, dass ich wahrscheinlich in ein paar Minuten wieder kommen muss, damit ich nicht vor Lust sterbe.

Und dann ploppt ein Video unter meinem auf. Das Vorschaubild ist von ihren Brüsten. Brüste, die ich in der Schulzeit so oft gehalten und gestreichelt habe, dass sie alte Bekannte sind. Extrem heiße alte Bekannte.

Ich klicke auf das Video, und es ist Molly von den Brüsten abwärts. Sie sitzt auf ihrem Bett, an einen Haufen Kissen gelehnt, neben ihr ein rosa Vibrator.

O Gott.

Sie beginnt, mit ihren Brüsten zu spielen – sie zu streicheln, ihre Nippel zu zwirbeln. Sie lässt ihre Hände hinunterwandern, streicht federleicht mit den Fingern über ihre Schenkel.

Ich packe meinen Schwanz, der schon wieder aufdringlich hart ist, und beginne, ihn zu bearbeiten, während ich sie beobachte – aber nicht zu schnell. Ich will nicht vor ihr fertig sein.

Sie spreizt ihre Beine, um mir ihre Muschi zu zeigen, und steckt zwei Finger hinein. Ich kann hören, wie feucht sie ist. Sie greift nach dem Vibrator, drückt einen Knopf, und er beginnt zu surren. Es ist wie ein ASMR-Porno. Ich könnte allein von dem Geräusch kommen.

Muss ich aber nicht, denn sie setzt den Vibrator an ihre Klitoris. Ich höre ihn surren, höre ihren Seufzer der Lust, höre, wie sich ihr Atem in kleine Stöhner verwandelt, höre, wie sie »o fuck yeah, o *fuck*« flüstert.

Sie streckt die Hand aus und zieht die Kamera näher an ihre Muschi, sodass ich aus der Nähe sehen kann, wie geschwollen und rot und feucht sie ist, und ich will sie so sehr schmecken, dass ich mir den Finger in den Mund stecke und so tue, als wäre sie es. Ich höre auf, meinen Schwanz zu streicheln, weil ich sonst komme, und er pocht gegen meinen Bauch, als wäre er wütend, dass ich ihn alleinlasse.

Es ist ein Verlangen, wie ich es noch nie gespürt habe. Meine Leistengegend pulsiert förmlich.

Sie schnappt sich ein weiteres Spielzeug aus dem Off – einen Dildo in Form eines glitzernden lilafarbenen, großzügig bemessenen Penis. Langsam führt sie ihn in sich ein. Ich kann nicht glauben, was ich da sehe. Sie ist jetzt auf den Knien, den Schwanz zwischen den Beinen.

An ihrem schnellen, hohen Stöhnen erkenne ich, dass sie kurz davor ist zu kommen, also greife ich meinen Schwanz und beginne, mich im Takt zu streicheln. Und dann stöhnt sie so laut, dass es fast ein Schrei ist: »O Seth, O Gott, *fuckkkkk.*« Ich schließe meine Augen und komme über meine Oberschenkel und meinen Bauch.

Ich werde fast ohnmächtig davon.

Ich keuche eine ganze Minute lang.

Als ich die Augen öffne, sehe ich, dass unter dem Video noch eine Nachricht ist: ein einzelnes, kleines Wal-Emoji, aus dessen Blasloch Wasser spritzt.

Ich muss lachen.

Aber ich bin immer noch aufgewühlt.

Ich kann nicht glauben, dass sie das für mich getan hat, dass sie diesen unglaublich intimen Moment mit mir geteilt hat. Ich hebe meine Unterwäsche vom Boden auf, um mich abzuwischen, greife nach meinem Telefon und rufe sie an.

Sie geht gleich beim ersten Klingeln ran.

»Hey«, sagt sie, ihre Stimme kaum mehr als ein Seufzen.

»Ich …« Meine eigene Stimme ist rau und mir fehlen kurz die Worte.

»Ich auch«, flüstert sie.

»Danke«, sage ich. Obwohl ich meinen Lebensunterhalt mit Worten verdiene, bekomme ich keinen zusammenhängenden Satz raus. »Ich habe noch nie …«, stammle ich. »Ich bin ein bisschen *gerührt*, Molly.«

Sie lacht leise. Ich stelle mir vor, wie sie im Bett liegt, nackt und schlaff nach diesem Orgasmus, und zur Decke hinauflächelt.

»Ich dachte, du brauchst vielleicht einen Muntermacher«, sagt sie.

»Das war viel mehr als ein Muntermacher.«

Sie lacht wieder. Ein schüchternes Lachen, wie ich es seit der Highschool nicht von ihr gehört habe.

»Ich habe noch nie jemandem etwas so … Explizites geschickt«, sagt sie. »War es zu viel?«

»Zu viel? Baby, ich möchte quer durchs Land fliegen und dich so besinnungslos ficken, dass du deinen Job kündigen musst, weil du Vollzeit damit beschäftigt bist, meinen Namen zu stöhnen.«

»Eigentlich habe ich zurzeit keinen Job«, sagt sie. »Bleibt mehr Zeit zum Stöhnen.«

Ich kann ein Lächeln in ihrer Stimme hören.

Ich bin kurz versucht, es tatsächlich zu tun. Ich könnte es riskieren, mich mit zwei Masken übereinander ins Flugzeug zu setzen. Oder ich könnte zwei Tage lang nach L. A. fahren. Aber ich möchte nicht krank werden und dann auch noch sie anstecken. Also sage ich einfach: »Ich werde es mir merken.«

»Was machst du den Rest des Tages?«, fragt sie.

»Wahrscheinlich dein Video ansehen und masturbieren«, sage ich. Es ist eine Art Scherz, aber wahrscheinlich auch wahr.

»Ich auch«, sagt sie.

Wir lachen beide.

»Hey«, sage ich. »Deine E-Mail hat mir viel bedeutet.«

»Aww.«

Ihr Tonfall lässt keine Interpretation zu. Ich beschließe, sie nicht zu bedrängen. »Und wie geht es dir so?«, frage ich.

»Hmm«, sagt sie zögernd. »Gut, denke ich.«

»Gut ist nicht fantastisch.«

»Geht es irgendjemandem fantastisch?«

»Eher nicht.«

»Ich verliere langsam den Verstand in der Isolation«, sagt sie. »Aber ich komme mir wie ein Arschloch vor, wenn ich mich beklage, schließlich ist niemand in meiner Familie krank geworden, und ich habe Ersparnisse, die mich über Wasser halten, bis es weitergeht.«

Ich stelle sie mir nur ungern allein in Los Angeles vor. Ich finde diese Stadt schon einsam genug, wenn ich nur auf der Durchreise bin. Dort einen Lockdown zu erleben, klingt trostlos, obwohl das Wetter besser ist.

»Hast du Kontaktpersonen?«, frage ich.

»Ja, mehr oder weniger. Ein paar Freundinnen und ich treffen uns manchmal draußen. Aber das reicht nicht, um zu verhindern, dass ich das Alleinsein leid bin. Ich überlege, mir einen Hund anzuschaffen, und ich mag Hunde nicht einmal.«

»Du magst Katzen.«

Es bereitet mir eine ausgesprochene Genugtuung, das über sie zu wissen. Dieses Wissen zu haben, das noch aus ihrer Jugendzeit stammt.

»Ich weiß, aber Hunde sind geselliger und werden nicht so leicht von Kojoten geschnappt.«

»Ah. Wir haben nicht viele Kojoten in Chicago. Vielleicht solltest du hierherziehen.«

»Ihr habt Schneestürme, Seth. Hör auf anzugeben.«

»Schneestürme sind toll für kuscheligen Wintersex. Vor dem Kamin. Mit einem schönen vollmundigen Cabernet auf dem Couchtisch und Blick über die Stadt bis zum See.«

»Überzeugendes Argument für das Leben in der Tundra.«

»Nun, immerhin bin ich Anwalt.«

»Ich muss duschen«, sagt sie. »Aber das war …« Sie sucht nach dem richtigen Wort. »Schön.«

Ich würde mir ein überschwänglicheres Prädikat wünschen, wie »spektakulär« oder »lebensverändernd«, aber ich nehme, was ich kriegen kann.

»Kann ich dich wieder anrufen?«, frage ich.

»Ja.«

Ich lächle. »Gut.«

»Gut.«

Es macht klick und sie ist weg und mein Gesicht tut vom Lächeln weh.

23. KAPITEL

Molly

Ich lege mein Handy neben mich und betrachte mich im Spiegel gegenüber von meinem Bett. Ich sitze nackt inmitten von Sexspielzeug und grinse.

Seth ist Single. Und er ist so unglaublich heiß.

Aber mehr als heiß, er ist … vertraut. Ich kenne ihn. Ich mag ihn.

Und ich will, dass er mich wieder anruft. Ich will, dass er mich immer wieder anruft.

Meine Erregung fühlt sich so neu und zart an, dass ich niemandem erzählen will, was passiert ist – nicht einmal Dezzie und Alyssa.

Ich will Seth beschützen. Er hat sich gerade von jemandem getrennt, und für Außenstehende könnte es illoyal oder verzweifelt wirken, sich in die virtuellen Arme einer Ex zu stürzen. Und ich weiß auch gar nicht, wie ich erklären soll, was zwischen uns passiert ist.

Jedenfalls fühlt es sich äußerst privat an.

Ich reinige das Spielzeug, dusche und räume mein Zimmer auf. Ich habe einen Energieschub, der sich in dem Wunsch manifestiert, mein Haus zu putzen, was ich mit ungewöhnlichem Gusto und Liebe zum Detail erledige. Ich putze es so, als ob Seth zu Besuch käme. Seth gehörte schon immer zu den Menschen, die keine Unordnung dulden.

Ich frage mich, wie seine Wohnung wohl aussieht. Ich frage mich, was er gerade macht.

Wahrscheinlich arbeiten. Und das sollte ich jetzt wirklich auch tun.

Entschlossener als sonst greife ich nach meinem Laptop.

Die einzige neu eingetroffene E-Mail ist von meiner neuen Praktikantin Becky.

Von: bma445@nyu.edu
An: mollymarks@netmail.co
Datum: Mo, 22. Juni 2020, 15:06
Aw: Betreff: Molly, das ist Becky

Sehr geehrte Miss Marks,

ich erschaudere vor Entsetzen über diese Begrüßung. Denkt sie, ich bin siebzig?

Ich kann nicht genug betonen, wie dankbar ich Ihnen für diese Chance bin. Ich hoffe, es macht Ihnen nichts aus, wenn ich mir einen Moment Zeit nehme, um meine Bewunderung für Ihr Talent und Ihr Werk auszudrücken. *Careless* ist einer meiner Lieblingsfilme aller Zeiten, und ich kann nicht glauben, wie jung Sie waren, als Sie ihn geschrieben haben. Ich freue mich so sehr, von einer Frau mit Ihren enormen Fähigkeiten zu lernen.
Meinen Lebenslauf füge ich bei. Bitte lassen Sie mich wissen, wie ich am besten anfange.

Ich wünsche Ihnen alles Gute,
Becky

Ich werde der jungen Becky beibringen müssen, zu fluchen und Vulgärausdrücke in ihren E-Mails zu verwenden, sonst wird sie es in dieser Stadt niemals schaffen.

Von: mollymarks@netmail.co
An: bma445@nyu.edu
Datum: Mo, 22. Juni 2020, 15:15
Aw: Aw: Betreff: Molly, das ist Becky

Hallo, Becky – ich freue mich darauf, mit dir zu arbeiten. Lass uns telefonieren – sagen wir, Mittwoch nach 10 Uhr? Sag mir, wann es dir passt.
Und wenn du mich noch einmal Miss Marks nennst, bist du gefeuert ;)

Molly

Da ich keine weiteren E-Mails habe, ist meine Arbeit für heute erledigt. Ich gebe eine Amazon-Bestellung für *Busted* auf, damit ich es noch einmal lesen kann, dann setze ich meinen *Real Housewives*-Marathon fort, während ich von Seth träume.

Ich frage mich, ob er mich morgen anrufen wird. Mich mit süßen Worten wecken.

Als ich schlafen gehe, lasse ich das Handy laut gestellt, damit ich nichts verpasse.

Aber am Morgen wache ich ohne verpasste Anrufe auf.

Stattdessen habe ich diverse Nachrichten von meiner Mutter.

Mom: Guten Morgen, mein süßer Schatz.
Mom: Ich habe letzte Nacht von dir geträumt. Wir waren in Miami einkaufen für deinen sechzehnten Geburtstag. Du hast dir dieses durchsichtige neongrüne Oberteil gekauft, von dem deine Achseln immer gestunken haben. Erinnerst du dich? HA! Und dann sind wir in einen Abwasserkanal gefallen.

Das ist nicht die Art Content, die ich mir erhofft hatte.

Mom: Ich vermisse dich.

Mom: Jemand hat mich und Bruce heute Morgen im Supermarkt angepöbelt, weil wir Masken tragen!

Bruce ist der Mann, mit dem sie sich trifft. Sie hat ihn kennengelernt, als sie ihm ein Haus nicht weit von ihrem verkauft hat. Im Laufe der Pandemie hat sich ihr *Ich* langsam in ein *Wir* verwandelt. Offenbar haben sie das Beziehungslevel *gemeinsamer Supermarkteinkauf* erreicht.

Niedlich.

Mom: Ist das zu fassen?

Mom: Hier hält sich niemand an die Vorsichtsmaßnahmen. Wir werden uns alle anstecken.

Mom: Schläfst du schon?

Mom: Ruf mich an, wenn du wach bist!

Mom: Wenn du magst.

Mom: Hab dich lieb! Mom

Ich gehe in die Küche, um Tee zu kochen. Während ich darauf warte, dass er zieht, rufe ich sie zurück.

»Hallooooo!«, singt sie beim ersten Klingeln. Sie meldet sich am Telefon immer, als hätte sie gerade sechs Red Bull getrunken.

»Hey, Mom.«

»Hast du schon die Neuigkeiten gehört?«

»Ich bin gerade aufgestanden.«

»Mittags?«

Sie steht jeden Morgen um sechs Uhr auf, um auf ihren zwanzig Jahre alten Crosstrainer zu steigen, und arbeitet bis sieben Uhr ihre E-Mails ab, auch am Wochenende. Schon vor Corona hat sie über meine unregelmäßigen Arbeitszeiten die Nase gerümpft.

»Es ist gerade mal neun Uhr«, sage ich. »Entspann dich.«

»Du verschläfst dein ganzes Leben!«

»Ich habe nichts, wofür ich aufstehen müsste!«

»Geh spazieren! Vielleicht lernst du einen Mann kennen.«

Sie liegt mir immer noch damit in den Ohren, dass ich mich der Liebe öffnen soll. Als würde ich mich ihr absichtlich verschließen. Als hätte sie selbst nicht genau das fast zwei Jahrzehnte getan.

»Zwing mich nicht aufzulegen«, sage ich.

»Hast du schon die Neuigkeiten gehört?«, fragt sie.

»Das hast du mich doch *gerade* gefragt.«

»Seth Rubenstein wurde *vor dem Altar stehen gelassen*«, flüstert sie dramatisch. »Ich habe von Jan Kemp gehört, dass …«

»Seth wurde nicht vor dem Altar stehen gelassen«, unterbreche ich sie und reibe mir die Augen. »Seine Verlobte hat mit ihm Schluss gemacht.«

»Jan sagt, er ist untröstlich!«

»Woher will Jan das wissen?«

»Sie ist die beste Freundin von Bonny O'Dell«, sagt meine Mutter triumphierend.

Bonny O'Dell ist die Nachbarin von Seths Eltern.

Ich weiß, dass ich diesem Gespräch aus dem Weg gehen sollte, aber ich hatte noch kein Koffein und bin nicht klar bei Verstand.

»Ich habe gehört, dass es einvernehmlich war«, sage ich.

»Von wem?«, fragt sie misstrauisch.

»Äh … Seth.«

Es herrscht lange Schweigen.

»Seth Rubenstein?«, fragt sie.

»Ähm, ja, Mutter. Der Seth, von dem wir sprechen.«

»Warum hast du mit Seth Rubenstein gesprochen?«

»Wir sind befreundet. Er hat mir wegen einer anderen Sache gemailt, um mich um einen Gefallen zu bitten, und es kam zufällig zur Sprache.«

»Blödsinn.«

Ich kann nicht anders. Ich breche in Gelächter aus.

»Wieso Blödsinn?«

»Kein Mann schreibt einfach irgendeine E-Mail an dem Tag, an dem er vor dem Altar stehen gelassen wurde.«

»Was, wie wir festgestellt haben, nicht passiert ist.«

»Sei vorsichtig mit ihm. Er ist durchtrieben.«

»Ach du lieber Gott. Er ist vielleicht der am wenigsten durchtriebene Mensch, den ich kenne. Was hast du gegen ihn?«

»Er ist Scheidungsanwalt. Hast du jemals von einem netten Scheidungsanwalt gehört?«

»Nun, zum Glück ist sein Job für dein Leben völlig irrelevant.«

»Nicht, wenn er meiner Tochter mailt, um seinen Kummer zu ertränken.«

»Okay, Mom. Er ist in mich verschossen. Du hast ihn durchschaut.«

Ich kann nicht leugnen, dass mir die Vorstellung gefällt.

»Oh, im Moment vielleicht. Bis er sich von dir *scheiden* lässt und dein *Leben ruiniert*. Was sein Beruf ist.«

»Okay, Mom. Danke für den Tipp. Dann werde ich ihn wohl doch nicht heiraten.«

»Er hat es verdient, am Altar stehen gelassen zu werden, wenn ich so darüber nachdenke«, sagt sie.

»Ja. Eigentlich gehört er in den Knast. Ich muss Schluss machen.«

»Musst du nicht«, entgegnet sie.

»Doch, muss ich. Hab dich lieb, Mom. Mach's gut.«

Kopfschüttelnd lege ich auf. Aber ich freue mich ein bisschen darüber, dass sie glaubt, zwischen uns beiden würde etwas laufen.

Ich mache mir einen Kaffee und greife gerade nach meiner Cornflakes-Packung, als ich eine Nachricht von Dez bekomme.

Dezzie: OMG, habt ihr schon von Seth Rubenstein gehört????
Alyssa: Nein!
Alyssa: Was ist passiert?
Dezzie: Seine Verlobte hat ihn verlassen
Alyssa: Während des Lockdowns???
Dezzie: Ja! Rob hat ihn heute früh wegen einer Empfehlung für seine Beratungsstelle angerufen. Seth war offenbar bedrückt

Das höre ich nicht gerne. Armer Seth. Allerdings kann ich mich des Gefühls nicht erwehren, dass sich seine Stimmung schlagartig bessern könnte, wenn er mich anrufen würde, um mir Zärtlichkeiten ins Ohr zu flüstern.

Ich behalte dieses Gefühl für mich.

Molly: Hab davon gehört. Echt traurig. Tut mir leid für ihn.
Dezzie: Du solltest ihm eine SMS schicken
Dezzie: Und ein Foto von deinen Brüsten
Alyssa: Na ja, vielleicht nicht gleich mit Titten
Dezzie: Stimmt, gib ihm Zeit
Dezzie: Aber das ist deine Chance
Molly: OMG, Leute, WTF??
Alyssa: Bestreitest du, dass ihr beide verliebt seid?
Molly: äh ja
Dezzie: Oh, bitte! Jedes Mal, wenn ich ihn erwähne, wirst du ganz traurig
Molly: Tu das nicht. Hör auf, mich zu verleumden
Dezzie: Okay, Themenwechsel, Rob verhält sich seltsam

Molly: Inwiefern seltsam?
Dezzie: Er besteht darauf, ins Büro zu gehen, obwohl es geschlossen ist. Als ob er es nicht aushält, mit mir zu Hause zu sein
Alyssa: Vielleicht hat er nur einen Lagerkoller? Ich persönlich würde töten, um in ein Büro gehen zu können. Morden. Mit bloßen Händen
Dezzie: Ich glaube nicht, dass es nur daran liegt. Er ist schnippisch
Dezzie: Als hätte er PMS
Dezzie: Und er trinkt zu viel. Sogar für seine Verhältnisse. Ich schäme mich für unsere Altglas-Tonne
Dezzie: Macht mich nervös, weil es schlecht für die Spermien ist
Molly: Oje, hast du mit ihm darüber gesprochen?
Dezzie: Er will nicht zugeben, dass etwas nicht stimmt
Molly: Ob es Stress im Job ist?
Alyssa: Denk ich auch. Sicher hat er mit Kindern zu tun, die Menschen verloren haben. Das muss absolut furchtbar sein
Dezzie: Du hast recht. Es ist definitiv schwer für ihn
Dezzie: Wahrscheinlich bin ich paranoid
Dezzie: Wie auch immer, ich muss los
Molly: Hab dich lieb, Dezzie. Ruf an, wenn du mehr reden willst!

Ich frage mich, ob ich mit Rob sprechen sollte oder ob das übergriffig ist. Wahrscheinlich. Ich will mich nicht in ihre Ehe einmischen. Aber er ist sonst so ein unbeschwerter Typ. Ich will sie nicht beunruhigen, aber ich habe ein ungutes Gefühl. Außerdem trinkt er schon unter normalen Umständen zu viel. Die Vorstellung, dass es noch mehr wird, ist … unschön.

Ich werde durch eine SMS von Seth abgelenkt.

Seth: Kannst du reden?

Ich lächle so breit, dass sich meine Lippen ungewohnt anfühlen.

Ich gehe ins Schlafzimmer, tausche mein ausgeleiertes T-Shirt gegen ein Tank-Top mit großzügigem Dekolleté und trage ein wenig Make-up auf. Dann rufe ich ihn über FaceTime an.

Es klingelt eine Weile, und ich frage mich schon, ob er nicht von Angesicht zu Angesicht reden will, aber dann antwortet er.

Er sieht zerknittert aus.

Seine Augen sind blutunterlaufen, sein Haar ist zerzaust, und er hat sich nicht rasiert. Das ist sexy, aber kein gutes Zeichen für einen Menschen seines Naturells. Er ist nicht der Typ, der in Jogginghosen rumläuft.

»Hey«, sage ich.

Er schenkt mir ein trauriges, schmallippiges Lächeln. »Hey, Molls.«

Das ungewohnte breite Grinsen verschwindet aus meinem Gesicht. Er wirkt nicht glücklich, mich zu sehen.

Aber vielleicht ist er auch nur müde.

»Wie geht es dir?«, frage ich zaghaft.

Er stößt einen Atemzug aus. »Ähm. Nicht so gut.«

Ich habe nicht erwartet, dass es ihm super geht, aber nach gestern Abend hätte ich auch nicht erwartet, dass er so fertig aussieht.

»Was ist denn los?«, frage ich teilnahmsvoll.

Er seufzt.

»Ich kann nicht aufhören, an gestern Abend zu denken.«

»Ich auch nicht«, sage ich leise.

Er schließt die Augen. »Und ich fühle mich so schuldig.«

Mir wird flau im Magen.

»Ich glaube, ich habe einen Fehler gemacht«, fährt er fort.

Ich lecke mir über die Lippen. Mein Mund ist trocken geworden. Ich will nicht fragen, aber ich muss:

»Du meinst die Trennung?«

Er reibt sich mit dem Handrücken das Gesicht und kneift die Augen zusammen. Er sieht so unglücklich aus.

»Nein«, sagt er zu meiner großen Erleichterung. »Es ist die richtige Entscheidung. Aber es kommt einfach so plötzlich, weißt du?«

Ich nicke und versuche, mein Gesicht neutral zu halten.

»Und nach gestern will ich dich einfach nur sehen. Mit dir reden.«

Oh, Gott sei Dank. Ich dachte schon, das geht in eine andere Richtung.

»Ja. Ich auch.«

»Aber, Molly, vor *zwei Tagen* war ich noch verlobt.«

Meine Erleichterung weicht einer neuen Befürchtung. Seine Stimme ist voller Selbsthass. Ich weiß nicht, was ich sagen soll.

»Und natürlich haben wir nichts falsch gemacht«, sagt er, »und es war nett …«

Ich verziehe das Gesicht.

»Aber ich habe das Gefühl, dass es zu viel ist, zu früh.«

»Ah«, sage ich.

Er wirft mir einen gequälten Blick zu. »Ich meine nicht dich – ich meine mich. Ich muss aufhören, mich in jede einzelne Kleinigkeit zu stürzen, als wäre eine Beziehung ein Rettungsboot.«

»Jede einzelne Kleinigkeit?«

Mir ist schlecht.

»Scheiße. So habe ich es nicht gemeint. Du bist nicht … Du bedeutest mir so viel, Molly.«

Ich bin gerührt, dass er das sagt. Auch wenn ich genau weiß, was jetzt kommt, wird brutal.

»Aber ich muss jetzt allein sein, um herauszufinden, warum ich das immer wieder mache, verstehst du? Mich in Dinge hineinzustürzen.«

»Ja. Klingt vernünftig«, sage ich mit Nachdruck.

»Und es ist nicht fair, dich da mit reinzuziehen.«

Das Traurige daran ist, dass ich weiß, er würde das nicht sagen, wenn er nicht genauso empfinden würde wie ich. Wenn da nicht etwas Großes zwischen uns wäre. Zu groß. Zumindest für ihn. Zumindest im Moment.

Deshalb lohnt es sich auch nicht zu kämpfen.

»Mach dir keine Gedanken. Das verstehe ich vollkommen.«

Er reibt sich die Bartstoppeln am Kinn und sieht erschöpft aus. »Tust du?«

Tu ich. Es passt mir nicht, aber ich verstehe es.

»Ja, es ist vernünftig, dass du deine Probleme bewältigen willst.«

Er schließt die Augen und holt tief Luft. »Molls, ich fühle mich, als hätte ich dich benutzt.«

Ich lache leise.

»Du hast mich nicht benutzt. Wenn überhaupt, dann habe ich dich überredet, zu meinem eigenen Vergnügen sexuelle Handlungen vor der Kamera auszuführen.«

»Du musstest mich nicht überreden, Molls. Und ich bedaure es nicht.«

»Ich auch nicht.«

Er nickt. »Okay. Tut mir leid. Ich wollte dir wirklich keine falschen Hoffnungen machen oder deine Gefühle verletzen oder …«

Ich kann diese mitleidige Zärtlichkeit nicht ertragen. Ich muss ihn dazu bringen aufzuhören, bevor ich in Tränen ausbreche. Also setze ich ein schiefes Lächeln auf und halte die Hände hoch.

»Mach mal halblang!«, sage ich. »Es war nur Telefonsex, Schätzchen. Wir sind nicht zusammen oder so.«

Das ist natürlich nicht wahr. Es war nicht nur Telefonsex, zumindest nicht für mich. Aber er soll nicht denken, dass ich zu Hause sitze und ihm nachweine. Ich habe meine Würde. Und ich will ihm nicht noch mehr Schuldgefühle machen, als er ohnehin schon hat.

Aber er sieht betroffen aus. Fast verletzt.

»Dann hat es wohl nur mir etwas bedeutet«, sagt er. »Und das ist das Problem.«

Ich schweige. Mir ist zum Heulen.

Er schenkt mir wieder dieses schmallippige Lächeln.

»Mach's gut, Molls.«

Und damit beendet er das Gespräch.

6. TEIL

Juli 2021

24. KAPITEL

Molly

Florida im Hochsommer wäre nicht meine erste Wahl für eine Hochzeit. Schließlich bin ich bekannt dafür, dass ich große Feiern im Allgemeinen meide, und außerdem bin ich der festen Überzeugung, dass die Golfküste nur von November bis Februar bewohnbar ist.

Aber die Hochzeit von Jon und Kevin ist etwas Besonderes. Auch auf die Gefahr hin, rührselig zu klingen, feiern sie mehr als nur ihre Liebe. Sie feiern die Chance auf ein neues Leben. Und dafür werde ich sämtliche Transkontinentalflüge mit Doppelmaske und jede noch so drückende Luftfeuchtigkeit ertragen.

Und heute Abend, am Vorabend des gesegneten Ereignisses, bin ich nicht nur schweißgebadet, sondern auch in Gesellschaft meiner besten Freundinnen. Es tut so gut, Dezzie und Alyssa nach achtzehn Monaten endlich wiederzusehen.

Abgesehen davon, dass Rob dabei ist.

Wir sitzen auf der Terrasse eines Restaurants, und er redet viel zu laut.

»Noch einen Old Fashioned, Schätzchen«, sagt er zur Bedienung und klappert mit dem Eis in seinem leeren Glas.

Dezzie wirft ihm einen bösen Blick zu. Wir sind seit fünfundvierzig Minuten hier und er hat bereits zwei Drinks intus. Die zwei Martinis, die er bei Alyssas Mutter getrunken hat, nicht mitgerechnet. Seine Konsonanten verwischen schon. Es ist sieben Uhr und er lallt.

»Nenn sie nicht Schätzchen«, zischt Dezzie.

»Es gefällt ihr«, sagt er mit viel zu lauter Stimme.

Die Kellnerin schenkt uns allen ein verkniffenes Lächeln. »Kommt sofort. Kann ich sonst noch jemandem etwas bringen?«

Der Rest von uns schüttelt den Kopf.

Ryland lehnt sich in seinem Stuhl zurück. »Es ist so schön, ohne drei schreiende Kinder in einem Restaurant zu sitzen.«

Offenbar versucht er, die Atmosphäre zu entspannen, aber Dezzie fixiert weiter ihren Mann.

»Ja, es ist doch viel angenehmer mit nur einem schreienden Kind«, sagt sie.

»Amüsieren sich die Kinder mit ihren Cousins, Ry?«, frage ich.

»Wen interessiert das schon?«, scherzt Ryland. »*Ich* amüsiere mich. Das ist das erste Mal seit« – er tut, als würde er auf die Uhr sehen – »sieben Jahren, dass wir kinderfrei haben.«

Alyssa stöhnt. »So fühlt es sich auf jeden Fall an.«

»Wenn ihr eure Kinder so satthabt, warum habt ihr dann ein drittes bekommen?«, fragt Rob.

Alle schweigen betreten.

Dezzie ist schon seit Monaten beunruhigt über Robs verändertes Verhalten und Alyssa und ich haben uns zunehmend Sorgen um die beiden gemacht. Aber es ist viel schlimmer, als ich es mir vorgestellt habe.

»Ich liebe meine Kinder über alles, Rob«, sagt Alyssa ruhig. »Aber die beiden älteren haben Online- Unterricht und müssen ständig beaufsichtigt werden und Jesse trägt noch Windeln. Wir arbeiten beide Vollzeit von zu Hause, ohne Kinderbetreuung, auf engem Raum. Es ist anstrengend.«

»Sie meint, es ist wie Dantes neunter Kreis der Hölle«, sagt Ryland und legt den Arm um sie.

»Ja, aber immerhin ist niemand gestorben«, sagt Rob.

Alyssa wird kreidebleich.

Ryland beugt sich vor. »Was hast du gerade gesagt?«

»Ich habe gesagt, tut mir leid, dass man euch zumutet, auf eure eigenen Kinder aufzupassen, während Menschen sterben«, sagt Rob. »In meinem Job …«

»Ich habe meine Mutter verloren«, unterbricht Ryland ihn. »Wir konnten uns nicht einmal von ihr verabschieden, weil wir im Krankenhaus nicht zu ihr durften, okay? Also hör verdammt noch mal auf, vom Tod meiner Kinder zu reden.«

Alyssa nimmt seine Hand und steht auf. »Komm, Babe. Lass uns einen Spaziergang machen.«

»Scheiße, mein Fehler, mein Fehler«, sagt Rob mit schwerer Zunge. »Tut mir leid, Mann. Setz dich hin. Das wusste ich nicht.«

»Ich hab's dir erzählt«, sagt Dezzie.

»Hatte ich vergessen!«

Ryland, einer der gutmütigsten Menschen, die ich kenne, zittert vor Wut. Er lässt sich von Alyssa hochziehen und sie bahnen sich wortlos ihren Weg durch das überfüllte Restaurant nach draußen.

»Na super«, sagt Dezzie zu Rob.

Er sieht sie nicht an.

»Ich muss mal pissen«, murmelt er und steht auf.

Dezzie und ich bleiben allein am Tisch zurück.

Natürlich kommt genau in diesem Moment das Essen.

Keiner von uns rührt es an.

»O mein Gott. Du hast nicht übertrieben«, sage ich.

Sie stützt den Kopf in die Hände.

»Ich weiß. Manchmal ist er total süß und normal und dann ist er manchmal … so.«

»Denkst du, es hat mit dem ganzen Corona-Scheiß zu tun?«

»Ich weiß es ehrlich gesagt nicht. Ich meine, viele seiner Schützlinge haben Menschen verloren. Ich glaube, deshalb ist er so auf Ry losgegangen. Aber das ist natürlich keine Entschuldigung.«

»Nein. Das war total übergriffig.«

»Und natürlich fordern die Isolation und die Angst und all das ihren Tribut«, fährt sie matt fort. »Sein Arzt hat ihm Prozac verschrieben, aber …« Sie zögert. »Offensichtlich wirkt es nicht.«

Ich greife über den Tisch und nehme ihre Hand. »Es tut mir so leid.«

»Ich bin wirklich am Verzweifeln, Molls. Er schnauzt mich die ganze Zeit an. Trinkt zu viel.« Sie beginnt zu weinen. »Ich weiß nicht, wie lange ich das noch aushalte. Er kann so gemein sein.«

Ich gehe um den Tisch herum und nehme sie in den Arm.

»Es tut mir so leid, Süße«, murmle ich.

»Ich hoffe immer noch, dass es besser wird.« Ihre Stimme bricht. »Ich liebe ihn so sehr, verstehst du? Und ich weiß, dass er leidet – ich *sehe*, wie er leidet –, aber er spricht nicht mit mir. Er wendet sich von mir ab. Und ich weiß nicht, ob er mich schützen will oder ob er es einfach nicht erträgt, darüber zu reden, aber ich habe das Gefühl, ihn zu verlieren.«

»Habt ihr schon mal an Therapie gedacht?«

»Das will er nicht. Weder mit mir noch allein.« Sie wischt sich eine Träne weg und schnieft. »Und ich fühle mich schrecklich, wenn ich mich über meine Ehe beschwere, während anderen Menschen so viel schlimmere Dinge passieren. Aber wir fangen nächsten Monat endlich mit der künstlichen Befruchtung an, und ich mache mir Sorgen, dass …«

In diesem Moment taucht Rob wieder auf.

»Essen! Verdammt, ja!«, sagt er, als würde er nicht bemerken, dass ich seine weinende Frau im Arm halte.

Ich starre ihn finster an, was wohl ein gewisses Maß an Schuldgefühl hervorruft, denn er sagt: »Alles in Ordnung, Babe?«

»Du musst dich bei Ryland und Alyssa entschuldigen«, sagt Dezzie.

»Verstanden.« Er lässt sich auf seinen Platz plumpsen und macht sich über sein Steak her.

Ich drücke Dez und setze mich wieder auf meinen Stuhl. Die Salbei-Butter-Soße auf meinen Ravioli hat bereits begonnen zu gerinnen.

Alyssa und Ry kommen zurück, Hand in Hand.

»Hey, tut mir leid«, sagt Rob sofort. »Ich hab mich total danebenbenommen.«

»Ja, das hast du«, sagt Ryland in einem eisigen Ton, der signalisiert, dass er nicht darüber reden möchte.

Die Atmosphäre bleibt angespannt. Ich versuche, die Stimmung aufzulockern, indem ich über Marians kürzlich stattgefundene Hochzeit mit ihrem Baseballspieler plaudere (eine Zeremonie im kleinen Kreis, über die im *People Magazine* berichtet wurde) und Bilder von Glorias und Emilys Zwillingen zeige.

Sobald wir die Rechnung bezahlt haben, sagt Dezzie zu Rob, dass sie zurück zum Haus ihrer Eltern fahren sollten. Alyssa, Ryland und ich beschließen, einen Spaziergang zu machen und noch ein Eis zu essen.

»Ich mache mir Sorgen um Dez«, sage ich, sobald sie und Rob nicht mehr in Hörweite sind. »Sie hat angefangen zu weinen, als ihr weg wart.«

»Armes Ding«, sagt Alyssa. »Was ist nur mit Rob los?«

»Ich hätte den Wichser erwürgen können«, murmelt Ryland.

Alyssa drückt seinen Arm.

Immer wieder bewundere ich die stille, unerschütterliche Liebe und den Zusammenhalt, die sie ausstrahlen.

Ich bin skeptisch, dass eine Liebe wie ihre vielen Menschen

widerfährt, und noch skeptischer, dass sie mir widerfahren könnte. Ich denke, es ist ein seltenes Geschenk, das meine liebe, sanfte Alyssa verdient.

Doch es weckt in mir den Wunsch, ich hätte auch so eine Beziehung. So eine geschützte, eigene Welt zwischen zwei Menschen.

Wir schlängeln uns durch die Touristen, vorbei an Boutiquen, die ausschließlich pastellfarbene Sommerkleider und Tommy-Bahama-Hemden zu verkaufen scheinen. Die Luft riecht und fühlt sich an wie in meiner Kindheit – süß und schwer. Als wir uns der Eisdiele nähern (ein kultiges Lokal namens Miss Malted's), sind die Bürgersteige voller Paare und Familien, die selig die riesigen, schmelzenden Softeistüten schlecken, für die Miss M's berühmt ist.

»Ry, wusstest du, dass Alyssa früher in dieser Eisdiele gearbeitet hat?«, frage ich.

Sie stöhnt. »Ich hatte in dem Sommer drei Löcher in den Zähnen.«

»Hey, Leute!«, ruft eine vertraute Stimme von irgendwo vor uns.

Seths Stimme.

Ich bleibe stehen. Mein ganzer Körper versteift sich, als er ins Blickfeld kommt.

Ich wusste natürlich, dass er hier sein würde.

Ich habe versucht, mich innerlich zu wappnen.

Aber es gibt keinen Leitfaden, wie man sich einer Person gegenüber verhält, die man unablässig vermisst.

Er ist mit der ganzen Rubenstein-Gang hier – seinen Eltern, seinem Bruder, seiner Schwägerin und den beiden Neffen.

»Hallo, Rubenstein«, ruft Alyssa und stürmt auf ihn zu.

»O mein Gott, das sind ja Alyssa und Molly«, ruft Mrs. Rubenstein und drängt sich an ihren Söhnen vorbei, um mich zu umarmen. »Mädels, wie geht es euch? Es ist so lange her!«

Sie schlingt die Arme um Alyssa und wendet sich dann Ryland zu. »Und wer ist dieser hübsche junge Mann?«

Ryland gibt ihr die Hand. »Ryland Johnson. Ich bin Alyssas Ehemann.«

»Barbie Rubenstein und mein Mann Kal. Und das« – sie deutet auf ihr anderes Kind – »sind unser Sohn David und seine reizende Frau Clara. Und Seth kennst du ja wahrscheinlich.«

»Schön, dich zu sehen, Mann«, sagt Ryland.

»Ich bin Jack«, ruft der kleine Junge auf Seths Schultern, bevor Seth etwas erwidern kann, und klopft ihm zur Betonung auf den Kopf. »Sag ihnen, dass ich Jack bin.«

»Entschuldige, Jack, wie unhöflich von mir«, sagt Mrs. Rubenstein mit gespielter Ernsthaftigkeit. »Freunde, das ist mein Enkel Jack und dieser gutaussehende junge Herr ist sein Bruder Max.«

»Ich bin vier«, kräht Jack, laut genug, um die Toten zu wecken.

»Ich bin sechs«, sagt Max schüchtern, als wäre er verpflichtet, diese Information zu geben.

Mr. Rubenstein lässt Max' Hand los und drückt meine Schulter. »Na, wenn das nicht Miss Molly Marks ist. Meine Güte, Püppi, wie lange ist das her? Zwanzig Jahre?«

Ich lächle, denn Mr. Rubenstein hat mich immer Püppi genannt, und ich liebe Seths Familie.

»So ungefähr«, sage ich. »Schön, euch zu sehen.«

Mrs. Rubenstein ergreift meine Hand. »Molly. Du siehst umwerfend aus. Wie geht es deiner Mutter? Ich sehe immer ihre Plakate in der Stadt.«

Ich lache. »Keine Parkbank, auf der sie nicht ihr Gesicht sehen will.«

»Und was führt euch alle in diese Gegend?«, fragt Mr. Rubenstein.

»Die Hochzeit von Jon und Kevin«, sagt Alyssa.

»Oh, wie schön!«, ruft Mrs. Rubenstein aus. »Wir werden auch da sein. Bis auf die Jungs natürlich.«

»Ich wusste nicht, dass du kommst«, sagt Seth zu mir, hebt seinen Neffen von den Schultern und setzt ihn sanft ab.

»Irgendwie habe ich es auf die Liste geschafft«, scherze ich.

Er zuckt zusammen. »Oh, nein, entschuldige, ich wollte nicht sagen, dass ich überrascht bin, dass du eingeladen bist – ich weiß nur, dass du Hochzeiten hasst. Und Florida. Ich dachte, du würdest schwänzen.«

Das ist eine berechtigte Vermutung. Normalerweise hätte ich das wohl getan. Schließlich ist eine Pandemie eine ziemlich gute Ausrede, um Gefühlsduseleien in weißen Festzelten zu meiden.

Natürlich sage ich ihm nicht die Wahrheit: Dass ich auch seinetwegen hier bin.

Wir haben seit über einem Jahr nicht mehr miteinander gesprochen – seit er im letzten Juni den Kontakt abgebrochen hat. Ich habe es sorgfältig vermieden, ihn meinen Freundinnen gegenüber zu erwähnen. Ich habe ihn aus meinen Social Media verbannt. Ich habe alles in meiner Macht Stehende getan, um kein Salz in die Wunde zu streuen, die er hinterlassen hat.

Aber ich denke immer noch jeden Tag an ihn.

Es vergeht kein Tag, an dem ich nicht hoffe, dass ich eine E-Mail von ihm bekomme.

Es ist erbärmlich.

»Onkel Seth, Onkel Seth, klopf, klopf«, sagt Max.

»Wer ist da?«, fragt Seth.

»Kainen.«

»Kainen wer?«

»Keinen Schimmer!«, schreit Max.

Seth wirft mir einen amüsierten Blick zu. »Maxie ist der Komiker in der Familie«, sagt er.

»Das sehe ich.« Es hat etwas sehr Charmantes, wenn ein Kind sich über einen Klopf-Klopf-Witz amüsiert. Ich bücke mich. »Hey, Max«, sage ich. »Klopf, klopf.«

Seine Augen leuchten auf. »Wer ist da?«

»Gezu.«

»Gezu wer?«

»Geh zur Tür und sieh nach.«

Er lacht. »Den habe ich noch nie gehört!«

»Du solltest ihn klauen, Kumpel«, sagt Seth. »Sehr gehobener Humor.«

»Also«, sagt Alyssa. »Wir sind auf dem Weg zu Miss M's. Ihr wollt nicht zufällig …«

Daves Finger wandert zu seinen Lippen, und er schüttelt den Kopf, offenbar die universelle Eltern-Geste für »Nicht das Wort *Eis* erwähnen«.

Alyssa zeigt mit dem Daumen nach oben.

»Wir sehen uns auf der Hochzeit?«, frage ich.

»Wir sehen uns morgen, Püppi«, sagt Mr. Rubenstein.

»Wir sehen uns morgen, Püppi«, wiederholt Jack.

Ryland sieht ihnen nach.

»Hör auf zu starren«, zische ich ihn an.

»Du meinst, so wie Seth dich angestarrt hat?«

Es macht mich glücklich, dass es ihnen aufgefallen ist.

»Täuschen mich meine Augen, oder hast du gerade versucht, ein Kind zu bezirzen?«, fragt Alyssa.

»Ich glaube, sie hat versucht, seinen Onkel zu bezirzen«, meint Ryland trocken.

Ich überlege, wie ich darauf reagieren soll. Dann lache ich. »Glaubst du, es hat funktioniert?«

25. KAPITEL

Seth

»Was für eine Augenweide«, ruft mein Vater, kaum dass Molly weg ist. »Ist sie Single, Sethie?«

»Du erinnerst dich, dass sie ihm das Herz gebrochen und ihn in eine jahrelange Depression gestürzt hat, Dad?«, fragt Dave.

»Ja, aber ist sie *Single*?«

»Keine Ahnung«, sage ich. »Ich habe sie seit Jahren nicht gesehen.«

Das ist natürlich gelogen. Aber von meinen Eltern über mögliche romantische Aussichten ausgefragt zu werden, ist ein Zeitvertreib, den ich zu vermeiden versuche.

»Frag Jonnie, ob Molly eine Begleitung zur Hochzeit mitbringt«, sagt meine Mutter.

Lieber noch würde ich Jon fragen, warum er mir nicht gesagt hat, dass sie kommt. Dann wäre ich vielleicht mental vorbereitet gewesen. Stattdessen bin ich aus dem Gleichgewicht geraten. (Emotional, meine ich. Ich taumle nicht auf der Straße rum. Im Gegensatz zu den Touristen, die gerade aus dem Daiquiri Deck stolpern.)

»Lass ihn in Ruhe, Ma«, sagt Dave.

»Können wir schwimmen gehen, wenn wir zu Hause sind?«, fragt Max.

»Es ist schon spät«, sagt Clara. »Ihr könnt morgen den ganzen Tag schwimmen.«

»Mit Onkel Seth?«

Clara lächelt mich gequält an. »Das musst du Onkel Seth fragen.«

»Bitte, Onkel Seth?«, fragt Max.

»Klar«, sage ich. Schließlich ist es zu heiß, um etwas anderes zu tun, als sich im Pool aufzuhalten. Ich liebe das Wetter in Florida, aber bei 32 Grad und 100 Prozent Luftfeuchtigkeit ist selbst für mich Schluss. »Dann aber gleich frühmorgens, Leute, weil die Erwachsenen zu einer Hochzeit müssen.«

»Frühmorgens schwimmen mit diesen Monstern?«, fragt Dave. »Du weißt doch, dass sie um sechs Uhr aufwachen.«

»Ach du Scheiße. Aber die Pflicht ruft«, sage ich.

»Er hat Scheiße gesagt!«, kreischt Jack.

Ich bekomme nicht viel Schlaf.

Die Jungs nehmen frühmorgens wörtlich. Schon um Viertel nach sechs sind sie in meinem Zimmer und springen auf mir herum. Nur dank Claras mütterlichem Verhandlungsgeschick finde ich Zeit, Kaffee zu trinken und zehn Minuten zu meditieren, bevor ich meine Badehose anziehe und mich meinem Schicksal ergebe.

Die Jungs sind ein Riesenspaß, wenn man nichts gegen körperliche Gewalt hat, samt Wasserpistolen, Schwimmnudelkämpfen und Unterwasser-Hai-Attacken mit Unterduckern. Ich versuche, sie in ein harmloses Blindekuh-Spiel zu verwickeln, aber sie haben keine Lust. Stattdessen wollen sie, dass ich sie in die Luft werfe. Ich tue es und es weckt Nostalgie in mir.

Molly, die mich vor fast zwei Jahren um den Pool von Gloria und Emily gejagt hat. Molly, die spontan mit mir in den Joshua-Tree-Nationalpark fahren wollte.

Molly, die sich mir von ihrer verletzlichsten Seite gezeigt hat.

Ich frage mich, ob sie immer noch an mich denkt.

Später überlasse ich die Jungs sich selbst und gehe ins Haus, um zu duschen und ein paar E-Mails abzuarbeiten. Um halb drei ziehe ich den von Jon und Kevin für dieses Ereignis gewünschten Leinenanzug an, dann werden wir in einem gemieteten Geländewagen zur Hochzeit chauffiert, die in einer opulenten, mit rosa Stuck verzierten Villa aus den 1920ern im Stil eines venezianischen Palazzo stattfindet.

Wir gehen über eine Marmorterrasse in den Garten, der von riesigen, knorrigen Banyanbäumen umgeben ist, die wie ein Dschungel aus der Erde ragen.

Eine junge Frau verteilt Federfächer, mit denen wir uns abkühlen, während wir uns durch die Menge bewegen. Ich entdecke Marian, die mit Javier ganz vorne sitzt.

Und hinter ihm sehe ich Molly mit Alyssa und Ryland ankommen. Sie trägt ein mit Goldperlen besetztes Flapperkleid. Jon und Kevin haben uns gebeten, uns weiß und golden im Stil der wilden Zwanziger zu kleiden, und niemand hier hat das Motto besser getroffen als Molly. Ich habe sie noch nie so herausgeputzt oder so elegant gesehen.

Ich fange ihren Blick auf und sie lächelt. Ich will gerade zu ihr rübergehen, als ein Gong aus der Lautsprecheranlage ertönt, das Stichwort, unsere Plätze einzunehmen.

Jon und Kevin sehen fantastisch aus, als sie Händchen haltend und strahlend den von Pfingstrosen gesäumten Gang hinuntergehen. Sie strahlen das Charisma der unsterblich Verliebten aus.

Ich will, was sie haben.

Ich will es so sehr, dass ich tief durchatmen und mich daran erinnern muss, mich auf diesen Moment zu konzentrieren, *ihren* Moment, um mich nicht in meiner Sehnsucht zu verlieren.

Die Musik hört auf und der Trauredner – ein befreundeter Dichter der Bräutigame – begrüßt alle und sagt ein paar schöne Worte über die Liebe.

Meine Mutter bemerkt, wie aufgewühlt ich bin, und fängt an, *mir den Rücken zu massieren.*

Ich schüttele ihre Hand ab wie ein Vierjähriger und bin froh, dass Molly ein paar Reihen vor uns sitzt, sodass sie es nicht sieht.

Und dann ist es Zeit für das Eheversprechen.

Jon fängt an. Obwohl er von Natur aus schüchtern ist, ist er auch Lehrer und daran gewöhnt, den ganzen Tag mürrische Sechstklässler bei Laune zu halten. Er wendet sich an Kevin, ohne Notizen.

»Ich habe dich kennengelernt, als wir vierzehn waren, und wusste sofort, dass ich dich liebe«, sagt er. »Aber weil wir noch Kinder waren, habe ich ein paar Jahre gebraucht, um zu begreifen, dass meine Gefühle für dich mehr als nur freundschaftlich waren. Doch ich wusste es. Schon damals in der Highschool wusste ich, dass du mehr für mich warst als mein bester Freund. Du warst mein *Mensch.*«

Ich erinnere mich an ihre Verbundenheit in jenen Jahren, ihre Sanftheit im Umgang miteinander. Sie hatten schon damals etwas von einem Pärchen an sich. Sie verstanden sich ohne Worte und brachten einander dazu, Tränen zu lachen.

Ich war der Dritte in unserer kleinen Gruppe, aber es war immer klar, dass sie sich näherstanden.

»Als wir zum Studium beide in New York landeten«, fuhr Jon fort, »wurde mir klar, dass ich mehr für dich empfinde. Und das hat mich erschreckt. Denn du warst mein bester Freund. Mein Fels in der Brandung. Mein sicherer Hafen. Der Mensch, der mich beruhigt, wenn ich mir Sorgen mache, der mich zum Lachen bringt, wenn ich traurig bin, der mich aufbaut, wenn ich einsam bin. Du warst der Mensch, der alle meine Geheimnisse kennt.«

Seine Stimme stockt. »Bis auf eins.«

Er hält inne, sammelt sich. »Das konnte ich dir nicht sagen, weil ich Angst hatte, dass es dich überfordert. Dass ich dich dann für immer verliere.

Also habe ich mein Geheimnis für mich behalten, obwohl ich so oft – so *oft* – versucht war, es zu riskieren und dir zu sagen, was ich empfinde. Aber irgendwie war nie der richtige Zeitpunkt. Entweder warst du in einer Beziehung oder ich. Du hattest zu viel zu tun oder warst im Ausland. Ich hatte immer eine Ausrede, es dir nicht zu sagen.«

Ich bekomme kaum Luft. Jon spricht mir aus dem Herzen. Ich schaue zu Molly hinüber, um zu sehen, ob es ihr genauso geht. Ihr Blick ist auf Jon gerichtet. Ich sehe, wie sie sich eine Träne wegwischt. Molly Marks, *weinend* auf einer Hochzeit. Das ist so untypisch, dass ich fast lache. Und ich hoffe – ich *hoffe* –, es liegt auch daran, dass sie uns in dieser Geschichte wiedererkennt.

Ich hoffe, sie weint um uns.

»Und dann eines Tages«, fährt Jon fort, »mitten im Winter, während eines Schneesturms, klopft es an meine Tür. Ich hatte gerade eine Trennung hinter mir, backte Kekse für Silvester, die ich allein vor dem Fernseher essen wollte. Ich habe niemanden erwartet.«

Er legt seine Hände auf Kevins Schultern und grinst ihn an.

»Und das warst *du*. Du hattest einen Blumenstrauß dabei, über den du eine Plastiktüte gestülpt hattest, um die Blüten vor dem Schnee zu schützen. Ich habe gelacht und gefragt, warum du bei diesem Wetter Blumen kaufst, und du hast die Tüte abgenommen und sie mir überreicht. Es waren weiße Pfingstrosen. Meine Lieblingsblumen. Es war nicht einmal annähernd die Zeit dafür. Sie waren so empfindlich, aber du hattest sie vor der Kälte geschützt. Ich wollte sie ins Wasser stellen, aber du hast meine Hand genommen.

Mir lief es kalt den Rücken runter. Ich hatte Angst, du würdest mir sagen, dass du umziehst oder dass du krank bist.

Stattdessen hast du gesagt: *Jon, du bist mein Seelenverwandter. Ich liebe dich.*«

Ich beginne ernsthaft zu weinen. Große, stille Tränen kullern mir über die Wangen und wetteifern mit dem Schweiß.

»Und alles, was ich erwidern konnte«, fährt Jon fort, »war: *Ich liebe dich auch*. Was du gesagt hast, war so einfach und so wahr, und es hat mein Leben für immer verändert. Also, Kev, heute halte ich es einfach und wahr. Ich verspreche, dein Seelenverwandter zu sein. Ich verspreche, dich auch zu lieben.«

Wieder sehe ich zu Molly, die das Paar mit feuchten Augen anstrahlt.

Und ich denke nur: *Ja*. Ich muss mutig sein, wie Kevin. Ich muss ihr die Wahrheit anvertrauen.

Ich muss ihr sagen, dass ich in sie verliebt bin.

Und ob sie nun an Seelenverwandtschaft glaubt oder nicht, ich muss ihr beweisen, dass sie zu mir gehört.

26. KAPITEL

Molly

Ich sollte wohl ein Geständnis ablegen.

Einer der Gründe, warum ich Hochzeiten, Taufen und Jahrestage so sehr hasse, ist, dass die dick aufgetragene Gefühlsduselei bei mir zieht. Ich hasse es, Emotionen zu zeigen, zumindest in der Öffentlichkeit. Und hier bin ich nun und wische mir mit den kleinen Fingern die Wimperntusche weg, während ich der Menge die Treppe hinauf zur Terrasse folge, wo Cocktails gereicht werden.

Ich fühle mich nackt. Ich bin nicht ich selbst. Ich komme mir dumm vor.

»Molly«, flüstert Dez in mein Ohr. »Weinst du *immer noch*?«

Ich stoße sie mit dem Ellbogen weg und versuche schniefend, mich zu sammeln. Selbst für mich ist das übertrieben. Aber diese Gelübde – vor allem das von Jon – haben mich mitten ins Herz getroffen.

Wie auch nicht?

Eine Rede über zwei Menschen, die sich in der Highschool kennengelernt haben, die sich aus der Ferne lieben und immer zur falschen Zeit am falschen Ort sind? Ich weiß, es dreht sich nicht immer alles um mich, aber es hätte genauso gut um mich und Seth gehen können.

Ich glaube immer noch nicht an Seelenverwandtschaft. Ich glaube nicht, dass ein Happy End garantiert ist, nicht einmal für Menschen, die es so sehr verdienen wie Jon und Kevin.

Aber was Kevin getan hat, war mutig. Ich will auch, dass

jemand mit gefrorenen Pfingstrosen in meiner Küche steht und mir sagt, wozu ich selbst zu feige bin. *Deshalb* weine ich.

Ich verkrümele mich zur Toilette. Dort drinnen ist es schön kühl und zum Glück auch leer.

Ich setze mich in eine Kabine, bis ich mich beruhigt habe. Dann stelle ich mich vor den Spiegel und richte mein Make-up. Ich wische die Spuren meiner Traurigkeit fort und überdecke sie mit Concealer. Ich trage meinen roten Lippenstift auf, als wäre er eine Rüstung.

Mein Handy vibriert mit einer neuen E-Mail, und ich beschließe, sie zu lesen, während ich darauf warte, dass ich nicht mehr so verheult aussehe.

Ich schlucke. Sie ist von meinem Vater.

Der Entwicklungsprozess von *Busted* ist wegen Corona ins Stocken geraten, und ich fürchtete schon, er würde mich hängen lassen, nachdem ich das Treatment abgeschickt hatte. Aber vor vier Monaten sagte er wider Erwarten, dass es ihm gefalle, und bat um ein Drehbuch. Ich habe es ihm Anfang Mai geschickt und nichts mehr von ihm gehört.

Ich habe ihm geschrieben, dass ich in der Stadt bin, in der Hoffnung, dass er sich dann meldet. Normalerweise antwortet er zumindest, selbst wenn es nur ist, um mich abzuwimmeln. Die Funkstille bedeutet wahrscheinlich schlechte Nachrichten.

Von: rog@rogermarks.com
An: mollymarks@netmail.co
Datum: Sa, 17. Juli 2021, 19:15
Betreff: Skript

Molly – Loma und Cory gefällt dein Drehbuch. (Mir übrigens auch.) Sie wollen sich mit dir in L.A. treffen, um es zu besprechen. Cassie meldet sich mit den Einzelheiten.

Ich fürchte, ich schaffe es nicht, während du hier bist – Reisepläne –, aber ich lade dich nach dem Meeting zum Essen ein.

Heilige Scheiße.

Ich fange an zu zittern und lache allein auf dem Klo vor mich hin wie eine Verrückte.

Es ist absurd, dass ich es mir so zu Herzen nehme, aber auf das lapidare *(Mir übrigens auch.)* habe ich im Grunde mein ganzes Leben gewartet.

Auf seine E-Mail folgt schnell eine weitere von Cassie, seiner leidgeprüften Assistentin, mit Terminvorschlägen.

Ich entscheide mich für Montag in einer Woche um 13.30 Uhr und schreibe eine E-Mail an meinen Vater, die ich sorgfältig formuliere, um nicht zu viel Vorfreude durchklingen zu lassen.

Von: mollymarks@netmail.co
An: rog@rogermarks.com
Datum: Sa, 17. Juli 2021, 19:25
Aw: Betreff: Skript

Cool, freut mich, das zu hören. Tut mir leid, dass ich dich in FL verpasse, aber wir sehen uns die Tage.

M

Mir ist schwindelig, als ich nach draußen zurückgehe.

»Geht es dir gut?«, fragt Alyssa, als ich sie allein auf der Terrasse finde. »Du siehst … verdächtig glücklich aus.«

»Ging mir nie besser. Ich liebe schwüle Abende.«

»Du bist die Schwüle, mit diesem Mund.«

Ich schmatze mit den Lippen. »Damit ich dich besser küssen kann.«

»Wohl eher jemand anderen«, sagt sie und blickt zu Seth

rüber, der seine Familie mit Marians Promi-Ehemann bekannt zu machen scheint.

»Hör auf, ihn anzustarren«, zische ich.

»Warum?«

»Weil es peinlich ist. Du fällst auf.«

Sie schnaubt. »Vielleicht solltest du auffälliger sein, statt ihn aus der Ferne anzuschmachten.«

»Ich war letztes Jahr schon ziemlich auffällig, falls du dich erinnerst.«

Sie und Dezzie wissen inzwischen alles über meine überschwängliche sexuelle Performance und deren höfliche Zurückweisung.

»Das war etwas anderes«, sagt sie. »Er kam gerade aus einer Beziehung. Du solltest mal mit ihm reden.«

Ich weiß, dass sie recht hat. Schließlich ist er einer der Hauptgründe, warum ich zu dieser Hochzeit gekommen bin.

Aber trotz meiner guten Laune fühle ich mich ein wenig demoralisiert, was Seth angeht. Verletzt, dass er sich nach dem letzten Jahr nie gemeldet hat. Für mich sieht es so aus, als hätte er darüber nachgedacht, was er will, und das bin nicht ich.

Er muss den ersten Schritt machen.

Aber ich bin froh, dass die guten Nachrichten meinem Selbstbewusstsein ausgerechnet heute einen Schub geben. Ich hoffe, er bemerkt meinen Glanz.

»Wo sind denn alle?«, frage ich, um das Thema zu wechseln.

»Na ja.« Alyssa seufzt. »Rob und Dezzie streiten sich darüber, wann sie morgen am Flughafen sein müssen. Sie sind irgendwo verschwunden. Und ich habe Ryland losgeschickt, um uns ein paar Drinks zu holen. Sollen wir uns unter die Leute mischen?«

Wir machen uns auf den Weg zu Jons Eltern, um ihnen zu gratulieren. Jons Mutter war in der fünften Klasse unsere Lehrerin, sein Vater der Dekan unserer Highschool. Dann treffen wir auf Kevins Geschwister, und schon bald ist es Zeit für den Empfang. Kevins Familie war schon immer wohlhabend, und ich vermute, dass sie diesen Abend bezahlen, denn alles ist verschwenderisch, von den Fresken an den Decken über die Berge weißer Pfingstrosen bis hin zur Zwanziger-Jahre-Brassband, die Jazzstandards spielt.

Ich trinke noch mehr Champagner und genieße den schönen Abend. Die Stimmung scheint sogar auf Rob abzufärben, der Dezzie nach dem ersten Tanz der Bräutigame auf die Tanzfläche zieht. Alyssa und Ryland folgen ihnen. Ich bleibe mit Marian und Javier am Tisch zurück, die so mit Knutschen beschäftigt sind, dass sie es nicht merken.

Ich suche den Raum nach jemandem ab, mit dem ich reden kann, und sehe, dass Seth an der Bar lehnt und mich anstarrt. Er sieht gut aus in seinem weißen Leinenanzug, wenn auch schlaksiger als beim letzten Mal, als hätte er Muskeln abgebaut – vielleicht, weil die Fitnessstudios geschlossen waren. Gott sei Dank habe ich schon vorher nie Sport gemacht.

»Tanzen?«, formt er mit den Lippen und deutet zwischen uns hin und her.

Er sieht so gut aus, dass ich fast Ja sagen möchte.

Aber ich schüttle den Kopf. »Ich kann nicht«, forme ich lautlos zurück.

Er schmollt. Was Quatsch ist, denn er weiß, wie schlecht ich tanze. Ich würde nur Jons und Kevins ältere Verwandte gefährden. Totschlag durch Foxtrott.

Trotzdem freue ich mich, dass er gefragt hat.

Noch mehr freue ich mich, als er trotzdem auf mich zuschlendert.

»Molly Malone«, sagt er zur Begrüßung. »Steh auf. Du musst mit mir tanzen.«

Ich bleibe sitzen. »Bitte. Du weißt, dass ich keinen gottverdammten Charleston tanzen kann.«

Er blickt auf das Meer der in Leinen und Gold gekleideten Gäste, die alle die komplizierten Schritte zu beherrschen scheinen. »Komm schon. Sieh doch, wie viel Spaß sie haben. Ich bringe es dir bei.«

»Nein. Ich bin zu unkoordiniert. Ich kann nicht mal den Electric Slide. Ich kann nicht mal *Fitness*-Videos.«

Er lacht und hebt kapitulierend die Hände. »Ich weiß noch, wie du auf Porter Carlisles Debütantinnenball beim Walzer hingefallen bist.«

»Ja. Direkt in ihre Großmutter.«

»Hmm. Gibt es hier jemanden, den wir hassen? Wir könnten dich zur Waffe machen.«

»Das perfekte Verbrechen.«

»Na gut. Aber komm mit mir nach draußen. Wir können uns den Sonnenuntergang ansehen.«

Wir machen an der Prohibitionsbar Halt und Seth bestellt uns zwei French 75. Ich probiere auf dem Weg nach draußen einen Schluck und er ist säuerlich von der Zitrone und herb vom Champagner.

»Vornehme Location«, sage ich und deute auf den Mosaikboden der Terrasse und die kunstvolle Balustrade, hinter der sich der kupferfarbene Sonnenuntergang rosa in der Bucht spiegelt.

»Weißt du, dass sie von einem Zirkusdirektor erbaut wurde?«, sagt er.

»Zirkusdirektor. Ist das noch ein Beruf?«

»Willst du dich neu orientieren?«

Ich deute auf die prächtige Villa hinter uns. »Scheint ja ziemlich gut bezahlt zu werden.«

»Nicht das Risiko wert, von einem Tiger gefressen zu werden.«

»Erinnerst du dich daran, wie der Tiger versucht hat, Roy von Siegfried und Roy zu fressen?«

»Ja, natürlich. Du warst davon besessen.«

»Weil es wie eine Geschichte von Edgar Allan Poe war.«

»Vielleicht solltest du mal mit deiner Therapeutin über deine latente Siegfried-und-Roy-Schadenfreude sprechen.«

»Ach, komm schon. Der Tiger hieß Mantacore. Stell dir vor, du besitzt einen *Tiger*, nennst ihn *Mantacore*, hältst ihn *jahrelang* gefangen und erwartest dann, dass er dich nicht frisst.«

Er lacht. »Ich habe deine kulturellen Betrachtungen vermisst.«

»Ja«, sage ich leise. »Ist 'ne Weile her.«

In seinen Augen blitzt etwas auf. »Ich weiß. Ich wollte mich melden, aber ich ...« Er schüttelt den Kopf, als fehlten ihm die Worte. »Tut mir leid.«

Eine Sekunde lang sehen wir uns nur an. Keiner von uns sagt etwas.

In meinen Drehbüchern wäre das der Moment, in dem er mir sagt, wie sehr er mich vermisst hat.

Aber das tut er nicht. Er schaut weg.

Ich muss mich selbst daran erinnern, dass Liebesfilme nichts mit der Realität zu tun haben.

»Und«, zwinge ich mich zu sagen, »was hast du im letzten Jahr so getrieben?«

Er atmet hörbar aus, ganz offensichtlich dankbar für den Themenwechsel. »Ach, du weißt schon. Arbeiten. Yoga. In meinem Haus am See sitzen, Cat Stevens hören und weinen.«

»Klingt gesund.«

Er nickt. »Na ja, ich habe einige Dinge aufgearbeitet. Meditiert. Tagebuch geschrieben.«

Er sagt es, als würde er mir ein Geheimnis verraten.

»Ach ja?«, frage ich. »Irgendetwas über mich?«

Er nickt.

»Das meiste davon.«

Ich schlucke.

»Was zum Beispiel?«

»Zum Beispiel, wie sehr ich dich vermisse.«

Ich starre ihn an.

Ich kann es nicht fassen.

Er hält sich ans Drehbuch.

»Wie sehr ich es bedaure, immer zur falschen Zeit am falschen Ort zu sein«, fährt er fort.

Er drückt meine Hand. Ich bekomme kaum noch Luft.

»Bist du Single, Molly?«, fragt er.

»Ja«, flüstere ich.

»Gut«, flüstert er zurück.

Er kommt näher und drückt mir den Hauch eines Kusses auf die Wange. Aus dem Augenwinkel sehe ich durch die Glastüren seinen Bruder und werde rot. Dave sieht nicht zu uns, aber ich möchte trotzdem nicht entdeckt werden.

»Nicht hier«, sage ich.

Ich fasse Seth am Arm und führe ihn die Terrassentreppe hinunter. Ein paar hundert Meter weiter steht eine Gruppe von Banyanbäumen. Im schwindenden Licht werfen sie unheimliche Schatten. Wir gehen zwischen den Stämmen hindurch zu einem versteckten Picknicktisch unter einem Baldachin aus herabhängenden Wurzeln. Wir können die Band und das Stimmengewirr immer noch hören, aber niemand kann uns sehen.

Ich setze mich auf den Tisch, und Seth stellt sich vor mich, seine Schienbeine an meinen.

Ich öffne meine Beine und ziehe ihn zu mir heran. Sein Kuss ist weich und schmeckt nach Zitrone. Er ist süß und langsam und erinnert mich daran, wie wir uns in der Highschool geküsst haben, ganz am Anfang unserer Beziehung, bevor wir wussten, was wir taten. Ich fühlte mich so zu ihm hingezogen und gleichzeitig so unbeholfen. Ich hatte solche Angst, es falsch zu machen, dass ich es fast nicht riskieren wollte.

So fühle ich mich jetzt auch.

Ich ziehe mich zurück.

»Seth, ich habe Angst.«

»O Molls«, sagt er zärtlich. »Warum?«

»Weil ich es nicht kaputtmachen will.«

Er setzt sich neben mich auf den Tisch.

»Was meinst du?«

»Ich habe das Gefühl, dass ich beim letzten Mal alles vermasselt habe. Und das möchte ich nicht noch einmal tun.«

»Molls, wenn du dein Video meinst ...«

Ich nicke. Ich schäme mich nicht für meine Sexualität, aber ich habe mich selten so exponiert. Es hat mich verletzt, dass er daraufhin den Kontakt abgebrochen hat, obwohl ich eigentlich weiß, dass die Umstände und nicht das Video dafür verantwortlich waren.

Ich bin verletzt, aber es ist mir auch peinlich, dass ich verletzt bin.

»Molls, das hatte nichts mit dem Video zu tun. Wenn du wüsstest, wie oft ich mir das Video angesehen habe ...«

»Du hast es noch?«

Ich habe seins auch noch. Ich will es immer wieder löschen, aber es macht mich so, ähm, sagen wir mal *verliebt*, dass ich es nicht über mich bringe.

»Baby«, sagt er. »Allein der Gedanke daran macht mich ...« Er nimmt meine Hand und führt sie an seinen Schritt. Ich schaue schockiert nach unten, denn er hat eine volle Erektion. Ich kann die Umrisse durch seine Hose sehen.

Ich vergrabe meinen Kopf an seiner Schulter, erlöst von der schrecklichen Scham, die mich gequält hat.

»Okay«, sage ich. Ich streiche mit meiner Hand darüber und er zieht die Luft zwischen den Zähnen ein und schließt die Augen.

Es ist aufregend.

Ich mache es noch einmal.

Er nimmt meine Hand in seine beiden, hebt sie hoch und küsst meinen Daumen.

»Wenn du so weitermachst, ejakuliere ich über meine schöne Leinenhose und blamiere mich vor meiner Familie.«

Ich kichere.

»Weißt du noch, wie wir in der Highschool in deinem Zimmer rumgemacht haben, und du hattest …«

»Nasse Flecken auf der Jeans? Ja, Molly, *allerdings*. Danke, dass du mich daran erinnerst.«

»Gott, wir waren so geil.«

Er schaut reumütig auf seine Erektion. »Bei mir hat sich nicht viel geändert, fürchte ich.«

»Wenn du spüren könntest, wie durchnässt mein …«

Er legt mir eine Hand auf den Mund.

»Jetzt quälst du mich nur.«

Das stimmt, aber ich versuche auch, von der Spannung zwischen uns abzulenken. Von den unausgesprochenen Gefühlen. Von der großen Frage, was als Nächstes kommt.

Was kindisch ist.

Wenn ich ihn will, muss ich erwachsen sein und mich meinen Ängsten stellen.

»Ich glaube, wir müssen reden«, sage ich.

Seth nickt. »Ja.«

Er sieht aus, als würde er seine Gedanken sortieren, um etwas zu sagen, aber ich nehme meinen ganzen Mut zusammen und komme ihm zuvor.

»Ich habe dich wirklich vermisst.«

Sein Gesicht macht diese wunderbare Sache. Das Licht beginnt in seinen Augen und wandert dann hinunter zu seinem Mund, der sich zu einem breiten Lächeln verzieht. Die Fältchen um seine Augen bilden kleine Flüsse des Glücks. Es ist ein Ausdruck absoluter, ungetrübter Freude.

»Ich habe dich so sehr vermisst, Molls. Komm her.«

Er öffnet die Arme und ich sinke hinein.

In der Ferne endet die Musik, und eine Männerstimme fordert alle auf, für eine Rede von Kevins Vater an ihre Plätze zurückzukehren.

»O Scheiße«, sage ich. Es ist zu früh, um sich davonzuschleichen. »Wir sollten wahrscheinlich zurückgehen. Ich will nicht unhöflich sein.«

Er nickt und reicht mir die Hand, um mir aufzuhelfen.

»Außerdem«, füge ich hinzu, »wohne ich bei meiner Mutter, also bin ich nicht sicher, ob ich … ähm, nicht nach Hause kommen kann. Ich meine, ich kann schon, aber das würde ein Gespräch nach sich ziehen, das ich wirklich nicht führen möchte.«

Er lacht. »Geht mir genauso. Aber was hast du morgen vor?«

»Meinen Champagnerrausch ausschlafen?«

»Würdest du dich mit mir verabreden?«

In der Frage liegt ein Hauch von Verletzlichkeit. Als hätte er Angst, dass ich tatsächlich Nein sage.

»Ja«, sage ich. »Das würde ich sehr gerne.«

»Weißt du, was lustig wäre? Wir könnten an den Ort zurückkehren, wo wir unser erstes Date hatten.«

»Dieses kitschige Brunch-Lokal mit der Pfannkuchen-Bar? Gibt's das noch?«

»Roberta's on the Cove«, sagt er grinsend. »Ja, das gibt es noch. Ich habe es überprüft.« Er hält inne. »Ich wollte dich schon den ganzen Abend fragen, mir hat nur der Mut dazu gefehlt.«

Ich liebe es, wie jungenhaft er wirkt, fast wie damals, als alles noch neu und aufregend war. Die Erinnerung daran bringt auch mein sechzehnjähriges Ich wieder zum Vorschein.

»Okay«, sage ich. »Dann also Pfannkuchen im Rentner-Café.«

Er drückt meine Hand. »Kann ich dich um elf abholen?«

Ich nicke. »Ich schicke dir die Adresse.«

Ich spüre seine Hand an meinem Rücken, während wir zur Terrasse gehen. Als wir die Treppe erreichen, hält er mich zurück und drückt mir einen Kuss auf die Schläfe.

»Wir sehen uns morgen, Molly.«

»Ja. Bis morgen.«

Und wissen Sie was?

Ich kann es kaum erwarten.

27. KAPITEL

Seth

Ich wache spät auf, noch etwas benommen von einer langen Nacht mit Prohibitionscocktails, und bin ausgesprochen dankbar, dass meine Neffen bereits mit ihren Eltern am Pool sind, sodass es im Haus relativ ruhig ist.

Ich ziehe mich an und gehe in die Küche, wo meine Eltern gerade Kaffee trinken und auf ihren iPads die Zeitung lesen.

»Guten Morgen, Schatz«, sagt meine Mutter. »Willst du frühstücken?«

»Nein, danke.«

»Bist du sicher? Es gibt Bagels und Lachs, und ich kann dir Eier machen. Oder Maisgrütze? Oder ich …«

»Mach dir um mich keine Sorgen. Ich frühstücke auswärts. Dad, macht es dir was aus, wenn ich mir dein Auto für ein paar Stunden leihe?«

»Aber Seth!«, ruft meine Mutter. »Warum auswärts essen, wenn es hier alles gibt?«

Ich wusste, dass es ein Fehler war, kein eigenes Auto zu mieten. Aber meine Eltern beteuern immer, dass ich keins brauche, dass ich jederzeit eines von ihren nehmen kann. »Warum unnötig Geld ausgeben?«, jammert meine Mutter.

Dann überwachen sie mein Kommen und Gehen und bestehen darauf, mich auf jeder fünfminütigen Fahrt zum Supermarkt zu begleiten.

Normalerweise finde ich ihre Anhänglichkeit süß; in meiner

Familie drückt man so seine Liebe aus. Aber heute bin ich wieder sechzehn und will weder beobachtet werden noch mich rechtfertigen müssen.

»Ich treffe mich mit einer Freundin«, sage ich.

»Oh, mit wem?«, fragt meine Mutter.

Ich will es ihr wirklich nicht sagen.

Offensichtlich spürt sie das sofort und ist an mir dran wie ein Bluthund.

»Ist es jemand, den wir kennen?«

»Ja. Molly Marks«, sage ich so nonchalant wie möglich.

Meine Mutter sieht zu meinem Vater, der gewissenhaft die Zeitung liest. Ich höre die Aufregung in ihrer Stimme, als sie mit demonstrativer Ruhe sagt: »Oh, wie schön. Ich habe dich gestern Abend mit ihr nach draußen gehen sehen.«

Ich huste. Mir war nicht bewusst, dass man uns gesehen hat. Ich bin schockiert, dass meine Mutter es so lange für sich behalten hat. Und ich hoffe und bete, dass sie all die sexuell aufgeladenen Umarmungen nicht gesehen hat.

»Wir hatten nicht viel Zeit, uns zu unterhalten, da mich den ganzen Abend eine gewisse Mutter auf der Tanzfläche in Beschlag genommen hat«, sage ich. »Wir haben beschlossen, um der alten Zeiten willen brunchen zu gehen.«

Es gibt keinen Grund, warum ein erwachsener Mann nicht in aller Freundschaft und zwanglos mit seiner Ex lauwarme Eier verzehren kann. Aber meine Wangen werden rot.

Ich weiß, dass sie es weiß.

»Ah. Warum nimmst du nicht mein Auto?«, sagt sie. »Das ist bequemer als Papas.«

Ihr plötzliches Desinteresse an meinen Plänen täuscht mich nicht. Ich weiß genau, was passieren wird. Sobald sie denkt, dass ich außer Hörweite bin, wird sie meinem Vater zuflüstern, dass ich *auf ein Date* gehe.

Diese Dynamik gefällt mir heute noch genauso gut wie damals mit sechzehn.

»Danke«, sage ich freundlich. »Wann brauchst du es zurück?«

Sie gibt mir einen wohlwollenden Klaps auf die Hand. »Wir nehmen Daddys, wenn wir irgendwohin müssen. Lass dir ruhig Zeit.«

»Danke.«

Ich nehme ihren Schlüssel vom Haken, hole ein paar Sachen aus der Garage und verschwinde so schnell ich kann.

Meine Eltern wohnen auf einem Golfplatz auf dem Festland, und Mollys Mutter ist auf einer der Inseln, sodass ich fünfunddreißig Minuten zu ihrem Koloss von einem Haus direkt am Wasser brauche (ich werde es nicht McMansion nennen, denn kein McDonald's würde jemals so viel Geld für pseudo-spanische Türmchen ausgeben).

Ich halte an und drücke die Klingel an der Toreinfahrt.

»Hallo?«, sagt eine Frauenstimme. Das muss Mollys Mutter sein. »Bist du das, Seth?«

»Ja, hallo.«

»Komm rein.«

Sie klingt nicht begeistert.

Das Tor öffnet sich, und ich fahre an einem Pförtnerhäuschen vorbei zum Haupthaus, das auf einer Rasenfläche steht, die mit dem Golfplatz in der Siedlung meiner Eltern mithalten kann.

Ich parke das Auto meiner Mutter neben einer roségoldenen Mercedes G-Klasse, die wahrscheinlich so viel gekostet hat wie die Anzahlung für ein Eigenheim.

Ich freue mich für Mrs. Marks, dass es ihr finanziell so gut geht, aber diese Opulenz ist fast komisch. Ich vermute, dass es Molly jedes Mal kalt den Rücken runterläuft.

Bevor ich klopfen kann, öffnet Molly die (doppelhohe Buntglas-)Tür.

Sie trägt ein kurzes, flatteriges Kleid und beigefarbene Plateausandalen mit kleinen Riemchen um die Knöchel. Am liebsten würde ich den ganzen Tag nichts anderes tun, als diese Riemchen zu lösen und wieder zu schließen.

»Hey«, sagt sie gehetzt. »Lass uns gleich losgehen. Willst du fahren?«

Ich beuge mich vor und gebe ihr einen Kuss auf die Wange. »Sehr gerne.«

»Warte!«, schreit eine Stimme. Mollys Mutter kommt aus dem Haus gestürmt, barfuß in einem bodenlangen Morgenmantel mit Hibiskusblüten.

»Seth«, sagt sie zur Begrüßung und mustert mich von Kopf bis Fuß.

Molly seufzt hörbar. »Mom, ich habe dir doch gesagt, dass wir uns beeilen müssen. Wir haben reserviert.«

»Fünf Minuten! Ich will nur kurz Hallo sagen.«

Sie starrt mich erwartungsvoll an.

»Hallo, Ma'am«, sage ich brav. »Wie geht es Ihnen?«

Molly stöhnt. »Nenn sie nicht Ma'am.«

Ich kann nicht anders. Es ist ein Instinkt, der noch aus meiner Zeit als verängstigter Schüler stammt.

»Es geht mir sehr gut, Seth. Danke der Nachfrage. Und dir?«

»Auch sehr gut.«

Es folgt ein unbehagliches Schweigen.

»Hast du dich jetzt überzeugt, dass er kein Serienmörder ist, Mom?«, sagt Molly schließlich.

»Molly hat mir erzählt, dass du in Chicago Anwalt bist«, sagt Mrs. Marks, ohne ihre Tochter zu beachten.

»Ja, und das schon seit zehn Jahren«, sage ich nervös.

»*Scheidungs*anwalt«, fügt sie hinzu und sieht mich durchdringend an. Ich fühle mich, als wäre ich ihrer Tochter nicht würdig. Ein vertrautes Gefühl.

»Äh«, sage ich, um das Thema zu wechseln. »Meine Eltern haben erzählt, wie erfolgreich Sie sind – sie sehen überall Ihre Plakate.«

Ihre Miene wird ein bisschen sanfter.

»Oh, sag das nicht vor Molly. Sie hasst meine Plakate.«

»Weil du sie sogar auf Busse klebst«, erwidert Molly.

»Nur, damit du irgendwann etwas erbst, liebe Tochter«, sagt Mrs. Marks. »Wer weiß, ob dein Vater dir etwas hinterlässt.«

Sie fixiert mich, als wäre es *meine* Schuld, dass Roger Marks ein Arschloch ist.

»Das ist so krank«, stöhnt Molly. »Wie auch immer, wir müssen los.«

»Wann bringst du sie zurück, Seth?«, fragt Mrs. Marks.

Molly lacht spitz. »Es reicht, Mom!«

»Es war ganz reizend, Sie zu sehen, Mrs. Marks«, sage ich. »Aber Molly hat recht. Wir sind ein bisschen spät dran, und Sie wissen ja, wie voll es zum Brunch im Roberta's ist.«

»Amüsiert euch«, sagt sie, obwohl sie ganz offensichtlich hofft, dass wir es nicht tun.

Sie steht in der Einfahrt und sieht uns nach, als Molly und ich ins Auto steigen.

»O Gott«, murmelt Molly. »Tut mir leid.«

»Gut zu wissen, dass sie mich immer noch hasst«, sage ich lächelnd.

»Es liegt nicht an dir. Sie hasst alle Anwälte. Du weißt schon, wegen der Sache mit meinem Vater.«

Sie räuspert sich und scheint sich plötzlich unwohl zu fühlen. »Aber du bist noch mal davongekommen. Seit sie einen Freund hat, ist sie davon besessen, mich zu verkuppeln. Sobald ein Mann auch nur in die Nähe ihrer versauerten Jungfer von einer Tochter kommt, bietet sie ihm an, den Verlobungsring zu kaufen, bevor sie überhaupt seinen Namen kennt.«

»Du bist keine versauerte Jungfer.«

Sie klappt den Beifahrerspiegel runter, um ihr Gesicht zu begutachten. »Dann eben eine einigermaßen gut erhaltene alte Jungfer.«

Ich klappe den Spiegel wieder hoch. »Komm schon, Molly. Du bist wunderschön.«

Sie wirkt überrascht.

»Ich lebe in einer Stadt mit zwanzigjährigen Nymphen und Leuten, die ihr ganzes Geld dafür ausgeben, als zwanzigjährige Nymphen durchzugehen«, sagt sie. »Im Vergleich dazu bin ich eine alte Schachtel.«

»Dann solltest du diese Teufelsstadt vielleicht verlassen«, sage ich. »Geh irgendwohin, wo man deine Schönheit zu würdigen weiß.«

»Wohin, nach Chicago?«

Ich werde rot, als ich begreife, dass sie denkt, ich würde ihr vorschlagen, in meine Stadt zu ziehen. (Nicht, dass ich etwas dagegen hätte, wenn sie es täte.)

»An Chicago ist nichts auszusetzen«, sage ich. »Du wärst in Dezzies Nähe.«

Sie lächelt. »Es wäre schön, in Dezzies Nähe zu sein. Und näher bei Alyssa. An der Westküste fühle ich mich manchmal sehr weit weg.«

»Kannst du dir wirklich vorstellen umzuziehen?«

»Na ja, da inzwischen alles digital läuft, wäre es möglich. Aber ich mag L. A. Ich bin schon so lange dort, dass es sich wie zuhause anfühlt.«

Das ist verständlich, aber ich kann nicht leugnen, dass ich mir wünschte, sie würde es in Erwägung ziehen.

»Würdest du Chicago jemals verlassen?«, fragt sie.

»Vielleicht. Wenn ich einen guten Grund hätte. Ich bin Mitglied der New Yorker Anwaltskammer. Und ich denke, es wäre nicht so schwer, mich woanders zu qualifizieren.« Zum Beispiel in Kalifornien, füge ich nicht hinzu.

»Wäre es nicht schwierig, deine Kanzlei zu verlassen?«

Plötzlich frage ich mich, ob wir über *uns* reden, ohne es auszusprechen. Über die Möglichkeit einer Beziehung. Also denke ich ernsthaft darüber nach.

»Ich habe einen guten Ruf als Anwalt in Chicago und das bringt Mandanten. Aber seit einiger Zeit denke ich darüber nach, mich zu verändern. Irgendwo quereinzusteigen oder irgendwo anders eine eigene Kanzlei zu gründen. Menschen lassen sich überall auf der Welt scheiden.«

»Ja, alarmierend viele. Da frage ich mich, warum überhaupt geheiratet wird.«

»Weil Heiraten romantisch ist, wenn man verliebt ist«, sage ich.

Sie ist einen Moment lang still.

»Hm«, sagt sie. »So habe ich das noch nie gesehen. Ich glaube, ich bin fast einer Meinung mit dir.«

Gut so.

Ich fahre auf den Parkplatz vom Roberta's. Es liegt ein wenig abseits, ein paar Meilen von den öffentlichen Stränden entfernt, in einem Gebäude aus den Sechzigerjahren mit breiter Fensterfront. Meine Eltern sind mit mir und Dave immer zum Geburtstagsbrunch hergefahren. Als ich zum ersten Mal mit Molly verabredet war, sollte es etwas Besonderes sein. Und das war es in meinen Teenager-Augen.

Als wir reinkommen, bin ich versucht, meine Hand auf Mollys Rücken zu legen, aber ich tue es nicht. Das ganze Knistern unseres Gesprächs von gestern Abend scheint in weiter Ferne, weil ich wegen des Gesprächs, das ich jetzt mit ihr führen will, so nervös bin.

Der Oberkellner trägt einen dreiteiligen Anzug, und die

Tische sind mit gestärkten weißen Tischdecken und Weingläsern gedeckt. Der Raum ist hauptsächlich von Gruppen älterer Paare bevölkert, die Mimosas trinken, und Familien mit überdrehten Kindern, die um ihre Mickey-Mouse-Pfannkuchen mit Schokoladensoße und Schlagsahne herumrennen.

Es ist ein bisschen wie in einem Altersheim und ich zweifle an meiner Wahl.

Wenigstens bekommen wir einen Tisch in Fensternähe, mit Blick auf die Lagune hinter dem Restaurant. Wenn man schon in einer Einrichtung für betreutes Wohnen speist, sollte man dabei wenigstens Schwäne beobachten können.

»Dieser Laden ist der Wahnsinn«, flüstert Molly, sobald der Oberkellner weg ist. »An das üppige Büfett und die Omelett- und Pfannkuchenstationen erinnere ich mich. Aber gab es damals auch schon Eisskulpturen?«

»Nein. Und ich glaube, der Schokoladenbrunnen ist auch neu.«

Unsere Bedienung nimmt unsere Getränkebestellungen auf – einen Hafermilch-Cappuccino für sie und einen Zitronen-Ingwer-Tee für mich. (Ich bin zu nervös für Koffein.)

»Wir haben keine Hafermilch«, sagt die Bedienung entschuldigend.

»Oh. Mandelmilch?«, fragt Molly.

»Wir haben nur, Sie wissen schon, Milchmilch«, sagt das Mädchen.

»Ah. Okay, dann eben Milchmilch.«

Wir entscheiden uns dafür, von der Karte zu bestellen, anstatt das Büfett zu riskieren. »Ich will mir nicht von einem Würstchen Corona einfangen«, sagt Molly.

Nachdem wir bestellt haben, bleibt uns nichts anderes übrig als ... zu reden.

Ich bin so aufgeregt, dass ich kotzen könnte.

Und so stürze ich mich einfach hinein.

»Danke, dass du zugestimmt hast, heute mit mir herzukommen«, sage ich und sofort ist mir diese seltsam förmliche Wortwahl peinlich.

Molly nickt ernsthaft. »Es ist mir ein Vergnügen, Sir. Vielen Dank für die Einladung.«

Ihr sanfter Spott holt mich ein bisschen runter. Das war schon immer ihre Art, Zuneigung auszudrücken.

»Ich wollte mich dafür entschuldigen, dass ich mich im letzten Jahr nicht gemeldet habe.«

»Das hast du gestern Abend schon getan. Ist okay.«

Ich schüttele den Kopf. »Nein, das war beschissen. Und ich möchte dir erklären, warum.«

Sie runzelt die Stirn. »Na gut. Ich bin ganz Ohr.«

»Okay. Gut.«

Sie sieht mich erwartungsvoll an und ich fühle mich seltsam unbeholfen.

Aber es gibt kein Zurück.

»Nachdem Sarah Louise mich verlassen hat, hatte ich eine Art Existenzkrise.« Ich blicke auf, um zu sehen, ob Molly bei diesem Geständnis zusammenzuckt, aber ihr Gesicht ist neutral. Sie nickt mir aufmunternd zu.

»Nicht weil die Beziehung zu Ende war oder so«, sage ich schnell, »sondern weil ich erkannt habe, dass ich mich von einer Beziehung in die nächste stürze, ohne mir dazwischen Zeit zum Durchatmen oder Nachdenken zu nehmen, weil ich diese perfekte Liebesgeschichte will. Frau, Kinder, weißer Lattenzaun.«

Sie nickt wieder, während sie aufmerksam zuhört, und wirkt weder überrascht noch entsetzt. Das erdet mich ein wenig.

»Und ehrlich gesagt«, fahre ich fort, »war das längst überfällig, denn Dave liegt mir damit schon seit Jahren in den Ohren. Aber ich schätze, es kann eine Weile dauern, bis man seine eigenen Muster erkennt, selbst wenn man sich ihrer auf einer gewissen Ebene bewusst ist.«

»Ja«, sagt sie. »Ich weiß.«

Sie sagt es mit Nachdruck, als spräche sie aus Erfahrung. Ich habe diesen Gedanken noch nie irgendjemandem gegenüber geäußert, und es ist eine große Erleichterung, so ernst genommen zu werden.

»Ich hatte mir diese willkürliche Zeitvorgabe gesetzt, die mich eigentlich motivieren sollte, in Wirklichkeit aber dazu geführt hat, dass ich mich selbst sabotiere. Denn ich habe mich immer wieder auf Frauen eingelassen, die nicht zu mir passten, die aber irgendeiner Vorstellung in meinem Kopf entsprachen. Es ist fast, als hätte ich mir eingeredet, dass ich sie liebe, um die Dinge zu beschleunigen.

Und mir ist klar geworden, dass ich die Frauen nach bestimmten Kriterien auswähle. Und so gehe ich immer wieder Beziehungen ein, die mich enttäuschen, und frage mich dann, warum ich am Ende allein dastehe. Und dann werde ich nervös und der Kreislauf wiederholt sich.« Ich schaue ihr in die Augen. »Und ich habe es so, so satt.«

»Was willst du tun?«, fragt sie leise.

»Ich will aufhören zu planen und mich damit verrückt zu machen, dass alles perfekt sein muss, und einfach mit dem Menschen zusammen sein, den ich liebe. Und dieser Mensch …«

Sie sieht mir in die Augen und wartet, dass ich zu Ende rede.

»Molly, dieser Mensch bist du.«

28. KAPITEL

Molly

Ich hab es mir gewünscht.

Ich habe es mir *so sehr* gewünscht.

Aber jetzt, wo es passiert, fühle ich mich so überwältigt, dass ich eine Tavor gebrauchen könnte.

Ich bin es nicht gewohnt, dass man so mit mir spricht. So aufrichtig romantisch.

Ich glaube, es hat niemand so ernsthaft eine Beziehung mit mir gewollt, seit, na ja … Seth. In der Highschool.

Sag doch was, flehe ich mich an. Ich sehe, dass er alles aufs Spiel setzt, und ich kann hier nicht einfach sitzen und nicken. Das ist die Art Szene, wie ich sie schreibe. Ich sollte in der Lage sein, die richtigen Worte zu finden.

Aber ich habe keine.

Also platze ich einfach mit der Wahrheit raus. »Ich liebe dich auch.«

Und es muss das Richtige sein, denn er stößt den weltlängsten Atemzug aus. »Hast du das wirklich gerade gesagt?«

»Ja«, flüstere ich.

Seine Augen glänzen. Er greift nach meiner Hand und küsst sie.

Es ist so süß, und es ist qualvoll, das Objekt solcher Süße zu sein. Ich möchte mich instinktiv darüber lustig machen.

Aber Seth hat etwas Besseres verdient.

Er verdient dieselbe Ernsthaftigkeit, die er mir geschenkt hat.

Also lenke ich nicht ab. Ich weiche seinem Blick nicht aus.

Und die Intensität dieses Moments zuzulassen, ist wunderschön.

Aber auch unerträglich.

Mein Herz pocht wild gegen meinen Brustkorb.

Es gibt einen Grund, warum ich blöde Witze mache, wenn es emotional wird. Blöde Witze schnüren mir nicht die Kehle zu.

Bitte keine Panikattacke, flehe ich innerlich. *Bitte keine Panikattacke.*

»Hey«, sagt Seth und verzieht besorgt das Gesicht. »Warum guckst du so unglücklich?«

Ich senke den Blick. Ich schäme mich, dass ich in diesem Moment nicht die sein kann, die ich sein sollte. Das Mädchen, das er verdient.

»Ich habe Angst«, gestehe ich.

»Oh, Molls«, murmelt er. Er steht auf, kommt auf meine Seite des Tisches und legt mir die Hände auf die Schultern.

Seine Berührung ist eine große Erleichterung. Ich lehne mich an ihn und schließe die Augen.

»Hey«, sagt er und streichelt mein Haar. »Hab keine Angst. Das hier ist *gut*. Das hier ist *Glück*.«

Ich nehme seine Hand und lege sie an meine Wange. Ihre Kühle ist Balsam auf meiner geröteten Haut.

»Es geht schon wieder«, sage ich. »Danke.« Ich nehme einen sehr großen Schluck von meinem Eiswasser.

»Ich glaube, das schreit nach etwas Stärkerem«, sagt Seth.

Er winkt unserer Bedienung und flüstert ihr etwas ins Ohr. Während sie sich beraten, kommt das Essen, und ich bin dankbar für die Ablenkung.

Ich fühle mich immer noch überfordert. Aber ich schaffe das.

Mit ihm schaffe ich das.

Seth kehrt an seinen Platz zurück und ich mache mich über meine Krabben Benedict her.

»Wie ist es?«, fragt er.

»Gut. Krabbig. Und wie ist deins?«

Er hat – Achtung! – Mickey-Mouse-Pfannkuchen bestellt.

»Gut. Mausig. Willst du probieren?«

Ich schüttle den Kopf. »Ich esse keine Nagetiere.«

»Man könnte sagen, dass Krabben die Nagetiere des Meeres sind.«

»Igitt. Lass mich bitte in Ruhe meine Krustentiere genießen.«

Unsere Bedienung kommt mit einem Tablett knallpinker Cocktails zurück, garniert mit riesigen roten Kandis-Lollis und neonfarbenen Strohhalmen.

»Sind das …?«

»Shirley Temples!«, verkündet Seth. »Genau wie bei unserem ersten Date.«

»Kann ich Wodka in meinen haben?«, frage ich unsere Bedienung.

»Ich bin dir weit voraus«, sagt Seth.

Wir stoßen an.

»Ich schätze, es kommt nicht überraschend, dass ich ausflippe«, sage ich. »Weißt du noch, wie nervös ich bei unserem ersten Date war?«

»Ja. Obwohl wir schon rumgemacht hatten.«

Ich zucke die Schultern. »Rummachen bringt Spaß. Nur Dates sind stressig.«

Er grinst. »Sollen wir gehen und rummachen?«

»Nein, ich werde meine Krabben essen wie ein großes Mädchen.«

»Gut. Denn diese Mickey-Mouse-Pfannkuchen sind verboten lecker.«

Ich fühle mich besser, seit ich meine Angst eingestanden habe. Normaler. Normal genug, um die Frage auszusprechen, die mich seit gestern Abend quält.

»Ich will nichts zerreden«, sage ich, »aber wie würden wir … wie würde es funktionieren, wenn wir es versuchen?«

Er begegnet meinem Blick. »Ich weiß es nicht, ehrlich gesagt. Ich hatte noch nie eine Fernbeziehung. Ich denke, wir *versuchen* es einfach.«

»Würden das bedeuten, dass wir, ähm … uns nicht mehr mit anderen treffen?«, stottere ich.

Er lächelt nur.

»Das fände ich schön«, sagt er. »Aber ich nehme dich so, wie du mich haben willst.«

Das ist gut. Ich will mir gar nicht vorstellen, wie es wäre, ihn teilen zu müssen.

»Wir könnten uns gegenseitig besuchen«, schlage ich zögernd vor.

»Wir könnten zusammen verreisen«, sagt er.

»Hast du wirklich ein Haus am See?« Ich kann mich nicht erinnern, dass er es zuvor je erwähnt hätte.

»Ja, ich habe es gekauft, nachdem Sarah und ich uns getrennt haben. Damit ich mich wie Thoreau verkriechen und über die Natur des Daseins nachdenken kann.«

»Wusstest du, dass Thoreau nur fünf Minuten von seiner Mutter entfernt lebte und sie ihm Essen brachte?«

»Der glückliche Thoreau. Bei mir gibt es nicht mal Lieferando.«

»Wo ist das Haus?«

»Am Lake Geneva in Wisconsin, etwa neunzig Minuten von Chicago. Es ist klein, aber es liegt direkt am Wasser. Gut zum Kajakfahren.«

»Du willst mich nicht in ein Kajak setzen.«

»Aber unbedingt.«

»Ich mag nicht mal Segelboote. Ich will auf keinen Fall rudern müssen.«

»Da hast du Glück. Kajaks haben keine Ruder, sie haben Paddel. Ich nehme dich mit auf den See, wenn du mich besuchst. Zeige dir, wie man im Mittleren Westen gesunden Spaß haben kann.«

»Ich bevorzuge Paris und Hawaii.«

»Ach, komm schon. Ich füttere dich mit Quark.«

»Das Wort *Quark* gehört zu den abscheulichsten der gesamten englischen Sprache.«

»Quark und Maiskolben und an heißen Tagen kühle Bäder im See. Du wirst dich wie im Himmel fühlen.«

Ich lächle. Das klingt tatsächlich wundervoll. »Ich würde das Haus gerne sehen.«

»Was machst du nächstes Wochenende?«

»Arbeiten, leider.« An dem Montag ist das Treffen mit meinem Vater und seinen Produzenten, da will ich nicht mit Jetlag auftauchen.

»Sag es ab«, sagt er bestimmt.

»Ruhig, Brauner.« Ich lache. »Ich habe einen Job. Ich kann nicht einfach so kurzfristig durch das amerikanische Hinterland tingeln.«

»Ist das ein Ja?«

»Schauen wir in unsere Terminkalender und verabreden ein Datum.« Ich mache eine Pause. »Schon lustig, dass ich dich noch nie in deinem persönlichen Umfeld gesehen habe. Ich kenne nicht mal deine Wohnung.«

»Ich kann es gar nicht erwarten, dein Haus zu sehen. Ich wette, es ist total mädchenhaft und süß.«

Mein Haus ist tatsächlich mädchenhaft und süß.

»Ich wette, deines ist voller Nippes und Katzen und diesen Untersetzern, auf denen *It's wine o'clock somewhere* steht«, scherze ich.

»Genau«, sagt er. »Und Leichen.«

»Das versteht sich von selbst.«

Seth bittet um die Rechnung, und ich stehe auf, um zur Toilette zu gehen.

Ich betrachte mein Spiegelbild.

Normalerweise bin ich kritisch mit mir selbst, aber gerade finde ich mich hübsch. Vielleicht ist es nur das Licht, die schmeichelhafte Farbe des Kleides oder die Art, wie sich mein Haar durch die Luftfeuchtigkeit wellt.

Oder vielleicht sehe ich mich auch durch Seths Augen.

Ich überlege, ob ich meinen Lippenstift auffrischen soll, beschließe dann aber, dass das sinnlos ist. Ich möchte Seth mit diesen Lippen küssen, und ich bin nicht sicher, ob ihm Dschungelrot steht.

»Fertig?«, fragt er, als ich zum Tisch zurückkomme.

»Jep. Wohin als Nächstes?«

»Das ist eine Überraschung.«

Er nimmt meine Hand und wir gehen raus zum Parkplatz. Am Auto seiner Mutter drücke ich ihn gegen die Tür und küsse ihn.

In seinen Armen schmilzt der letzte Rest Angst dahin. »Du«, denkt mein Körper. »Du.«

»Mami! Igitt! Die küssen sich!«, schreit ein kleiner Junge.

»Tritt ihm in die Eier«, flüstere ich Seth zu.

Er lacht in mein Haar und zieht mich näher an sich.

Wir knutschen bestimmt fünf Minuten, bis wir beide von der Hitze verschwitzt und klebrig sind.

Ich weiche zurück und wische mir mit dem Handrücken über den Mund.

»Lass uns in ein Hotel gehen«, sage ich.

Seth schüttelt den Kopf. »Nö. Ich habe den ganzen Tag verplant.«

Und das hat er. Unser nächster Halt ist das Aquarium, in dem wir bei unserem zweiten Date waren. Wir schlendern durch dunkle Räume, vorbei an schwebenden Quallen und Schwärmen von Kaiserfischen, Schmetterlingsfischen und prähistorisch aussehenden Monstern namens Igelfischen. Es ist faszinierend und gruselig zugleich, wie alle Aquarien.

Wir kommen in einen Raum mit einer riesigen Meeresschildkröte, die sich in einem offenen Becken räkelt, und dann in den sogenannten Hai-Raum, wo ich Seth schnell weiterziehe. Haie sind mir nicht geheuer. Das führt uns zu den berühmtesten Insassen des Aquariums – zwei betagten Seekühen.

»Ich kann mich nicht entscheiden, ob sie niedlich oder hässlich sind«, sagt Seth.

»Beides«, sage ich.

»Sie sehen irgendwie aus wie schwimmende Schweine ohne Beine«, sinniert er.

»Ich bin sicher, sie denken dasselbe von dir.«

»Sie fressen zweiundsiebzig bis vierundachtzig Köpfe Römersalat pro Tag«, informiert uns ein Pfleger.

»Mmh!«, schwärmt Seth.

Der Ausgang führt durch den Souvenirshop. Ich gehe Richtung Türen, aber Seth ruft, ich soll warten. Er steht an einem Tresen und begutachtet Schmuck mit Meeresmotiven.

»Ich möchte dir etwas kaufen«, sagt er.

»Ich habe schon genug Fischschmuck.«

»Eine Frau kann nie *genug* Fischschmuck haben.« Er winkt die Kassiererin heran. »Haben Sie eine von diesen Halsketten mit Walen?«

Ich kann mir ein Lächeln nicht verkneifen.

Die Kassiererin schaut verwirrt. »Tut mir leid, nein … in Florida gibt es keine Wale. Aber wir haben sie mit Seekühen, Delfinen und Seesternen, in jeweils allen Geburtssteinen.«

»Nun, Seekühe sind so etwas wie die Wale Floridas«, sagt er

bestimmt. Er dreht sich zu mir um. »Was ist dein Sternzeichen, Babe?«

»Stier«, sage ich zögernd.

»Stier, bitte«, sagt er zur Kassiererin.

»Einmal die Seekuh als … Stier«, sagt sie und nimmt eine Halskette von der Theke. »Soll ich sie für Sie einpacken oder möchten Sie sie gleich tragen?«

»Gleich tragen«, sagt Seth. Er nimmt die Halskette und legt sie mir vorsichtig unter die Haare und um den Hals.

»Cubic Zirkonia«, sagt er bewundernd zur Verkäuferin. »Steht sie ihr nicht ausgezeichnet?«

»Wunderschön«, stimmt sie ihm zu. »Wie sie das Licht einfängt.«

Ich verdrehe die Augen, aber ich nehme den Anhänger in die Hand und reibe den Kristall mit dem Daumen.

»Danke«, sage ich, als er die 34,99 Dollar mit seiner Kreditkarte begleicht. »Ich werde sie in Ehren halten.«

»Für Sie, Mylady, nur das Feinste vom Feinsten.«

Wir schlendern durch die Hitze zurück zum Auto.

»Kannst du dir vorstellen, wo wir als Nächstes hinfahren?«, fragt er.

»Ins Hotel?«, sage ich hoffnungsvoll.

Er lacht. »Komm schon. Denk nach.«

Mir fällt unser drittes Date wieder ein. »Auf keinen Fall«, sage ich.

»Auf jeden Fall«, kontert er.

»Ich bin nicht zum Angeln angezogen«, protestiere ich und sehe an mir herunter. »Und wir haben keine Angeln.«

»Au contraire«, sagt er und öffnet den Kofferraum, um zwei Angelruten und eine kleine Kühlbox zum Vorschein zu bringen. »Hab ich meinem Vater geklaut.«

»Was ist da drin?«, frage ich und zeige auf die Kühlbox.

»Kal Rubensteins feinstes kühles Blondes, Babe«, sagt er. »Steig ein, das wird lustig.«

Wir fahren über eine Brücke in ein Fischerdorf und halten an einem Angelgeschäft am Pier. Seth rennt rein und kommt mit einem großen Eimer voller Köderfische wieder raus. Ich trage den Eimer und er schleppt unsere Ausrüstung zum Steg. Ein Pelikan chillt auf einem der Pfosten und ein paar alte Fischer werfen ihre Angeln aus.

»Ist dir aufgefallen, dass hier sonst niemand ein Date zu haben scheint?«, frage ich.

»Weil die Freunde der anderen nicht so kreativ sind wie ich.«

»Bist du mein Freund?«, frage ich leise. Ich weiß nicht, warum sich dieses Wort so befrachtet anfühlt, wo wir doch die letzten Stunden damit verbracht haben, unsere Teenager-Romanze wieder aufleben zu lassen.

Aber es ist so.

»Ich möchte es sein«, sagt er.

Ich spüre, wie sich ein Grinsen auf meinem Gesicht ausbreitet. »Ich glaube, ich will das auch.«

Er streckt die Hand aus und zieht mich an seine Brust.

Ich schmiege mich an ihn.

Ich spüre, dass wir beobachtet werden, und schaue über Seths Schulter zu zwei stämmigen, braun gebrannten Männern, die uns unverhohlen angaffen, während sie darauf warten, dass etwas anbeißt.

»Sie starren uns an«, flüstere ich.

»Ja. Wir sollten lieber zur Sache kommen«, sagt Seth. Öffentliche Liebesbekundungen an einem Ort, an dem die Leute routinemäßig Fische ausnehmen, sind selbst für Seth ein bisschen zu kitschig.

Die Schnapper beißen an, und wir fangen ein paar kleine, die wir zurückwerfen. Und dann gibt es einen Ruck an Seths Leine, und er muss richtig kämpfen, um sie einzuholen, sodass sich die Fischer um uns scharen, um ihm Ratschläge zu geben.

»Geh einen Schritt zurück und spann die Schultern an«, sagt ein alter Mann mit Nikotinbart.

»Zieh nicht so fest, sonst reißt die Leine«, befiehlt ein jüngerer Mann mit sonnenverbrannter Haut.

Seth kämpft gefühlt fünfundvierzig Minuten lang, bis die Kreatur durch die Wasseroberfläche bricht. Alle feuern ihn an, als er einen sehr kleinen, sehr wütenden ... Hammerhai an Land zieht.

»Du hast einen verdammten *Hai* gefangen?«, kreische ich und mache mit dem Handy eine Million Fotos.

Wie gesagt, ich habe nichts mit Haien am Hut, aber ich bin trotzdem beeindruckt.

Seth grinst mich selbstgefällig an und hält die sich windende, wütende Kreatur für ein Erinnerungsfoto hoch. Die Fischer helfen ihm, den Haken aus dem Hai zu entfernen und ihn zurückzuschleudern, aber nicht bevor ein paar von ihnen ebenfalls für Fotos posiert haben. Nachdem wir unsere restlichen Köder verschenkt haben, gehen wir zurück zum Auto.

Wir fahren fünf Minuten zu einer Austernbar im Freien, die so alt ist, dass meine Großeltern schon mit meiner Mutter hergekommen sind, als sie noch klein war. Seth bestellt zwei Dutzend Austern mit Salzcrackern und einer Meerrettichsauce, die so scharf ist, dass mein ganzes Gesicht davon brennt.

Die Sonne ist hinter den Wolken verschwunden und ein heftiger Windstoß fährt in den Stapel Servietten vor uns. Plötzlich rieche ich Regen.

»Oh, oh!«, sagt Seth. Er blickt zum Horizont, wo man in der Ferne bereits Regen auf das Meer prasseln sieht.

»Gleich wird es schütten«, sage ich.

Wir bitten um die Rechnung, aber alle anderen an der Bar haben die gleiche Idee. Bis wir schließlich zahlen, donnert es, und dann bricht der Himmel auf.

»Laufen wir?«, fragt Seth.

Ich nehme seine Hand. »Los!«

Wir sprinten aus dem Schutz der Bar zu seinem Auto und werden dabei völlig durchnässt. Das Wasser tropft an meinen Armen, meinen Haaren und meiner Nase runter. Sein Hemd klebt ihm an der Brust. Wir steigen ein und knallen die Türen hinter uns zu.

Seth greift auf dem Rücksitz nach ein paar Handtüchern und reicht mir eines.

»Du hast an alles gedacht.«

»Ich versuche, dich zu beeindrucken. Und ich hatte gehofft, wir könnten später am Strand rummachen. Das werden wir wohl streichen müssen.«

Ich ziehe ihn an mich und küsse ihn. »Wir können auch im Auto rummachen.«

Die beschlagenen Scheiben und der prasselnde Regen schaffen die Illusion von Privatsphäre. Wäre da nicht die Konsole zwischen uns, säße ich auf seinem Schoß. Und wären da nicht die Kinder an der Austernbar, würden wir noch ganz andere Dinge tun.

Jugendfrei rummachen hat einen gewissen Reiz. Aber als das Gewitter aufhört, *brenne* ich darauf, Sex zu haben.

»Lass uns in ein schäbiges Motel gehen«, keuche ich. »Direkt am Highway gibt es ein Stundenhotel.«

»Merk dir, wo wir stehen geblieben sind«, sagt Seth.

Auf seinem Handy leuchten Nachrichten auf. Nachdem er sie gelesen hat, sieht er mich vielsagend an.

»Meine Familie fährt zum Abendessen nach Heron Key. Sie werden für ein paar Stunden weg sein. Weißt du, was das bedeutet?«

Ich schüttele den Kopf.

»Sturmfreie Bude.«

Ich kann nicht leugnen, dass die Vorstellung, an den Schauplatz unserer alten Sexualverbrechen zurückzukehren, Nostalgie weckt.

»Okay, Rubenstein. Los geht's.«

Das Haus seiner Eltern ist genau so, wie ich es in Erinnerung habe. Ein großes, freundliches Split-Level-Haus in einer geschlossenen Wohnanlage auf einem Golfplatz.

Es riecht noch genau so wie in der Highschool – nach sauberen Arbeitsflächen und dem geliebten Pfefferminztee von Seths Mutter.

»Fühlt sich an wie Nachhausekommen«, sage ich.

»Meine Eltern würden sich sicher freuen, wenn du einziehst.«

»Ich werde es in Betracht ziehen.«

»Willst du irgendwas?«, fragt Seth. »Wasser? Wein? Eine der drei Zillionen Diätlimonaden meiner Mutter?«

»Nur dich.«

»Wie Ihr wünscht, Mylady.«

Er nimmt meine Hand und führt mich in sein Zimmer, das seine Eltern in den zwei Jahrzehnten, die er weg ist, nicht verändert haben. Das Bett mit der Madras-Decke, das Regal mit Science-Fiction-Taschenbüchern, sogar sein alter Schreibtisch mit dem bauchigen türkisfarbenen iMac ist noch da.

Und die Pinnwand mit denselben Schnappschüssen wie bei meinem letzten Besuch. Seth mit seinen Freunden aus dem Space Camp. Seth mit Jon und Kevin, grinsend und verschwitzt in ihren Fußballtrikots. Seth und Dave in Disney World mit Minnie-Mouse-Ohren.

Und dann sind da noch die Fotos von Seth und mir. Unser offizielles *Homecoming*-Porträt. (Ich sehe ausgesprochen unwohl aus, er hingegen als hätte er den Abend seines Lebens). Wir beide lachend am Strand, mit zerzausten Haaren. Und das Bild, das ich immer am meisten geliebt habe: Wir beide bei ihm im Garten, er lässig den Arm um meine Schultern, ich an ihn gelehnt. Wir blinzeln lächelnd in die Sonne, so glücklich, einander nahe zu sein. So verliebt.

Ich nehme das Bild und schaue es mir genauer an. »Ich kann nicht glauben, dass du das all die Jahre in deinem Zimmer hattest«, sage ich. »Waren deine Freundinnen nicht hoffnungslos eifersüchtig auf mich?«

»Ja, die ewige Liebe zu einer Zehntklässlerin hat allen schlaflose Nächte bereitet.«

»Zu Recht. Sieh uns an.« Ich ziehe ihn zur verspiegelten Schranktür, um unseren Anblick zu bewundern.

»Die zwei sehen ziemlich gut zusammen aus«, sagt er.

»Sehr sexy vor dem Hintergrund deines *Ender's Game*-Posters. Ich bin sicher, dass keine deiner Verflossenen dir hier widerstehen konnte.«

»Du konntest es jedenfalls nie«, sagt er. »Und wenn ich Freundinnen mit nach Hause bringe, übernachten wir im Gästezimmer. Ich schlafe nur wegen Dave und der Kinder hier.«

»Okay, aber mal im Ernst, warum haben deine Eltern dein Zimmer nie ausgeräumt? Hier sieht es aus wie im Seth-Rubenstein-Museum.«

»Sind wohl nie dazu gekommen. Oder vielleicht sehnen sie sich nach der Zeit zurück, als ich ein rotzfrecher Elftklässler war.«

»Du warst nie rotzfrech. Du warst das platonische Ideal eines Teenagers. Du hast den Rest von uns noch schlimmer aussehen lassen, als wir waren.«

»Und du«, sagt er und beugt sich lächelnd über unsere Fotos an der Pinnwand, »warst so schön.« Er dreht sich zu mir um und streicht mir die Haare aus dem Gesicht. »Fast so schön wie jetzt.«

Er zieht mich in seine Arme und lässt sich rückwärts aufs Bett fallen. Es ächzt unter dem Gewicht zweier notgeiler Erwachsener, und ich hoffe, es bricht nicht zusammen, als ich meine Beine öffne, um seine Erektion zu spüren. Ich möchte weinen – weil es sich so gut anfühlt, ihm so nah zu sein, aber auch wegen der Erinnerung daran, wie wir uns in diesem Bett verzweifelt nach dem Körper des anderen gesehnt haben (aber zu große Angst hatten, von seinen Eltern erwischt zu werden).

Rührung ist kein Gefühl, das ich im Vorfeld von Sex zu erleben gewohnt bin. Oder währenddessen. Oder danach.

Von Gefühlen bekomme ich Panikattacken. Im Gegensatz dazu verschafft mir Sex die Art von Dopaminrausch, für den ich normalerweise in der Apotheke viel Geld bezahlen muss.

Sex bedeutet für mich die *Befreiung* von Emotionen – eine Möglichkeit, mich zu verlieren.

Aber hier, in Seths Umarmung, fühle ich mich nicht verloren.

Ich fühle mich von Gefühlen überwältigt.

Ich bin überwältigt.

»Das habe ich vermisst, Baby«, murmelt er.

»Trockensex ist immer noch erstaunlich heiß«, bringe ich heraus.

»Nur, weil ich so gut darin bin.« Er grinst, aber seine Stimme klingt außer Atem.

»Nun, du hattest jahrelanges Training.« Ich packe seinen Hintern und schiebe meine Hüften in einen besseren Winkel.

»Wer sagt, dass ich jemals aufgehört habe?«, sagt er und gibt es mir.

»Ach ja? Ist das dein Markenzeichen?«

Das Reden hilft mir, nicht zu kommen, aber er stöhnt, und ich liebe es.

»Verdammte Scheiße«, sagt er und rutscht von mir runter. Ihn nicht mehr zwischen meinen Beinen zu spüren, macht mich traurig. Bis er seine Hand in mein Höschen schiebt und einen Finger in mich gleiten lässt.

»Ich will nicht angeben«, flüstert er. »Aber ich habe vor Kurzem gelernt, wie man es mit der Hand macht.«

»Nee. Du warst schon immer ziemlich gut darin.«

Ich küsse ihn, verschlinge ihn und sterbe.

So viele Gefühle überwältigen mich. Wie er mich gelehrt hat, so zu fühlen. Wie leicht ich bereit bin, mich ihm hinzugeben, mich ihm zu öffnen. Wie er mich zu berühren weiß, obwohl wir nur ein einziges Mal miteinander geschlafen haben, denn sein Körper erinnert sich noch an meinen, nach all den Jahren, die wir uns nacheinander verzehrt haben.

Ich komme so schnell, dass es mir peinlich ist.

»Shit! Entschuldigung!«, keuche ich zitternd.

»Was ist los, Süße?«, fragt er, während er mein Gesicht mit Küssen bedeckt.

»Ich will dich zu sehr. Es ist wie eine Krankheit.«

»Ich glaube, ich weiß, was dagegen hilft«, sagt er.

»Was denn?«

»Wie wäre es«, sagt er, »wenn du dich umdrehst und ich dich ficke, bis du nicht mehr geradeaus sehen kannst.«

Gott, was für ein *Mundwerk* dieser Mann hat.

Ich gehorche, und er knurrt, als er mir das Höschen auszieht, es auf den Boden wirft, seinen Reißverschluss öffnet und in mich gleitet.

Es ist schnell und hart und alles, was ich brauche. Es sind *wir*, nur mit dem Vorteil der Erfahrung. Befeuert durch Seths schmutziges Mundwerk und unser wahnsinniges Verlangen nacheinander, aber trotzdem irgendwie zärtlich.

Als es vorbei ist, lassen wir uns in die Kissen fallen, immer noch angezogen und keuchend, und löffeln.

Ich kann nicht aufhören zu lächeln.

»Du bist schockierend gut«, sage ich.

»Schockierend? Verströme ich keine sexuelle Aura?«

»Du bist sehr sexy«, sage ich ehrlich. »Ich bin es nur nicht gewohnt, dass mich nette Jungs in ihrem Kinderzimmer von hinten besinnungslos ficken.«

»Normalerweise sind es gemeine Jungs, die dich in ihren Kinderzimmern rannehmen?«

»Jep.«

Er knabbert an meinem Ohr. »Niemand darf gemein zu dir sein.«

»Was würdest du tun, wenn doch?«

»Sie verklagen.«

Ich verschränke meine Finger mit seinen. »Irgendwie törnt mich das an.«

»Ach ja?«, murmelt er. Er drückt sich an mich und er ist immer noch hart.

»Ja«, sage ich und reibe meinen Hintern an ihm.

Er rollt sich auf die Seite, sodass er auf mir liegt, und stützt sich auf die Unterarme.

»Lass uns dich aus diesem Kleid befreien.«

Wir ziehen uns gegenseitig aus, und ich erlaube mir, seinen Körper zu begutachten.

»Du trainierst«, sage ich und fahre mit den Händen über seine Schultern und seine Bauchmuskeln zum fast übertriebenen V seiner Hüften.

»Versuchst du, mir zu schmeicheln?«, fragt er.

»Ich versuche, dich dazu zu bekommen, noch mal mit mir zu schlafen.«

»Oh, komisch«, sagt er. »Es hat funktioniert.«

Dieses Mal ist langsamer. Als wir beide kommen, fühle ich mich, um eine Metapher zu verwenden, die zu diesem Zimmer passt, wie ein Knetmännchen.

Wir kuscheln uns aneinander, nackt, und ziehen die Decke über uns, die eigentlich zu klein ist. Er muss sich an mir festklammern, um nicht von der Matratze zu fallen. Unser Atem hat sich verlangsamt und ich kann seinen Herzschlag spüren.

Es könnte das beste Gefühl der Welt sein.

Er küsst meinen Kiefer.

»Molly«, flüstert er mir ins Ohr und drückt mich an sich. »Ich bin in dich verliebt.«

Mir stockt der Atem.

Ich halte ganz still und warte darauf, dass mich die Panik überkommt.

Aber als sich mein Herz zusammenzieht, ist es nicht vor Angst.

Es ist vor Freude.

»Ich liebe dich auch«, sage ich.

Wir liegen einfach da und genießen es, bis ich kurz davor bin einzuschlafen. Seth sieht auf sein Handy.

»Die kommen wahrscheinlich erst so in einer Stunde wieder. Willst du noch ein kurzes Nickerchen machen, bevor ich dich nach Hause fahre?«

Ich nicke und er stellt den Wecker und nimmt mich wieder in den Arm.

Wir schlafen zusammen ein, unser Herzschlag synchron.

Doch als ich aufwache, ist es nicht vom Klingeln des Weckers.

Sondern von einer Kinderstimme, die schreit: »Da ist ein *Mädchen* in Onkel Seths Bett! Und sie ist *nackt*!!!«

29. KAPITEL

Seth

»Max, mach die Tür zu«, sage ich und setze mich blitzschnell auf. Er hört mich nicht, denn er kreischt so entsetzt, dass man meinen könnte, ein Asteroid sei gerade ins Haus eingeschlagen.

»Max!«, schreie ich. »Mach die Tür zu.«

Seine Augen weiten sich, und er erstarrt, dann schlägt er die Tür zu. Ich höre, wie er den Flur hinunterläuft und sich immer noch über die Frau in meinem Bett auslässt.

Besagte Frau hat sich komplett unter meiner winzigen Decke verkrochen und lacht so hysterisch, dass das Bett wackelt.

Ich lehne mich zurück und breche ebenfalls in Gelächter aus.

Aus dem Wohnzimmer höre ich, wie meine Schwägerin versucht, ihren aufgebrachten Sohn zu beruhigen. Es scheint nicht zu funktionieren, denn jetzt stimmt auch noch Jack mit ein.

»So viel zu einer sauberen Flucht«, sage ich. »Tut mir leid. Keine Ahnung, warum sie schon wieder zurück sind.«

Sie greift nach meinem Handy und prüft die Zeit. »Wahrscheinlich, weil dein Wecker nicht geklingelt hat. Es ist Viertel vor zehn.«

»Shit. Darf ich mal sehen?«

Wie sich herausstellt, habe ich den Wecker auf halb neun Uhr morgens gestellt, nicht abends.

»Gib's zu«, sagt Molly. »Das hast du mit Absicht gemacht, damit ich vor deiner ganzen Familie Spießruten laufen muss.«

»Okay. Erwischt.«

Sie gibt mir einen Klaps auf die Schulter.

»Also, wie geht's weiter?«, fragt sie.

»Ich würde sagen, zuerst ziehen wir uns an. Dann gehen wir raus und tun so, als wäre absolut nichts sonderbar an dieser Situation.«

»Super. Das sollte einfach sein.«

Sie streift sich ihr Sommerkleid über und ich ziehe meine Hose an. Wir suchen ihre Sachen zusammen.

»Bereit?«, frage ich.

Sie holt tief Luft. »Ja. Ich kann es kaum erwarten.«

Ich öffne die Tür und wir gehen in die Küche.

Meine ganze Familie ist da. Die Jungs essen Eis am Stiel, mit dem man sie vermutlich bestochen hat, damit sie aufhören zu schreien. Aber als Max uns sieht, fallen ihm fast die Augen aus dem Kopf.

»Das ist das Mädchen!«, ruft er. »Die, die nackt war!«

»Leute, das ist Molly«, sage ich und lege meinen Arm um sie. »Ihr habt sie neulich kennengelernt. Sie ist meine Freundin.«

Meine Mutter lässt den Schwamm, den sie in der Hand hält, auf die Kücheninsel fallen und hält sich die Hand vor den Mund. Mein Vater neigt den Kopf und lächelt breit. Dave starrt mich an, als hätte ich gesagt, dass ich meinen Job kündige, um Drachenflieger zu werden. Max und Jack kreischen im Chor: »Uääääh, Freundin!«

Nur Clara bewahrt die Fassung. »Hey, Molly«, sagt sie freundlich.

Molly lächelt die versammelten Familienmitglieder an. »Hi.«

Clara schnappt sich ihre Söhne und dirigiert sie auf die Veranda, von wo ihre schrillen Ekelbekundungen weniger ohrenbetäubend sind. Ich gehe zum Kühlschrank und fülle zwei Gläser mit Wasser.

»Tut mir leid«, sage ich und reiche Molly eins. »Wir haben uns alte Jahrbücher angesehen und die Zeit vergessen.«

Dave schnaubt. »Scheinen ziemlich gute Jahrbücher gewesen zu sein.«

»Ziemlich«, stimmt Molly zu.

»Hast du gerade Freundin gesagt?«, fragt meine Mutter und wirft meinem Vater einen ungläubigen Blick zu.

»Ja«, sage ich.

»Seth!«, ruft sie und strahlt. »Warum hast du uns das nicht erzählt?«

»Druckfrisch«, sage ich.

Meine Mutter umarmt Molly. »Ich freue mich so für euch beide.«

»Seth ist ein Glückspilz«, sagt mein Vater.

Dave hat sein instinktives Entsetzen höflicherweise abgelegt. »Willkommen in der Familie, Molly«, sagt er.

Molly grinst ihn an. »Es ist mir eine Ehre.«

Meine Mutter hält eine riesige Tüte mit Essensresten hoch. »Möchtet ihr frittierte Maisbällchen?«

»Nein«, sage ich sofort, denn Molly will bestimmt schnellstmöglich weg von hier.

»Ehrlich gesagt, ja«, sagt Molly. »Ich bin am Verhungern.«

»Oh, gut«, sagt meine Mutter. »Wir haben auch noch Steak und Makrele und – warte, ich mache dir einen Teller.«

»Danke«, sagt Molly.

»Willst du auch einen Teller, Seth?«, fragt meine Mutter.

»Ich esse bei Molly mit.«

»Ich wollte gerade eine Flasche Pinot öffnen«, sagt mein Vater. »Möchtest du ein Glas?«

»Klar«, sagt Molly.

Und dann tischen meine Eltern auf der Veranda Essen und Wein auf.

Clara schafft es, die Jungs abzulenken, indem sie sie in den Pool scheucht. Er ist rosa beleuchtet und ihre Freudenschreie verbreiten Familienurlaubsstimmung.

Ich versuche, mich nicht auf den Gedanken zu versteifen, dass das eines Tages Wirklichkeit werden könnte.

»Also, Molly«, sagt mein Vater. »Wann fährst du zurück nach La La Land?«

Mir fällt auf, dass ich mir diese Frage selbst noch gar nicht gestellt habe.

»Mein Flug geht morgen früh«, sagt sie.

»Wirklich?«, frage ich niedergeschlagen.

Irgendwie dachte ich, dass sie länger bleiben würde.

»Ja. Ich bin schon die ganze Woche hier.«

Offenbar spüren meine Eltern und Dave meine Enttäuschung.

Meine Mutter steht abrupt auf. »Kal, Dave, warum holen wir nicht unsere Badesachen und machen mit den Jungs ein Familienschwimmen.«

Meine Neffen hören das und fangen sofort an zu kreischen: »FAMILIENSCHWIMMEN! FAMILIENSCHWIMMEN!«

»Schon gut, schon gut«, schreit Dave seine Kinder an. »Ihr weckt noch die Astronauten auf dem Mond.«

»Dann musst du wahrscheinlich nach Hause und packen«, sage ich zu Molly. Ich versuche, mir nicht anmerken zu lassen, wie deprimiert ich bin – ohne großen Erfolg.

»Tut mir leid, ich hätte etwas sagen sollen. Ich war nur … abgelenkt.«

»Du musst dich nicht entschuldigen. Ich bin nur traurig, dass wir uns schon verabschieden müssen.«

Sie nickt. »Ich weiß. Wann fährst du?«

»Freitag.«

Heute ist Sonntag. Ich hatte mich auf eine Woche mit der Familie gefreut, aber nach dem Tag, den wir gerade hinter uns haben – möglicherweise der beste meines Lebens –, ist die Vorstellung, ohne Molly hier zu sein, so verlockend wie Sand fressen.

Mollys Telefon summt. »Mist. Das ist meine Mutter. Sie will wissen, ob du mich entführt und umgebracht hast.«

»Noch nicht. Aber ich habe es auf dem Heimweg vor.«

»Oh, gut. Ich habe meine sterbliche Hülle satt.«

»Okay, wollen wir los?«

Sie nickt. »Ich verabschiede mich nur noch von deiner Familie.«

Wir winken Clara und den Jungs zum Abschied zu und fangen Dave und meine Eltern im Wohnzimmer ab. Molly umarmt alle, was etwas amüsant zu beobachten ist, da sie in Badesachen stecken.

Und dann sitzen wir wieder im Volvo meiner Mutter, fahren durch dunkle Vorstadtstraßen und versuchen, Molly rechtzeitig nach Hause zu bringen, als wären wir wieder sechzehn.

Ich mache Elliot Smith an, weil es traurig und nach Los Angeles klingt, und ich wünschte, sie würde nicht dorthin zurückkehren.

»Herrgott, Seth«, sagt Molly und dreht die Lautstärke runter. »Suhl dich nicht so im Elend.«

»Ich werde dich vermissen. Ich überlege immer noch, wie ich damit umgehen soll, dass ich dich so sehr vermissen werde.«

Sie streichelt meinen Nacken. »Es wird furchtbar sein«, sagt sie.

Dass sie mir zustimmt, beruhigt mich. Bis sie hinzufügt: »Vielleicht ist das Ganze doch keine gute Idee.«

Ich erstarre.

»Was?«

»Es zu versuchen … Vielleicht bleibt es besser ein Traum als ein emotional zermürbender, logistischer Albtraum.«

»Wie soll das besser sein?« Meine Stimme ist so laut, dass Molly zurückschreckt.

»Wir hatten diesen einen perfekten Tag, vielleicht sollten wir …«

Ich halte den Wagen an, schalte den Warnblinker ein und drehe mich zu ihr um.

»Molly, warum sagst du so was?«

Sie atmet flach ein und aus, und ich weiß, dass sie kurz vor einer Panikattacke steht. Ich möchte sie festhalten, um die Angst aus ihr herauszudrücken, aber wir sind durch eine Konsole getrennt und beide angeschnallt.

»Ich werde das kaputtmachen, Seth«, sagt sie, »ich kenne mich. Ich werde dich verletzen, und du wirst nicht mehr mit mir zusammen sein wollen, und ich werde dich für den Rest meines Lebens vermissen.«

»Baby«, sage ich sanft. »Denkst du das wirklich?«

»Ja! Ich bin so verdammt *hibbelig*, Seth. Du hast ja keine Ahnung.«

Ich lache heiser durch den Kloß in meinem Hals. »Eigentlich schon. Ich will dich trotzdem.«

Sie ist still.

»Ich will dich seit zwanzig Jahren. Das weißt du doch, oder?«

Sie schnieft. »Ja. Ich auch.«

»Und ich weiß, dass du deine Probleme hast, und ich auch, und ich weiß, dass es nicht einfach sein wird, eine Fernbeziehung zu führen. Aber wir *müssen* es versuchen.«

»Okay«, flüstert sie. Es ist fast ein Schluchzen und es bricht mir das Herz.

Ich ziehe sie an mich. Sie legt ihren Kopf an meine Schulter. Im Rückspiegel sehe ich Tränen auf ihren Wangen glänzen.

Ich muss diese Tränen trocknen. Wir haben zu viel durchgemacht, um an diesem Tag traurig zu sein.

»Ich hab eine Idee«, sage ich.

»Ja?«

»Was, wenn du morgen nicht nach L. A. fliegst?«

»Ich kann nicht bleiben, Seth. Ich bin jetzt schon kurz davor, meine Mutter umzubringen.«

»Und wenn wir beide abreisen? Wir nehmen einen Flug nach Chicago und fahren in mein Haus am See. Nur wir beide. Verbringen die Woche zusammen. Schmieden Pläne. Überlegen, wie wir das hinkriegen können.«

»Ist das dein Ernst?«

»Mein voller Ernst.«

»Was ist mit deiner Familie?«

»Ich werde ihnen sagen, dass ich mich um ein Mädchen kümmern muss.«

Ich halte den Atem an.

»Ich müsste am Samstagnachmittag wieder in L. A. sein«, sagt sie langsam. »Aber weißt du was? Scheiß drauf. Das ist besser als nichts. Ich besorge uns Tickets.«

»Aber hallo!«

Ich fahre zurück auf die Straße und sie schnappt sich ihr Handy. Noch bevor wir über die Brücke sind, hat sie die Tickets gekauft. Sie muss mich zurückhalten, nicht zu schnell zu fahren, denn ich bin so high vor Freude und Adrenalin, dass ich in einer Fünfundzwanziger-Zone aus Versehen fünfzig fahre.

Wir halten vor dem Haus ihrer Mutter und knutschen in der Einfahrt.

Als sie aussteigt, laufe ich ihr hinterher, und wir knutschen an der Tür weiter.

Auf dem Heimweg singe ich aus voller Kehle zum Radio.

Ich tanze, während ich meinen Eltern sage, dass ich früher abreise.

Und am nächsten Morgen treffe ich Molly um acht Uhr dreißig vor dem Abflugterminal des Flughafens.

»Bist du sicher, dass das eine gute Idee ist?«, fragt Dave, als er mich dort absetzt. »Ich weiß, du bist glücklich, aber …« Er hält inne, und ich merke, wie er nach einer diplomatischen Formulierung sucht. »Das kommt alles sehr plötzlich.«

Ich sehe mein Mädchen, dessen Haar im Morgenlicht schimmert, und frage mich, wie er auf die Idee kommen kann, dies sei irgendetwas anderes als der Anfang eines Märchens.

Trotzdem rührt mich seine Sorge. In unserer Kindheit war er nie ein besonders begeisterter großer Bruder, aber wenn ich ihn brauche, kann ihn niemand aufhalten. Ich trage mein Herz auf der Zunge, er die geballte Faust in der Tasche.

»Ich bin mir sicher«, erwidere ich. »Mach dir keine Sorgen um mich.«

Er nickt und klopft mir auf die Schulter. »Na gut. Ruf Mom an, wenn du da bist. Sie wird sich Sorgen machen.«

»Mach ich. Danke fürs Fahren.«

Ich hole meine Tasche aus dem Kofferraum, winke Dave zum Abschied und eile zu Molly.

»Guten Morgen, meine Schöne«, sage ich, ziehe sie in meine Arme und rieche an ihrem köstlichen Haar.

»Dir auch einen guten Morgen«, sagt sie. Sie lässt die Umarmung länger zu als erwartet.

Ich vergrabe mein Gesicht an ihrer Wange, um mein entzücktes Lächeln zu verbergen. Denn wenn sie sich hier in aller Öffentlichkeit an mich schmiegt, weiß ich, dass sie mich *mag*.

Ich weiß, sie hat gesagt, sie liebt mich, was vielleicht der Höhepunkt meines Erwachsenenlebens ist, aber *Sympathie* ist genauso wichtig wie Leidenschaft. Deshalb durchflutet es mich warm, wenn ich sehe, dass sie sich freut, mich zu sehen. Dass sie meine Nähe, meine Gesellschaft genießt.

Wir checken ein und geben unser Gepäck auf. Wir sind gerade an der Sicherheitskontrolle vorbei und gehen Hand in Hand zu unserem Gate, als Molly abrupt stehen bleibt. Ich stolpere fast.

Ich sehe sie an und sie ist leichenblass. Verschwunden ist die Leichtigkeit, die sie noch vor fünfunddreißig Sekunden ausgestrahlt hat.

»Was ist los?«, frage ich.

»Ach. Nichts. Nur …« Sie deutet auf die Schlange am Kaffeestand.

Dort steht Mollys Vater mit einer sehr hübschen Rothaarigen, die aussieht wie fünfundzwanzig.

Roger Marks war immer ein markanter Mann – groß und schlaksig, mit hohlen Wangen und hellblauen Augen. Sein dichter Haarschopf ist inzwischen weiß, sein Gesicht schroffer, und er hat sich die tiefe, ledrige Bräune einer kubanischen Zigarre zugelegt. Man könnte sich vorstellen, dass er in Ägypten Gräber ausraubt oder in Thailand kulinarische Reisedokus dreht oder – was er wohl tatsächlich tut – auf einem Segelboot in Florida bei Aged Rum auf Eis anspruchslose Krimis schreibt.

Er muss unsere Blicke spüren, denn er hebt den Kopf und sieht sich um.

Molly winkt. Er blinzelt, als würde er sie nicht erkennen.

Zu seiner Verteidigung: Die Sonne blendet durch die Oberlichter, aber es dauert trotzdem erstaunlich lange, bis er begreift, dass die Person, die auf ihn zukommt und »Papa!« ruft, seine Tochter ist.

Als er sie erkennt, wird sein Gesicht völlig schlaff. Er sieht gequält aus. Nein, *ertappt*.

Er hebt eine Hand, opfert seinen Platz in der Schlange jedoch nicht, um sie zu begrüßen. Was nicht verwundert. Er hat sich nicht um sie geschert, als sie ein traumatisierter Teenager war – warum sollte er jetzt damit anfangen?

Ich hasse ihn.

Ich habe ihn immer gehasst.

Aber jetzt hasse ich ihn noch mehr, denn ich sehe die gespannte Erwartung in ihren Schritten, und ich sehe, wie er einfach nur dasteht, das nackte Grauen im Gesicht.

Ich beeile mich, Molly einzuholen, und umklammere den Riemen meiner Tasche, als wäre es ein Baseballschläger. Ich werde Roger Marks auf diesem Flughafen bewusstlos schlagen, wenn er nicht nett zu seiner Tochter ist, scheiß auf die bevorzugte Behandlung bei der Sicherheitskontrolle.

»Hi«, sagt Molly zu ihrem Vater. »Hätte nicht erwartet, dich hier zu sehen.«

»Hey, Süße«, sagt er, weil er die Art von Mann ist, der Frauen *Süße* nennt. Er beugt sich vor, um einen Kuss auf die Wange zu bekommen, den er nicht erwidert. »Was für ein Zufall.«

»Ja«, sagt Molly. »Ich dachte, du wärst verreist. Kommst du gerade zurück?«

»Ich fahre gerade weg«, sagt er. »Kurzer Abstecher nach Barbados. Golfturnier.«

»Ah«, sagt Molly zögernd. »Und, ähm, wer ist das?«

Die junge Frau starrt mit großen, entsetzten Augen auf den Boden, als würde gerade eine Kakerlake über ihren Fuß laufen.

»Savannah«, sagt Roger zu ihr, »das ist meine Tochter Molly.«

Das Mädchen sieht auf und Molly kurz in die Augen. »Freut mich, dich kennenzulernen, Molly.« Sie hat einen leichten Südstaatenakzent und ihre Stimme zittert. Entweder ist sie ziemlich schüchtern oder ziemlich erschrocken.

»Ganz meinerseits«, sagt Molly.

Es folgt eine sehr, sehr lange Pause.

»Und wer sind Sie?«, fragt Mollys Vater und reicht mir mit einer urplötzlichen, jovialen Energie die Hand. Er scheint sehr darauf erpicht, das Gespräch von seiner Reise und seiner Reisebegleitung abzulenken.

»Seth Rubenstein«, sage ich. Ich warte darauf, dass er mich erkennt.

»Freut mich, Sie kennenzulernen, Seth. Roger Marks.« Er sagt das so, als würde er davon ausgehen, dass ich seinen Namen von dem Regal mit neonfarbenen Büchern am Kiosk fünfzehn Meter weiter kenne, und sich freuen, mir die Gelegenheit zu geben, eine Berühmtheit zu treffen.

»Ihr kennt euch«, sagt Molly. »Seth war in der Highschool mein Freund. Weißt du noch?«

»Ah, natürlich«, sagt er, obwohl er ganz offensichtlich lügt. »Schön, dich wiederzusehen, Seth. Wo wollt ihr zwei denn hin?«

»Chicago«, sagt Molly in einem Tonfall, den ich von ihr nur kenne, wenn sie versucht, nicht sauer zu klingen. »Wir sind auf dem Weg nach Wisconsin.«

Das wäre ein passender Zeitpunkt für Roger, sich zu erkundigen, warum Molly mit ihrem Highschool-Freund in den Mittleren Westen fährt, aber ihm ist nicht danach.

»Sieht so aus, als wären wir die Nächsten«, sagt er. »Möchtet ihr beide auch einen Kaffee?«

Am liebsten würde ich ihn um einen Iced Dirty Chai Coconut Latte bitten, nur um sein Gesicht zu sehen, aber da diese Interaktion offensichtlich für alle Beteiligten eine Qual ist, halte ich mich zurück.

»Nein, danke«, sagt Molly.

»Schön, dich zu treffen, Tootsie«, sagt ihr Vater mit gezwungener Herzlichkeit. »Wir sehen uns in Los Angeles.«

»Ja. Klingt gut«, sagt Molly mit der gleichen aufgesetzten Fröhlichkeit. »Viel Spaß auf eurer Reise.«

Sie will ihn gerade umarmen, als er sich an die Kassiererin wendet, um seine Bestellung aufzugeben.

Es ist, als würde man zusehen, wie ein Kätzchen vom Auto angefahren wird.

»Ups«, sagt sie und stößt fast mit Savannah zusammen. Ich höre die Demütigung in ihrer Stimme, aber Roger ist zu sehr damit beschäftigt, dem Teenager zu erklären, wie er seinen Espresso haben will, um es zu bemerken.

Ich möchte seinen blöden, vollen Haarschopf packen und ihn mit dem Gesicht in die Plexiglasscheibe schlagen.

Sie wendet sich zum Gehen, aber ich bleibe wie angewurzelt stehen.

»Arschloch«, sage ich leise.

Roger dreht sich um. »Wie bitte?«, sagt er.

Ich schüttle angewidert den Kopf. »Das ist deine verdammte Tochter.«

»Seth, komm schon«, sagt Molly und zieht an meiner Hand. »Ist schon gut.«

»Kannst du deine eigene Tochter nicht mal in den Arm nehmen? Vielleicht so tun, als würdest du dich wenigstens ein bisschen freuen, sie zu sehen?«

»Es reicht«, zischt Molly. »Hör auf damit.«

»Tut mir leid, Dad«, sagt sie über ihre Schulter. »Wir sehen uns in einer Woche.«

Sie zieht mich weg und geht ohne einen Blick zurück in Richtung unseres Gates.

Ich lege den Arm um sie, aber sie schüttelt ihn ab. »Das war demütigend«, flüstert sie. Ich gehe davon aus, dass sie die absolute Gleichgültigkeit ihres Vaters ihr gegenüber meint, aber sie dreht sich um und funkelt mich an. »Mach so was nie wieder, hast du verstanden?«

Oh, Mist. Sie ist sauer auf mich.

»Tut mir leid«, sage ich sofort. »Du hast recht. Es stand mir nicht zu, mich einzumischen.«

»Nein. Allerdings.«

Ich höre an ihrem Tonfall, dass sie nicht darüber reden will, aber ich kann es nicht lassen.

»Ich kann nur nicht fassen, dass er dich angelogen hat«, sage ich. »Und wer war dieses Mädchen?«

Sie schüttelt mit versteinerter Miene den Kopf. »Wer weiß. Jedenfalls nicht seine Frau. Spielt auch keine Rolle. Es lohnt sich nicht, mit ihm zu streiten.«

Aber das *tut* es. Ich will, dass sie genauso wütend ist wie ich. Dass sie ihn mit ihrer scharfen Zunge zermetzelt. Dass sie in den Zeitungsladen stürmt, sich das neueste Mack-Fontaine-Buch schnappt und ihn damit verdrischt.

»Baby«, sage ich leiser. »Warum solltest du seine Gefühle schonen?«

»Weil er mein Vater ist«, sagt sie schlicht. »Am Ende des Tages will ich ihn in meinem Leben haben. Und in letzter Zeit haben wir uns gut verstanden. Ich schreibe gerade den nächsten Mack-Fontaine-Film.«

Ich bin erstaunt, dass sie ihm genug vertraut, um mit ihm an irgendetwas zu arbeiten, geschweige denn an einem seiner schmierigen Detektivfilme, aber ich weiß, dass mich das nichts angeht.

»Okay. Verstehe. Aber du kannst trotzdem wütend sein, dass er dich so behandelt.«

»So ist er nun mal. Ich bin daran gewöhnt. Ich habe meine Mutter. Alles gut.«

Aber das ist es nicht. Ihre demonstrative Leidenschaftslosigkeit wirkt, als wäre sie irgendwo in sich selbst verschwunden. Ich *hasse* es.

Ich ziehe sie in meine Arme, aber sie bleibt starr. Es ist, als würde man ein Stück Treibholz umarmen.

»Hör mir zu«, sage ich. »Er tut mir leid. Denn seine Tochter ist einer der außergewöhnlichsten Menschen, die ich kenne. Und er hat versagt. Das weiß er. Deshalb ist er so. Weil er es vermasselt hat und sich schämt.«

Sie holt tief Luft.

»Ach ja? Tja, von ihm habe ich es.«

»Was hast du von ihm?«

»Dass ich ein egoistisches Arschloch mit einem Hang zur Grausamkeit bin.«

Ich bin betroffen. »Molly, das bist du nicht.«

»Doch«, sagt sie ohne Umschweife. »Ich bin genauso gestrickt wie er. Ich bin kalt und zynisch und ich verletze Menschen.«

»Das bist du ganz und gar nicht«, sage ich und möchte es ihr am liebsten ins Gehirn einbrennen. »Ich werde nicht zulassen …«

»Ach nein? Eine sarkastische Autorin serviert einen tollen Typen ab und ghostet ihn fünfzehn Jahre lang? Klingt das nach jemandem, den wir kennen? Weißt du noch, als du gesagt hast, ich sei ein Verlasser? Tja, Bingo. Ich habe von den Besten gelernt.«

»Molly, es war *schrecklich* von mir, das zu sagen. Keiner ist nur seine Vergangenheit. Keiner ist nur *eine* Sache.«

»Ja, bestimmt bin ich alle Farben des gottverdammten Regenbogens, aber ich bin eben auch mein Vater. Beziehungen machen mir Angst. Ich ziehe mich zurück, laufe davon, verletze Menschen, denen ich wichtig bin. Und ich weiß, wie sich das anfühlt, weil er mir genau das angetan hat, okay? Er tut es immer noch. Und falls du dich fragst, wie du da reinpasst, als netter Mensch mit Gefühlen, der mich *liebt* – ich frage mich das auch.«

Ihre Pupillen sind geweitet und ich sehe ihre schwarzen Gedanken. Sie stilisiert sich zu einem Klischee und das ist nicht zuletzt *meine* Schuld.

Sie schreibt das Ende unserer Geschichte, bevor sie überhaupt begonnen hat.

»Molly?«, sage ich. »Wir alle machen Fehler und wir alle haben unser Päckchen zu tragen. Das macht dich nicht zu einem schlechten Menschen. Es macht dich *menschlich.*«

Ihr schießen Tränen in die Augen. »Danke, dass du das sagst. Aber ich bin mir nicht sicher, ob diese Reise eine gute Idee ist. Ich bin nicht gut für dich.«

Ich schüttle den Kopf. »Doch. Tut mir leid, Kleines. Du bist genau das, was ich brauche.«

»Ich will dich nicht so behandeln. Ich will dir nicht wehtun. Ich habe solche Angst vor mir selbst.« Sie weint nicht, aber ihr ganzer Körper ist verkrampft, als würde sie jeden Muskel anspannen, um ihn zusammenzuhalten. »Ich will dich nicht noch einmal verlieren.«

»Baby«, sage ich und halte sie ganz fest, »das würde ich nie zulassen.«

Und als sie schlaff wird und anfängt zu weinen, weiß ich, dass sie bereit ist, mir zu glauben.

30. KAPITEL

Molly

Ich bin so froh, dass Seth mich am Flughafen nicht hat fliehen lassen. Denn wenn ich nicht in das Flugzeug gestiegen wäre, wie hätte ich dann je erfahren, dass er im Schlaf Worte murmelt?

Sie sind nicht auf Englisch. Er spricht in seinen Träumen eine Fantasiesprache.

Er steht um 6:00 Uhr morgens mit der Sonne auf und geht auf die Terrasse, um zu meditieren. Wenn er fertig ist, fährt er Kajak oder joggt um den See. Er kommt taufrisch nach Hause und nimmt eine Dusche. Dann kommt er zurück ins Bett und küsst mich wach.

Er lässt mich nicht aus dem Bett, bevor ich nicht mindestens zweimal gekommen bin. Was nicht schwer ist. Mein Körper befindet sich in seiner Nähe im Zustand permanenter Erregung. Ich will, und will, und will.

Er macht mir jeden Tag Frühstück. Rühreier mit saftigen Tomaten, frischem Basilikum und Feta-Krümeln. Joghurt mit selbst gemachtem Müsli – eine duftende Mischung aus Zimt, Pinienkernen, Hafer und alten Getreidesorten – und einem Klecks Blaubeermarmelade. Die Biskuits seiner Großmutter mit käsiger Maisgrütze. Himbeerpfannkuchen mit geschmolzener Butter und Ahornsirup.

Er lässt sich dabei nie von mir helfen. Andere Mahlzeiten bereiten wir gemeinsam zu, aber das Frühstück macht er mir allein.

Während er kocht, stöbere ich in seinem Haus herum und versuche, aus seinen Besitztümern zu lesen, als wären es Teeblätter. Sein Haus ist schlicht und großzügig, ein A-Häuschen mit großen Glasfenstern, die auf den See blicken. Die Möbel sind rustikaler als erwartet – ein Chesterfield-Ledersofa, das in die Jahre gekommen ist. Alte Lampen. Handgewebte Teppiche. Ein Bauerntisch mit Kerzenständern und Obstschalen. Jeder Gegenstand im Haus, von seinen alten Brettspielen über seine Kochbücher bis hin zu seiner Yogamatte, hat einen festen Platz. Er lässt nie irgendetwas rumliegen.

Gelegentlich muss Seth sich für die Arbeit Zeit nehmen. Anfangs wappne ich mich dafür, ihn über Scheidung und Alimente reden zu hören – meine Trigger. Aber stattdessen höre ich, wie er seine Mandanten mit Geduld und Mitgefühl berät – ihnen harte Wahrheiten über die Auflösung ihrer Ehen oder gute Nachrichten über Sorgerechtsverhandlungen überbringt –, und mir wird klar, dass ich seinen Job falsch eingeschätzt habe. Ich bin trotzdem kein Fan, aber er erfordert Einfühlungsvermögen, Liebenswürdigkeit und Menschenkenntnis, und das passt zu Seth.

Außerdem ist er witzig und kollegial, wenn er mit seinen Mitarbeitern Fälle bespricht, Zuständigkeiten zuweist und Entscheidungen trifft. Ich höre seine Telefonate mit Anwälten der anderen Seite – stets gut gelaunt und höflich, selbst wenn er ihre Forderungen zurückweist und ihre Argumente zerpflückt. Ich staune über seine Kompetenz. Ich verstehe, wie er sich ein Haus am See leisten kann.

Wenn er nicht gerade telefoniert oder eine Videokonferenz hat, läuft immer Musik. Er hat nicht gelogen, was seine Vorliebe für Cat Stevens angeht, was ich sehr sympathisch finde. Er hat mir eine neue Perspektive auf die Diskografie von Elvis eröffnet. Die Rolling Stones hasse ich trotz Seths Bemühungen nach wie vor. Wir lieben beide Etta James. Er findet es lustig, NSYNC zu spielen, wenn wir ins Bett gehen, und ich muss ihm sein Telefon wegnehmen, um es auszuschalten.

In der ersten Nacht wollte ich zum Einschlafen Schlaflieder über meine Ohrstöpsel hören. Er hat sie mir sanft aus den Ohren gezogen und meine Playlist über Lautsprecher abgespielt. Jeden Abend schlafen wir gemeinsam zu diesen Liedern ein. Manchmal summt er sie mir ins Ohr.

Nachmittags ist es heiß und schwül und wir gehen im See schwimmen. Danach liegen wir auf Handtüchern und lesen Bücher, die wir im Antiquariat in der Stadt gekauft haben. Er hat sich einen Stapel Science-Fiction-Taschenbücher ausgesucht – genau solche wie damals in der Schule – und verschlingt eins nach dem anderen. Er liest ausdrucksvoll, lächelt bei den guten Stellen und runzelt die Stirn, wenn es spannend wird. Ich tue so, als würde ich eine zerfledderte Kurzgeschichtensammlung von Alice Munro lesen, aber meistens betrachte ich Seth und sinniere über mein Glück.

Ich versuche, nicht an meinen Vater, die Arbeit oder Los Angeles zu denken – die tickende Uhr, die uns beiden bewusst ist. Die Tatsache, dass es vorübergeht.

Wir haben fünf Tage, sage ich mir. *Noch drei Tage. Noch eine letzte Nacht.*

Wir kommen mit Wasser in den Haaren und sonnengesättigt nach Hause, haben trägen Sex und machen ein Nickerchen.

Seth liebt Einkaufen. Er liebt es, mit mir in den Naturkostladen zu fahren, um handgemahlene Erdnussbutter und Nussbrot zu kaufen. Er kennt die Verkäufer auf dem Bauernmarkt und stellt mich ihnen stolz vor: »Meine Freundin Molly.« Er ist mit den Mädchen vom Weinladen befreundet, und sie empfehlen ihm rubinrote Pinot Noirs und mit Schalen vergorene Orange-Weine, die mich an die Sonne erinnern.

Abends grillt Seth Fisch aus dem See und Steaks aus dem

Mittleren Westen, während ich uns Kräutersalate und Maiskolben zubereite. Wir öffnen den Wein und essen auf der Terrasse, während die Julisonne untergeht. Wenn es endlich dunkel wird, ist der Himmel so klar, dass man die Milchstraße sehen kann.

Seth spricht über unsere Zukunft. Wir sollten es sechs Monate lang mit einer Fernbeziehung versuchen, sagt er, und dann Bilanz ziehen. Jeden Tag FaceTime. Uns mindestens einmal im Monat sehen.

Er überlegt sich Orte, an denen wir uns treffen könnten – Orte, an denen keiner von uns je gewesen ist und an denen wir gemeinsam neue Erinnerungen schaffen können. Santa Fe. Yosemite. Orcas Island, um Wale zu beobachten.

Er will mein Haus sehen und in meinen Sachen stöbern.

Ich denke immer noch an meinen Vater. Daran, dass er und meine Mutter in der Highschool sehr verliebt waren, was ihn nicht davon abhielt, ihre Beziehung zu zerstören. Dass er immer noch betrügt und Ehen wegwirft wie abgetragene Kleidungsstücke. Ich denke an all die netten Jungs, die ich abserviert habe, bevor ich aufgehört habe, mit Typen auszugehen, denen es etwas ausmachen könnte, wenn ich sie verlasse.

Statt still zu grübeln, spreche ich mit Seth im Dunkeln darüber.

Er hört sich meine Ängste geduldig an, ist aber optimistisch. Wir lieben uns, beruhigt er mich. Wir kennen uns. Es kann funktionieren.

Jeden Abend, bevor er sich die Zähne putzt, schreibt er drei Minuten lang Dinge auf, für die er dankbar ist, und bringt mich dazu, dasselbe zu tun.

Ich bin dankbar für jeden Morgen in dieser sonnendurchfluteten Hütte, wenn mich zu den Klängen von Chopin der Duft von Toast und Pesto umweht.

Für das Wasser des Sees, das mein Haar kräuselt.

Für einen Job, der es mir erlaubt, in dieses flüchtige Leben zu verschwinden.

Für den Sex auf der Terrasse um Mitternacht, wenn die Sterne funkeln und die Nachbarn schlafen.

Mit einem Wort, ich bin dankbar für Seth.

31. KAPITEL

Seth

Jedes Mal, wenn ich Molly Marks neben mir leise schnarchen höre, überschlägt sich mein Herz. Ich wache früh auf, nur um ihr rhythmisches Hauchen zu hören. Um mich zu vergewissern, dass sie neben mir liegt.

Sie schläft aus, während ich meinen Frühsport mache. Aber ich weiß, dass sie heimlich aufsteht, um sich die Zähne zu putzen, denn wenn ich nach dem Duschen zu ihr ins Bett komme, hat sie minzfrischen Atem.

Ihr Koffer ist so unordentlich, dass es mich in den Fingern juckt, ihre Kleidungsstücke zusammenzulegen (ich kann mich beherrschen), aber am Haken meiner Badezimmertür hängt eine Tasche mit in der Reihenfolge ihrer Anwendung sortierten Hautpflegeprodukten. Jeden Morgen braucht sie dafür fünfzehn Minuten, abends weitere zwanzig. Sie sagt, sie meditiert nicht, aber ich glaube, das ist ihre Art, es zu tun.

Nachdem sie die Produkte aufgetragen hat, riecht sie fantastisch.

Eigentlich riecht sie immer fantastisch.

Am ersten Morgen, an dem wir zusammen aufwachten, sagte sie, sie frühstücke nicht – ich solle mir keine Sorgen machen. Vielleicht, sagte sie, würde sie später einen Proteinriegel essen. Einen Proteinriegel! Ich habe ihr trotzdem Rührei gemacht, und es stellte sich heraus, dass sie sehr wohl frühstückt, wenn es lecker ist. Jeden Tag, während ich das Frühstück zubereite, überlege ich schon, was ich morgen machen könnte, um mich selbst zu übertreffen. Ich versuche alles in meiner Macht Stehende, damit sie mich mit sinnlichen Genüssen in Verbindung bringt.

Sie streift gerne durch meine Wohnung, während ich koche, stöbert hier und da, fragt mich nach der Herkunft von Möbeln, Büchern oder Schallplatten. Sie durchforstet meine Besitztümer mit einer Neugier, die mir schmeichelt, mich aber auch ein bisschen nervös macht. Ich hoffe, ihr gefällt, was sie findet.

Manchmal, wenn ich arbeiten muss, holt sie ihren Laptop heraus und schreibt. So schnell habe ich noch nie jemanden tippen sehen, sie fliegt mit den Spitzen ihrer langen Nägel über die Tastatur. Es ist, als würden ihre Ideen von ihrem Körper Besitz ergreifen und sie in diese fliegenden Finger verwandeln.

Dennoch beklagt sie sich oft darüber, dass sie nicht weiterkommt oder uninspiriert ist. »Wie kann das sein, wenn du so viel schreibst?«, frage ich sie.

»Ich lösche viel«, sagt sie. »Ich lösche Hunderttausende von Wörtern pro Jahr.«

Stellen Sie sich das vor. Hunderttausende von Wörtern, einfach weg. Ich wünschte, ich könnte sie haben.

Nachts stellt sie mir Fragen über meine Fälle und meine Mandanten. Ich gehe nie ins Detail, aber wir sprechen über das Gesetz und die Probleme meiner Mandanten. »Ich würde lieber nie heiraten, als mich scheiden zu lassen«, sagt sie.

»Deshalb muss man seinen Seelenverwandten heiraten«, sage ich.

Sie wendet den Blick ab.

Ich muss sie erst noch dazu bringen zu akzeptieren, dass ich ihrer bin.

Ich werde nie aufhören, es zu versuchen.

Jeden Tag macht Molly uns Mittagessen und jeden Tag ist es genau dasselbe: ein Berg dunkler, krauser Grünkohl, großzügig durchgeknetet mit strengem Knoblauch-Parmesan-Dressing, dekoriert mit Avocado, Trauben, Kürbiskernen und gegrillter Hühnerbrust. Sie nennt es *Den Salat* und isst ihn mit den Fingern direkt aus der Schüssel. Sie behauptet, *Der Salat* müsse mit bloßen Händen gegessen werden. Ich finde diesen Standpunkt fragwürdig und esse meine Portion mit der Gabel von einem Teller, aber ich sehe ihr gerne dabei zu, wie sie einen Happen Grünkohl herauspickt und sich das Dressing von den Fingern leckt.

Nach dem Mittagessen schnappen wir uns Handtücher, Sonnencreme und Bücher und gehen runter zum Strand. Molly trägt immer einen riesigen Sonnenhut mit der pinken Aufschrift BEACH MILF, den sie ihrer Mutter in Florida geklaut hat. Wir gehen zusammen in den See und albern rum. Wenn nicht zu viele Kinder in der Nähe sind, waten wir tiefer und knutschen rum wie früher. Molly ist ungezogen und berührt mich unterhalb der Gürtellinie. Ich bremse sie, denn wir befinden uns im Land des Anstands, aber ich genieße ihre täglichen Bemühungen, mir in aller Öffentlichkeit einen runterzuholen.

Wenn ich ans Ufer zurückkehre, geht sie schwimmen, und ich sehe zu, wie sie in der Ferne ihre Bahnen zieht, und denke, *wir haben fünf Tage. Noch drei Tage. Noch eine letzte Nacht.*

Wenn wir vom See nach Hause kommen … sagen wir einfach, ich bekomme etwas Besseres als einen runtergeholt.

Wenn ich nach unserer Siesta nichts zu tun habe, spielen wir Gin Rommé. Das war Mollys Idee – es ist das traditionelle Urlaubsspiel der Familie ihrer Mutter – und anfangs hat sie mich in jeder Runde geschlagen. Nachdem ich mich zwei Abende hintereinander blamiert hatte, googelte ich »Gin-Rommé-Strategien« und stellte fest, dass ich mich zu früh auf meine Karten festgelegt habe. Jetzt ist es ausgeglichen, und sie ist jedes Mal empört, wenn ich gewinne. Molly Marks bei irgendetwas zu schlagen, war schon immer eines meiner größten Vergnügen.

Wir kochen gemeinsam zu Abend und trinken guten Wein aus dem kleinen Laden in der Stadt. (Die beiden Besitzerinnen, Meg und Luz, haben ihre Jobs in Milwaukee aufgegeben, um hier Alkohol zu verkaufen, und manchmal wünschte ich, ich wäre zuerst darauf gekommen.) Molly ist fantastisch im Zusammenstellen von Beilagen und Salaten. (Aber niemals *Der Salat. Den Salat* gibt's nur zum Mittagessen.)

Ich bin so verliebt. Ich bin so glücklich. Ich versuche, mich zurückzuhalten, weil Molly nervös wird, wenn ich zu emotional bin. Es ist fast noch schlimmer als in der Highschool, denn sie hatte zwei weitere Jahrzehnte Zeit, ihre Abwehrmechanismen gegen die Liebe zu perfektionieren. Aber wenn es passiert – wenn die Panik sie überkommt – lässt sie sich von mir in den Arm nehmen.

Sie lässt mich ihr Haar streicheln und ihr beim Atmen helfen.

Sie vertraut mir.

Und das nehme ich an.

Denn ich will nicht, dass es eine Affäre ist. Ich will nicht, dass es eine weitere von *Seths todgeweihten impulsiven Liebschaften* ist. Ich will nicht, dass es die Sache ist, die Molly am Ende dazu bringt, nie wieder mit mir zu reden.

Bevor wir schlafen gehen, zwinge ich sie, mit mir ein Dankbarkeitstagebuch zu führen.

Ich bin dankbar für die Sonne auf unserer Haut.

Für die Wiegenlieder, die mein Mädchen in den Schlaf lullen.

Für den See, der uns hilft, den Körper des anderen neu kennenzulernen.

Für die Chance, immer mehr von Molly Marks kennenzulernen.

Und ich bin dankbar für diese Hoffnung.

Für die Chance zu hoffen, und zu hoffen, und zu hoffen.

7. TEIL

November 2021

32. KAPITEL

Molly

Es ist zwei Tage vor Thanksgiving und ich putze mein chronisch unaufgeräumtes Haus. Ich muss immer alles geben, um mein Haus für Seth vorzubereiten, einen Mann, der seine Socken zu stapelbaren Rechtecken faltet und eine Zahnbürste nur für Fugen hat. Nach fünf Monaten regelmäßiger gegenseitiger Besuche habe ich mich weitgehend an sein Geschrei beim Auftauchen verirrter Krümel und seine Angewohnheit, mein Waschbecken zu bleichen, gewöhnt. Aber dies ist das erste Mal, dass wir einen Feiertag zusammen verbringen, und ich möchte, dass alles perfekt ist.

Ich lege eine Pause ein, um meine E-Mails zu checken. Ich warte auf eine Reaktion von meinem Vater und seinem Regisseur zu dem letzten Entwurf von *Busted*. Ich habe ihn schon vor Wochen abgeschickt und noch keine Rückmeldung erhalten. Der Regisseur, Scott, antwortet normalerweise sofort. Die Funkstille macht mich nervös.

Aber es ist nichts gekommen – nur ein paar E-Mails zu anderen, kleineren Projekten –, also beginne ich mit der verhassten Aufgabe, die Böden zu wischen.

Mein Telefon klingelt – Dezzie – und ich gehe sofort ran, begierig darauf, einem verständnisvollen Ohr meine Sorge zu klagen, von dem hygienischsten Mann der Gesellschaft als unreinlich verurteilt zu werden.

Aber sie schluchzt.

»O mein Gott«, sage ich. »Babes. Was ist los?«

Sie sagt nichts, sondern gibt nur einen erstickten Laut von sich.

Mein erster Gedanke ist Seth. Sie wohnen beide in Chicago. Vielleicht ist ihm etwas zugestoßen, und sie hat die Aufgabe, es mir zu sagen. Seit wir uns so nah sind, habe ich täglich Visionen, ihn zu verlieren. Ein Flugzeugabsturz. Ein Autounfall. Ein nicht diagnostizierter Herzfehler. Es gibt so viele Dinge, die mich jeden Augenblick um dieses unerwartete Glück bringen könnten.

»Dezzie!«, sage ich. »Was ist los? Du machst mir Angst.«

»Es geht um Rob«, würgt sie hervor.

Ich verspüre eine tiefe, beschämende Erleichterung, dass es nicht um Seth geht. Und dann eine überwältigende Welle von Schuldgefühlen, weil das meine Reaktion auf die Verzweiflung meiner besten Freundin ist. Ich habe weitere schreckliche Visionen. Ich sehe Corona. Ich sehe Krebs. Ich lege meine Finger auf den Tisch und drücke sie nach unten, um die Panikspirale zu unterbrechen.

»Was ist passiert? Geht es ihm gut?«

»Er verlässt mich.«

»Warte, was? *Er* verlässt *dich*?« Bestimmt habe ich mich verhört.

Ich habe schon oft gedacht, dass es Dezzie guttun würde, sich eine Zeit lang von Rob zu trennen, der sich von einem schusseligen Bilderbuch-Ehemann in einen unberechenbaren, alkoholisierten Fremden verwandelt hat. Nie wäre mir in den Sinn gekommen, dass er *sie* verlassen könnte.

»Er hat eine Frau geschwängert und will die Scheidung«, jammert sie.

Ich starre auf mein Handy, als wäre es radioaktiv.

»*Was*? Rob hat dich *betrogen*?«

»Ja! Mit einer Frau aus seinem Studiengang. Er sagt, es war nur eine Affäre, aber jetzt, wo ein Baby unterwegs ist, will er es noch mal versuchen. Mit *ihr*.«

Alles, was ich denken kann, ist: Nein. Nein, nein, nein. Das darf nicht passieren.

Nicht ausgerechnet Dezzie.

Sie steht kurz vor ihrer zweiten IVF-Behandlung. Sie und Rob haben ihr Haus umgeschuldet, um es sich leisten zu können. Ich vermute, ihr Kinderwunsch ist der Grund, warum sie so lange bei ihm geblieben ist.

Das, und sie liebt ihn.

So schwierig ihre Ehe auch geworden ist, zwischen den beiden liegen viele Jahre der Liebe.

Ich möchte nach Chicago fliegen und ihn erdolchen.

»Ich werde sterben«, schluchzt sie.

Nein, Rob wird sterben. Denn ich werde ihn eigenhändig umbringen.

Aber ich verdränge diesen Gedanken, denn es ist nicht das, was sie jetzt hören muss.

»Oh, Schatz, nein, das wirst du nicht«, sage ich. »Alles wird gut. Du hast mich und Alyssa und deine Eltern und all deine Freunde und wir lieben dich *so* sehr und wir werden bei jedem Schritt an deiner Seite sein, egal, was passiert.«

Schon während ich das sage, weiß ich, dass es vielleicht nicht genug ist. Meine Mutter hat Jahre gebraucht, um sich wieder zu fangen, nachdem mein Vater sie verlassen hat. Zwei *Jahrzehnte*, um wieder einem Mann zu vertrauen.

Wenn jemand, mit dem man so lange zusammen war, sich von einem abwendet – sich so verändert, dass man ihn nicht wiedererkennt –, dann stellt man die eigene Realität infrage. Was hat man übersehen? Was hat man eigentlich getan? Und wenn es einmal passiert ist, warum sollte es dann nicht wieder passieren?

»Ich weiß nicht, was ich tun soll«, sagt Dezzie heiser. »Er ist einfach weg, Molly. Er hat buchstäblich seine Sachen gepackt und ist gegangen. Einfach so.«

Ich erinnere mich, wie der BMW meines Vaters aus der Einfahrt fuhr. Wie ich schluchzend im Vorgarten stand und ihn anflehte, nicht zu gehen. Wie ich dachte, was gerade passiert, kann unmöglich real sein. Wie ich betete, dass er meine Verzweiflung sieht, seinen Fehler einsieht und den Wagen wendet.

Tat er nicht.

Tun sie nie.

Sie brechen dir einfach das Herz und gehen.

Meine Hände zittern.

»Dez?«, sage ich und versuche, ruhig zu klingen. »Hör zu. Ich weiß genau, was zu tun ist. Erstens, hast du Kräutertee? Kamille?«

»Tee?«, jammert sie. »Was soll das, Molly?«

»Prozessorientierte Aufgaben wirken beruhigend!« Meine jahrelange Therapie zahlt sich aus. »Du machst dir jetzt eine Tasse Tee und dann reden wir, okay? Kannst du das tun?«

»Ja«, sagt sie nach einer langen Pause. »Ich denke schon.«

»Gut. Ich warte. Stell mich auf Lautsprecher.«

»Okay. Bleib dran.«

Ich höre sie in ihrer Küche herumwerkeln. Ich höre, wie das Wasser läuft und dann der Wasserkocher aufheult. Ich höre sie weinen.

»Okay, ich habe den blöden Tee gemacht.«

»Braves Mädchen. Jetzt möchte ich, dass du den Dampf über der Tasse einatmest, während ich bis fünf zähle. Alles klar? Tief einatmen, tief ausatmen, und zwar aus dem Bauch.«

»Ich hätte Alyssa anrufen sollen.«

»Ich verspreche, das wird helfen. Tief einatmen. Mit mir zusammen.« Ich atme beim Zählen ein. »Eins. Zwei. Drei. Vier. Fünf.«

Ich höre, wie sie meinem Atem folgt. Ich zähle aus. Das wiederholen wir, bis ihr Weinen nachlässt.

»Okay«, sagt sie bebender Stimme. »Es geht schon besser. Danke.«

»Gut. Bevor du jetzt irgendetwas anderes machst, musst du Seth anrufen. Ich schicke dir seine Nummer bei der Arbeit.«

Während des Zählens hatte ich Visionen davon, wie meine Mutter ihr Haus verlor. Wie mein reicher Vater sein Geld versteckte. Es ist nicht dieselbe Situation, aber ich weiß, dass Dezzie und Rob Schulden haben. Und wenn Rob sie betrügen und verlassen kann, kann er auch einen Anwalt engagieren, der sie finanziell ruiniert.

Vielleicht ist *das* der Grund, warum ich mich in einen Scheidungsanwalt verliebt habe. Ich traue ihnen als Spezies immer noch nicht, aber ich traue Seth. Ich weiß, dass er ehrlich ist und gut in dem, was er tut. Ich weiß, dass er meine Freundin beschützen wird.

Dezzie wimmert. »O Gott, Molls, das ist ein verdammter Albtraum. Es ist Thanks-*fucking*-giving, wie soll ich da …«

»Hör auf. Seth wird genau wissen, was zu tun ist, okay? Rufst du ihn an?«

»Ja«, sagt sie schwach.

»Und während du das tust, werde ich einen Flug nach Chicago buchen.«

»Nein, das ist nicht nötig. Meine Eltern kommen heute Abend.«

»Bist du sicher?«, frage ich Dezzie. »Seth wird es verstehen.«

»Ich bin sicher«, sagt Dezzie.

»Okay, Liebes. Ruf Seth an und dann ruf mich zurück.«

Sobald sie aufgelegt hat, lege ich meinen Kopf auf den Küchentisch. Ich zittere immer noch.

Dezzie und Rob. O mein Gott.

Happy Ends, Mann.

Gerade wenn man denkt, es gäbe sie …

Es ist beängstigend, denn die Sache mit Seth wird langsam ernst. Ich habe mir selbst dabei zugesehen, wie ich mich in ihn verliebt habe. Ich habe es sogar *genossen*. Manchmal ertappe ich mich dabei, wie ich lächelnd ins Leere starre und von einer Zukunft mit ihm träume. In der wir in derselben Stadt wohnen, heiraten und vielleicht sogar ein Baby bekommen.

Ich habe angefangen, mich zu fragen, ob wir sicher sind.

Aber niemand ist jemals sicher. Denn wenn es Dezzie und Rob passieren kann, kann es jedem passieren.

Ich schicke Seth eine SMS.

Molly: Hey, Babe, Dezzie wird dich auf der Arbeit anrufen. Geh ran! Es ist wichtig!

Ich warte zwei Minuten. Er antwortet nicht.

Er antwortet immer.

Mein Verstand sagt mir, dass er in einer Besprechung sein muss oder bereits mit Dezzie telefoniert, aber ich bin verunsichert. Ich versuche, weiter zu putzen, aber ich kann mich nicht konzentrieren. Das Haus für ein romantisches Wochenende herzurichten, während das Leben meiner besten Freundin aus den Fugen gerät, kommt mir geschmacklos vor.

Und ich verliere mich immer wieder in meinen Erinnerungen an den Tag, an dem mein Vater gegangen ist.

Er war mit mir frühstücken, im Denny's, unserem Lieblingsrestaurant. Er bestellte immer Chicken Fingers zum Frühstück, was ich urkomisch fand. Meine Pfannkuchen kamen, er trank einen Schluck Kaffee und erzählte mir beiläufig, dass er an diesem Tag ausziehen würde. »Deine Mutter und ich lassen uns scheiden.«

Zuerst dachte ich, er macht einen Scherz. Mein Vater war gerne witzig und meine Mutter war oft die Zielscheibe seines Humors. Rückblickend ist das ein bezeichnendes Detail, aber damals hing ich an meinem Daddy und fand es charmant, wenn er sich über meine Mutter lustig machte, um mich zu unterhalten. Unser Sarkasmus verband uns auf besondere Weise. Die Aufrichtigkeit und Herzlichkeit meiner Mutter, ihre schnell verletzten Gefühle waren nicht auf unserer Wellenlänge.

Aber an diesem Morgen gab es keine Pointe – es sei denn, er fand es witzig, mir zu erzählen, dass er mit Coral Lupenski, der zweiundzwanzigjährigen Tochter meines Zahnarztes, in eine Strandwohnung ziehen würde.

Ich begann zu ahnen, dass ich mich auf der falschen Seite der Geschichte befand.

Der Verdacht bestätigte sich, als wir nach Hause kamen und Mom sich im Schlafzimmer eingeschlossen hatte und schluchzte, als würde sie sterben, und seine einzige Reaktion darauf war, die Augen zu verdrehen. Er meinte, dass sie hysterisch sei und er mir Geld für Pizza dagelassen habe, falls sie sich den ganzen Tag so aufführte. Das war der Moment, in dem die Panik einsetzte.

Als mir klar wurde, dass er auch *mich* verlassen würde.

Ich fing an zu schreien. Ich sagte, das sei erbärmlich, dass man seine Frau nicht einfach für irgendein Flittchen verlassen könne, nur weil man berühmt geworden sei.

Er sagte – weil er ein mieser Schriftsteller ist, der sich abgedroschener Klischees bedient: »Alles Gute hat mal ein Ende, Tootsie.« Dann schnappte er sich seine Schlüssel und ging zur Tür hinaus.

Ich lief ihm nach.

Ich flehte ihn an, mich mitzunehmen, und als er nicht reagierte, sank ich mit nackten Knien auf die scharfen Muschelschalen unserer Einfahrt, während er davonfuhr.

Und das Schlimmste war, dass ich in der Zeit danach, in der tiefsten, beängstigendsten Phase der Depression meiner Mutter, als sie keine Mahlzeiten mehr zubereitete, kaum noch duschte und sich weigerte, irgendjemanden außer meinen Großeltern zu sehen, immer noch wollte, dass *er* es in Ordnung bringt.

Ich wollte meinen Vater.

Er und ich hatten uns so nahegestanden. Ich bekam so starke Verzweiflungsschübe, dass ich fast ohnmächtig wurde. Ich wollte ihn anrufen, ihm sagen, dass ich mich fühlte, als würde ich sterben, dass ich ihn brauchte, um mich zu trösten, um mir zu sagen, dass alles wieder gut würde – dabei war er der Grund für die Verzweiflung. Er war der Grund dafür, dass es nie wieder gut wurde. Zumindest für eine sehr lange Zeit nicht.

Und ich weiß, dass Dezzie dasselbe fühlt – diese Sehnsucht nach jemandem, der die Fähigkeit, dich zu trösten, unwiderruflich verloren hat. Der Mensch, nach dessen Liebe sie sich am meisten sehnt, ist nicht für sie da, weil er es ist, der ihr den Schmerz zufügt.

Ich möchte sie in den Arm nehmen und sie festhalten. Ich möchte ihr alles geben, was Rob ihr genommen hat.

Mein Telefon klingelt und sie ist es.

»Dez?«, frage ich. »Hast du Seth erreicht?«

»Ja.« Sie schnieft. »Er kann mir nicht helfen.«

»Was?«

Seth ist einer von Chicagos besten Scheidungsanwälten. *Natürlich* kann er ihr helfen.

»Babe, Augenblick mal«, sage ich. »Was meinst du?«

»Er sagt, er kann mich nicht vertreten, weil Rob heute Morgen bei ihm war und versucht hat, ihn zu engagieren. Er sagt, er sei befangen, obwohl er den Fall nicht angenommen hat.«

»Warte. Rob war bei ihm und Seth hat dir nichts davon gesagt?«

»Ich glaube nicht, dass er das darf? Rechtlich? Keine Ahnung. Er hat mir die Nummern von ein paar anderen Anwälten gegeben, die gut sind.«

»Herrgott.« Ein plötzliches, alles verzehrendes Gefühl des

Verrats überkommt mich. »Ich werde ihn sofort anrufen und mit ihm reden. Ich werde ihn dazu bringen, dich zu vertreten. Es muss einen Weg geben.«

Ich lege auf, bevor sie etwas sagen kann, und wähle Seths Nummer.

Er hebt sofort ab.

»Hey«, sagt er düster.

»Bitte sag mir, es ist nicht wahr, dass du dich geweigert hast, Dezzie zu helfen.«

»Whoa«, stößt er hervor. »Geweigert – ich habe ihr gesagt – warte. Was ist los? Bist du etwa sauer auf mich?«

»Ja«, zische ich. »Ich bin extrem sauer auf dich.«

Ich trommele aggressiv mit meinen Gelnägeln auf den Tisch und bin froh, dass sie lang und spitz sind, weil sie so befriedigend klacken.

»Ich habe mich nicht geweigert, ihr zu helfen«, sagt er. »Mehr kann ich dir wirklich nicht sagen – Gespräche über rechtliche Angelegenheiten sind vertraulich.«

»Oh, bitte«, unterbreche ich ihn. »Du kannst dich nicht aufs Anwaltsgeheimnis berufen, wenn du sie nicht als Mandantin annimmst. Und ich kann nicht glauben, dass du es ihr nicht sofort gesagt hast, als der verdammte *Rob* in deinem verdammten Büro aufgetaucht ist.«

Er seufzt.

»Molls, meine Nerven liegen schon den ganzen Morgen blank, aber mir sind die Hände gebunden. Es wäre unethisch gewesen, diese Information weiterzugeben. Und ich würde Dezzie gerne vertreten, aber Rob ist ihr zuvorgekommen. Wir arbeiten zusammen, und er dachte, ich würde den Fall übernehmen. Aber natürlich würde ich ihn nie gegen Dez vertreten, also habe ich Nein gesagt. Dass er mich konsultiert hat, bedeutet leider, dass ich sie auch nicht vertreten kann.«

Er ist so geduldig und vernünftig, dass ich das Telefon am liebsten gegen die Wand werfen würde.

»Warum kannst du nicht eine Ausnahme machen?«, schreie ich. »Du kennst Dezzie seit Jahrzehnten. Sie ist meine *beste Freundin.*«

Er seufzt. Es klingt furchtbar langmütig. Als wäre *ich* hier das Problem.

»Wie ich schon sagte, es wäre unethisch. Ich fühle mich furchtbar, aber ich kann es nicht ändern.«

Mir fehlen die Worte.

Oh, warten Sie. Doch nicht: »Du verarschst meine Freundin.«

»Nein, tue ich nicht«, sagt er mit seiner festen Anwaltsstimme. »Sie ist auch meine Freundin. Und ich habe ihr die Namen der besten Leute in Chicago gegeben. Sie wird in sehr guten Händen sein, für wen auch immer sie sich entscheidet.«

Ich sage nichts. Das ist keine Antwort wert.

»Molls, auf mich wartet ein Mandant. Ich rufe dich in einer Stunde an, okay?«

»Ja. Na gut. Wie auch immer.«

Ich lege auf, bevor er sich verabschieden kann, und rufe Dezzie zurück.

»Hi«, sage ich. »Es tut mir wirklich leid, aber ich kann ihn nicht umstimmen. Er sagt, es sei eine Frage der Ethik, und blockt total ab.«

»Ist schon gut«, sagt sie. »Ich verstehe das.«

Sie vielleicht, aber ich nicht. Er ist Seniorpartner seiner Kanzlei. Kann er nicht einmal die Regeln beugen? Wenn nicht für sie, dann für mich?

»Molly«, sagt Dezzie. »Wirklich, schon gut. Er war sehr nett und hat sich tausendmal entschuldigt.«

Ich zwinge mich, tief durchzuatmen.

Hier geht es nicht um mich und Seth.

Hier geht es nicht um meinen Vater.

Ich reagiere nur stellvertretend für meine Freundin so emotional, wofür ich mich später zweifellos entschuldigen muss.

»Wie geht es dir?«, frage ich Dezzie. »Hast du die anderen Anwälte angerufen?«

»Noch nicht.«

»Du solltest es sofort tun, bevor die Leute ins Wochenende verschwinden. Du musst sie vor Rob erreichen.«

»Ich weiß. Mache ich gleich. Ich steh nur völlig neben mir.«

»Hast du schon mit Alyssa gesprochen?«

»Nein. Bestimmt wird sie sagen, dass sie es mir ja gesagt hat.«

»Gott, Dez, nein. Das würde Alyssa niemals tun. Außerdem *hat* sie es nicht vorhergesehen.«

Aber Seth schon.

Bei unserer Wette.

Der Gedanke lässt mich erschaudern.

»Ich weiß, dass Alyssa fand, ich solle ihn verlassen«, sagt Dezzie. »Sie hat es angedeutet, als wir letzten Monat mit den Kindern im Six Flags waren. Und sie hatte recht.«

»Nun, sie wird sich sicher wünschen, sie hätte sich geirrt.«

Dez atmet tief durch. »Ehrlich gesagt bin ich nur froh, dass ich es erfahren habe, bevor ich schwanger geworden bin.«

»Ja. Noch mal davongekommen.«

»Gerade so.« Sie hält inne. »Du bist so schlau, weißt du das?«

Ich stutze. »Wie meinst du das?«

»Du hast dich nie wirklich um Männer geschert. Du hast dein Leben nie nach irgendwelchen Typen ausgerichtet. Ich dachte immer, du wärst krankhaft zynisch, aber in Wahrheit bist du genial. Weil du dich diesen toxischen Institutionen einfach verweigerst.«

Es ist nicht schön, von jemandem, der einen seit der Grundschule kennt, als krankhaft zynisch bezeichnet zu werden, aber ich versuche, nicht aus dem Konzept zu geraten.

»Welche toxischen Institutionen?«, frage ich, obwohl ich es ahne.

»Die Ehe. Die Liebe. Dieser Bis-dass-der-Tod-uns-scheidet-Quatsch.«

Sie klingt so spröde.

Sie klingt wie ich.

Ich hasse es.

Seth hat mich offener für diese Dinge gemacht. Ich bin mir nicht sicher, ob ich wirklich daran glaube. Aber für ihn möchte ich es versuchen.

»Dezzie, die Liebe ist keine toxische Institution«, sage ich. »Ich verweigere mich ihr ganz sicher nicht. Und was die Ehe angeht – manchen Leuten scheint sie zu gefallen. Wer weiß.«

Aber sie hört mir gar nicht zu.

»Du gibst niemandem die Macht, dein ganzes Leben auf den Kopf zu stellen«, sagt sie. »Du schützt dich. Und früher fand ich das ein bisschen feige, um ganz ehrlich zu sein. Aber jetzt bin ich echt neidisch.«

»Ich weiß nicht, ob ich jetzt gekränkt sein soll oder mich geschmeichelt fühlen«, gebe ich zu.

»Tut mir leid«, sagt sie. »Ich sollte nicht so reden. Ich weiß, dass es mit Seth gut läuft, und darüber bin ich wirklich froh. Ich will deinen Optimismus nicht vergiften. Ich weiß nur, dass du immer ein Auge offen hältst, und ich komme mir idiotisch vor, dass ich das nicht auch getan habe, besonders nach dem letzten Jahr mit Rob. Ich sollte nicht so überrumpelt sein, aber ich fühle mich, als wäre ich von einem Lastwagen überfahren worden, obwohl ich nicht einmal in der Nähe einer Straße war.«

»Ich würde wirklich gern kommen. Oder dich irgendwo treffen.«

»Nein, Mann. Du und Seth, ihr feiert euer erstes Thanksgiving. Ich werde euch das nicht versauen.«

»Der kann gern zu Hause bleiben. Ich bin stinksauer auf ihn.«

»Sei nicht meinetwegen sauer auf ihn. Ich verstehe ihn. Er war wirklich süß am Telefon.«

Ich seufze. Ich weiß, dass ich mich abregen muss, aber im Moment fühlt es sich gut und richtig an.

Es ist wahrscheinlich nicht fair gegenüber Seth.

Aber die Wut ist echt.

»Was kann ich tun, damit du dich besser fühlst?«, frage ich Dezzie und versuche, nicht aus den Augen zu verlieren, dass es hier nicht um mich geht.

»Nichts«, murmelt sie. »Es sei denn, du willst Rob umbringen.«

»Will ich«, sage ich. »Ich habe schon den ganzen Morgen Mordfantasien.«

»Ich auch. Ich habe überlegt, einen Pürierstab zu benutzen.«

»Blutrünstig. Gefällt mir.«

»Ich rufe jetzt Alyssa an«, sagt sie.

»Okay. Meld dich jederzeit. Ich hab dich lieb.«

»Ich dich auch, Molls.«

Die nächsten Stunden verbringe ich mit Wut-Putzen. Ich benutze einen bisher unberührten Staubsaugeraufsatz, um Gott weiß was aus den Ritzen meiner Couch zu saugen. Zaubere Fingerabdrücke von Lichtschaltern. Staube Glühbirnen ab. Das beruhigt mich. Als ich fertig bin, hat sich meine Wut verflüchtigt, zumindest ein bisschen.

Ich beziehe das Bett mit nagelneuer Bettwäsche, die ich extra für Seths Besuch gekauft und für optimale Weichheit sogar vorgewaschen habe. Ich verbrenne Salbei und zünde Palo Santo an, damit das Haus offiziell nach L. A. riecht. Ich kaufe frische Blumen und besorge Proviant für die Wüste. Ich gönne mir guten Käse und Charcuterie, salzige Oliven und Rosmarin-Fenchel-Cracker aus meiner Lieblings*fromagerie*. Kornische Wildhühner statt Truthahn. Zwei Sorten Kartoffeln mit frischem Thymian und gestoßenem Pfeffer und Sahne für den berühmten Gratin meiner Mutter. Eine Preiselbeer-Orangen-Tarte, gesprenkelt mit glänzenden Rohrzuckerflecken. Eier und Speck und Karotten-Muffins fürs Frühstück. Whiskey und Seths Lieblings-Pinot sowie Zutaten für einen speziellen Thanksgiving-Cocktail mit Preiselbeeren und Schlehen-Gin. Kerzen. Eine große Kühlbox und zwei Säcke mit Eis, um die Sachen morgen auf der zweistündigen Fahrt zu transportieren.

Ich shoppe, bis ich so erschöpft bin, dass mir nach Vergebung ist.

Seth ruft mich zurück, als ich gerade in meine Einfahrt biege.

»Hey«, sagt er. »Tut mir leid, den ganzen Nachmittag haben ständig Mandanten angerufen. Ich bin gerade am Flughafen angekommen. Alles okay?«

Er klingt fast eingeschüchtert.

Ich fühle mich schrecklich.

»Alles gut. Und es tut mir leid, dass ich vorhin so hart zu dir war. Ich war einfach enttäuscht.«

»Schon okay«, sagt er. »Du bist eine wundervolle Freundin.«

Mein Verhalten lag wohl eher in meinem eigenen Trauma begründet, aber ich widerspreche nicht. »Danke.«

»Holst du mich noch vom Flughafen ab oder soll ich ein Taxi nehmen?«, fragt er.

»Natürlich hole ich dich ab. Ich kann es kaum erwarten.«

Ich höre ihn lächeln. »Ich auch. Wir sehen uns heute Abend. Ich liebe dich.«

»Ich liebe dich auch«, sage ich.

Und das tue ich.

Ich bin immer noch aufgewühlt, aber ich liebe ihn.

33. KAPITEL

Seth

Normalerweise, wenn ich Molly nach wochenlanger Trennung wiedersehe, treibt mich die Intensität meines Hochgefühls an den Rand des Wahnsinns. Aber heute spüre ich einen dumpfen Druck hinter den Augen, als ich meinen Koffer an der Gepäckausgabe vorbeirolle und in die heißen Abgaswolken vor dem Flughafen trete.

Ich stehe schon den ganzen Tag neben mir – seit Rob mit seiner Hiobsbotschaft in meinem Büro aufgetaucht ist.

Das Timing könnte schlechter nicht sein.

Unausgesprochen hängt viel von diesem Wochenende ab.

Es war Mollys Idee, Thanksgiving zusammen zu verbringen, nur wir beide.

Sie hat es nicht gesagt, aber sie probiert aus, meine Familie zu sein.

Und ich will mit Auszeichnung bestehen.

Ich weiß, es geht schon wieder alles sehr schnell, aber ich habe ein Jahr an mir gearbeitet, und es fühlt sich anders an. Ich will diese Frau, seit ich vierzehn bin.

Und die Einladung zu Thanksgiving ist Mollys Art, mir zu sagen, dass sie mich genauso will wie ich sie.

Wir haben in den letzten Monaten viel Zeit damit verbracht, über unsere jeweiligen Probleme zu sprechen. Mein Beziehungs-Übereifer, ihre Angst, aus heiterem Himmel verlassen zu werden, die sie dazu bringt, dem zuvorzukommen. Ich habe mich bemüht, nichts zu überstürzen, bevor sie nicht bereit dazu ist, und der Beziehung Raum zum Atmen zu geben. Ich merke, dass sie daran arbeitet, nicht vor meiner Liebe zurückzuschrecken. Darauf zu vertrauen, dass sie echt ist und ihr gehört. Dass ich nicht weggehe.

Aber ihre Wut über die Sache mit Dezzie macht mir Sorgen. Scheidung ist sowieso schon ein schwieriges Thema für sie und Dezzie einer ihrer liebsten Menschen. Ich wünschte, ich könnte etwas tun.

Aber das kann ich nicht.

Als Equity-Partner wäre es ungeheuerlich, gegen die ethischen Grundsätze zu verstoßen, für deren Einhaltung ich stehe.

Ich schicke Molly meinen Standort und sie antwortet, sie sei zwei Minuten entfernt. Ich spähe um die Ecke, um diesen ersten Blick auf ihr Auto zu erhaschen.

Und da ist sie. Mein Mädchen.

Und – Gott sei Dank – sie grinst mich an.

Kaum hat sie eine Möglichkeit zum Anhalten gefunden, springt sie aus dem Auto, rennt auf mich zu und wirft sich mir in die Arme.

Ich küsse den Scheitel ihrer glänzenden, sauber riechenden Haare.

»Hi, Baby.«

»Hi«, flüstert sie.

Wir umarmen uns ein paar Sekunden länger, als der angespannten Parkplatzsituation angemessen ist. In ihrer Nähe lassen meine Kopfschmerzen ein wenig nach.

Sie weicht zurück und mustert mich. »Du siehst erschöpft aus«, sagt sie.

»Langer Tag. Viel Anwaltskram, der vor meinem großen Kalifornien-Abenteuer noch erledigt werden musste.«

Zu meiner nicht minder großen Erleichterung verkneift sie sich einen bissigen Kommentar.

»Du ruhst dich erst mal schön aus«, sagt sie. Sie küsst mich auf die Wange, schnappt sich meine Tasche und verstaut sie im Auto. Ich schlüpfe auf den Beifahrersitz und sie navigiert mich durch den dichten Verkehr rund um den Flughafen.

Molly fährt, als sei es eine Kunstform – nicht aggressiv, aber fintenreich. Elegant schlängelt sie sich über sechs Spuren, um eine aus dem Nichts auftauchende Ausfahrt zu erreichen, befolgt das Reißverschlussprinzip, ohne den Verkehrsfluss zu stören, und unterhält sich die ganze Zeit mit mir, während sie den steilen Serpentinen zu ihrem Haus hinauffolgt.

Ihre Autorität hinter dem Lenkrad ist sexy. Ich kann es kaum erwarten, dass sie uns in die Wüste fährt.

»*Home sweet home*«, sagt sie, als sie in die Einfahrt ihres kleinen weißen Hauses im spanischen Stil biegt. Es ist umgeben von lila Bougainvillea und Kakteen, die irgendwie keck aus der Erde ragen. Die Luft riecht nach Jasmin.

Es ist so typisch für sie. Ich liebe es hier.

Die Einrichtung ist eine Mischung aus dunklem Holz und bequemen weißen Leinenmöbeln. Der Boden ist mit spanischen Fliesen ausgelegt, und die Zimmer gehen durch Bögen ineinander über, die noch original aus den 1920er-Jahren stammen.

Sie zündet überall Duftkerzen an, die das Haus in warmes Licht tauchen.

»Willst du eine Kleinigkeit essen?«, fragt sie.

»Ja. Ich bin am Verhungern.«

Sie führt mich in ihre Küche, die gelb ist mit hellblauen Schränken, deren antike Kristallknöpfe sie auf eBay gefunden hat. Ich liebe es, mit welcher Sorgfalt sie ihr Haus restauriert hat und wie stolz sie darauf ist. Das ist eine weitere unerwartete Facette, die ich während der letzten Monate an ihr entdeckt habe.

Ich träume davon, ein altes, verfallenes Haus zu kaufen und es gemeinsam mit ihr zu renovieren. Irgendwo mit einem großen Garten und Obstbäumen. Unser eigenes Zuhause.

»Toast?«, fragt Molly.

Sie kennt meine Vorliebe für Mitternachtstoast. »Ja, gern.«

Sie steckt Brot in den Toaster – das Sauerteigbrot, das ich so mag, vom Bauernmarkt in ihrem Viertel – und führt mich auf die Terrasse. Wir stehen Händchen haltend da und blicken auf die schimmernden Lichter von Los Angeles. Es weht eine leichte Brise, die Luft ist kühl, aber nicht kalt. Der Geruch meines Toasts weht aus der Küche, und ich atme tief ein und küsse die Schläfe der Frau, die wusste, dass ich genau das jetzt brauche.

In diesem Moment weiß ich, dass ich es tatsächlich tun kann: Ich kann nach Los Angeles ziehen.

»An dieser Aussicht kann ich mich nie sattsehen«, sage ich. »Ich habe es hier vermisst.«

»Es waren nur drei Wochen.«

»Hat sich wie drei Monate angefühlt.«

Sie drückt meine Hand.

Wir gehen zurück ins Haus, und sie schmiert großzügig Butter auf die eine Scheibe Toast und Erdnussbutter auf die andere und drückt beide fest zusammen, so wie ich es mag. Ich nehme mein Sandwich und verschlinge es über der Spüle. Es ist *so* viel besser, wenn sie es macht.

Als ich fertig bin, wische ich noch kurz über die Arbeitsfläche.

Sie beobachtet mich amüsiert. »Fertig, Inspektor?«

»Ja. Lass uns ins Bett gehen.«

Wir gehen in ihr Zimmer – ein hübsches, mädchenhaftes Zimmer mit weißen Samtvorhängen und einem großen Bett mit prallen Kissen, in die ich mich nach meinem langen Tag sofort hineinkuscheln möchte.

Ich packe Molly und ziehe sie aufs Bett. »Komm her, du.«

Sie lässt zu, dass ich sie mit meinem ganzen Körper umschlinge wie ein übermütiger Tintenfisch. Sie fühlt sich klein und weich und himmlisch an.

»Danke für deine Gastfreundschaft«, sage ich in ihr Haar. Und meine, danke, dass du mich liebst. Danke, dass ich in deinem Leben sein darf.

Sie lacht. »Gern geschehen, Fräulein Knigge.«

Noch immer kein Wort über Dezzie. Ich frage mich, ob ich es erwähnen soll. Aber Molly wirkt entspannt. Ich will ihr nicht die Laune verderben.

Ich ertränke sie in Küssen, von den Augen bis zum Hals. Sie quiekt und schubst mich weg.

»Du erdrückst mich!«

»Ich kann nichts dafür. Du bist so appetitlich.«

»Du bist so kitschig.«

Ich gähne. »Ich bin so müde.« Es ist elf Uhr abends in Los Angeles und ein Uhr morgens in Chicago.

»Pennst du mir jetzt ein, Rubenstein?«

»Nein. Ich werde jetzt in deinem bezaubernden Badezimmer duschen. Und *dann* werde ich dir einpennen.«

»Ich hole dir ein Handtuch.«

Ich genieße es, mir die Haare mit Mollys Shampoo zu waschen, dessen Flasche den Namen des vertrauten, berauschenden Duftes ihres Haares trägt – *Neroli.* Ich schmiere mich mit ihrer Eukalyptusseife ein, sodass die ganze Dusche nach Wellness riecht. Ihre luxuriösen Produkte lassen mich an meiner Affinität zu Drogeriemarken zweifeln, die angeblich nach Mann riechen.

Ich trete mit einem Handtuch um die Hüfte und in einer dampfenden Duftwolke aus dem Bad. Molly wartet auf ihrem Bett. Sie hat sich ein weißes, hauchdünnes, bodenlanges Nachthemd angezogen, das Assoziationen an eine viktorianische

Jungfrau weckt, die sich auf einem kerzenbeleuchteten Dachboden von einem sexy Geist verführen lässt.

»Du riechst wie ich«, bemerkt sie.

»Ich weiß. Ich kann mir selbst kaum widerstehen.«

Sie deutet auf den Nachttisch auf »meiner« Seite des Bettes. (Molly besteht darauf, immer links zu schlafen, egal, wo wir sind.) »Ich hab dir Wasser und eine Schlaftablette hingestellt, falls du noch zu aufgedreht bist.«

Sie kennt mich gut.

»Danke, meine Königin.« Ich hänge mein Handtuch über einen Haken an der Tür und klettere nackt ins Bett.

Ich drehe mich zu ihr um und fahre mit dem Finger am Spitzenbündchen ihres Nachthemds entlang. »Darf ich sehen, was unter deinem Jane-Austen-Kostüm steckt?«

»Der Dame ist heute Abend etwas keusch zumute. Schlimm?«

Wieder schießt mir der unangenehme Gedanke durch den Kopf, dass sie noch sauer wegen Dezzie sein könnte. Ich nerve Molly immer damit, dass sie sagen soll, wenn etwas sie bedrückt. Es wäre schlechter Stil, es nicht anzusprechen, auch wenn ich ein bisschen Angst davor habe.

»Schon in Ordnung«, sage ich. »Aber, Molls?«

»Ja?«

»Bist du immer noch verstimmt? Weil ich Dezzie nicht vertreten kann?«

Sie versteift sich. »Ein bisschen«, gibt sie zu. »Aber ich verstehe es. Glaube ich.«

»Ich würde es sofort tun, wenn ich könnte. Für dich. Für euch beide.«

»Ich weiß. Ich will auch nicht unfair sein. Es führt mir wohl nur vor Augen, was alles schiefgehen kann.«

Ich halte sie fest. Ich weiß, durch all das kommt die Sache mit ihrem Vater wieder hoch.

»Und ich habe darüber nachgedacht, dass du tagtäglich mit so was zu tun hast«, fährt sie fort. »Und mir dann gesagt, okay, vielleicht will das Universum mir auf diese Art zeigen, dass dein Job etwas Positives ist und ich mich deswegen nicht schuldig fühlen muss, denn du kannst meiner Freundin helfen. Aber dann hast du gesagt, sorry, das geht nicht, und ich dachte: *Natürlich nicht.* Wie dumm von mir.«

Es tut weh, das zu hören. Mein Beruf gehört zu den wenigen Dingen, die ich nicht bereit bin, für sie zu ändern, und es betrübt mich, dass sie damit vielleicht nie im Reinen sein wird – dass wir vielleicht einfach damit leben müssen.

»Verstehe«, sage ich. »Ich wünschte wirklich, ich könnte sie vertreten. Es mag egoistisch sein, aber es wäre eine Gelegenheit gewesen, mich dir gegenüber zu beweisen, und Rob hat es ruiniert. Aber wir werden dafür sorgen, dass Dezzie einen guten Anwalt bekommt.«

Molly beugt sich vor und gibt mir einen flüchtigen Kuss auf den Mund. »Du musst dich mir gegenüber nicht beweisen, Seth. Aber ich habe meine Probleme, und die verschwinden nicht, nur weil ich dich liebe.«

O Gott, was für eine Erleichterung, diese Worte zu hören.

»Ich liebe dich auch«, flüstere ich.

Ich halte sie im Arm, bis ihr Atem langsamer wird, dankbar, dass wir unseren ersten richtigen Streit als Paar überlebt haben.

Am Morgen wache ich vor ihr auf und schleiche mich zum Joggen davon. (In ihrer hügeligen Gegend ist es viel anstrengender, und ich kann verstehen, warum sie sich weigert). Als ich zurückkomme, ist sie bereits angezogen. Meinen Wunsch, ihr Frühstück zu machen, lehnt sie ab – sie will mit mir in ihr mexikanisches Lieblingsrestaurant, um uns mit Horchata und Chilaquiles für die Reise zu stärken.

Ich bestelle meins so, wie sie es empfiehlt – halb Mole-Sauce, halb Salsa Verde, mit fast flüssigem Ei obendrauf. Der Besitzer kennt sie und nennt sie *Mija*, und plötzlich wünsche ich mir, wir würden in Los Angeles bleiben, statt nach Joshua Tree zu fahren – ich liebe es, sie in ihrer Welt zu sehen.

Aber wenn alles so läuft, wie ich es mir erhoffe, habe ich dafür noch den Rest meines Lebens Zeit.

Die Fahrt in die Wüste ist zunächst flach, hell und nichtssagend, doch dann wird es schön. Aus der braunen Erde sprießen Tausende hoher weißer Windräder. Die Straße eröffnet den Blick auf schroffe Berge. Nach etwa zwei Stunden entdecke ich einen ersten Josuabaum. Ich habe noch nie einen in natura gesehen und staune mit Molly über die urwüchsig verspielten Formationen. Wir fahren den wohlklingenden Twentynine Palms Highway entlang, vorbei an einer kargen Stadt mit altmodischen Saloons und hippen Boutiquen, Einkaufszentren und verlassenen Hütten, bis Molly vom Highway abbiegt und über unbefestigte Straßen bis zu einem Tor mit der Aufschrift JACKRABBIT RANCH fährt.

»Wir sind da.« Sie steigt aus, kramt einen Schlüssel aus der Gesäßtasche ihrer Jeans und schließt das Tor auf, um uns reinzulassen.

Mollys Freundin Theresa hatte mir Bilder geschickt, als ich meine geheimen Vorbereitungen für das Wochenende getroffen habe, aber ich bin trotzdem überwältigt. Im Garten wachsen alte Josuabäume und spinnenartige Ocotillos. Vor dem Haus befindet sich ein wunderschöner Steingarten sowie eine Bank, groß genug, um unter dem Sternenhimmel rumzumachen. Zufällig weiß ich, dass es etwa dreihundert Meter weiter ein zweites Tor gibt, das zu einem Gästehaus führt. Normalerweise ist es im Winter geschlossen, aber Theresa hat mir, ohne es Molly zu verraten, die Schlüssel geschickt.

»Wie groß ist das Grundstück?«, frage ich, weil Molly nicht wissen soll, dass ich bestens informiert bin.

»Zweieinhalb Hektar«, sagt sie. »Theresa hat in den Nullerjahren zwei nebeneinanderliegende Grundstücke ganz billig gekauft und den alten Bungalow aus den Fünfzigerjahren renoviert. Es ist unglaublich. Wart's ab.«

Wir nehmen unsere Taschen und gehen über die Veranda ins Haus, das ganz aus Sprossenfenstern mit Blick auf die Bäume zu bestehen scheint. Es sieht aus wie aus einem Artikel über Retro-Chic im *Architectural Digest.*

»Das ist in der Tat unglaublich«, sage ich.

»Es wird dich freuen zu hören, dass es eine Feuerstelle gibt.«

Molly weiß aus Wisconsin, dass ich ein kleiner Pyromane bin.

Wir laden die kulinarischen Köstlichkeiten aus der Kühlbox in den altmodischen SMEG-Kühlschrank. Ich bewundere das milchig-grüne Geschirr in den Regalen, das laut Molly aus Jadeit ist und »sündhaft teuer«. Sie sagt das mit einer solchen Begehrlichkeit, dass ich mir heimlich vornehme, ihr ein eigenes Jadeit-Geschirr zu besorgen.

»Bereit für den Park?«, fragt Molly.

»Jawohl.«

»Super. Zieh deine Wanderschuhe an. Ich ruf nur kurz Dez an.«

Sie geht ins Schlafzimmer und schließt die Tür. Ich höre beruhigende Worte nach draußen dringen, auch wenn ich sie nicht verstehen kann.

»Wie geht es Dez?«, frage ich, als sie wieder auftaucht.

»Heute etwas besser«, sagt Molly. »Sie hat es geschafft, eine der Anwältinnen zu erreichen, die du ihr empfohlen hast, und für Montag einen Termin vereinbart.«

Gott sei Dank. Ich habe allen dreien eine SMS geschickt, um zu sehen, ob sie einen Anruf dazwischenschieben können, aber so kurz vor dem Wochenende war nur noch die gefürchtete Geneva Bentley im Büro.

»Da bin ich aber froh«, sage ich.

»Ich auch. Können wir los?«

Wir fahren zehn Minuten bis zum Eingang des Nationalparks, und Molly hält am Ausgangspunkt für eine, wie sie es nennt, »Wanderung für normale Leute«, die durch Geröllfelder zum Skull Rock führt, ein Felsen, wie sie mir erklärt, der wie ein Schädel aussieht. Danach fahren wir zu einem anderen Wanderweg und marschieren zwei Stunden lang einen Berg rauf und runter, um »meinem Wunsch nach körperlicher Ertüchtigung nachzukommen«.

Die Wanderung ist stramm, die Aussicht wunderschön, und als wir zum Auto zurückkommen, bin ich von der frischen Luft und Endorphinen euphorisiert.

»Wir sollten von hier verschwinden, bevor es dunkel wird, aber vorher möchte ich dir noch meinen Lieblingsplatz zeigen«, sagt Molly.

»Dein Lieblingsplatz ist auch mein Lieblingsplatz.«

»Du bist so ein Hinterwäldler.«

»Ich lebe im Mittleren Westen.«

Noch.

Wir fahren zwischen Josuabäumen hindurch, während die Sonne langsam untergeht und die umliegenden Berge lila färbt.

Molly hält an einem Parkplatz mit mehreren großen Schildern, die vor Bienen warnen. Ich schaue mich misstrauisch um.

»Molly?«, sage ich.

»Seth?«

»Hast du vor, mich umzubringen?«

»Bist du allergisch gegen Bienen?«

»Nein, aber ich habe Angst vor Bienenschwärmen, wie jeder vernünftige Mensch.«

Sie winkt ab. »Es ist das Risiko wert. Vertrau mir.«

Wir steigen aus und gehen durch ein riesiges Kakteenlabyrinth.

»Cholla-Kakteen«, erklärt sie.

Die Pflanzen sind hüfthoch und schattiert, mit braunen Wurzeln, die nach oben zu einem spektakulären Gelbton verlaufen. Aus der Ferne wirken sie dick und wuschelig, wie Muppets, aber aus der Nähe sehen die Stacheln aus, als könnten sie dich umbringen. Als *wollten* sie dich umbringen.

»Sind sie nicht wunderschön?«, fragt Molly.

Sie ist wunderschön. Das goldene Sonnenlicht lässt ihr Haar und ihre Haut strahlen. Aber was ich wirklich liebe, ist die Heiterkeit in ihrem Gesicht.

Sie ist so glücklich hier.

Und ich bin so glücklich, mich in ihrem Glück zu sonnen.

Obwohl die Sache mit Dezzie und Rob ihr nahegeht, ist noch Platz für Freude.

»Also, Molls«, sage ich und zwinge meine Stimme zu einer Gelassenheit, die ich in keinster Weise empfinde. »Ich habe eine Überraschung für dich.«

»Oooh. Was denn?«

Wir schlendern durch den Kakteengarten, und ich dirigiere sie zu einem Aussichtspunkt, an dem keine anderen Menschen sind.

»Ich habe für Montag ein paar Termine vereinbart«, sage ich. »Mit Anwaltskanzleien.«

»Ach ja? Worum geht es?«

»Um Vorstellungsgespräche. Für Jobs hier.«

Ihre Augen werden groß. Und zwar nicht, wie man sofort sieht, vor Freude.

»Wow«, sagt sie. »Wow. Warum hast du mir das nicht vorher gesagt?«

»Weil ich dich überraschen wollte«, sage ich vorsichtig. »Ich dachte, es wären … gute Neuigkeiten?«

Sie blinzelt mich an. »Du überlegst also herzuziehen?«

Sie klingt nicht gerade begeistert, eher verwirrt.

Okay. Dann hole ich eben weiter aus.

Ich lege meinen Arm um ihre Taille. »Babe, die letzten fünf Monate waren die glücklichsten meines Lebens. Ich liebe dich, und ich möchte da sein, wo du bist.«

Sie nickt langsam. »Ich liebe dich auch, Seth. Aber das ist ein großer Schritt für dich, nur um mir näher zu sein. Ein großes Commitment.«

»Das ist die Idee«, sage ich leise.

»Was ist mit deiner Beratungsstelle?«

»Wir haben darüber nachgedacht, über Chicago hinaus zu expandieren. Ich würde gern etwas Ähnliches in L. A. aufziehen.«

Sie lächelt angestrengt. »Okay. Lass uns in Ruhe darüber reden. Mal sehen, wie deine Gespräche laufen.«

Ich beschließe, ihr nicht zu sagen, dass ich bereits eine Reihe von Zoom-Meetings mit den beiden Kanzleien hatte, die ich in Betracht ziehe. Dass der persönliche Besuch mir nur helfen soll, mich für eine zu entscheiden.

Aber dann streckt sie die Hand aus, zieht meinen Kopf nach unten und küsst mich.

»Tut mir leid«, sagt sie. »Ich bin nur etwas nervös. Das könnte toll werden. Kannst du dir vorstellen, dass wir uns jeden Tag sehen? Unglaublich von dir, dass du es überhaupt in Erwägung ziehst.«

Gar nicht unglaublich.

Ich bin wahnsinnig verliebt.

»Ich will nur mit dir zusammen sein, Molls. Wenn du willst.«

»Ich will dich auf jede erdenkliche Weise«, sagt sie. »Lass uns nach Hause fahren, dann beweise ich es dir.«

34. KAPITEL

Molly

Ich werde immer besser darin, meine Momente der Selbstsabotage zu erkennen, und ich bin stolz auf meine Kurskorrektur.

Natürlich sollte ich nicht in Panik verfallen, wenn Seth sich in Los Angeles nach Jobs umsieht. Nichts ist in Stein gemeißelt, und vielleicht wird es ganz wundervoll, wenn er hierherzieht. Wir können nicht für immer eine Fernbeziehung führen. Ich liebe unsere Marathon-Telefonate und romantischen Wochenenden, aber da ist immer ein Unterton von Traurigkeit: Ich vermisse ihn, immer. Selbst wenn wir zusammen sind, weiß ich, dass es nur vorübergehend ist, und vermisse ihn schon im Voraus.

Ich darf nicht zulassen, dass meine Sorge um Dezzie diesen schönen Moment ruiniert.

Was sie am Telefon über die Liebe gesagt hat, würde meine Therapeutin als *reaktiv* bezeichnen. Eine verständliche Sichtweise angesichts der Umstände, aber keine, die ich verinnerlichen sollte.

Trotzdem bin ich um 4:00 Uhr morgens aufgewacht, der üblichen Grübelzeit meines Körpers, und konnte nicht wieder einschlafen. Stattdessen sind meine Gedanken um all die Möglichkeiten gekreist, wie Seth und ich einander verlassen oder verletzen könnten oder einer von uns tödlich verwundet werden und sterben könnte. Ich weiß, ich male schwarz. Aber Schwarzmalerei ist Strategie. Ein Weg, sich selbst das Herz zu brechen, bevor es jemand anders tut.

Bei Tage betrachtet, kann ich jedoch besser akzeptieren, dass meine Ängste nicht die Realität sind. Also nehme ich Seths Hand, führe ihn zurück zum Auto und küsse ihn auf Teufel komm raus. Wenn ich ihn küsse, fühle ich mich immer gleich besser.

»Soll ich fahren?«, fragt er. Ich glaube, er merkt, dass ich ein bisschen neben mir stehe.

»Nein, schon gut.«

Wir fahren los, und ich rase über die Wüstenstraßen, die wegen des Feiertags und zu dieser Uhrzeit fast leer sind. Es ist sechs Uhr, als wir in der Stadt ankommen, und ich bin am Verhungern.

»Lust auf ein Schnitzel?«, frage ich Seth.

Normalerweise ist es schwer, abends einen Tisch im Saloon zu bekommen, aber so kurz vor Thanksgiving ist nicht viel los. Wir bestellen alles, was es an Frittiertem auf der Karte gibt – Fried Pickles, Zwiebelringe, Chicken Wings –, und Burger.

Seth steht auf, um zur Toilette zu gehen, und mir juckt es in den Fingern, Alyssa zu schreiben, dass er möglicherweise herzieht. Ich bin aufgeregt und nervös, und es würde mir guttun, mit ihr darüber zu reden. Aber ich tue es nicht. Es würde von Dezzie ablenken, und das fühlt sich nicht richtig an. Außerdem bleibt noch genug Zeit, mit meinen Freundinnen meine Gefühle zu analysieren.

Und außerdem ist es vielleicht gesünder, wenn ich sie mit Seth analysiere.

»Da ist ein ausgestopfter Roadrunner in der Herrentoilette über den Pissoirs«, informiert er mich, als er zurückkommt. »Ich hatte das Gefühl, dass er meinen Schwanz begutachtet.«

»Ich bin sicher, er war beeindruckt.«

»Ja. Mein Schwanz ist *viel* größer als der eines Roadrunners.«

»Müssen wir über Roadrunnerschwänze reden? Ich versuche zu essen.«

»Oh, klar. Über welchen Schwanz willst du denn reden?«

Ich lächle ihn an und wische mir mit dem Handrücken Aioli vom Mund. »Den Schwanz, der mir verschwiegen hat, dass er überlegt, nach L. A. zu ziehen.«

»Verzeihung?«

»Das war nur ein Scherz. Ich habe darüber nachgedacht. Wie würde das funktionieren? Würdest du bei mir einziehen?«

Er scheint erfreut, dieses Gespräch zu führen.

»Vielleicht für den Anfang«, sagt er, als hätte er noch nicht darüber nachgedacht, obwohl er wahrscheinlich eine PowerPoint-Präsentation vorbereitet hat. »Und dann könnten wir sehen, wie es sich anfühlt und ob wir mehr Platz brauchen?«

»Ich möchte mein Haus behalten«, sage ich schnell. Mein Haus, das auf meinen Namen läuft, ist meine Sicherheit. Das habe ich auf die harte Tour von meiner Mutter gelernt. »Aber vielleicht könnte ich es vermieten. Und wir könnten irgendwo in der Nähe eine größere Wohnung kaufen ... Wo sind denn die Kanzleien, mit denen du im Gespräch bist?«

»Downtown.«

»Oh, das ist nur zwanzig Minuten entfernt.«

Er nickt. »Ja. Das habe ich berücksichtigt. Ich weiß, was du davon hältst, auf die West Side zu ziehen.«

Seit ich an der Westküste bin, habe ich im Nordosten von L. A. gelebt, und inzwischen fühlt sich alles westlich von Silver Lake an wie Patagonien.

»Hast du deinen Eltern davon erzählt?«, frage ich.

»Nur Dave.«

»Ist er strikt dagegen?«

Ich weiß, dass Dave mir immer noch nicht traut, auch wenn Seth es nicht zugeben will.

»Er meint, ich soll tun, was mich glücklich macht. Und du machst mich wahnsinnig glücklich.«

Wahnsinnig glücklich. Manchmal bin ich so verliebt in diesen Mann, dass mir schwindelig wird.

Wir können es schaffen, denke ich. *Du, Molly Marks, kannst es schaffen.*

»Wirst du die Anwaltsprüfung wiederholen müssen?«, frage ich.

»Ja. Aber ich bin wirklich gut in standardisierten Tests, wie du weißt.«

Weiß ich. Er hatte einen perfekten SAT-Score. Wurmt mich bis heute.

Plötzlich bin ich ganz aufgeregt. Zum ersten Mal, seit ich von Dezzie gehört habe, bin ich glücklich.

»Ich bin dir wirklich dankbar, dass du das in Betracht ziehst«, sage ich.

Er trinkt gerade einen Schluck Bier und seine Augen weiten sich über dem Glas. Mit einem Schaumbart schnappt er nach Luft. »Ist das wahr?«

»Ja. Ich meine, wir können nicht ewig hin- und herpendeln wie bisher. Und ich weiß, dass es eigentlich einfacher wäre, wenn ich nach Chicago ziehe, da ich ja von überall aus schreiben kann.«

»Aber du liebst es hier. Je öfter ich dich in deiner Umgebung erlebe, desto klarer wird mir, dass es für dich wenig Sinn machen würde wegzugehen. Ich möchte, dass du irgendwo lebst, wo du glücklich bist.«

»Vielleicht können wir Dezzie überreden hierherzuziehen.«

Seine Augen leuchten. Es fühlt sich an, *als würden wir das tatsächlich tun.*

Wir essen zu Ende, gehen nach Hause und schlafen miteinander.

Danach macht Seth Feuer, während ich Dezzie anrufe. Sie hebt nicht ab. Wahrscheinlich schläft sie schon.

Die Egoistin in mir ist ein bisschen froh darüber. Ich möchte für sie da sein, aber ich möchte diesen schönen Abend nicht durch Traurigkeit trüben. Ich möchte mit Seth unter dem Sternenhimmel kuscheln.

Und das tue ich auch.

Wir gehen früh ins Bett und gönnen uns den Luxus, bis zehn auszuschlafen. Ich liege in Seths Armen, als ich die Augen öffne. Er ist nicht aufgestanden, um laufen zu gehen, was ungewöhnlich ist.

»Du bist da«, sage ich glücklich.

Er zieht mich fest an sich. »Ich bin da.«

Wir bleiben noch eine Weile so liegen, dann macht er Frühstück. Ich schaue auf mein Handy und sehe eine SMS von Dezzie, die fragt, ob ich reden kann.

Ich gehe nach draußen, um sie anzurufen.

»Hey, Schatz«, sage ich, als sie abnimmt. »Wie geht's dir?«

Ihre Stimme ist ein Krächzen, als sie mir erzählt, wie schlecht sie geschlafen hat und wie sehr sie Rob vermisst, obwohl sie ihn hasst.

»Molls, ich will nur, dass er zurückkommt. Ist das nicht krank?«

»Oh, Süße. Das ist nicht krank. Du liebst ihn immer noch.«

»Aber ich sollte ihn *verachten*. Ich *verachte* ihn.«

»Das ist kein Widerspruch. So wird es wahrscheinlich noch für eine lange Zeit sein.«

Ihre Mutter unterbricht sie, weil sie beim Kochen helfen soll, und ich verspreche, später wieder anzurufen.

Das ist mein Stichwort, ebenfalls mit dem Kochen zu beginnen.

Ich gehe in die Küche, wo Seth mir Kaffee, einen Teller mit gebratenem Speck und einen Muffin hingestellt hat. Ich lasse es mir schmecken und überlege, was ich zuerst tun soll. Ich muss die Hühner aus der Marinade nehmen und füllen, Bohnen schälen, Knoblauchbutter machen, die Preiselbeeren schmoren … Eine Stunde lang verliere ich mich in der Essensvorbereitung und summe zufrieden vor mich hin.

Im Wohnzimmer facetimt Seth mit seiner Familie, die bei Dave und Clara ist. Ich kann die Jungs durchs Telefon bis in die Küche schreien hören. Ich lächle vor mich hin, während Seth mit ihnen rumalbert.

»Wartet mal«, sagt er. »Ich gebe euch Molly.«

Er kommt rein, und aus dem Telefon schaut mich seine ganze Familie an.

»Frohes Thanksgiving, Molly!«, sagen sie im Chor.

»Euch auch frohes Thanksgiving!«

»Sieht Molly nicht süß aus, wenn sie kleinen Hühnern Apfelscheiben in den Hintern stopft?«, fragt Seth.

»Molly sieht immer toll aus, egal wem sie was in den Hintern stopft«, sagt sein Vater.

Ich verschlucke mich. »Ist das ein Sex-Witz?«, flüstere ich hinter vorgehaltener Hand.

Seth macht ein entsetztes Gesicht. »Glaub schon«, erwidert er.

»Opa hat Hintern gesagt!«, kreischt Max.

»Schön für dich«, sagt Clara trocken.

»Alles klar, Familie. Ich muss Molly mit dem Hintern helfen«, sagt Seth und kneift mir in den Po. »Wir vermissen euch.«

»Hab euch beide lieb!«, ruft Barb.

Seth legt auf und lacht. »Das reinste Chaos da drüben.«

»Bereust du, dass du nicht bei ihnen bist?«

»Kein bisschen.« Er schlingt die Arme um mich und küsst meinen Hals. »Also, wie kann ich dir helfen?«

Ich lasse ihn die Kartoffeln für den Auflauf schälen und in Scheiben schneiden, während ich Käse reibe und Zwiebeln hacke. Es macht Spaß, mit Seth aufwändige Mahlzeiten zu kochen.

Vielleicht, denke ich, während ich ihm dabei zusehe, wie er die Kartoffeln in akribisch dünne Scheiben schneidet, will ich das wirklich.

Jeden Tag.

Für immer.

»Kartoffeln geschnitten, Chef«, sagt Seth und präsentiert mir das Schneidebrett mit den Kartoffeln, so hauchdünn geschnitten, dass sie fast durchsichtig sind.

»Schöne Arbeit.«

»Ist es seltsam, dass ich traurig bin, weil wir keinen Bohnenauflauf machen? Bist du sicher, dass wir keinen Grüne-Bohnen-Auflauf wollen?«

»Ich habe doch gesagt, beigefarbenes Essen auf Pilzcremesuppenbasis ist tabu.«

Er seufzt tragisch. »Dein Pech, McMarkson. Was kann ich sonst noch tun?«

»Für den Moment ist alles erledigt.«

»Was dagegen, wenn ich mich auf dem Grundstück umsehe? Ich bin ein bisschen hibbelig, weil ich nicht laufen war.«

»Nur zu.«

Ich konzentriere mich aufs Schichten des Gratins, füge Butterflocken hinzu und bestreue ihn mit Mehl, Pfeffer, Salz, Thymian und Parmesan. Es ist meditativ und ich fühle eine tiefe Zufriedenheit.

Ich schiebe das Gratin in den Ofen. Es ist der letzte Teil meiner Vorbereitungen, also beschließe ich, meine Mutter anzurufen.

»Hallo, liebste Tochter!«, trällert sie ins Telefon. »Ich habe Bruce' Familie zum Mittagessen eingeladen und das Haus gerade voll. Kann ich dich in ein paar Stunden zurückrufen?«

»Du Schlingel! Du hast mir nicht gesagt, dass du seine Familie triffst!«

Sie kichert. »Überraschung!«

Sie hat mir ihren Freund endlich vorgestellt, als ich zur Hochzeit von Jon und Kevin in Florida war. Ein sanftmütiger Finanzberater im Ruhestand mit freundlichen Augen, der meine Mutter vergöttert und so stolz von ihren beruflichen Erfolgen schwärmt, dass ich mich frage, was sie je an meinem Vater fand.

Sehen Sie uns an. Die Marks-Frauen, in gesunden Beziehungen mit Männern, die wir lieben.

»Okay, Mom«, sage ich. »Erzähl mir, wie es gelaufen ist. Hab dich lieb.«

Kaum habe ich aufgelegt, ruft mein Vater an.

Nanu, das ist ungewöhnlich. Normalerweise schreibt er an Thanksgiving nicht mal eine SMS. Nach der Szene am Flughafen haben wir uns stillschweigend darauf geeinigt, so zu tun, als wäre sie nie passiert, und unser Umgangston ist höflich, wenn auch ein bisschen angespannt. Bei unserem Treffen in L. A. haben wir hauptsächlich übers Geschäft geredet – er fragte nicht nach Seth, ich nicht nach Celeste.

Ich habe gar nicht erst versucht, ihn zu umarmen.

Aber er hatte überraschend detaillierte Notizen zu meinen Drehbuchentwürfen, und ich kann nicht umhin, eine gewisse Genugtuung darüber zu empfinden, dass er meiner Arbeit so viel Aufmerksamkeit schenkt. Offenbar brauchte es ein Drehbuch, um mir seinen Respekt zu verdienen. Ich wünschte, einfach nur seine Tochter zu sein, hätte mir dieses Privileg verschafft. Aber er ist, wie er ist.

»Hi, Dad«, sage ich. »Frohes Thanksgiving.«

»Danke, Tootsie. Dir auch.«

»Wie feiert ihr?«, frage ich.

»Wir sind runter nach Key West gesegelt. Wir machen uns nichts aus Truthahn.«

Ich bin mir nicht sicher, ob er Celeste oder Savannah meint, also sage ich einfach: »Nein, ich auch nicht. Ich mache kornische Wildhühner.«

»Servierst du sie mit Kathys arterienverstopfendem Gratin?«

Ich atme diese Anspielung auf meine Mutter weg. »Und Unmengen Wein.«

Wenigstens beim Wein sind wir uns einig.

»Also, hör mal, Tootsie«, sagt er. »Ich wollte dich kurz auf den neuesten Stand zu *Busted* bringen.«

Ah. Das würde erklären, warum er sich herabgelassen hat anzurufen. Natürlich sucht er sich dafür den denkbar unpassendsten Zeitpunkt aus, aber wenigstens kann ich dann aufhören, mir darüber den Kopf zu zerbrechen.

»Warte, ich hole meinen Laptop«, sage ich und wische mir das Mehl von den Händen.

»Nicht nötig«, sagt er. »Ich mach's kurz.«

Ich habe ein ungutes Gefühl. Wenn es um sein vielgepriesenes Werk geht, hat er es sonst nie eilig. »Okay. Was gibt's denn?«

»Scott hat beschlossen, eine andere Richtung einzuschlagen.«

Ich entspanne mich. Nur weitere Änderungen. Das macht mir nichts aus. Überarbeiten ist das Schönste am Schreiben.

»Kein Problem«, sage ich. »Sollen wir ein Telefonat vereinbaren oder will er mir die Anmerkungen schicken?«

»Der Tenor ist, dass er deine Version für zu feminin hält. Du kannst also zurücktreten.«

»Zurücktreten?«

Es entsteht eine sehr, sehr lange Pause.

»Lion Remnick wird ab jetzt übernehmen.«

Lion Remnick ist ein führender Autor von Filmen mit Superhelden, Verfolgungsjagden und Explosionen. Er ist nicht mal schlecht. Er ist die Art von Autor, dessen Erfolg ich mit meinem vergleiche, an den ich aber nie heranreiche.

Es ist nicht unüblich, wenn ein Drehbuch auf halber Strecke in andere Hände wechselt. Das ist mir schon oft passiert.

Aber dieses Drehbuch ist für meinen *Vater*.

»Moment, ist das Scotts Entscheidung?«, frage ich mit zitternder Stimme. »Du bist ausführender Produzent. Er kann mich nicht einfach feuern, wenn du nicht einverstanden bist.«

»Ich *bin* einverstanden«, sagt er schlicht. »Wenn du es unbedingt wissen willst, ich hatte schon seit dem letzten Entwurf Bedenken, und Lion war unerwartet verfügbar, also ...«

»Du hast also hinter meinem Rücken einen anderen engagiert? Weil ich zu *feminin* bin? Hast du mich nicht gerade deshalb geholt? Um eine Frauenfigur zu schreiben, die nicht nur ein Strichmännchen mit verpfuschten Brüsten ist?«

»Sieh mal, Molly, so ist das Showbusiness. Ich muss *dir* doch nicht sagen, dass nicht immer alles klappt.« Womit er natürlich andeuten will, dass bei mir schon lange nichts mehr geklappt hat. Nicht, dass er von einer weiteren Liebeskomödie beeindruckt wäre, selbst wenn.

»Ist das dein Ernst, Dad?«, schreie ich ins Telefon.

»Du bekommst natürlich trotzdem dein Honorar«, sagt er ruhig.

Als ginge es hier ums Geld.

»Das Honorar ist mir egal. Aber mir ist nicht egal, dass mich mein eigener Vater an Thanksgiving feuert!«

»Es ist nichts Persönliches, Molly«, sagt er mit einem leidgeprüften Seufzer. »Ich muss tun, was fürs Geschäft richtig ist.«

Kopfschüttelnd sehe ich zu meinem eigenen Spiegelbild im Küchenfenster, denn ich muss meine Fassungslosigkeit mit *irgendjemandem* teilen.

»Okay, für dich ist es vielleicht nichts Persönliches. Aber ist dir mal in den Sinn gekommen, dass ich es persönlich nehmen könnte? Nimmst du mich als Mensch überhaupt wahr?«

»Wir können später darüber reden, wenn du dich beruhigt hast.«

Durch die Implikation, ich würde überreagieren, fühle ich mich tatsächlich, als würde ich überreagieren.

Ich bin mit diesem Gespräch noch nicht fertig. Ich habe es satt, von diesem Mann zurückgewiesen zu werden. Und ausnahmsweise möchte ich keinen Witz reißen oder das Thema wechseln oder mich mit Benzos und Wein betäuben. Vielleicht liegt es an Seth – an seinem Beharren auf Kommunikation. Vielleicht liegt es an Rob – ich hatte schon genug beschissene Männer für ein Wochenende. Aber ich will meiner Wut Luft machen. Mein Vater soll wissen, dass ich ihn nicht so leicht davonkommen lasse.

»Nein, warte«, sage ich. »Ich habe eine Frage an dich.«

Er seufzt. »Und die wäre?«

»Warum hast du dich nicht um mich gekümmert?«

»Was ...«

»Als du gegangen bist.«

»Wie bitte? Wo kommt das denn jetzt her, Molly?«

»Ich nehme an, das kommt von zwei Jahrzehnten, die ich mir auf die verdammte Zunge gebissen habe, während du auf mir rumgetrampelt bist.«

»Sei nicht so dramatisch«, schnauzt er. »Ich weiß, die Scheidung war für keinen von uns leicht, aber ...«

»Du hast mich mit Mom alleingelassen. Obwohl du *wusstest*, dass sie sich kaum um sich selbst kümmern konnte, geschweige denn um eine Dreizehnjährige. Und du hast mich einfach damit *allein*gelassen.«

»Wenn ich mich recht erinnere, wolltest du mich nicht sehen.«

»Ja, ich war ein *Kind* und du hast mir das Herz gebrochen. Es lag an dir, es wieder in Ordnung zu bringen. Und du hast nicht einmal versucht, das gemeinsame Sorgerecht zu bekommen.«

Ich bin mir nicht sicher, ob ich mir jemals eingestanden habe, wie sehr mich das getroffen hat.

»Die Situation war komplizierter – wie du dir jetzt, wo du erwachsen bist, sicher vorstellen kannst«, sagt er.

Aber ich kann es nicht. Wenn ich ein Kind hätte, würde ich in Stahlkappenstiefel und Kettenhemd darum kämpfen. Ich würde die verdammte Erde mit Salz bestreuen.

»Sein Kind zu besuchen, ist nicht so wahnsinnig kompliziert«, sage ich. »Du hast mich *im Stich gelassen*. Du hast mir *nie* den Rücken gestärkt. Nicht mal mit deinem lächerlichen Film.«

»Ich lasse dich nicht im Stich. Das war eine geschäftliche Vereinbarung mit den damit verbundenen Unwägbarkeiten, und wenn du nicht erwachsen genug bist, damit umzugehen, beweist das nur, dass wir die richtige Entscheidung getroffen haben.«

»Die damit verbundenen Unwägbarkeiten? Mein Gott, du bist so ein Arsch.«

»Es *reicht* jetzt«, schreit mein Vater. »Frohes Thanksgiving, Molly. Ich lege auf.«

Die Verbindung wird unterbrochen.

Ich werfe das Telefon auf den Tresen und bekomme kaum Luft.

Ich hasse ihn. Ich hasse ihn so sehr. Ich hasse, dass seine Liebe nicht bedingungslos ist. Dass er sich einen Dreck um mich schert. Dass er mir immer wieder den Rücken kehrt.

Andererseits – ist das überraschend? Am Ende verlassen sie einen alle.

Das Telefon vibriert.

Unglaublich, aber mein erster Gedanke ist, dass es mein Vater sein muss, der sich entschuldigen will, denn einfach aufzulegen, ist selbst für ihn brutal.

Aber natürlich ist er es nicht.

Es ist Dezzie.

Ich will nicht rangehen. Ich will mich auf den kalten Küchenboden legen und weinen.

Aber sie braucht mich und ich liebe sie.

»Hey, Süße«, sage ich und versuche, mir nicht anmerken zu lassen, wie aufgewühlt ich bin. »Wie fühlst du dich?«

»Furchtbar«, sagt sie mit belegter Stimme. Ich kann nicht sagen, ob sie getrunken oder geweint hat oder beides.

»Schaurig«, fährt sie fort. »Schaurig, traurig, lausig.«

»Das tut mir leid«, sage ich. »Hast du mit deiner Familie zu Mittag gegessen?«

»Ja. Sie sind total süß. Was es fast noch schlimmer macht. Ich will kein Mitleid.«

»Ich weiß genau, was du meinst«, sage ich und denke dabei an Seth. Ich will nicht, dass er wegen der Sache mit meinem Vater eben Mitleid mit mir hat. Er hat sich schon aufgeregt, weil ich überhaupt für ihn arbeite. Ich kann mir schon vorstellen, wie er mich ansieht, wenn er erfährt, dass er zu Recht misstrauisch war. Er wird ausrasten. Mein Schmerz ist noch zu frisch, um auch noch seine Wut zu ertragen.

Ich habe an diesem Wochenende mehr Gefühle gefühlt, als ich je im Leben verarbeiten kann.

»Heirate bloß nicht, Molly«, lallt Dezzie. »Versprich es mir. Du musst es schwören.«

Ich denke an meinen Vater, der in seinem glänzenden BMW aus der Einfahrt fährt und mich und meine Mutter, am Boden zerstört, zurücklässt. Ich denke an Rob, der irgendeine Frau fickt, während er versucht, seine Frau zu schwängern.

Und ich denke an meinen Freund, der genau solchen Männern beisteht. Mein Freund, der den Leuten jeden Tag seines Lebens hilft, sich gegeneinander zu wenden und ihre Versprechen zu brechen. Mein Freund, der perfekt ist, bis er es unweigerlich nicht mehr ist.

Mein Herz pocht bei dieser Erkenntnis. Mir kommen die Tränen.

Ich habe so sehr versucht zu glauben, dass das, was ich für Seth empfinde, nicht in emotionalem Gemetzel endet.

Aber es ist ziemlich schwer, die bittere Wahrheit dieses Tages nicht zu erkennen: *Je mehr man vertraut, desto mehr kann man verlieren.*

»Keine Sorge, Dezzie«, sage ich. »Aufs Heiraten kann ich gut verzichten.«

»Gut. Denn ich will nicht, dass du dich jemals so fühlst. Ich will nicht, dass *irgendjemand* sich so fühlt.«

»Ich auch nicht, meine Liebe.«

Sie gähnt. »Ich hatte zu viel Wein. Ich glaube, ich muss mich hinlegen.«

»Okay. Schlaf ein bisschen. Ich rufe dich heute Abend an.«

35. KAPITEL

Seth

Ich bin ganz aufgeregt.

Während Molly gekocht hat, bin ich zum anderen Tor, um die Leute reinzulassen, die ich angeheuert habe. Schweigend hängen sie die Lichter im Vorgarten auf. Ich muss Molly ablenken, bis es Zeit fürs Abendessen ist.

Ich gehe ins Haus, wo es herrlich duftet. »Verdammt«, rufe ich. »Was auch immer du da drin machst …«

Aber dann sehe ich Molly und verstumme.

Sie sitzt zusammengekauert am Tisch, trinkt ein Glas Wein und starrt auf ihr Handy.

»Hey«, sage ich. »Was ist los?«

Sie sieht mich an. Sie wirkt wie ausgehöhlt.

»Nichts«, sagt sie. »Tut mir leid. Dezzie hat angerufen und mich abgelenkt. Sie ist in ziemlich schlechter Verfassung.«

Das würde erklären, warum sie so aufgebracht ist.

Fuck.

Ich frage mich, ob es ein Fehler war, die Sache nicht abzublasen, als noch Zeit dafür war. Aber wir hatten gestern so einen schönen Tag, und Molly schien so glücklich, mit mir zusammen zu sein, so begeistert von der Aussicht, zusammenzuziehen, dass ich keinen Grund sah, von meinem Plan abzuweichen.

Jetzt ist es dafür auf jeden Fall zu spät. In der Einfahrt stehen bereits sechs Männer und bauen die von mir entworfene Kulisse auf.

Und ich habe eine Idee, wie ich Molly aufmuntern kann.

»Weißt du«, sage ich, »wenn du willst, können wir morgen früh zurückfahren und einen Flug nach Chicago nehmen. Vielleicht fühlst du dich besser, wenn du bei ihr bist. Und ich kann sie für den Termin beim Anwalt briefen.«

Molly sieht mich mit traurigen Augen an. »Das würdest du tun?«

»Natürlich.«

»Was ist mit deinen Vorstellungsgesprächen am Montag?«

Ich zucke die Schultern. »Die werde ich verschieben.«

Ich weiß, dass diese Kanzleien mich unbedingt haben wollen. Sie werden warten.

»Wow«, sagt Molly. »Es wäre so schön, sie zu überraschen. Lass uns das machen.«

»Ich buche uns nach dem Essen Flüge.«

Sie lächelt, und ihr ganzes Gesicht sieht wacher aus, als hätte sie gerade vier Stunden mehr Schlaf bekommen.

Ich entspanne mich. Mein Plan ist immer noch gut.

»Das Essen riecht fantastisch«, sage ich.

»Danke«, sagt sie. »Ich habe vor, dir mit meinen kulinarischen Künsten die Sterne vom Himmel zu holen.«

»Du kannst mir jederzeit einen runterholen, Babe.«

Sie stöhnt.

»Hey, ich habe ein Kartenspiel im Esszimmer gesehen«, sage ich. »Hast du Lust, beim Gin Rommé gegen mich zu verlieren?« Ich will sie beschäftigen, damit sie in der nächsten halben Stunde nicht irgendeinen Grund findet, in den Vorgarten zu gehen.

»Ich bin ein bisschen müde. Ich habe letzte Nacht nicht gut geschlafen. Macht es dir was aus, wenn ich mich vor dem Essen ein wenig hinlege?«

Noch besser. Das Schlafzimmer liegt auf der Rückseite des Hauses, wo sie nichts hören kann.

»Nein«, sage ich, »natürlich nicht.«

»Okay. Ich habe die Hähnchen gerade reingetan. Der Ofen hat eine Zeitschaltuhr, du brauchst also nichts zu tun.«

»Verstanden. Ruh dich aus. Ich decke den Tisch.«

Ich schreibe der Veranstaltungsplanerin eine SMS, dass wir etwas später anfangen, was mir gut in den Kram passt, denn so habe ich Zeit, den Tisch so richtig romantisch zu decken. Ich bin meiner Mutter dankbar, dass sie mir beigebracht hat, wo die Gabeln hingehören. Ich bin der George Clooney der Tischdekoration.

Ich krame in der Anrichte, finde ein paar Kerzenständer aus Jadeit und bestücke sie mit langen weißen Kerzen, die für ein perfektes Ambiente sorgen. Dann schneide ich draußen ein paar grüne Zweige von einem gelb blühenden Kreosotbusch und arrangiere sie um die Kerzenständer.

Es wirkt festlich, und die Kreosotblüten duften erdig, wie nach einem Regenguss.

Ich ziehe mich fürs Abendessen um und laufe dann nervös auf und ab. Molly schläft länger als erwartet, also beschäftige ich mich damit, allen, die ich kenne, per SMS ein frohes Thanksgiving zu wünschen. Als sie schließlich auftaucht, trägt sie einen kuscheligen Pullover und ist frisch geschminkt. Sie wird so süß aussehen auf unseren Fotos.

»Wie war dein Mittagsschlaf?«, frage ich.

»Erholsam. Und ich bin am Verhungern. Wollen wir essen?«

»Jep.«

»Okay. Ich muss nur noch die Bohnen blanchieren. Setz dich hin. Ich werde dich wie eine richtige kleine Ehefrau bedienen.«

Ehefrau. Ein wohliger Schauer durchströmt mich. Ich schicke eine SMS, um die zehnminütige Vorwarnung zu geben, zünde die Kerzen an und hoffe, dass ich mich nicht vor Aufregung verrate.

Molly kommt mit zwei kleinen goldenen Hähnchen herein, die mit Rosmarinzweigen dekoriert sind.

»Miss Molly Malone«, sage ich. »Ich kann nicht glauben, dass Sie mir Ihre Geflügel-Kochkünste die ganze Zeit verheimlicht haben.«

»Jede Frau hat Geheimnisse.«

Sie holt das restliche Essen, und ich schnappe mir die Flasche Pinot, die sie geöffnet hat, und schenke uns beiden ein Glas ein. Und das ist mein Stichwort.

Zeit, unser Leben zu ändern.

Lass es uns verdammt noch mal tun.

»Bevor wir anfangen«, sage ich, »lass uns sagen, wofür wir dankbar sind.«

Sie lächelt. »Du und deine Dankbarkeitslisten.«

»Hey! Es ist Thanksgiving! Wenn es einen Tag für Dankbarkeitslisten gibt ...«

»Okay, okay, fang du an.«

»Nun, zuallererst bin ich dankbar für Flugzeuge, weil sie mich zu dir bringen«, sage ich.

Sie verdreht die Augen, aber sie lächelt. »Sehr kreativ.«

»Es ist eine Achtsamkeitsübung, kein Kreativitätswettbewerb.«

Sie nickt, *ja, ja*.

»Darf ich weitermachen?«

»Bitte.«

»Ich bin dankbar für die FFP2-Masken, die uns schützen, wenn wir unterwegs zueinander sind. Ich bin dankbar für die Vielfliegermeilen, die uns davor bewahren pleitezugehen. Ich bin dankbar für Betten, die perfekt ...«

»Okay, Casanova. Ich hab's kapiert. Du bist dankbar für Sex und Reisen.«

»Sex und Reisen mit dir«, stelle ich klar.

»Bist du fertig?«, fragt sie.

»Ich fange gerade erst an.«

»Natürlich.«

»Ich bin dankbar für den Nationalpark«, sage ich, »der mir dieses Abenteuer mit meinem Mädchen ermöglicht. Ich bin dankbar für die Cholla-Kakteen, die ihre Augen zum Leuchten bringen wie die eines Kindes. Ich bin dankbar für Sauvignon Blanc, weil er dich dazu bringt, mit mir zu tanzen, auch wenn du es nicht besonders gut kannst.«

»Willst du mich ärgern?«

»Nur ein kleines bisschen. Damit du auf dem Teppich bleibst.«

»Bin ich jetzt dran?«

»Nö. Ich bin dankbar für die Hütte am See, wo ich einige der glücklichsten Tage meines Lebens verbracht habe. Für das Klassentreffen, bei dem ich eine zweite Chance mit dir bekommen habe. Für all die falschen Beziehungen, die mich erkennen ließen, dass dies die richtige ist.« Meine Stimme bricht ein wenig. Ich werde emotional, aber ich habe mir vorgenommen, nicht zu weinen.

Mollys Gesicht wirkt jetzt angespannt. Sie sieht mich aufmerksam an.

»Seth«, sagt sie, »ich liebe dich, aber das Essen wird kalt.«

Aber es ist zu spät. Ich kann nicht aufhören, selbst wenn ich es wollte.

Und ich will es auch nicht. Ich will nur sie.

Ich hole tief Luft. »Ich bin dankbar für all die Jahre, die wir getrennt verbracht haben, denn sie haben uns geholfen, die Menschen zu werden, die zusammen sein können.«

In der Ferne höre ich, wie pünktlich auf die Minute die Musik beginnt. Sie hört es auch und sieht mich an, mit diesem entsetzten Ausdruck. »Okay«, sagt sie. »Was ist hier los? Ernsthaft.«

Der Fluchtgedanke steht ihr ins Gesicht geschrieben. Als ob

sie genau wüsste, was los ist, und verzweifelt ihre Möglichkeiten durchspielt.

Mir dreht sich der Magen um. Ich habe noch nie so sehr gebetet, dass alles gut wird.

»Ich glaube, es kommt von draußen«, sage ich mit einer Stimme, die viel ruhiger ist, als ich mich fühle. »Lass uns nachsehen.«

Molly bleibt wie angewurzelt stehen. »Was tust du, Seth?«

»Komm schon«, sage ich, zwinge mich zu lächeln, und nehme ihre Hand. »Ich möchte, dass du dir etwas ansiehst.«

Sie bewegt sich nicht. In ihren Augen liegt ein wilder Blick, als wäre sie ein in die Enge getriebenes Tier.

»Baby«, sage ich. »Vertrau mir einfach. Komm schon.«

Sie lässt sich von mir durchs Wohnzimmer und auf die Veranda führen. Im Garten, auf einer Lichtung zwischen Josuabäumen und Ocotillos, sitzt ein Streichquartett vor einer drei Meter hohen Leinwand mit Sternenhimmel. Als sie uns sehen, stimmen sie *I Found a Love* von Etta James an.

Es ist eines unserer Lieder. Eines, das wir in unserer ersten Woche in meiner Hütte ständig gehört haben.

Um uns herum gehen die Lichter an, die ich aus L. A. mitgebracht hatte, und projizieren vertikale Strahlen in den Himmel.

Molly schlägt sich die Hand vor den Mund. In ihren Augen schimmern Tränen. In der Dunkelheit kann ich nicht erkennen, ob es Freudentränen sind.

Ich krame in meiner Tasche nach dem Ring, den ich ihr bei Roman & Roman gekauft habe – ein georgianischer Diamantring. Er erinnert mich an die Anhänger an den vielen Halsketten, die sie immer trägt.

»Baby«, stottere ich, »ich bin so dankbar, dass ich diesen Feiertag mit dir verbringen darf. Für die Chance, mit dir neue Traditionen zu schaffen. Und alte zu ehren. Wie diese hier.«

Ich sinke auf ein Knie.

Auf dieses Stichwort beginnen die Lichter die Farben zu wechseln und projizieren einen bunten Strahlenstrudel in den Himmel. Auf der Leinwand hinter den Musikern wird ein Feuerwerk gezündet. (Echte Feuerwerkskörper sind in Joshua Tree verboten.)

»Molly Marks«, sage ich. »Ich bin so dankbar, dass ich meine Seelenverwandte gefunden habe. Willst du mich heiraten?«

Die Musik schwillt an und Molly fließen Tränen übers Gesicht.

Ich greife nach ihrer linken Hand. Sie ist schlaff und klebrig.

Molly zieht sie weg.

Ich halte inne, den Ring in der ausgestreckten Hand.

Sie legt ihren Handrücken an die Wange, als wolle sie ihre Finger vor mir schützen.

Ihre Augen sind weit aufgerissen und auf die Lichter hinter mir gerichtet.

Mein Körper wird kalt, weil ich weiß, dass das nicht gut ist, dass Molly nicht glücklich ist, dass es nicht so läuft, wie es sollte. Aber ich habe immer noch mein dämliches Lächeln im Gesicht, und die dämlichen Lichter spielen immer noch verrückt, und in meinen Augen steht immer noch die Frage, auf die ich die Antwort zu kennen glaubte.

»Hör auf, mich so anzusehen«, sagt sie. In ihrer Stimme liegt echter Schmerz. »Bitte, frag mich nicht. Ich kann nicht. Ich kann einfach nicht.«

Sie dreht sich um und rennt ins Haus.

36. KAPITEL

Molly

Die Musik hört abrupt auf, aber das Haus ist durch die Lichter draußen so unheimlich erleuchtet, dass es sich drinnen anfühlt wie eine FBI-Razzia.

Seth folgt mir, den Ring in der Faust.

Alles, was ich will, ist eine Rückspultaste. Eine Möglichkeit, ihm fünf Minuten vorher zu signalisieren, dass er die Frage, die er mir gerade gestellt hat, nicht stellen soll.

Eine Möglichkeit, nicht in einer Realität zu leben, in der ich den Mann, den ich beschützen möchte, nur verletzen kann.

Aber ich kann ihm nicht helfen, denn in meinem Herz dröhnt nur ein Wort: *Nein.*

Nein. Es pocht herrisch hinter meinen Schläfen, in meiner Brust, allesverzehrend und untrennbar mit mir verbunden.

»Molly?«, sagt Seth heiser.

Ich schüttle den Kopf. Tränen laufen mir über die Wangen.

Wenn jemand mit diesem Ton in der Stimme zu dir spricht, und du bist dafür verantwortlich und kannst es nicht besser machen, ist es vorbei.

»Bitte«, sage ich und weiche zurück.

Er hält inne. Er sieht aus, als würde er gleich umkippen, und stützt sich mit einer Hand an einem Bücherregal ab.

»Es ist okay, Molls«, sagt er mit einer Stimme, die verrät, dass es nicht okay ist und niemals okay sein wird. »Ich habe es verstanden.«

Aber es ist egal, ob er das tut, denn das *Nein* wird immer größer, umhüllt mich wie ein Leichensack, erstickt mich.

Seth soll mich halten, mich umarmen, mich beruhigen, damit es weggeht.

Aber das kann er nicht. Er ist der Grund, warum ich nicht atmen kann.

Ich gehe in die Hocke und schnappe nach Luft.

Fuck!

Fuck, fuck, fuck.

Seth eilt herbei, geht auf die Knie und legt mir die Hände fest auf die Schultern. »Molls«, sagt er eindringlich. »Sieh mich an.«

Sein Blick ist so lieb.

Himmel, ich habe ihn nicht verdient. Das habe ich nie.

»Baby, du musst keine Angst haben. Alles ist gut.«

Ich schüttele den Kopf, unfähig zu sprechen.

»Du tust es wieder«, sagt er beruhigend. »Du läufst weg. Und das musst du nicht. Bei mir bist du sicher.«

Aber er geht von der falschen Annahme aus. Er denkt, dass mir nicht bewusst ist, was diese Panik auslöst. Dass ich mich beruhigen werde, wenn ich das Muster erkenne. Er bildet sich ein, ich sei erwachsen geworden. Dass ich ihm glauben kann.

Aber das kann ich nicht. Mein Herz ist dreizehn Jahre alt und ich kann es einfach nicht.

»Du hast recht«, sage ich durch die Tränen. »Du kennst mich so gut.«

Er lacht auf. »Ja, tu ich. Und deshalb …«

Ich falle ihm ins Wort. »Und wenn du mich so gut kennst, dann solltest du auch wissen, dass es von Anfang an darauf hinausgelaufen ist. So bin ich eben.«

»Molly, das ist nicht wahr …«

Doch es ist wahr. Es gibt keine denkbare Zukunft, in der die Antwort auf seine Frage etwas anderes als Nein sein wird.

Früher habe ich mir Sorgen gemacht, dass er mich verlässt, weil ich zu zynisch oder zu gemein für ihn bin, aber in Wirklichkeit bin ich es, die ihn verlassen wird, unausweichlich, weil ich ihn zu sehr liebe, um meine Angst jemals loszulassen.

»Hör auf, bitte«, sage ich. »Bitte. Lass uns das nicht in die Länge ziehen.«

»Sprich nicht so mit mir«, sagt er scharf, als kämen die Worte aus den Tiefen seiner Seele. »Wir können uns so viel Zeit nehmen, wie du brauchst. Verdammt, Molly, es tut mir leid. Ich habe den Zeitpunkt falsch gewählt, du musst nicht sofort antworten.«

»Ich habe geantwortet.«

Sein Gesicht wird hart. Ich sehe, wie er anfängt zu begreifen, dass es vorbei ist.

»Sagen wir einfach, es war vor fünfzehn Minuten vorbei, als noch alles gut war«, sage ich leise.

Er sieht aus, als hätte ich ihn erstochen, und er hält sich die Wunde, weigert sich, an das Blut zu glauben, obwohl es durch seine Finger tropft.

»*Vorbei*? Du meinst, mit *uns*?«

»Ja. Ich werde nie dein Happy End sein und ich will nicht unter einer tickenden Uhr leben. Also lass uns einfach an der Stelle die Pausentaste drücken, als es perfekt war.«

Die letzte Spur von Sanftmut weicht aus seinem Gesicht.

»Wir sind nicht in einer verdammten RomCom, Molly.«

»Nein. Du hast recht. Wir sind im Joshua-Tree-Nationalpark, an Thanksgiving. Und egal, wie es zu Ende geht, ich bin dankbar für die Zeit, die wir miteinander hatten.«

Ich bin ein bisschen stolz auf diesen Satz. Er klingt wie etwas, das *er* sagen würde.

Aber sein Gesicht verzieht sich vor Schmerz, und ich begreife, dass er meine Ernsthaftigkeit als Spott auffasst.

»Okay«, sagt er kurz. »Super. Danke dafür.«

37. KAPITEL

Seth

Molly Marks sagte einmal, nachdem wir zum ersten Mal miteinander geschlafen hatten, dass ich sie immer mehr lieben würde als sie mich.

Ich schätze, sie hatte recht.

Ich wende mich von ihr ab und wanke zur Tür. Der kalte Wüstenwind peitscht mir ins Gesicht, sodass die Tränen auf meinen Wimpern brennen, als ich in den Garten gehe.

Ich hasse es, dass ich weine. Nicht, weil ich mich dafür schäme – ich bin weiß Gott eine Heulsuse –, sondern weil ich dachte, ich würde jetzt vor Freude weinen. Ich dachte, Molly würde in meinen Armen liegen, mir die Tränen von den Wangen wischen und mich wegen meiner Gefühlsduselei foppen.

Das Streichquartett ist immer noch da, die Instrumente in der Hand, und wartet auf ein Zeichen von mir, als könnten wir einfach noch mal von vorn anfangen.

Ich gebe ihnen ein Trinkgeld und sage, sie sollen einpacken.

Ihre mitfühlenden Blicke sind demütigend.

Ich gehe ums Haus zur Feuerstelle und krame mein Handy aus der Tasche. Ich muss mit jemandem reden.

Ich rufe Dave an.

Es klingelt ein paar Mal, dann springt die Mailbox an. Ach ja. An der Ostküste ist es schon spät, und er badet wahrscheinlich gerade seine Kinder oder räumt mit seiner Frau, die ihn liebt, die Küche auf. Ein Szenario, wie ich es mit immer größer werdender Wahrscheinlichkeit nie erleben werde.

Ich hinterlasse keine Nachricht, denn Molly hat mir eingetrichtert, dass Sprachnachrichten nervig sind. Vermutlich noch nerviger, wenn die Person, die sie hinterlässt, heult.

Ich werde wohl einfach die ganze Nacht hier draußen sitzen, mit brennender Kehle und dem Wind, der mir den Rauch in die Augen treibt. Allein.

Doch dann vibriert mein Handy.

Noch nie war ich so froh, den Namen meines Bruders zu sehen.

»Hey«, sage ich.

»Yo!«, sagt er aufgeregt. »Wie ist es gelaufen?«

Beim Klang seiner Stimme breche ich zusammen.

»Dave«, schluchze ich.

»Herrje«, blafft er. »Was ist los?«

»Sie hat Nein gesagt. Und sie hat mit mir Schluss gemacht.«

Ich verstumme und warte, dass er sagt, dass sie mich nicht verdient oder dass er wusste, sie würde das tun, oder dass er sie umbringen wird.

Aber er sagt nur: »Wie schnell kannst du in Nashville sein?«

Die Vorstellung, bei ihm und meiner Familie zu sein, ist, als hätte jemand in einem dunklen Raum die Lichter eines Weihnachtsbaums angeschaltet.

Genau das brauche ich jetzt.

»Wahrscheinlich bis morgen Abend«, sage ich.

»Buch einen Flug. Jetzt sofort.«

Er ist kurz angebunden, wie immer, und das ist irgendwie tröstlich. Die souveräne Zuversicht eines älteren Bruders, der genau weiß, was zu tun ist.

»Okay«, sage ich.

»Hey, Seth?«

»Ja?«

»Du stehst das durch. Es wird sich nie wieder so schlimm anfühlen wie heute Abend.«

Seine Freundlichkeit bricht mir das Herz.

»Ich liebe sie so sehr, Dave«, schluchze ich.

»Ich weiß, Brüderchen. Ich weiß.«

»Was soll ich nur tun?«

»Wein dich aus. Trink ein Glas Wasser. Geh schlafen. Schick mir eine SMS mit deinen Flugdaten und ich hole dich ab.«

Ich nicke. Klingt vernünftig. Das kriege ich hin.

»Wirst du es Mom und Dad sagen?«, frage ich.

»Soll ich?«

Jedenfalls will ich es auf keinen Fall selbst tun. Sie lieben Molly. Sie werden enttäuscht sein. Und dann werden sie wütend auf sie sein. Und aus irgendeinem Grund kann ich den Gedanken nicht ertragen.

»Ja, bitte«, sage ich.

»Dann tu ich das.«

»Okay.«

Es entsteht eine Pause.

»Das hast du nicht verdient, Buddy«, sagt Dave.

Mir kullern Tränen über die Wangen. Es geht nicht darum, was ich verdiene – oder Molly –, aber es ist schön, diese Worte zu hören.

»Okay. Ich leg jetzt auf.«

»Ruh dich etwas aus. Wir sehen uns dann morgen.«

Ich schließe die Augen und atme tief durch. Ich stelle mir vor, wie ich auf einem Hocker in Daves Küche sitze und die Reste vom Grüne-Bohnen-Auflauf esse, während die Jungs sich um Legos streiten. Daran kann ich mich festhalten. Ich muss mich nur bis dahin zusammenreißen.

Und wissen Sie was?

Das werde ich.

Ich werde hier nicht länger rumsitzen wie ein Häufchen Elend. Ich werde mich wie ein Erwachsener verhalten, bis ich mich wieder fühle wie einer.

Ich gehe durch die Küche ins Haus. Es herrscht ein heilloses Durcheinander. Und das ist gut so. Wenn es etwas gibt, was ich auf Autopilot kann, dann aufräumen.

Ich kremple die Ärmel hoch und suche Trost in Schaum und Schrubben.

Es dauert fünfundvierzig Minuten, bis alles aufgeräumt ist, und Molly lässt sich nicht blicken. Als ich ins Esszimmer komme, um den Tisch abzuräumen, sitzt sie dort, zusammengesunken in einem Sessel, die Augen geschlossen.

»Bist du wach?«, frage ich.

»Ja«, sagt sie.

»Willst du was essen? Oder soll ich abräumen?«

Sie sieht mich nicht an, zuckt nur die Schultern. »Schmeiß es weg.«

»Ich werfe doch nicht ein ganzes Thanksgiving-Essen weg.«

»Na gut«, sagt sie. Sie steht auf und dreht sich um und sie sieht furchtbar aus. Trotz allem möchte ich sie spontan in den Arm nehmen.

Doch ich lasse es.

Stattdessen beobachte ich, wie sie eine Gabel in die Hand nimmt und lustlos in die Auflaufform sticht. Sie isst zwei Bissen und würgt sie runter. Dann gräbt sie die Finger in eine Hühnerbrust, rupft etwas Fleisch ab, tunkt es in die Preiselbeersauce und isst es. Sie pflückt eine einzelne grüne Bohne aus der Schüssel und stopft sie sich ebenfalls in den Mund.

»Okay«, sagt sie. »Mach mit dem Rest, was du willst.«

Ihr Benehmen macht mich wütend.

»Warum führst du dich auf wie ein Kind?«

»Weil ich eins bin«, sagt sie tonlos. »Ich bin emotional verkrüppelt. Das habe ich ja versucht, dir zu sagen.«

Ich widerspreche nicht. Dazu fehlt mir die Kraft. Stattdessen räume ich den Tisch ab. Ich packe die Reste ein und stelle sie in den Kühlschrank. Vielleicht esse ich später etwas, wenn mir weniger zum Kotzen ist.

Sie kommt in die Küche, humpelnd, als ob sie Schmerzen hätte.

Ich bin froh, dass ich nicht der Einzige bin, dem es körperlich wehtut.

»Tut mir leid«, sagt sie, ohne zu erklären, wofür sie sich entschuldigt. Dass sie mit mir Schluss gemacht hat? Dass sie mit den Fingern gegessen hat?

»Ja«, ist alles, was ich erwidere.

»Danke, dass du aufgeräumt hast.«

»Na ja, du hast gekocht.«

Sie schlingt die Arme um ihren Körper.

»Ich geh jetzt ins Bett.«

Es ist sieben Uhr abends, aber ich protestiere nicht.

»Wir fahren gleich morgen früh los«, sagt sie.

»Ja«, sage ich. Mir graut schon vor der zweistündigen Fahrt zurück nach Los Angeles.

»Ich buche mir einen Flug nach Nashville«, sage ich. »Soll ich dir trotzdem ein Ticket nach Chicago besorgen?«

Sie schüttelt den Kopf. »Ich kümmere mich selbst darum.«

»Gut. Ich schlafe in dem anderen Zimmer. Gute Nacht.«

»Nacht«, sagt sie.

Ich nehme die Flasche Rotwein mit in das kleinere der beiden Zimmer, das mit den Etagenbetten, was sich angemessen deprimierend für den Anlass anfühlt.

Ich spüle mit dem Wein eine Schlaftablette runter, ohne Rücksicht auf meine Nieren, und schlafe so schnell ein, dass ich um 5:00 Uhr morgens mit meinem leeren Handy auf der Brust aufwache – ohne zu wissen, wo ich bin, und völlig ausgehungert.

Dann fällt es mir wieder ein. Meine Augen schmerzen vom Weinen.

Scheiß drauf. Scheiß auf die ganze Scheiße.

Ich plündere den Kühlschrank, immer noch in den Klamotten von gestern Abend. Ich esse mein Thanksgiving-Essen kalt, im Dunkeln, direkt aus den Schüsseln, und werfe den Rest in den Müll. Ich mache mir nicht die Mühe, Kaffee zu kochen. Mein Wachmacher ist die Verzweiflung.

Ich verschwinde unter die Dusche. Molly ist schon auf, als ich wiederkomme, und sitzt mit angezogenen Knien auf der Couch, grau und verhärmt. Ich glaube nicht, dass sie geschlafen hat.

Ihre Reisetasche steht neben der Tür.

»Ich bin startklar«, sagt sie.

»Ich hole nur meine Sachen.«

Ich gehe zurück in das kleine Zimmer, um mich anzuziehen, und bemerke, dass ich den Ring auf dem Schreibtisch liegen gelassen habe, neben meinem Pullover.

Ich würde ihn am liebsten nie wieder anfassen, aber ich kann ihn auch nicht einfach hierlassen. Ich werfe ihn in meinen Koffer, packe meine Sachen und gehe zurück ins Wohnzimmer.

Sie ist schon draußen und belädt das Auto.

»Hast du alles?«, fragt sie, als ich meine Tasche neben der Kühlbox abstelle.

»Ja. Mein Flug geht um 12:30 Uhr. Kannst du mich am Flughafen absetzen?«

Sie nickt.

Wir fahren in völligem Schweigen zurück.

Am Flughafen steigt sie nicht mal aus dem Auto, sieht mich nur mit blutunterlaufenen Augen an.

»Bye, Seth«, sagt sie, als würde sie die zwei Silben kaum über die Lippen bekommen.

»Bye.«

Als ich das sage, wird mir klar, dass ich sie wahrscheinlich nie wiedersehen werde. Also beuge ich mich vor und küsse sie ein letztes Mal auf die Wange.

»Du hast die Wette gewonnen«, flüstere ich ihr ins Ohr. »Romantische Liebe ist Schwachsinn.«

Sie fängt an zu weinen.

Es ist mir egal.

Ich hole meine Tasche aus dem Kofferraum und gehe. Als ich die Drehtüren zum Terminal erreiche, werfe ich einen Blick über die Schulter.

Ihr Auto ist schon weg.

8. TEIL

Dezember 2021

38. KAPITEL

Molly

Für mich war Schreiben immer eher Beruf als Berufung. Ich führe kein Tagebuch. Ich ergieße meine Seele nicht in autobiografischen Romanen oder schreibe Essays, in denen ich anhand von Schmetterlingswanderungen oder texanischen Geisterstädten Nabelschau betreibe. Ich verfasse Drehbücher für Geld. Das war's.

Daher ist es seltsam, dass ich ausgerechnet jetzt, nachdem ich gefeuert und verlassen wurde und alle Zeit der Welt zum Arbeiten habe, den überwältigenden Drang verspüre, etwas Persönliches zu schreiben.

Die Geschichte spielt in der nahen Zukunft, in einer Welt, die der unseren verblüffend ähnelt. Sie heißt *Mehr Glück beim nächsten Mal.*

Sie werden den Plot wiedererkennen. Ein ehemaliges Pärchen, er Scheidungsanwalt und hoffnungsloser Romantiker, sie desillusionierte Autorin von Liebeskomödien, wettet bei einem Klassentreffen auf den Verlauf von fünf Beziehungen im Freundeskreis. Wer gewinnt, muss zugeben, dass der andere hinsichtlich der Existenz von Seelenverwandtschaft recht hat.

Es könnte das markttauglichste Skript sein, das ich je geschrieben habe – das schwer fassbare Mainstream-Drehbuch, zu dem mich mein Agent seit Jahren drängt. Aber ich habe es meinem Agenten nicht geschickt.

Ich schreibe es für mich selbst.

In einer Liebeskomödie wäre dies der düstere Moment, in dem ich gezwungen bin, in mich zu gehen und meine Defizite zu erkennen, damit ich mich zu dem Partner entwickeln kann, den Seth verdient.

Aber so ist es nicht. Meine Defizite zu erkennen, war nie das Problem.

Es ist die Entwicklung, die ich nicht auf die Reihe kriege.

Ich bin in Panik geraten, als Seth mir einen Antrag gemacht hat. Wäre der Schock über Dezzies Scheidung und die Kränkung durch die Gleichgültigkeit meines Vaters nicht gewesen, hätte ich vielleicht Ja gesagt.

Aber es wäre auch egal gewesen.

Ein Ja hätte nichts daran geändert, dass in mir eine Todesangst vor der Liebe begraben liegt, wie eine Landmine, die irgendwann explodiert wäre. Je näher man an der Explosionsstelle ist, desto unvermeidlicher ist es, dass man von einem Schrapnell getroffen wird. Und Seths Herz war so nah, dass ich mir manchmal immer noch einbilde, es zu hören. Dieses leise, sichere, sanfte Pochen.

Vielleicht war es ein Segen, dass ich nur fünf Monate brauchte, um uns zu zerstören. Hätte unsere Beziehung noch länger gedauert, hätten wir dann überhaupt überlebt? Schon jetzt wache ich mitten in der Nacht auf und bekomme keine Luft. Heule unter der Dusche, schluchze im Auto, weine im Supermarkt und der Schmerz scheint jeden Tag schlimmer zu werden. Ich trauere um Seth Rubenstein. Und ich trauere um die Frau, die für ein paar Monate an sich geglaubt hat.

Und so schreibe ich als Geschenk an mich selbst die Geschichte *jener* Frau. Das Happy End, von dem ich wünschte, ich hätte es im echten Leben haben können.

Eine SMS kommt rein, und wie jedes Mal hoffe ich, dass sie von Seth ist, dann fällt mir ein, dass das nicht sein kann, dann hasse ich mich dafür, dass ich immer noch diesen Reflex habe, dann will ich die Nachricht gar nicht erst lesen. Wäre da nicht Dezzie, würde ich mein Handy vielleicht für immer ausschalten.

Die Nachricht ist von Alyssa.

Alyssa: Tägliche Kontrolle

Das ist ihr neues Ritual, um sich zu vergewissern, dass ich noch am Leben bin.

Molly: Gut. Ich atme. Mach weiter mit deinem Tag
Alyssa: Die Statistik bitte

Gehorsam erbringe ich den Beweis meiner Funktionstüchtigkeit.

Molly: 5 Stunden geschlafen
Molly: Gegessen
Molly: Sonnencreme aufgetragen, also Bonuspunkt
Alyssa: 5 Stunden Schlaf sind nicht genug!
Alyssa: Was gegessen?
Molly: Froot Loops
Alyssa: Zählt nicht. Mach doch wenigstens DS!!

(Sie meint *Den Salat.*)

Molly: Mach dir keine Sorgen, mir geht's gut
Alyssa: Gar nicht. RUF SETH AN

Es vergeht kein Tag, an dem sie nicht in Versalien verlangt, dass ich ihn anrufe.

»Du wirst dich besser fühlen, wenn du reinen Tisch machst«,

sagt sie. »Ihr habt euch zu sehr geliebt, um es so enden zu lassen.«

»Geliebt« ist eine ungenaue Formulierung. Was ich für Seth empfinde, kann niemals in der Vergangenheitsform sein.

Und ich weiß, dass Alyssa recht hat. Ich schulde ihm mehr als nur Schweigen.

Aber ich kann mich nicht dazu durchringen, ihn anzurufen. Ich habe zu viel Angst vor dem, was er sagen wird.

»Eine offene Wunde kann nicht heilen«, sagt Alyssa, als wäre sie Ärztin und nicht Buchhalterin.

Aber ich will gar nicht heilen. Ich will diesen Schmerz nicht loslassen. Meine Verzweiflung ist alles, was mir von Seth geblieben ist.

Daher das Drehbuch. Es ist meine Art, ihn zu halten. Meine Liebe zu verewigen.

Ich stehe kurz vor dem Beginn des dritten Akts – dem Punkt in jeder Liebeskomödie, an dem einer der beiden, deren Verlangen nacheinander in den letzten siebzig Minuten durch verschiedene Hindernisse vereitelt wurde, beschließt, es ein letztes Mal zu versuchen.

Die Szene beginnt bei einer Hochzeit auf Bali. (Es handelt sich schließlich um einen Film; ich habe mir bei den Schauplätzen einige kreative Freiheiten genommen.) Unsere Turteltäubchen, Cole und Nina, laufen sich während der Reden über den Weg. Trotz einiger Beinahezusammenstöße war bisher nie der richtige Zeitpunkt, das alte Feuer neu zu entfachen. Sie waren in anderen Beziehungen oder zu frisch getrennt, waren wütend aufeinander oder verleugneten die Anziehung zwischen ihnen. Aber jetzt sind endlich beide Single. Und an diesem Abend können sie die Blicke nicht voneinander abwenden.

Cole fordert sie auf, zu *Can't Help Falling in Love* zu tanzen. (In meiner Fantasie hat der Film das Budget für Elvis-Songs.)

Es ist magisch. Nina schmilzt dahin, als Cole ihr die entscheidenden Worte ins Ohr flüstert: *Ich schwärme heimlich für dich.*

Sie gehen zusammen nach Hause. Und dieses Mal passt alles.

Nina ist jetzt sanfter, bereit, ihm ihr Herz zu öffnen. Und Cole ist bereit, alles zu geben, um ihr zu beweisen, dass sie seine Seelenverwandte ist.

Sie fahren für eine Woche in ein idyllisches Haus an der Küste von Maine. (Klippen sind – mit Verlaub, Wisconsin – ein bisschen leinwandtauglicher als der Lake Geneva.)

Wir sehen eine Montage von Cole und Nina, die sich nun endgültig ineinander verlieben: Beim Händchenhalten auf den Klippen, wo sie nach Walen Ausschau halten. Beim Sex an einem regnerischen Tag zu Etta James' *I Found a Love.* Beim Mitsingen von Wiegenliedern vor dem Einschlafen.

Cole macht ihr einen Antrag. *Die Liebe ist vielleicht nicht perfekt,* sagt er zu Nina. *Aber eins weiß ich: Wir sind perfekt füreinander. Du bist meine Seelenverwandte.*

Ich glaube, Sie wissen, was sie an dieser Stelle sagt. Der Text schreibt sich von selbst:

Ich glaube nicht an Seelenverwandtschaft.

Sie hat zu viel Angst.

Sie verlässt ihn.

Sie bricht ihm das Herz.

Und dann wechseln wir zu ihrer Perspektive, eine Woche später.

Wie ich, ist sie ganz allein, und sie ist unglücklich.

Wie ich, kann sie nicht aufhören, an ihn zu denken.

Wie ich, weiß sie, dass sie einen Fehler gemacht hat.

Aber im Gegensatz zu mir, ist sie in einer Liebeskomödie.

Also beschließt sie, mutig zu sein.

Als ich fertig bin, muss ich weinen.

Ich wünschte, ich wäre Nina.

Ich wünschte, Seth wäre Cole.

Ich wünschte, unser Ende wäre wie dieses: ergreifend und erlösend und wunderschön.

Die Gefühle überwältigen mich, als ich »ENDE« darunterschreibe.

Ich möchte, dass Seth es liest.

Er liebt meine Filme – wahrscheinlich mehr als jeder andere auf dieser Welt. Und ich weiß, wenn wir noch zusammen wären, würde ihm die Idee gefallen, unsere Geschichte zu verfilmen. Er würde dieses Produkt unserer Liebe in Ehren halten. Er würde es sich immer und immer wieder ansehen. Alle Dialoge auswendig lernen. Mir unter die Nase reiben, dass er die besten selbst geschrieben hat.

Mein Telefon klingelt – meine Mutter. Ich fliege morgen früh nach Florida. Sie will wahrscheinlich zum dritten Mal wissen, wann sie mich vom Flughafen abholen soll.

»Hi«, sage ich.

»Hiiiiiii meine Molly Malolly«, trällert sie.

So hat sie mich schon lange nicht mehr genannt. Es erinnert mich so an die albernen Namen, die Seth mir gibt, und ich vermisse ihn so, und ich bin so enttäuscht von mir selbst, und so erschöpft von meinen schlaflosen Nächten, und so aufgewühlt von dem, was ich gerade geschrieben habe, dass ich in große, hässliche Tränen ausbreche.

»Molly!«, schreit meine Mutter. »Schatz, o nein! Was ist denn los, mein Süße?«

»Es ist wegen Seth«, schluchze ich. »Ich vermisse Seth so sehr.«

»Oh, Schätzchen«, sagt sie. »Ich wünschte, ich wäre da, um dich in den Arm zu nehmen. Aber bald bist du hier und dann kümmere ich mich um dich und wir machen uns wunderschöne Weihnachten und alles wird gut.«

»Ich weiß«, stoße ich hervor. Aber ich kann nicht aufhören zu weinen.

»Ich hab's vermasselt, Mom«, sage ich. »Ich bin genau wie Dad.«

Ich höre, wie sie scharf einatmet. »Nein. Bist du *nicht*. Wie kannst du so etwas sagen?«

»Ich bin nicht gut in der Liebe.«

»Mein Schatz«, sagt sie sofort und mit großer Autorität, »das ist nicht wahr. Wenn es jemand auf der Welt wissen sollte, dann ja wohl ich.«

»Mommy, ich verlasse Menschen, genau wie er. Ich werfe sie weg.«

»Molly, hör mir zu. Dein Vater verlässt Menschen, weil er nicht fähig ist, sie genug zu lieben. Du hast Seth verlassen, weil du ihn so sehr liebst. Du bist das *Gegenteil* von deinem Vater.«

»Ich habe ihm das Herz gebrochen«, stoße ich hervor.

»Und deins hast du auch gebrochen. Und ich weiß, dass du Angst hast, aber ich denke wirklich, dass du ihm sagen solltest, wie du dich fühlst.«

»Ich glaube nicht, dass das eine gute Idee ist.«

»Wenn ich mich richtig erinnere«, sagt sie, »hast du das auch nicht für eine gute Idee gehalten, als du nach der Highschool mit ihm Schluss gemacht hast.«

Jetzt fühle ich mich noch schlechter. Ich hasse es, an diese Zeit erinnert zu werden.

Monatelang bin ich mitten in der Nacht aufgewacht und musste mich beherrschen, ihn nicht anzurufen. Ich betrank mich bis zum Umfallen, nur um schlafen zu können. Ich verlor meine Jungfräulichkeit an einen vierundzwanzigjährigen Skilehrer und schlief dann mit einer Reihe älterer Männer, weil ich dachte, es würde den Schmerz betäuben. Tat es aber nicht. Vor Stress fielen mir büschelweise Haare aus und meine Periode blieb aus.

»Und dann hast du es zwei Jahre lang bereut«, fährt meine Mutter fort. »Jede Woche hast du schluchzend angerufen und dich trotzdem geweigert, dich mit ihm zu versöhnen. Obwohl du wusstest, dass es ihm schlecht ging, konntest du dich nicht dazu durchringen, ihm zu sagen, dass du Angst bekommen und einen Fehler gemacht hast. Dabei hättest du es ihm einfach sagen können und alles wäre gut gewesen.

»Und ich fühle mich deswegen sehr schuldig, Molly«, sagt sie leise. »Weil ich damals selbst in keiner guten Verfassung war. Ich war so kritisch gegenüber Beziehungen und habe deine Gefühle als unreif abgetan. Ich wünschte, ich hätte dir damals besser helfen können. Ich glaube, ich hätte dich ermutigt, es noch einmal zu versuchen.«

»Mom!«, protestiere ich heiser. »Wir waren achtzehn. Wir hätten uns so oder so getrennt. Es ist nicht deine Schuld.«

»Mag ja sein«, sagt sie. »Aber weißt du was? Ich glaube, ihr seid die ganze Zeit ein bisschen ineinander verliebt geblieben. Und deshalb hat es dich so erwischt. Ich glaube sogar, er ist der einzige Mann, den du je geliebt hast.«

Ich schluchze hemmungslos.

Meine Mutter murmelt ins Telefon, als würde sie ein Baby beruhigen, und ich höre ihr nur zu und weine. Als ich mich ausgeheult habe, sagt sie: »Süße, ruf ihn an. Schlimmstenfalls hast du recht und er will nichts von dir wissen, und du bleibst so traurig, wie du es ohnehin schon bist.«

»Ich werde darüber nachdenken«, sage ich. »Tut mir leid, dass ich so neben mir stehe.«

»Du kannst so viel neben dir stehen, wie du willst. Ich bin deine Mutter. Und, Molls? Dich zu lieben, ist die größte Ehre meines Lebens. Es tut mir so leid, dass ich nicht für dich da war, als du mich gebraucht hast.«

Ihre Worte jagen mir einen Schauer der Erkenntnis über den

Rücken. Denn genau so hat es sich angefühlt, der Mensch zu sein, den Seth Rubenstein liebt. Wie eine Ehre. Und es war eine Ehre, ihn so zu lieben, wie er mich: mit Haut und Haar.

Und wenn man jemanden so liebt – wenn man von demjenigen so geliebt wird –, dann ist man ihm etwas schuldig. Auch wenn die Beziehung endet, bleibt man einander verbunden.

Ich habe mir eingeredet, dass ich es nicht verdiene, Seth zurückzubekommen. Und das habe ich auch nicht. Aber das geht am Thema vorbei.

Ich muss mich dafür entschuldigen, ihn *verletzt* zu haben.

Dafür, dass ich um mich geschlagen habe, aus Angst, ihn zu verlieren. Dafür, dass ich in Panik geraten bin, weil ich ihn so sehr liebe und will und brauche. Dafür, dass ich meinen Fehler eingesehen und noch eins draufgesetzt habe, aus Angst, dass er mich nicht zurückwill.

Wenn ich mich entschuldige, erfahre ich womöglich, dass er mir nicht verzeihen kann.

Dass ich ihn endlich für immer verloren habe.

Aber nur weil das Happy End nicht garantiert ist, heißt das nicht, dass man es nicht versuchen muss.

Wenn man jemanden verletzt hat, muss man versuchen, es wiedergutzumachen.

Wenn man Angst hat, muss man versuchen, tapfer zu sein.

»Ich hab dich lieb, Mommy«, schniefe ich ins Telefon. »Ich muss Schluss machen, okay? Ich muss noch was erledigen, bevor ich packe.«

Sie legt auf und ich öffne das Drehbuch wieder.

Scheiß drauf.

Ich werde die große Geste wagen.

Ich hänge die Drehbuchdatei an eine E-Mail und adressiere sie an Becky. Sie hat sich als so würdige Praktikantin erwiesen, dass ich sie als Teilzeitassistentin eingestellt habe.

Von: mollymarks@netmail.co
An: bma445@nyu.edu
Datum: Mi, 22. Dez. 2021, 16:01
Betreff: Kannst du das Korrektur lesen?

Becks – hier kommt ein neues Skript. Kannst du es auf Tippfehler überprüfen und für die richtige Formatierung usw. sorgen? Ich brauche es vor Silvester zurück. Thx!

39. KAPITEL

Seth

Ich erspare Ihnen einen Bericht darüber, wie es mir im letzten Monat ergangen ist. Sagen wir einfach, als ich in Nashville ankam, habe ich so geheult, dass ich mich übergeben musste.

Sparen Sie sich Ihr Mitleid; es war seltsam belebend.

Dass mein Herz durch den Fleischwolf gedreht wurde, hat auch sein Gutes, denn es hat mich zu Mollys Denkweise bekehrt: Ich weiß jetzt ein für alle Mal, dass nirgendwo eine Frau darauf wartet, meinem Leben einen Sinn zu geben. Das muss ich schon selbst tun.

Also gründe ich meine eigene Kanzlei.

Ich habe nicht lange gefackelt. Zwei Gründungspartner sind bereits gefunden und die Finanzierung ist geregelt. Wir haben einen Büroleiter eingestellt und mit seiner Hilfe werden wir bis März startklar sein. Wenn es so weit ist, werde ich aus meiner alten Kanzlei ausscheiden und meine Mandanten mitnehmen.

Sollte Ihnen das hinterhältig vorkommen, hatte Molly vielleicht recht, Scheidungsanwälten zu misstrauen.

Wenigstens kann ich mich damit trösten, dass ich der Allgemeinheit etwas zurückgebe.

Meine gemeinnützige Organisation expandiert. Ich bin dabei, mithilfe von Becky Anatolian und einigen Studienfreunden in New York eine Zweigstelle zu eröffnen, für die wir Jurastudenten der Columbia und der NYU verpflichten. Becky leistet so fantastische Arbeit, dass wir sie gebeten haben, den Aufbau des neuen Büros zu organisieren.

Ich warte auf eine E-Mail von ihr bezüglich eines Standorts in Brooklyn, den sie mit unserem Makler besichtigt hat.

Gerade will ich mein Büro verlassen und zum Flughafen fahren – ich besuche über Silvester meine Eltern in Florida, damit mir nicht die Decke auf den Kopf fällt –, als eine E-Mail von Becky in meinem Posteingang aufploppt.

Von: bma445@nyu.edu
An: sethrubes@mail.me
Datum: Do, 30. Dez. 2021, 10:41
Betreff: Wie gewünscht …

Hallo, Molly! Ich hoffe, du hast eine schöne Zeit in Florida! Das korrigierte Skript füge ich bei. Lass mich wissen, wenn du noch etwas brauchst.

Angehängt ist eine Datei namens MGBNMFinal_BAkorr.FDR.

Offensichtlich ist diese E-Mail nicht für mich bestimmt.

Offensichtlich ist sie für jemanden namens Molly bestimmt.

Offensichtlich handelt es sich bei besagter Molly um Molly Marks.

Becky muss die E-Mail versehentlich an mich geschickt haben.

Ich weiß, es ist falsch, etwas zu öffnen, das nicht für mich bestimmt ist. Ich sollte Becky Bescheid sagen und die E-Mail löschen.

Aber, tja … das werde ich nicht tun.

Angesichts der Umstände vergebe ich mir und klicke auf den Anhang.

Mein Computer kann die Datei nicht öffnen.

Mist.

Ich google FDR und finde heraus, dass es sich um ein Softwareprogramm für Drehbücher namens Final Draft handelt, das ich nicht habe.

Meine Sekretärin steckt den Kopf zur Tür herein. »Ihr Taxi wartet. Sie sollten jetzt los, wenn Sie Ihren Flug nicht verpassen wollen.«

»Okay, danke, Pattie«, sage ich und versuche, mir nicht anmerken zu lassen, dass ich mich in einer emotionalen Krise befinde.

Ich schnappe mir meinen Koffer und eile die Treppe hinunter.

»O'Hare?«, fragt der Fahrer.

»Ja«, sage ich und schnalle mich an.

Sobald sich das Auto in Bewegung setzt, kaufe ich die Final Draft App und rufe erneut Beckys E-Mail auf.

Als ich auf die angehängte Datei klicke, öffnet sich ein Drehbuch.

Mehr Glück beim nächsten Mal

Von Molly Marks

NINA MACLEAN (Mitte 30, der Welt überdrüssig) sitzt allein an einer Festtafel in einem weißen Zelt am Strand, mit üppiger tropischer Dekoration (künstliche Palmen, Körbe mit Flip-Flops u.ä.). Über allem prangt ein Schild: WILLKOMMEN SEA VIEW HIGH SCHOOL JAHRGANG 2003!!!

EHEMALIGE KLASSENKAMERADEN schwofen auf der Tanzfläche zu einem Rap-Song aus den späten Neunzigern.

COLE HESS (Mitte 30, charmant) schleicht sich von hinten an Nina heran.

Nina winkt gerade einem Kellner, als Cole sich nähert.

NINA
(Zum Kellner)
Noch ein Glas Prosecco, bitte.

COLE
(Zum Kellner)
Machen Sie daraus einen Negroni, mit einem extra Spritzer Campari. Nina mag es bitter. Nina und Cole sehen sich in die Augen. Die beiden haben eine gemeinsame Vergangenheit. Er setzt sich auf einen leeren Stuhl neben sie.

COLE
Wie ist es dir ergangen, seit du mir vor fünfzehn Jahren das Herz gebrochen hast? Immer noch am Kätzchen ertränken und kleine Kinder zum Weinen bringen?

NINA
Ganz zu schweigen vom Rentengelder veruntreuen.

COLE
Seltsam, wo du doch immer so schlecht in Mathe warst.

NINA
Lustig. Eigentlich schreibe ich Drehbücher. Liebesfilme.

Cole lacht schallend.

COLE
Schon ein bisschen ironisch, findest du nicht? Du hast immer alles gehasst, was mit Liebe zu tun hat. Ich muss es wissen.

NINA
Geld hab ich immer gemocht. Und es wird gut bezahlt. Was machst du so?

COLE
Ich bin Anwalt. Familienrecht.

NINA
O mein Gott! Du bist Scheidungsanwalt?

Heilige Scheiße.

Geht es um *uns*? Hat Molly ein Drehbuch über *uns* geschrieben?

Das ist es, was sie tut, während ich nachts aufwache und keine Luft bekomme? Unsere Liebe in *Pointen* verwandeln?

Ich bin erschüttert, dass sie mich immer noch verletzen kann, aber es sollte mich nicht überraschen; niemand kann so gut Salz in Wunden streuen wie Molly Marks.

Aus Selbsterhaltungstrieb sollte ich aufhören zu lesen, aber ich kann nicht.

Ich bin hingerissen, als Nina und Cole anfangen zu flirten

und sich darüber streiten, wer mehr von der Liebe versteht. Sie wählen fünf Paare aus, auf die sie wetten können, einschließlich sich selbst.

Mein Taxi erreicht den Flughafen, und ich zwinge mich, mit dem Lesen aufzuhören, bis ich durch die Sicherheitskontrolle bin. Am Gate bekomme ich Ärger, weil ich auf mein Handy starre und die Schlange fürs Priority Boarding aufhalte.

Ich kann es nicht ändern. Ich lese die Worte, die wir uns gesagt haben, wortwörtlich. *Du machst mich wahnsinnig glücklich,* sagt er zu ihr. *Du wirst die Liebe deines Lebens finden und du wirst sie sehr glücklich machen,* sagt sie zu ihm. Und mein Herz flattert wie ein Kolibri, wenn ich mich daran erinnere, und ich weiß, dass diese Momente in Mollys Gedächtnis genauso eingebrannt sind wie in meins.

Meine Wut hat schärfere Konturen bekommen – eine bittersüße Mischung aus Groll und Nostalgie und Freude, alles auf einmal.

Ich verschlinge den zweiten Akt, und genau wie Molly und ich laufen Nina und Cole sich bei einem Baseballspiel über den Weg und verstehen sich fantastisch. Aber am Ende des Tages, als sie ihn küssen will, gesteht er ihr, dass er in einer Beziehung ist.

Sie reagiert cool, aber kaum ist er weg, lässt sie den Kopf aufs Lenkrad ihres Autos sinken und schluchzt.

Ich denke an den Tag in Mollys Auto, nach der Babyparty. An ihr Gesicht, als ich ihr sagte, dass ich jemanden kennengelernt habe. Ich wusste, dass sie enttäuscht war. Ich wusste nicht, wie niedergeschmettert sie war.

Aber da steht's: Sie war *niedergeschmettert.* Das hat sie mir gegenüber nie erwähnt. Sie zeigt nicht gern ihre Verwundbarkeit.

Stattdessen schreibt sie die Verwundbarkeit ihren Figuren ein.

Und die Figur? Nina? Sie sehnt sich nach Cole. Und der sieht es nicht. Er verlobt sich mit der falschen Frau und er sieht es nicht. Als die Beziehung endet, nimmt er sich Zeit, um darüber hinwegzukommen, obwohl Nina direkt vor seiner Nase ist – und er sieht es *immer noch nicht.*

Ich hatte immer das Gefühl, dass *ich* hinter *ihr* her war. Aber jetzt, wo ich das lese, wird mir klar, dass Molly auch hinter mir her war. Dass ich sie zutiefst verletzt habe, obwohl ich genauso wenig dafür konnte, wie sie etwas dafür konnte, mich verletzt zu haben.

Dass sie vielleicht Schluss gemacht hat, als ich um ihre Hand angehalten habe, aber dass sie auch auf mich gewartet hat – jahrelang.

Am liebsten würde ich sie in den Arm nehmen und ihr sagen, wie leid es mir tut, dass ich so dumm war. Dass ich sie so lange warten ließ, während sie es längst gesehen hat.

Ich lese weiter. Cole und Nina treffen sich auf der Hochzeit eines Freundes. Beide sind endlich Single. Sie verlieben sich mit derselben Zärtlichkeit und Leidenschaft ineinander wie wir.

Und dann, als sie im Regen auf einer Klippe nach Walen Ausschau halten, kniet Cole nieder und macht ihr einen Heiratsantrag.

Er sagt Nina, dass sie seine Seelenverwandte ist.

Ich wappne mich.

Molly schreibt romantische Komödien, aber ich habe das schreckliche Gefühl, dass dies keine ist. Dass es das ist, was sie eine romantische »Traumödie« nennt – die Abwandlung des Genres, bei der die Liebesgeschichte dem Untergang geweiht ist.

Tu's nicht, flehe ich sie im Geiste an. *Lass sie nicht so leiden wie uns.*

Aber tief im Herzen weiß ich, was kommen wird.

Nina sagt, sie glaubt nicht an Seelenverwandtschaft.

Sie verlässt Cole in Maine.

Ich scrolle hastig nach unten und bete, dass als Nächstes nicht das Wort ENDE kommt.

Es sind noch fünfzehn Seiten Drehbuch übrig.

Ich sterbe.

Wir sehen Nina trauern. *Ich hab's vermasselt,* sagt sie zu ihrer besten Freundin. *Aber ich verdiene keine weitere Chance.*

SAG ES IHM, möchte ich sie anschreien, während ich das lese. SAG ES IHM EINFACH.

Es sind noch vier Seiten übrig und ich bekomme kaum noch Luft.

Wir wechseln zu Coles Perspektive. Er und sein bester Freund schmieden Pläne für ihr zwanzigstes Klassentreffen. *Kommt Nina auch?*, fragt der Freund. *Nein,* sagt Cole. *Sie hasst solche Veranstaltungen. Und sie wird mich nicht sehen wollen.*

Und er hat recht. Als sie ankommen, ist sie nicht da.

Obwohl er wusste, dass sie nicht da sein würde, ist Cole enttäuscht. Aber als er gerade gehen will, klopft jemand auf der Bühne ans Mikrofon.

Es ist Nina, die da oben steht. Und sie sieht ihn direkt an.

Vor fünf Jahren, erzählt sie dem Publikum, *habe ich etwas wirklich Dummes getan. Ich habe Cole gesagt, dass wahre Liebe ein Märchen ist. Dass Seelenverwandtschaft eine Erfindung Hollywoods ist. Wir haben sogar eine Wette darüber abgeschlossen. Wenn er gewinnt, muss ich zugeben, dass es Happy Ends wirklich gibt. Und wenn ich gewinne, muss er zugeben, dass wahre Liebe ein Hirngespinst ist – ein Zwischenstopp auf dem Weg zum gebrochenen Herzen.*

Nun, ich bin hier, um zu sagen, dass vielleicht keiner von uns recht hatte. Beziehungen bringen Freude und Schmerz mit sich. Manchmal stirbt die große Liebe. Manchmal erholt sie sich. Manchmal nimmt das Leben eine unerwartete Wendung. Alles, was uns bleibt, ist, das zu schätzen, was wir haben, und zu versuchen, gut zueinander zu sein.

Wir können nur mutig genug sein, an die Liebe zu glauben und für sie zu kämpfen.

Cole, ich weiß, ich habe Mist gebaut. Ich weiß, ich war feige und habe dich verletzt. Aber ich kämpfe um dich. Und wenn du mir noch eine Chance gibst, werde ich den Rest unseres Lebens für unser Glück kämpfen.

Ohne auch nur eine Sekunde zu zögern, rennt er durch die Menge und springt auf die Bühne.

Sie küssen sich, als hinge ihr Leben davon ab.

Tut mir leid, dass du die Wette nicht gewonnen hast, flüstert er.

Die Wette ist mir egal, sagt sie. *Alles, was zählt, bist du.*

Er wirbelt sie herum, unter dem Jubel ihrer ehemaligen Mitschüler.

ENDE

Inzwischen weine ich hemmungslos. Der Mann neben mir ignoriert das eine Weile und sieht dann endlich zu mir rüber.

»Alles in Ordnung? Brauchen Sie einen Schnaps oder so?«

Ich schüttle den Kopf.

»Tut mir leid«, schniefe ich. »Mir geht's gut. Ich bin nur sehr glücklich.«

Und das bin ich auch.

Denn Molly trägt es in sich, unser Happy End.

Aber ich weine auch, weil dieses Drehbuch mir wieder einmal das Herz bricht. Es zeigt, dass diese Frau bis ins kleinste emotionale Detail verstanden hat, woran unsere Beziehung gescheitert ist. Sie sieht, wie wir einander geliebt haben und wie wir einander im Stich gelassen haben. Sie hat erkannt, dass keiner von uns beiden mit der Liebe richtiglag – ihre Version war pessimistisch bis zum Nihilismus, meine optimistisch bis zur Parodie. Und anstatt mit mir darüber zu reden, damit unsere

Beziehung funktioniert, hat sie den perfekten Film darüber geschrieben.

Dieses Drehbuch beweist, dass sie mich wollte, dass sie mich geliebt hat und um mich trauert. Und ja, es ist eine idealisierte Version von uns, mit einem märchenhaften Ende, das zu glatt und zu sauber ist, um dem wahren Leben standzuhalten. Und ja, wie sie immer sagt, die Geschichte endet auf dem Höhepunkt ihres Glücks, bevor die eigentlichen Probleme anfangen.

Aber ich würde mir das Sequel auf jeden Fall ansehen, wenn der Alltag zuschlägt und sie um ihre Liebe kämpfen. Ich möchte den Teil sehen, in dem sie sich darüber streiten, dass sie nie das Geschirr wegräumt und er besessen vom Staubsaugen ist. Wenn sie voreinander pupsen und offen über ihre Verdauung reden. Wenn sie unter Schlafentzug leiden und mit den Nerven am Ende sind, weil ihr Baby Koliken hat oder sie den Tod eines Elternteils betrauern. Ich möchte ihnen dabei zusehen, wie sie Lust und Frust eines Lebens zu zweit erfahren.

Denn ich habe den kitschigen Teil unserer Beziehung nie gebraucht.

Ich habe für den Teil gelebt, den man *nicht* ins Fotoalbum klebt.

Und stattdessen bekomme ich das hier. Die tiefsten Emotionen meines Lebens, verpackt in Hollywood-Mainstream. Die süßen Dinge, die ich getan habe, so schamlos aufgepimpt, dass man sich stellvertretend in den Kerl im Film verliebt. Unsere zärtlichsten Momente, verwurstet zu herzzerreißenden Dialogen. Unsere Marotten, vereinfacht zu vorhersehbaren Charakterschwächen, die wir innerhalb von 110 Minuten überwinden.

Einerseits bin ich verletzt, dass sie sich entschieden hat, *so* mit unserer Liebesgeschichte umzugehen. Sie zu idealisieren, anstatt zu versuchen, sie zu retten. Sie zu verkaufen, anstatt sie zu leben. Ich bin versucht, meinen Groll in mich reinzufressen, bis dieser Film in drei Jahren rauskommt, und dann einen bösen offenen Brief zu schreiben, in dem ich sie anprangere, weil sie meinen Schmerz hinter meinem Rücken zu Geld gemacht hat. Sie verklagen, weil sie ohne meine Erlaubnis mein Leben ausgebeutet hat. Sie dafür bezahlen lassen, wie viel mich ihr Verlust gekostet hat.

Aber so bin ich nicht.

Tief in meinem Herzen glaube ich, dass es hier um etwas anderes geht als Ehrgeiz oder Geld. Ich glaube, das Drehbuch ist Mollys Versuch, darüber hinwegzukommen.

Tief in meinem Herzen weiß ich, dass wir uns auf eine Weise lieben, wie ich es noch nie erlebt habe und wohl auch nie wieder erleben werde.

Unsere Liebe war keine romantische Komödie.

Das habe ich auch nie erwartet.

Alles, was ich wollte, war sie.

Aber was soll ich jetzt tun? Auf sie zugehen, nur um wieder zurückgewiesen zu werden? Mir einen weiteren Vortrag darüber anhören, dass es Liebe nur im Film gibt?

Sosehr ich auch zu ihr möchte und sie anflehen, es noch mal zu versuchen, ich kann es nicht.

Nicht schon wieder.

Aber ich hoffe.

Ich hoffe, und hoffe, und hoffe.

40. KAPITEL

Molly

»Molls, hast du Aleve in deinem Pillenvorrat?«, stöhnt Alyssa.

»Oder Morphium?«, fragt Dezzie. »Ich glaube, ich brauche Morphium.«

Auf dem Dachboden meiner Mutter schäle ich mich aus meinem Schlafsack. Mein Körper fühlt sich an, als hätte ich in einer Müllpresse geschlafen.

»Wir sind offiziell zu alt und zu gebrechlich, um auf dem Fußboden zu übernachten«, sage ich, während ich ins Badezimmer humple.

Als wir drei den Plan ausgeheckt haben, nach Weihnachten eine Pyjamaparty bei meiner Mutter zu veranstalten, haben wir nicht bedacht, dass unsere Körper sechsunddreißig sind.

»Wir hätten uns Luftmatratzen besorgen sollen«, sagt Alyssa. »Ich glaube, ich habe mir die Hüfte geprellt.«

»Na ja, war doch lustig«, rufe ich durch die offene Badezimmertür. Es war die erste Nacht, seit wir Schluss gemacht haben, in der meine Gedanken nicht um Seth gekreist sind. »Und hier, ich hab ein paar Ibus gefunden.«

Wir reichen die Flasche herum wie Ecstasy auf einem Rave.

»Höre ich da das Getrappel von kleinen Füßen?«, ruft meine Mutter von unten.

»Wir sind wach«, rufe ich zurück.

»Oh, gut. Ich mache Waffeln.«

Wir schlurfen runter in die Küche, wo meine Mutter in einem

Kaftan mit Palmenaufdruck steht und ganze Orangen in ihren 3000-Dollar-Entsafter schiebt.

»Ich bin so neidisch auf diese Küche«, sagt Dezzie, während sie zu einem Barhocker hinkt.

»Du kannst jederzeit kommen und mit mir kochen«, sagt meine Mutter. »Jemand hier macht immer nur den gleichen langweiligen Salat.«

Dezzie und Alyssa kichern.

Meine Mutter stellt uns einen Krug Orangensaft hin. Er ist perfekt. Florida kann zwei Dinge besser als Kalifornien: weiße Sandstrände und Zitrusfrüchte.

»Und wie war euer Weihnachten?«, fragt meine Mutter und gießt Teig in das Waffeleisen.

»Chaotisch«, sagt Alyssa. »Acht Cousins und Cousinen, die das Haus meines Vaters verwüstet haben. Der Baum ist zweimal umgefallen. Meine Stiefmutter war kurz davor, im Garten Hinrichtungen durchzuführen.«

»Ich wette, sie lieben es, Zeit mit den Enkelkindern zu verbringen«, sagt meine Mutter und sieht mich eindringlich an. »Manchen von uns wird das vielleicht nie vergönnt sein.«

Das machen die drei schon die ganze Woche. Versteckte Anspielungen auf ihre gemeinsame Überzeugung, dass ich mir Seth zurückholen sollte.

Ich habe ihnen noch nichts von meinem Plan erzählt, nach Chicago zu fliegen.

Dass ich mein Drehbuch drucken und binden lassen werde. Dass ich am 1. Januar vor Seths Tür stehen werde, dem Tag im Jahr, den er am meisten hasst, und ihn, mit diesem Stück meines Herzens in der Hand, bitten werde, es zu lesen.

Ich *möchte* es ihnen sagen. Ich mache mich ganz verrückt, weil ich mich frage, wie er reagieren wird, wenn ich dort auftauche, und würde sie am liebsten mit Fragen löchern.

Aber ich habe Angst, die Nerven zu verlieren, wenn noch weitere Hoffnungen und Ängste zu meinen eigenen hinzukommen.

Ich muss da allein durch.

Also zucke ich die Schultern. »Vielleicht solltest du mit Bruce ein paar Vorschulkinder adoptieren.«

Die beiden haben sich an Heiligabend verlobt, im Beisein von mir und Bruce' Kindern. Ich freue mich für meine Mutter. Für sie beide. Es ist irre, meine Mutter als Hälfte dieses glücklichen, schwer verliebten Paares zu sehen. Bruce ist der Kapitän auf ihrem Schnellboot und sie kauft ihm sportliche Klamotten mit UV-Schutz und sie laufen den ganzen Tag in Flip-Flops zwischen ihren beiden Villen hin und her. Sie sind bezaubernd.

»Hattest du schöne Feiertage, Liebes?«, fragt sie Dezzie sanft.

Dez lächelt. »Überraschenderweise war es wirklich schön. Ich dachte, Weihnachten ohne Rob wird schwer, aber ehrlich gesagt, nach Corona war ich einfach nur froh, dass wir alle zusammen waren.«

Meine Mutter nimmt Dezzies Hand und drückt sie. »Gut, dass wir ihn los sind.« Sie senkt die Stimme. »Und wie läuft's mit der Scheidung?«

»Mom!«, protestiere ich. »Darüber will sie nicht reden!«

»Nein, schon okay«, sagt Dezzie. »So weit, so gut. Ich habe eine knallharte Anwältin, und sobald ich geschieden bin, werde ich *sie* heiraten, weil ich sie so sehr liebe.«

Auf meinem iPad geht eine E-Mail ein und ich will danach greifen.

»Keine Handy-Dinger beim Frühstück«, sagt meine Mutter und schnappt sich mein Tablet. Sie hat einen Achtsamkeitsfimmel und versteckt ständig alle meine Geräte.

Ich entwende ihr das iPad.

»Ich brauche es für die Arbeit.«

»Es ist Silvester!«, protestiert sie.

»Die Gottlosen haben keinen Frieden.«

In Wahrheit habe ich gar keine Arbeit. Ich warte sehnsüchtig darauf, dass Becky die korrigierte Fassung meines Drehbuchs zurückschickt, damit ich es heute Nachmittag für Seth ausdrucken kann. Mein Flug nach Chicago geht gleich morgen früh und ich will es vorher noch professionell binden lassen.

Beckys Name steht ganz oben in meinem Posteingang. Endlich.

Von: bma445@nyu.edu
An: mollymarks@netmail.co
Datum: Fr, 31. Dez. 2021, 8:44
Betreff: Wie gewünscht ...

Hallo, Seth!

Ich bekomme eine Gänsehaut, als ich seinen Namen lese.

»Was zum Teufel?«, sage ich laut.

»Was ist los?«, fragt Alyssa besorgt.

Ich halte einen Finger hoch und lese weiter:

Die Räumlichkeiten sind perfekt – sogar noch besser als auf den Bildern. Der Makler hat gesagt, die Eigentümer wären bereit, es nach unseren Vorstellungen zu renovieren. Die Bewerbungsfrist für das Mietobjekt läuft am 3. Januar ab, wir sollten also so schnell wie möglich eine Entscheidung treffen. Lass mich wissen, ob wir zuschlagen wollen. Guten Rutsch in Florida!

»Heilige Scheiße«, murmle ich.

Meine Mutter schnipst Mehl nach mir. (Lebensmittel nach Leuten schnippen ist eine Angewohnheit, die ich von ihr übernommen habe.)

»Sag schon, was los ist!«, sagt sie. »Und hör auf zu fluchen.«

»Nichts Schlimmes«, sage ich und versuche, meinen Puls unter Kontrolle zu bringen. »Ähm … Ich habe eine E-Mail bekommen, die für Seth bestimmt ist.«

»Seth *Rubenstein*?«, fragt Mom.

»Es gibt keinen anderen Seth«, sagt Dezzie.

Alyssa legt mir die Hand auf die Schulter. »Geht es dir gut?«

»Ja. Alles gut«, sage ich. »Ich war nur überrascht.«

»Was steht denn da?«, fragt Alyssa.

»Nicht viel. Irgendeine geschäftliche Angelegenheit. Aber er scheint hier zu sein. Über Silvester.«

Das macht mir natürlich einen Strich durch die Rechnung.

Offenbar sieht man mir meine Bestürzung an, denn in der Küche wird es unangenehm still.

»Geben seine Eltern nicht immer eine große Silvesterparty?«, fragt Alyssa.

»Ja. Für ihre Golffreunde. Wir sind da mal reingeplatzt«, sagt Dez.

»Vielleicht solltest du genau das tun, Molly«, sagt Alyssa leise. »Ich wette, er würde sich freuen, dich zu sehen.«

Aber in meiner jetzigen Verfassung kann ich nicht bei den Rubensteins auftauchen. Ich kann mir nicht mal zu Herzen gehende Fernsehwerbung in Gegenwart anderer Menschen ansehen, ohne vor Verlegenheit zu erstarren. Meine große Rede vor Seths Eltern oder, Gott bewahre, Dave zu halten, wäre wie splitternackt und fröstelnd an sämtlichen Hochzeiten, Taufen und Beerdigungen der Welt teilzunehmen.

»Ich will nicht über Seth reden«, murmle ich.

Alyssa, Dezzie und meine Mutter sehen mich traurig an. Ihre Blicke variieren von »Ich fühle mit dir« (Alyssa), »Ich mache mir Sorgen, dass du niemals glücklich wirst« (Mom) und »Du bist die dümmste Frau der Welt« (Dezzie).

»O mein Gott, hört auf!«, sage ich. »Alles ist gut. Mir geht's gut. Können wir essen?«

»Ja«, sagt meine Mutter. »Hilf mir, den Tisch zu decken.«

Sie verteilt Teller mit Waffeln, Eiern und Speck und wir setzen uns in die Essecke. Sie hat kleine, schicke Schüsseln mit Schlagsahne, Ahornsirup, Erdbeersauce und Streuseln hingestellt. Gott, ich liebe sie für die Streusel.

Beim Essen unterhalten wir uns über unsere Pläne für den Abend. Mom und Bruce veranstalten eine Disco-Cocktailparty, für die sie mir ein nuttiges Kleid gekauft hat. Alyssas Vater und ihre Stiefmutter passen auf die Kinder auf, damit sie und Ryland in einem kleinen Bistro in der Innenstadt essen gehen können. Dezzie fährt nach Miami, um mit ihrer Schwester auf eine Party zu gehen.

Wir verschlingen jeder etwa acht Pfund Waffeln und dann packen die Mädchen zusammen. Während sie beschäftigt sind, antworte ich auf Beckys falsch adressierte E-Mail.

Hey, Becks – ich glaube, das hast du mir aus Versehen geschickt. Und – hattest du schon Zeit, dir das Skript anzusehen, das ich dir geschickt habe? Brauche es ASAP.

Ich gehe nach oben und wasche mir das Gesicht. Ich sehe aus wie Hölle – fünf Jahre älter als noch vor einem Monat. Dezzie und Alyssa stoßen dazu. Sie legen ihre Arme um mich und wir umarmen uns zu dritt.

»Ménage à trois!«, sagt Dezzie in einem furchtbaren französischen Akzent – wie jedes Mal, wenn wir uns alle umarmen, seit sie mit zehn gelernt hat, was das bedeutet.

Der Witz funktioniert immer noch.

»Kannst du uns zurückfahren?«, fragt Alyssa. »Ryland hat gerade geschrieben, und anscheinend hatte Jesse einen Nervenzusammenbruch, weil er Schuhe anziehen sollte, bevor er rausgeht, und daraufhin hat Amelia einen Tobsuchtsanfall bekommen, weil sie schon Schuhe anhatte, und jetzt ist die Hölle los.«

Ich lache. »Ich ziehe mir nur schnell was an.«

Wir steigen ins Auto meiner Mutter und lassen auf dem Weg in die Stadt die Playlist mit unseren Lieblingssongs laufen. Ich setze Alyssa zuerst ab. Dez und ich gehen kurz rein, um Ryland und die Kinder zu begrüßen (die sich tatsächlich wie Teufelsbraten aufführen), und ziehen uns schnell wieder zurück.

»Verdammt«, sagt Dezzie. »Ich will so gerne Kinder haben, aber wenn ich das sehe, schrumpfen meine Eierstöcke.«

»Ich bin sicher, in fünfzehn Minuten sind sie wieder kleine Engel.«

Ich halte in der Einfahrt der Chans und begleite Dezzie ins Haus, um ihren Eltern Hallo zu sagen. Frau Chan besteht darauf, dass ich mich zu ihr setze und ihr von meinem letzten Jahr berichte. Es ist schwer, Seth dabei nicht zu erwähnen, aber sonst muss ich ganz sicher weinen. Stattdessen erzähle ich ihr von der Feuersaison in Los Angeles. Floridianer lieben das. Es lenkt sie von ihren Wirbelstürmen ab.

Nachdem wir uns ausgetauscht haben, umarme ich Dez und steige wieder ins Auto.

Zu Hause flitzt meine Mutter mit Bruce und ihrem Partyplaner herum, deshalb ziehe ich mich nach oben zurück, wo ich in Panik gerate. Nervös sehe ich in meinen E-Mails nach, ob Becky schon geantwortet hat, aber das hat sie nicht. Nicht, dass das wichtig wäre. Wenn er hier ist, kann ich ihn morgen nicht überraschen. Ich frage mich, ob das ein Zeichen ist, dass ich es lassen sollte. Dass ich ihn in Ruhe lassen sollte.

Unten klingelt es an der Tür.

Ich schaue aus dem Fenster und sehe ausgerechnet meinen Vater, der einen riesigen Lilienstrauß trägt.

Was zum Teufel?

Seltsamerweise fixiert sich mein Gehirn auf die Lilien, anstatt auf die unerklärliche Tatsache seiner Anwesenheit hier. Entweder weiß er nicht, dass meine Mutter allergisch gegen Lilien ist, oder er hat vor, sie damit in ihrem eigenen Haus zu ersticken.

Ich gehe zur Treppe und beuge mich runter, um zu hören, was gesagt wird.

»Ist Molly hier?«, fragt er. »Ich habe ihr eine SMS geschickt und sie hat nicht geantwortet, aber ich weiß, dass sie normalerweise über die Feiertage in der Stadt ist, also dachte ich, ich versuch's mal ... Ich hätte ja angerufen, aber ich hab deine Nummer nicht.«

Meine Mutter niest.

»Zuallererst, Roger, nimm diese Dinger aus meinem Gesicht. Ich bin allergisch.«

»Ach ja? Tut mir leid. Das wusste ich nicht.«

»Das weißt du sehr wohl. Wir waren zwanzig Jahre verheiratet.«

Sie reißt ihm den Blumenstrauß aus der Hand und schleudert ihn gegen sein Auto.

Das ist absurd, aber sehr befriedigend, und ich kichere.

»Zweitens«, fährt sie fort, »wenn meine Tochter dich sehen oder sprechen wollte, hätte sie auf deine Nachricht geantwortet. Da sie das nicht getan hat, können wir beide davon ausgehen, dass sie nichts mit dir zu tun haben will. Und nach der Nummer, die du an Thanksgiving abgezogen hast, kann ich das gut verstehen.«

»Ich habe keine *Nummer abgezogen*«, sagt er und zeichnet dramatisch Gänsefüßchen in die Luft. »Ich habe nur etwas Geschäftliches angesprochen. Aber ich gebe zu, das war schlechtes Timing, und es tut mir leid, dass ihre Gefühle verletzt wurden.«

»Es tut dir leid, *dass ihre Gefühle verletzt wurden*?«, fragt meine Mutter und imitiert seine Gänsefüßchen. »Ich bin sicher, sie wird gerührt sein.«

Ich will nicht zusehen, wie sie ihn erwürgt, also gehe ich nach unten, um dem Ganzen ein Ende zu setzen.

»Hallo, Dad«, sage ich, fasse meine Mutter am Ellbogen und bringe sie aus der Schusslinie. »Was machst du denn hier?«

Er verzieht sein Gesicht zu der ernsten, selbstgefälligen Miene, die er beim Signieren von Büchern aufsetzt.

»Hallo, Molly.« Er deutet auf die Lilien. »Ich hab dir Blumen mitgebracht, aber deine Mutter hat sie in die Einfahrt geworfen.«

»Sie hat eine schwere Lilienallergie. Das solltest du wissen.«

Er geht nicht darauf ein, sondern greift in seine Brusttasche. »Ich habe auch dein Weihnachtsgeschenk dabei.«

Er holt einen in der Mitte gefalteten Scheck hervor.

Ich nehme ihn nicht an. »Nein, danke. Ich hab ja meine lukrative Mack-Fontaine-Ablöse, falls du dich erinnerst. Warum bist du hier?«

Er seufzt so leidgeprüft, als würde er sich ein Publikum vorstellen, das wegen der feindseligen Reaktion dieser beiden Frauen, die er offensichtlich zu Recht verlassen hat, mit ihm sympathisiert.

»Ich wollte dir sagen, es tut mir leid, dass du deswegen so aufgebracht bist«, sagt er.

Es ist nicht meine Aufgabe, ihm beizubringen, wie man sich entschuldigt, ohne der geschädigten Partei die Schuld an ihren Gefühlen zu geben, also starre ich ihn nur an und sage: »Glaubst du wirklich, es geht hier um den *Film*?«

»Es geht darum, dass du ein furchtbarer Vater bist, Roger«, sagt meine Mutter und schiebt ihr Gesicht wieder in sein Blickfeld.

»Mom«, sage ich, »warum gehst du nicht dein Lametta aufhängen und lässt mich mit Dad reden?«

»Gut. Aber lass dir von ihm nicht die Laune verderben.«

Das ist fast unmöglich, wenn man bedenkt, dass meine Laune schon im Keller ist.

»Ich hab dich lieb, Molly«, sagt mein Vater streng, als würde er einen Hund tadeln, der nicht gehorcht. »Und ich weiß, dass du nicht vorankommst …«

»O mein Gott …«

»Aber du kannst keine Sonderbehandlung erwarten. Wie stehe ich denn da, wenn ich dich weiter beschäftige, obwohl du es nicht bringst? Es gibt andere Möglichkeiten, wie ich dir helfen kann. Wenn du Geld brauchst …« Er hält mir wieder den Scheck unter die Nase.

»Verdammt noch mal«, platzt es aus mir hervor. »Du verstehst es wirklich nicht, oder? Es geht nicht ums *Geld*. Ich habe gedacht, du würdest mich endlich *respektieren*. Dass ich endlich mehr für dich wäre als nur jemand, den zum Essen einzuladen du dich verpflichtet fühlst, wenn du in L. A. bist.«

»Das ist nicht fair«, sagt er. »Ich will dich sehen. Du bist meine Tochter.«

»Ich bin deine Tochter, aber nur, wenn es dir gerade passt. Und das, seit ich dreizehn bin.«

Seine distinguierten Krähenfüße ziehen sich vor Empörung zusammen.

»Hör zu, Molly«, sagt er. »Ich weiß, du denkst, ich war nicht für dich da, aber ich habe versucht, dich zu besuchen, wenn du mich gelassen hast. Ich habe deine Schule bezahlt. Ich habe dir erlaubt, nach deinem Abschluss allein in meiner Skihütte zu wohnen.«

Ich verspüre den Drang, ihm die Tür vor der Nase zuzuschlagen. Aber ich denke an Seth. Daran, wie er mich gelehrt hat, meine Gefühle zu artikulieren.

»Soll das deine kleine Rechtfertigungsrede vor unserer tränenreichen Versöhnung sein?«, frage ich. »Dann musst du dich nämlich ein bisschen mehr anstrengen.«

Er fährt sich mit den Händen durch sein legendäres zerzaustes weißes Haar, was es noch legendärer macht.

»Na gut«, sagt er. »Weißt du was? Du hast ja recht. Nach einer Weile habe ich mich nicht mehr so bemüht, dich zu sehen. Vielleicht war das ein Fehler. Aber du mochtest meine Frau nicht, du warst immer sauer auf mich, wenn wir uns getroffen haben, und ich dachte, ich tue uns beiden einen Gefallen und erzwinge es nicht. Ehrlich gesagt dachte ich, du wolltest es so.«

»Das war nicht nur in der Vergangenheit so, Dad. Du meldest dich so gut wie nie bei mir, und wenn ich mich melde, lässt du mich meistens abblitzen. Es tut weh, wenn du das tust.«

»Dann solltest du auch verstehen, dass es wehgetan hat, als du *mich* hast abblitzen lassen.«

»Du meinst, als ich praktisch noch ein Kind war?«

»Ich habe gesagt, dass es mir leidtut, Molly. Ich weiß nicht, wie oft ich das noch sagen soll.«

Ich habe es satt. Ich will, dass er geht.

»Okay«, sage ich. »Ich nehme deine Entschuldigung an.«

Er nickt großmütig. »Gut. Ich weiß das zu schätzen. Lass uns neu anfangen. Warum kommst du nicht morgen zum Brunch vorbei? Wir können auch mit dem Segelboot rausfahren. Eine neue Tradition.«

Ich zucke zusammen, wenn ich daran denke, wie viel das der Molly von damals bedeutet hätte.

Aber *diese* Molly – die erwachsene Molly – geht für ein bisschen Aufmerksamkeit von ihm kein Risiko ein.

Außerdem hasst sie Boote.

»Im Moment regt mich deine Nähe zu sehr auf«, sage ich. »Das ist kein guter Zeitpunkt.«

Er schürzt die Lippen. »Es ist deine Entscheidung. Aber denk daran, wenn du mir das nächste Mal meine angebliche Vernachlässigung ins Gesicht schleudern willst.«

»Mach ich. Bye.«

Ich will die Tür schließen, aber er stellt den Fuß dazwischen.

»Ist das dein Ernst?«, frage ich.

»Knall mir nicht die Tür vor der Nase zu. Ich bin dein Vater.«

»Bist du eben nicht!«, rufe ich. »Das meine ich ja. Also kannst du mich jetzt in Ruhe lassen? Oder willst du mir noch einen Feiertag verderben?«

Er starrt mich an, als könne er meine Wut wirklich nicht verstehen. Und dann nimmt er seinen Fuß weg. »Ich warte, bis du dich meldest, denn du willst ja offensichtlich nicht reden.«

Er dreht sich um und schlendert zum Auto zurück. Die Lilien lässt er einfach liegen.

»*Scheiß* auf den Kerl«, sage ich, als ich die Tür schließe.

»Ja«, ruft meine Mutter und kommt aus dem Wohnzimmer geeilt. »Scheiß auf den Kerl!«

Bruce folgt ihr mit dem Partyplaner im Schlepptau und macht ein besorgtes Gesicht. »Molly, Schatz«, sagt er, »ich wünsche niemandem etwas Böses. Aber scheiß auf den Kerl.«

»Keine Ahnung, von wem ihr sprecht«, sagt der Partyplaner, »aber scheiß auf den Kerl!«

Meine Mutter nimmt mich in den Arm. »Alles in Ordnung, Süße?«

»Ja. Aber das war anstrengend. Ich leg mich kurz hin, damit ich auf deiner Party wieder mein strahlendes Ich sein kann.«

»Gute Idee«, sagt sie. »Niemand mag Stinkstiefel.«

»Ich weiß. Deshalb mag mich auch niemand.«

Sie drückt mir einen dicken, schlabbrigen Kuss auf die Wange. »Ich mag dich, Molly Malloly.«

Oben werfe ich mich aufs Bett, und mein Rücken freut sich,

dass ich auf einer Matratze liege und nicht auf einer dünnen Acetatschicht auf dem Holzfußboden.

Ich bin so, so müde.

Ich weiß nicht, was ich mit Seth machen soll. Ich weiß nicht, was ich mit meinem Vater machen soll.

Ich weiß nur, ich muss meinen Plan ändern.

Ich will nicht Roger Marks sein.

Es ist genauso feige, von Seth zu erwarten, dass er ein Drehbuch als Entschuldigung akzeptiert, wie es naiv war zu glauben, dass das Jobangebot meines Vaters ein Liebesbeweis ist.

Ich muss aufhören, das zu tun, was mein Vater tun würde: einen Scheck ausstellen, um seine Zuneigung auszudrücken, anstatt mich im echten Leben zu lieben. Mein Drehbuch ist nichts anderes als eine Art Scheck. *Hier, bitte nimm dieses Stück Papier, damit ich nicht sagen muss, was ich fühle.*

Vielleicht habe ich das Drehbuch nur für mich geschrieben.

Ich muss einfach zu Seth gehen und ihm sagen, dass ich ihn liebe und ihn zurückhaben will.

Ich werde Kevin ausquetschen, wann er nach Chicago zurückkehrt, und es in Ordnung bringen.

Aber jetzt brauche ich erst mal Schlaf.

Ich schnappe mir eine Augenmaske und schlafe innerhalb weniger Minuten ein.

Ich wache auf, als meine Mutter an die Tür klopft.

»Molls? Bist du wach? Es ist fast sieben Uhr. Die Gäste kommen um acht.«

Ich habe fast vier Stunden geschlafen.

»Tut mir leid«, rufe ich verpennt. »Ich dusche schnell und ziehe mich an.«

»Lass dir Zeit. Du kannst in deinem Partykleid einen großen Auftritt hinlegen.«

Ich zucke zusammen, als ich an das knappe Kleid denke, das

sie angeblich bei Saks gefunden hat, das aber eher nach Forever 21 aussieht.

Egal. Scheiß drauf.

Außer meiner Mutter und Bruce wird mich heute Abend niemand sehen, der von Bedeutung ist. Da kann ich auch als Bratz-Puppe gehen. Und ich geize nicht. Schimmernde pinke Lippen, falsche Wimpern, Stilettos, Push-up-BH, das volle Programm. Als die ersten Gäste klingeln, sehe ich richtig heiß aus. Nicht wie ich, aber heiß.

Ich schaue kurz auf mein Handy, bevor ich nach unten gehe, denn ich war den ganzen Nachmittag nicht erreichbar. Da ist eine Nachricht von meiner Mutter von vor einer Stunde, die fragt, ob ich wach bin. Und eine neue E-Mail von Becky.

Allein das Wissen, dass Seths Name darin vorkommen wird, lässt mein Herz schneller schlagen. Ich überlege, sie zu löschen, aber sie hat einen Anhang. Zähneknirschend klicke ich sie an.

Von: bma445@nyu.edu
An: mollymarks@netmail.co
Datum: Fr, 31. Dez 2021, 16:44
Aw: Aw: Betreff: Wie gewünscht ...

Molly! Es tut mir SO leid – ich habe zwei E-Mails vertauscht, die in der Warteschlange waren, und ich habe die hier versehentlich an dich und die für dich an Seth Rubenstein geschickt. Das bedeutet ... ich habe ihm versehentlich dein Drehbuch geschickt. Das ist mir so peinlich. Ich werde ihm sofort eine Nachricht schreiben und ihn bitten, es nicht zu beachten. Es ist ein Final Draft-Dokument, also bezweifle ich, dass er es überhaupt geöffnet hat.
Bitte entschuldige!!! Ich fühle mich schrecklich!!! Die korrigierte Fassung hänge ich für dich an.

Das kann doch nicht wahr sein.

Ich verdiene schlimme Dinge für das, was ich getan habe, aber nicht das.

Wenn Seth diese Datei ohne Kontext liest, wird er denken, ich will das, was zwischen uns passiert ist, zu einem Film verwursten. Aus seinem gebrochenen Herzen Profit schlagen, ohne ihn zu fragen.

Er wird mich so sehr hassen, dass ich nicht mal den Gedanken ertragen kann.

Ich versuche mir einzureden, dass er der korrekteste Mensch ist, den ich kenne, und nie etwas öffnen würde, das nicht für ihn bestimmt ist.

Aber er ist eben auch nur ein Mensch.

Natürlich wird er den Anhang öffnen.

Und ich ertrage den Gedanken nicht, dass er unsere besten und schlimmsten Momente noch einmal durchlebt, ohne zu wissen, dass ich es für ihn geschrieben habe.

Ich denke daran, wie ich meinen Vater angeschrien habe: *Willst du mir noch einen Feiertag verderben?*

Das kann ich Seth nicht antun.

Scheiß auf Chicago. Scheiß auf das, was seine Familie von mir denken wird. Scheiß auf die kalte, zermürbende Angst in meinem Herzen.

Ich renne die Treppe runter, ohne aus meinen zehn Zentimeter hohen Stilettos zu kippen, husche an den beschwipsten Kunden von Marks Immobilien vorbei nach draußen und klaue den albernen SUV meiner Mutter.

41. KAPITEL

Seth

Ich habe mir vorgenommen, Silvester gut gelaunt zu sein.

Beschwingt sogar.

Ich werde meine alljährliche Furcht vor der letzten Nacht des Jahres abschütteln und mich ins Getümmel stürzen. Ich liebe es, mit Rentnern zu plaudern. Mitte 60 ist ein tolles Alter.

Außerdem verzichtet meine Mutter bei ihren Partys auf vornehmen Schnickschnack und serviert bodenständige Büfettklassiker, wie ich sie am liebsten mag. Chicken Fingers. Russische Eier. Cocktailwürstchen.

Mit einem Lächeln im Gesicht mische ich mich also unter die Gäste und esse zu viel von allem. Ich plaudere mit Sue und Harry Gottlieb über ihre Enkelkinder. Ich flirte mit Pris Hernandez, in die ich verknallt bin, seit sie in der Highschool Spanisch unterrichtet hat. Ich trage meine Silvester-Krone. Mit einer glitzernden Krone kann man gar nicht deprimiert sein, auch wenn sie ein bisschen zu klein ist und an den Seiten drückt.

Und wissen Sie was? Meine gute Laune ist nicht nur gespielt.

Denn ich trage Mollys Drehbuch in meinem Herzen.

Ich bin immer noch traurig, dass sie beschlossen hat, ihre Liebe zu mir auf diese Weise auszudrücken. Aber die Hoffnung überwiegt den Schmerz. Vielleicht ist es eine Illusion zu glauben, Angst ließe sich durch Leidenschaft und Zärtlichkeit überwinden. Schließlich hat Molly immer gesagt, dass es Happy Ends im echten Leben nicht gibt.

Schließlich habe ich seit einem Monat nichts von ihr gehört.

Aber ich kann mich einfach nicht dazu durchringen zu glauben, dass die Trauer in ihrem eindeutig autobiografischen Drehbuch nicht auf echter Trauer beruht.

Und während mein banges Herz erfüllt ist von diesem Gefühl, unterhalte ich mich mit zwei pensionierten Zahnärzten über Tennisdoppel.

»Früher war es unmöglich, einen Platz zu bekommen, und heutzutage bekommt man nicht mal mehr genug Spieler für ein Rundenturnier zusammen«, beschwert sich Dr. Steele.

Dr. Yun nickt. »Alle spielen Pickleball.«

Seinem Gesichtsausdruck nach zu urteilen, will Dr. Steele gerade etwas Verächtliches über Pickleball sagen, doch dann verstummt er.

Er starrt auf etwas hinter mir.

Er stößt Dr. Yun mit dem Ellbogen an. »Sehen Sie die?«

Dr. Yun nickt langsam, als wäre er in Trance. »Jawoll.«

Ich werfe einen Blick über die Schulter, um zu sehen, was sie da anstarren.

Es ist eine Discokugel.

Oder zumindest eine Frau, die ein Kleid ungefähr in der Größe einer Discokugel trägt – das kürzeste, engste und glitzerndste Kleid, das ich außerhalb eines Katy-Perry-Videos je gesehen habe. Ihre Beine sind lang, betont durch schwindelerregend hohe silberne Stilettos. Ihr dunkelbraunes Haar reicht ihr bis zum Hintern.

Es ist Molly.

Meine Molly.

Würden die Zahnärzte sie nicht mit den Augen ausziehen, würde ich sie für eine Erscheinung halten.

Aber sie ist echt.

Sie hebt die Hand und winkt mir zu.

Sie sieht verängstigt aus.

Mir dreht sich das Herz um.

Egal was zwischen uns passiert ist, ich möchte Molly Marks *niemals* verängstigt sehen.

Ich winke zurück und gehe auf sie zu.

Die Zeit verlangsamt sich, genau wie im Film.

In einem *ihrer* Filme.

Ich sehe, wie ihre Lippen meinen Namen formen.

»*Molls*«, antworte ich tonlos.

Und gerade als ich nah genug bin, um ihre Hand zu nehmen …

… stolpere ich über einen Schirmständer und falle direkt in den Whirlpool.

Kopfüber. *KaBlam!*

Ich fange mich gerade noch rechtzeitig, um nicht mit dem Schädel auf eine Stufe zu knallen. Ein Pulk von Mittsechzigern schart sich um mich und kreischt aufgeregt.

Mollys Gesicht sieht aus wie eine sehr schöne, stark geschminkte Version von Edvard Munchs *Der Schrei*.

Sie rennt auf mich zu, bahnt sich einen Weg durch die Rentner und kniet sich an den Rand der Wanne, an den ich mich verzweifelt klammere.

»O mein Gott, Seth!«, schreit sie. »Alles in Ordnung?«

»Ich rufe den Notarzt«, blafft Dr. Yun über den Lärm hinweg.

»Nein, nein, alles gut«, krächze ich. Meine Stimme ist heiser vom Kloß im Hals und vom Chlorwasser, das ich geschluckt habe. »Ich bin nur nass. Und es ist mir peinlich.«

Molly reicht mir die Hände und hilft mir, mich hochzuziehen.

Ich stehe brusttief in brodelndem Wasser, und die unglaublich unmännliche lachsfarbene Hose, auf die meine Mutter für die Party bestanden hat, ist mit Wasser vollgesogen und zieht mich nach unten.

Ich rutsche wieder aus und diesmal reiße ich Molly mit in die Tiefe.

Ihr glitzernder Körper fliegt nach vorne, mit den Knien voran, und sie fällt mit einem Schrei und einem fetten Platscher ins vierzig Grad warme Wasser.

Mit ineinander verschränkten Gliedmaßen klammern wir uns an den Rand des Whirlpools und versuchen, uns nicht gegenseitig zu ertränken. Meine ausgebeulte Hose verfängt sich in ihren Pfennigabsätzen. Ihre Pailletten kratzen an meinen nackten Unterarmen.

»Alles okay?«, keucht Molly, als sie einigermaßen Halt gefunden hat.

»Scheiße«, sage ich scharf, obwohl meine Mutter es nicht gutheißen würde, dass ich vor ihren Freunden fluche. »Ich glaube, ich hab mir den Knöchel verstaucht.«

»Wenigstens ist heißes Wasser gut bei Verletzungen«, sagt sie schwach, während ihr Haar um ihre Schultern wogt.

Sie wischt sich Wasser aus dem Auge und eine falsche Wimper landet auf ihrer Wange.

Ich entferne sie behutsam und halte sie gegen das Licht einer Petroleumfackel. »Wünsch dir was.«

Sie fängt an zu weinen. »Das habe ich schon.«

Und ich hoffe, ich *hoffe* wirklich, dieser Wunsch bin ich.

»Was machst du hier, Molls?«, frage ich leise. »Oder soll ich dich Nina nennen?«

Sie saugt die Luft zwischen den Zähnen ein. »Du hast das Drehbuch gelesen.«

Ich nicke. »Bist du hier, um Anmerkungen zum Ende zu machen?«

Das rosa Licht des Whirlpools leuchtet auf ihren Pailletten. »Tja, ein Sturz in einen Whirlpool könnte das Skript aufpeppen«, sagt sie.

»Ich mag es so, wie es ist.«

Sie schüttelt den Kopf. »Es tut mir so leid, Seth. Ich habe es für dich geschrieben, nicht um es zu verkaufen. Ich wollte es dir schicken, um dir zu sagen, dass es mir leidtut.«

Meine Schultern entspannen sich bei diesen Worten. Ich wusste es. Ich wusste, dass sie es für uns geschrieben hat.

Ich ziehe sie in meine Arme. Es ist sehr schmerzhaft, sich zu bewegen, aber so gut habe ich mich seit einem Monat nicht mehr gefühlt.

Allerdings hat sie gesagt, das Drehbuch sei eine Entschuldigung. Kein Versuch, mich zurückzugewinnen.

In Beziehungen sind Entschuldigungen oft Abschiede. Als König der gescheiterten Beziehungen sollte ich das wissen. Also stelle ich die Frage, die mich quält:

»Molly? Wie viel von dem Ende ist wahr?«

»Dem Ende?«

»Dem Teil, wo du dich nach mir sehnst. Bereust, dass du mich verlassen hast. Zu mir zurückwillst, aber Angst hast, dass ich dich nicht sehen will.«

»Oh. Die dunkle Nacht der Seele.«

»Oje, war es so schlimm?«

»So nennt man die Szene, wenn das Mädchen entweder ihren Mut zusammennehmen muss oder die Liebe ihres Lebens verliert.«

Ihre Worte verschlagen mir den Atem.

»Die Liebe ihres Lebens?«

Sie sieht mir in die Augen: »Ja. Die Liebe meines Lebens.«

Und dann heirate ich sie vom Fleck weg, wir bekommen vierzehn Kinder und leben glücklich bis in alle Ewigkeit.

Würde ich sofort machen, denn das ist alles, was ich jemals hören wollte.

Aber sie ist noch nicht fertig.

»Seth, es tut mir so leid. Das ist keine Entschuldigung, aber …

ich hatte solche Angst. Ich hätte nie gedacht, dass ich mich so verliebe, und ich konnte den Gedanken nicht ertragen, dich zu verlieren. Also habe ich es sabotiert. Genau wie damals. Und ich habe dich verletzt.«

Ich möchte sie trösten, aber meine Kehle ist wie zugeschnürt. Ich schüttle nur den Kopf.

»Und ich erwarte nicht, dass du mir vergibst oder mich zurücknimmst oder mir je wieder vertraust«, sagt sie. »Aber ich würde mir nie verzeihen, wenn ich dir nicht sage, dass du mein Mensch bist, dass ich dich wie verrückt liebe und dass ich das, was ich getan habe, für den Rest meines Lebens bereuen werde. Und wenn ich die Chance hätte, es rückgängig zu machen, würde ich …«

Ihre Stimme bricht.

»Was würdest du, Süße?«, flüstere ich.

»Ich würde meinen Seelenverwandten wählen. Wenn er mich will.«

Aber sie weiß schon, dass ich sie will, denn ich drücke sie an meine Brust, so fest ich kann, ohne ihr wehzutun, und murmle: »Ich will dich, ich will dich, ich will dich.«

Allmählich werden wir der vierzig gaffenden Augenpaare gewahr – viele von ihnen hinter pinken »2022!«-Plastikbrillen.

»Hmmm«, sage ich. »Die scheinen sich zu amüsieren.«

»Wir sehen wahrscheinlich aus, als würden wir eine Art pseudosexuelles Taufritual vollziehen«, sagt Molly. »Ist wohl meine Schuld, wenn ich im Whirlpool auf dich falle.«

»Oh, Baby«, sage ich. »Glaubst du, es ist auch nur ein einziger Tag vergangen, an dem ich nicht gehofft habe, dass du in einem nuttigen Kleid auftauchst und in einem Whirlpool auf mich fällst?«

»Ich bin dankbar, dass du auf Reinfälle stehst«, sagt sie.

Mein Gott, dieses Mädchen. Immer diese Sprüche. Man könnte meinen, sie schreibt Kitschfilme.

»Wofür bist du sonst noch dankbar?«, frage ich.

Sie lacht mit zittriger Stimme. »Ich bin dankbar für Assistentinnen, die falsche E-Mails verschicken. Ich bin dankbar dafür, dass deine Eltern seit dreißig Jahren im selben Haus wohnen und ich ihre Adresse auswendig kenne. Ich bin dankbar für Drehbücher, in denen ich sagen kann, wozu ich im wirklichen Leben nicht den Mut habe. Und ich bin dankbar für süße Typen, die an Happy Ends glauben.«

Ich küsse sie.

»Ich bin dankbar für dich, Molly. Ich bin einfach nur dankbar für dich.«

Und so endet unser Liebesfilm.

Die Kamera zoomt auf das verliebte Paar und der Abspann zeigt eine Montage ihres schönen Lebens.

Aber das ist nicht das Ende unserer Geschichte. Das ist nicht einmal das Ende unseres Abends.

Die Kamera läuft nicht mehr, als wir uns abtrocknen, ins Gästezimmer gehen und auf asthmatische, wenig filmtaugliche Weise weinen.

Auf der Leinwand laufen Outtakes, aber im echten Leben sage ich ihr, wie viel Angst ich habe, dass sie mich immer wieder verlässt, und sie schluchzt und sagt, sie weiß, und dass sie auch Angst davor hat. Sie gibt zu, dass mein Job sie belastet und sie nicht weiß, ob sie jemals damit Frieden schließen kann. Ich sage ihr, dass ich nicht weiß, wie ich ihr diese Sorge nehmen soll. Dass ich ihr nicht für den Rest unseres Lebens hinterherlaufen kann.

Dass wir uns einfach lieben und einander vertrauen müssen.

Dass wir einfach hoffen müssen.

Aber ich glaube immer noch, dass Liebe manchmal Schicksal ist.

Und ich weiß, dass Molly Marks die Liebe meines Lebens ist.

9. TEIL

Palm Bay Preparatory School
20. Klassentreffen
November 2023

42. KAPITEL

Molly

Sollten Sie je eine Veranstaltung mit einem weißen Partyzelt ausrichten, können Sie sicher sein, dass ich, Molly Marks, von meinem Mann dorthin geschleppt werde.

Manchmal sogar, wenn wir gar nicht eingeladen sind.

»Ich liebe diesen Scheiß«, seufzt Seth glücklich, als wir unter einem Banner mit verschnörkelter rosa Schrift hindurchgehen.

WILLKOMMEN zu Eurem 20. Klassentreffen,
Palm Bay Jahrgang 2003!!!

»Kalligrafie!«, schwärmt Seth. »Fun!«

»Provozier mich nicht«, sage ich und bohre meine Fingernägel in die Unterseite seines Handgelenks.

Aber ich lächle.

Weil wir es hierher zurückgeschafft haben, an diesen Strand, an dem wir als Teenager unsere Körper erkundet und uns Sandflohbisse geholt haben. Zurück zu diesem Zelt, in dem sich Seth Rubenstein fünfzehn Jahre später herabgelassen hat, mich neben sich sitzen zu lassen, obwohl ich ihm einst das Herz gebrochen habe.

Wir haben es hierher zurückgeschafft, zusammen, genau wie er es vorausgesagt hatte. Seine Prophezeiung – *It's Gonna Be Me* – hat sich erfüllt.

Marian Hart winkt uns von ihrem Posten bei den Tischkarten zu. »Willkommen, ihr Turteltauben!«, kreischt sie. »Wie ist das Eheleben?«

»Sensationell«, sagt Seth.

»Ich habe gerade die Neuigkeiten über deinen Film gehört«, sagt sie zu mir. »Ich *liebe* Kiki Deirdre!«

Sie meint *Mehr Glück beim nächsten Mal.* Seth hat mich überredet, das Skript zu verkaufen, und Kiki, einer der wenigen Filmstars, die eine Liebeskomödie noch zum Kassenschlager machen können, hat zugeschlagen. Die Rolle des Cole wird gerade besetzt. Seth wünscht sich Javier Bardem, seiner Meinung nach der einzige lebende Schauspieler, der seiner rohen sexuellen Anziehungskraft gerecht wird. Als ich ihm erklärte, dass Javier sowohl zu alt als auch zu spanisch ist für die Rolle eines jungen jüdischen Anwalts aus Florida, meinte er zu mir, ich solle »meinen Weltenbau erweitern«. Mit Bemerkungen wie dieser verdient er sich die Nennung als ausführender Produzent, die er für die Rechte an seiner Lebensgeschichte ausgehandelt hat.

Wenn der Film so erfolgreich ist, wie wir hoffen, könnte er sogar den nächsten Mack Fontaine übertreffen, was mir eine überschwängliche SMS meines Vaters à la »Glückwunsch, Toots« einbringen würde. (Wir sprechen wieder miteinander, obwohl ich bei seiner fünften Hochzeit nicht dabei war.)

Marian wendet sich Gloria zu, die versucht, ihren Namen auf den Tischkarten zu finden.

»Sind die beiden nicht hinreißend?«, sagt Marian und deutet auf uns. »Ich wusste immer, dass sie zusammenkommen würden.«

»Ach ja?«, meint Gloria trocken. »Ich bin überrascht, dass es überhaupt jemand mit Molly aushält.«

Ich schenke ihnen ein strahlendes Lächeln. »Seth mag meine Antihaltung.«

Er beugt sich vor und drückt mir einen schmatzenden Kuss auf die Wange. »Sehr sogar.«

Marian gibt uns unsere Tischkarten. »Ihr sitzt an Tisch vier. Ich habe euch mit Jon, Kevin, zwei Mädchen aus dem Tennisteam und Steve Clinton zusammengesetzt.«

»Dieser seltsame Milliardär?«, frage ich aufgeregt.

»Manche würden sagen, er ist normal und du bist seltsam«, sagt Gloria.

»Du siehst umwerfend aus, Marian«, sagt Seth und deutet auf ihren schwangeren Bauch. »Wie weit bist du?«

»Erst zwanzigste Woche, aber Drillinge!« Ihr Gesicht sagt: »Könnt ihr das glauben?«, und tatsächlich, das kann ich, denn sie und Javier haben über die künstliche Befruchtung bei *Good Morning America* ausführlich berichtet, wo sie Stammgäste sind, seit er sich vom Baseball zurückgezogen hat und sie ihr häusliches Glück vermarktet.

»Wie geht es deinen Zwillingen?«, fragt Marian.

»Es ist die Hölle auf Erden«, sagt Gloria, »aber wir lieben sie trotzdem.«

Sie unterhalten sich über die Erziehung von Mehrlingen. Bis jetzt haben wir nur eine Katze, also schnappt sich Seth unsere Tischkarten und zieht mich weiter.

»Wenn ich mich recht erinnere«, sagt er, »hast du prognostiziert, dass Gloria und Emily längst getrennt sind. Und sieh sie dir an. Eltern von Zwillingen.«

»Wenn ich mich recht erinnere«, entgegne ich, »hast du gesagt, dass Marian inzwischen mit Marcus verheiratet ist. Dabei ist sie mit einem ganzen Wurf von dem weltberühmtesten Outfielder schwanger.«

»Marcus scheint jedenfalls glücklich zu sein«, sagt Seth. Er und seine heiße Profigolferin sind mit Chaz, dem Stand-up-Comedian, ins Gespräch vertieft.

»Hmm, Rubenstein«, sage ich. »Es steht unentschieden, eins zu eins.«

»Nö. Weißt du noch, dass du dachtest, Dezzie und Rob bleiben für immer verheiratet?«

»Ruhe in Frieden, Rob«, murmle ich. Er ist nicht tot, nur tot für mich.

Nicht, dass es Dezzie noch interessiert. Sie trinkt einen Palm Bay Preptini mit Felix, dem Koch, mit dem sie eines der angesagtesten Restaurants Chicagos eröffnet hat und den sie im April heiratet. Alyssa und Ryland stellen sich Hand in Hand zu ihnen. Kein Paar in diesem Raum wirkt natürlicher zusammen als Alyssa und Ryland.

Seth und ich hatten beide recht mit ihnen. Das macht mich glücklich.

»Wenigstens dachte ich nicht, dass Jon bei Alastair bleibt, so wie du«, sage ich.

»Alastair hatte einen britischen Akzent«, sagt Seth. »Ich *liebe* britischen Akzent.«

»Ich schätze, er ist noch mal davongekommen. Tut mir leid, dass du stattdessen mit mir vorliebnehmen musst.«

»Eigentlich muss es dir nicht leidtun«, sagt Seth. »Denn du bist hier bei unserem zwanzigsten Klassentreffen – mit mir.«

»O *ho ho*, träum weiter«, sage ich. »Du hast vorausgesagt, dass wir in der Nacht des zwanzigsten Klassentreffens miteinander *schlafen* würden. Wer weiß, ob dir dieses Glück beschert ist.«

»Ich glaub schon«, sagt er in mein Ohr. »Sobald du mit den Preptinis anfängst, kannst du mir nicht mehr widerstehen.«

»Na gut, Rubes«, sage ich. »Ich erkenne deinen Sieg vorläufig an, aber nur, weil ich diesen heißen, heißen …«

Er hält einen Finger hoch. »Nicht so schnell. Weißt du noch, was du zu sagen hast, wenn ich gewinne?«

Ich verziehe das Gesicht. Ich hasse es zu verlieren.

»Seelenverwandtschaft existiert«, leiere ich mit der Stimme eines feindseligen Muppets herunter.

»Braves Mädchen«, sagt er. »Auch wenn mir dein Ton nicht gefällt.«

Ich seufze. »*Seelenverwandtschaft existiert*«, sage ich mit sexy Babystimme. »So besser?«

Sein Blick verfinstert sich. »Ich habe hart dafür gearbeitet. *Jahrelang.* Sei nicht so eklig.«

Ich greife nach seinem Gesicht und drücke ihm einen Lippenstift-Kuss auf den Mund. »Okay«, sage ich leise. »Du hattest recht, Seth. Seelenverwandtschaft existiert.«

»Danke, Molly«, sagt er. »Ich weiß, Niederlagen sind hart für dich.«

»Nicht so schlimm«, sage ich. »Dass es Seelenverwandte gibt, hat ja auch was Gutes. Und irgendwie habe ich das Glück, dass du meiner bist.«

DANK

Ein paar Monate, nachdem ich dieses Buch fertiggestellt hatte, verloren wir meine geliebte Großmutter Pat. Sie war es, deren reißerische Taschenbücher mit Fabio auf dem Cover mich als verstörend kleines Kind für Liebesromane begeisterten, und sie hat dafür gesorgt, dass signierte Exemplare all meiner Bücher in der Bibliothek ihrer Seniorenwohnanlage vorhanden waren, damit sie und ihre Freundinnen sich an den Sexszenen weiden konnten. Sie kam nie dazu, *Just Some Stupid Love Story* zu lesen, aber so vieles darin ist von dem Ort inspiriert, an dem sie lebte und half, Generationen unserer Familie großzuziehen, dass ich glaube, sie hätte ihre helle Freude daran gehabt.

Dieser Ort ist, wie Sie sich vielleicht denken können, Florida. Ich möchte meinem Heimatstaat dafür danken, dass er mich zu einer Frau gemacht hat, die mehr über Wirbelstürme, Zirkuskultur, Gauner, durch Moskitos übertragene Krankheiten, Hitzschlag, Rote Flut, entlaufene Anakondas und Alligatoren in Swimmingpools weiß, als sie je wissen wollte. Mein lieber Sunshine State, deine Politik macht mich in letzter Zeit so traurig, aber ich wäre nicht der Mensch, der ich bin, wenn ich nicht in deinem Badewannenmeer unter atemberaubenden Sonnenuntergängen aufgewachsen wäre, und ohne dich würde es Seth und Molly nicht geben.

Seth und Molly würde es auch ohne meinen Mann nicht geben, ein wundervoller Mensch, der mich mit Bewunderung überschüttet, die ich in keinster Weise verdiene, und einer der ersten Leser dieses Buches, zweimal. Danke, dass du es mir ermöglichst, den ganzen Tag auf dem Sofa zu sitzen und Liebesromane zu schreiben, und dass du es beeindruckend findest, anstatt faul. Ich bin immer noch wahnsinnig in dich verliebt, auch nach fünfundvierzig Jahren. 10/10.

Und danke auch an meine kluge und unermüdliche Agentin Sarah Younger, ohne die ich verloren wäre. Nichts muntert mich so sehr auf wie deine roten Lippen auf FaceTime, nichts tut meinen Büchern so gut wie dein Verlangen nach mehr Schmelz, und nichts motiviert mich mehr als dein Einsatz für mich. Dank auch NYLA-Mastermind Nancy Yost für ihre Unterstützung und ihren weisen Rat und Auslandsrechte-Genie Cheryl Pientka, die dieses Buch in die Welt hinausgetragen hat.

Das Buch in Ihren Händen wäre nicht das, was es ist, ohne die Lektorin meiner kühnsten Träume, Caroline Bleeke, die es mit chirurgischer Präzision seziert hat. Ich bin so dankbar für ihre Vision, ihre Hartnäckigkeit und ihre entzückenden E-Mails.

Außerdem danke ich Sydney Jeon, die mich durch den Herstellungsprozess begleitet hat, und Shelly Perron für das strenge Abschlusslektorat. Ich danke dem gesamten Team von Flatiron, dass es diesem Buch ein so wundervolles Zuhause gegeben hat – Bob Miller, Megan Lynch, Malati Chavali, Claire McLaughlin, Maris Tasaka, Erin Kibby, Emily Walters, Jeremy Pink, Jason Reigal, Jen Edwards, Keith Hayes, Kelly Gatesman, Katy Robitzski, Emily Dyer und Drew Kilman. Und ein großes Dankeschön an Vi-An Nguyen für die Gestaltung des wunderschönen Covers.

Zu meinem Alltag als Schriftstellerin gehört es, ständig damit zu drohen, das Schreiben aufzugeben, und ohne die Unterstützung meiner Schriftstellerschwestern hätte ich es vielleicht längst getan. Erin, Kari, Alexis, Emily, Kelli, Melonie, Nicole, Susan, Susannah und Suzanne – ihr seid meine Familie. Danke, dass ihr die existenzielle Leere füllt. Und danke an meine platonische Ehefrau Lauren, die mir geholfen hat zu verstehen, wie man überhaupt Liebeskomödien schreibt. Unser Baby hat mich auf dieses Buch vorbereitet, und ohne unsere weinseligen Abende würde ich durchdrehen. Und natürlich danke ich meiner geliebten Claudia: Guru der britischen Verlagswelt, beste Köchin, beste transatlantische Freundin.

Und ich danke meiner Familie, die ich zum Ärger meines lieben Vaters, auf dem Roger Marks nicht im Geringsten basiert, gern die Dirty Doyles nenne. Ihr seid so witzig, herzlich und immer füreinander da, ihr sprecht eine ganz eigene Sprache und wegen euch schreibe ich so gerne über Familie. Tut mir leid, dass all eure Katzen im Vergleich zu meiner verblassen, und ich liebe euch bis ans Ende der Welt, außer wenn ihr mich bei *Siedler von Catan* schlagt.

Keine quälend lange Danksagung wäre vollständig ohne ein Wort der Ehrerbietung an all die brillanten Liebesromanautoren, die das Genre immer wieder neu erfinden. Molly Marks mag an Liebesgeschichten zweifeln, soviel sie will, aber ich glaube daran. Danke, dass ihr mich inspiriert, dass ihr meinen Ehrgeiz weckt und eine Literatur predigt, die ihre Leser*innen wärmt, tröstet und erfreut wie keine andere.

Und schließlich danke ich allen, die dieses Buch, alle meine Bücher und Bücher im Allgemeinen lesen. Das Autorinnendasein ist eine seltsame, einsame Berufung, doch Ihr Enthusiasmus, Ihre lieben Worte, Ihre köstlichen Posts in den sozialen Medien, Ihre schwindelerregenden Kommentare und sorgfältigen Rezensionen sind es so was von wert. Keine von uns Autorinnen wäre ohne Sie hier und es würde wohl auch kaum eine wollen.